HOLLYWOOD MAFIA

Stuart Woods, auteur d'une quinzaine de thrillers, vit à Key West en Floride et dans le Connecticut. Cinq de ses romans ont été publiés aux Éditions de Fallois : *Échange mortel* (Grand Prix de littérature policière, 1997), *La Veuve noire* (1997), *La Mort entre deux eaux* (1998), *Piège à flic* (1998) et *Anonymement vôtre* (1999).

Paru dans Le Livre de Poche :

ÉCHANGE MORTEL

LA VEUVE NOIRE

PIÈGE À FLIC

LA MORT ENTRE DEUX EAUX

STUART WOODS

Hollywood Mafia

TRADUIT DE L'ANGLAIS PAR GÉRARD DE CHERGÉ

ÉDITIONS DE FALLOIS

Titre original :

L.A. TIMES

Ce livre est dédié
à Steven et Barbara Bochco

PROLOGUE

1975

Ébloui par le soleil, Vincente Michaele Callabrese cligna des yeux en émergeant de l'obscurité du *York Theater*, sur l'Upper West Side, où il venait d'assister à la séance de midi de *Demain ce seront des hommes*, une reprise avec Ben Gazzara et George Peppard. Il piqua un sprint jusqu'au métro et, dans la rame qui l'emmenait vers son film suivant, se remémora avec émerveillement la prestation des deux jeunes acteurs qui comptaient, à l'époque, parmi les plus prometteurs de leur génération.

Il allait maintenant voir *Bananas*, de Woody Allen, au *Cinema* de Bleecker Street ; ensuite, à sept heures, il s'offrirait en double programme *La Splendeur des Amberson* et *Othello*, d'Orson Welles. Ce n'était pas aujourd'hui qu'il battrait son record de sept films en seize heures – record qu'il avait pu réaliser grâce à la proximité de deux cinémas à trois salles, sur la Troisième Avenue, de sorte qu'il n'avait eu qu'un seul métro à prendre.

Il était minuit passé lorsque Vinnie sortit du *Playhouse* de la Huitième Rue pour rentrer chez lui. À chaque pas qu'il faisait en direction de Little Italy[1], son appréhension allait croissant. Il avait de nou-

1. Quartier italien de New York. *(N.d.T.)*

veau séché l'école, alors qu'il avait déjà une classe de retard ; sa mère l'attendrait certainement de pied ferme. Quant à son père, s'il était à la maison… Vinnie préférait ne pas penser à ce qui arriverait.

À quatorze ans, Vinnie était grand pour son âge et se rasait déjà tous les jours. Des filles qui avaient trois ou quatre ans de plus que lui le considéraient avec intérêt. Mais il n'avait guère de temps à accorder aux fi[illegible]école ou dans les salles [illegible]n de courses pour un [illegible]ui payait ses places de[illegible]ns, où il avait vu – tard[illegible] Vinnie Callabrese éta[illegible]ux mille fois. Son ami et bienfaiteur, un garçon plus âgé nommé Tommy Provensano, qui était un fin renard, lui recommandait toujours de garder secrète sa passion du cinéma, sans quoi personne ne le prendrait au sérieux.

Vinnie avait vu quatre ou cinq fois certains de ses films préférés, mais *Othello* lui avait ouvert de nouveaux horizons. Bien qu'il n'eût pas compris grand-chose aux dialogues, il avait quand même réussi à suivre l'intrigue, et la sombre tragédie l'avait rivé à son fauteuil. Des types comme Iago, il en connaissait dans son bloc d'immeubles. Il les admirait. Il s'instruisait à leur contact.

Vinnie grimpa à pied les cinq étages. Son cœur battait à un rythme accéléré qui n'était pas dû au seul effort physique. Que se passerait-il si son vieux était là ? Il introduisit sa clef dans la serrure, la tourna sans bruit et se glissa dans l'appartement de quatre pièces en enfilade. Tout était silencieux. Il exhala un soupir de soulagement, immobile dans la cuisine, et attendit que sa respiration redevienne normale. Ce serait plus facile si sa mère ne le voyait pas avant le matin ; d'ici là, elle aurait le temps de se calmer un peu.

— Bâtard ! gronda une voix derrière lui.

Vinnie fit volte-face. Son père, Onofrio, était assis sur une chaise de cuisine inclinée contre le mur, une bouteille de mauvais whisky à la main. Il ne prenait même plus la peine de boire dans un verre.

— Maudit bâtard ! Tu n'as jamais été mon fils. Ta mère a couché avec le facteur ou le laitier, je ne sais qui !

— Ne parle pas comme ça de ma mère ! gronda Vinnie d'une voix tremblante.

Onofrio se leva et but une longue rasade à même la bouteille, qu'il posa ensuite sur l'évier.

— Tu oses me répondre ?

Il déboucla sa large ceinture et la fit coulisser des passants de son pantalon.

— C'est ça que tu veux, hein ?

— Ne parle pas comme ça de ma mère, répéta Vinnie.

— Ta mère est une putain, déclara Onofrio, presque sur le ton de la conversation. Voilà pourquoi tu es un bâtard.

D'un geste sec, il déploya la ceinture sur toute sa longueur. Cette fois, il ne la tenait pas par la boucle, mais par l'autre extrémité. Cette fois, ça allait faire mal.

La ceinture fendit l'air avec un sifflement aigu.

Instinctivement, Vinnie se baissa. La lourde boucle passa au-dessus de sa tête.

— Reste tranquille et prends ta raclée, bâtard ! cria Onofrio.

Au bout du couloir, on cogna à la porte de la chambre et Vinnie entendit la voix faible, implorante, de sa mère.

— Tu l'as encore battue, hein ?

— Elle m'a donné un bâtard, pas vrai ? Ce coup-ci, je l'ai envoyée au tapis pour le compte.

Sans réfléchir, Vinnie décocha un coup de poing qui atteignit son père en pleine mâchoire. Onofrio tituba contre le mur, laissa tomber la ceinture et regarda son fils avec stupeur, les yeux agrandis de colère.

— Tu oses lever la main sur ton père ?

Vinnie déglutit à grand-peine.

— J'irais jusqu'à foutre une branlée à mon père, dit-il d'une voix sourde.

Comme Onofrio se penchait pour ramasser la ceinture, Vinnie, d'un coup de pied, la mit hors de portée. Puis, dans la foulée, il balança un uppercut propre à terrasser quasiment n'importe quel homme. Mais son père était un dur à cuire : dans sa jeunesse, il avait été la terreur du quartier. Vinnie le savait par sa mère, qui lui avait bien recommandé de ne jamais opposer de résistance à Onofrio.

Celui-ci s'écarta du mur et se rua sur son fils :

— Je vais te tuer de mes mains !

Vinnie faisait la même taille que son père mais vingt-cinq kilos de moins. Il avait cependant pour lui la rapidité et le fait que, ce soir, son père était ivre. Il fit un pas de côté, laissant Onofrio s'aplatir contre le mur de la minuscule cuisine, et lui allongea un gauche sévère dans le rein droit. Onofrio tomba à genoux en gémissant. Vinnie se mit alors à l'ouvrage, choisissant ses cibles, sentant le cartilage et les os craquer sous ses poings. Il tabassa son père jusqu'à ce que celui-ci reste étendu par terre, sans défense, à encaisser une volée de coups de pied avant de sombrer dans l'inconscience.

Lorsque Vinnie s'arrêta, ce fut uniquement parce qu'il était fatigué. Il passa un torchon sous le robinet, essuya son visage et son cou en sueur. Une fois sa respiration apaisée, il alla déverrouiller la porte de la chambre de ses parents. Sa mère se jeta dans ses bras en pleurant.

Beaucoup plus tard, quand il eut aidé sa mère à allonger son père ensanglanté sur le divan du salon, quand elle eut baigné le visage meurtri d'Onofrio, quand ses parents eurent enfin trouvé le sommeil,

Vinnie resta couché dans son lit, éveillé, à revivre le plaisir de la torgnole qu'il avait administrée à son père. Il n'avait encore jamais connu de plaisir si complet, si intense, même sur le plan sexuel. Il n'éprouvait pas le moindre remords, car Vinnie ignorait le remords. Il avait appris, au cours de sa brève existence, qu'il arrivait aux autres de se sentir coupables ; il savait que ce sentiment existait, mais il était incapable de le ressentir. Et en cet instant, il entreprit de réfléchir à ce qu'il pourrait faire de pire à son vieux, quelque chose d'encore pis que la plâtrée qu'il venait de lui infliger. Intelligent comme il l'était, il ne lui fallut pas longtemps pour penser à la sacoche marron.

Tous les soirs, Onofrio collectait l'argent des loteries dans deux douzaines de tripots de Little Italy – argent qu'il remettait le lendemain matin à Benedetto, un soldat d'avenir de la Famille Carlucci. Si jamais Onofrio ne portait pas la recette à Benedetto, il paierait de sa vie sa cupidité. Benedetto avait un caractère de chien et la réputation de punir rapidement toute marque d'irrespect.

Vinnie se leva avec précaution et se rendit sur la pointe des pieds dans la chambre de ses parents, voisine de la sienne. Sans bruit, il ouvrit la porte, s'approcha du lit et se mit à genoux près de sa mère endormie. Il tâtonna sous le lit et sentit sous ses doigts la poignée de la sacoche. Le plus silencieusement possible, il attira à lui la petite serviette avant de regagner sa chambre, où il fit la lumière.

La sacoche contenait près de trois mille dollars. Vinnie écarta son lit du mur et souleva la latte de plancher qui camouflait sa cachette. Il fourra l'argent dans la cavité, avec les *Playboy*, les préservatifs et ses cent dollars d'économies. Cela fait, il remit la latte en place, sans oublier le clou qui était censé la fixer.

Il emporta la serviette marron dans la cuisine et la jeta par la fenêtre, dans la bouche d'aération, où il savait pertinemment qu'on la retrouverait. Puis il retourna se coucher.

Demain à cette heure-ci, songea-t-il en s'endormant, Onofrio Callabrese reposerait au fond de la baie de Sheepshead. Cette perspective ne troubla aucunement le sommeil de Vinnie.

1

1989

Posté à l'angle sud-est de la Deuxième Avenue et de St. Mark's Place, à New York City, Vinnie Callabrese surveillait l'entrée du bar-tabac, de l'autre côté de la rue. Le gros lard allait arriver d'une minute à l'autre.

Vinnie n'éprouvait ni problèmes de conscience ni appréhension à l'idée de la tâche qui l'attendait. Il était simplement impatient, car il voyait la marquise du *St. Mark's Theater*, deux cents mètres plus loin, et il savait que *La Soif du mal* commençait dans huit minutes. Il n'aimait pas rater le début d'un film.

Vinnie avait un nez aquilin, une barbe et des cheveux noirs, très fournis, et des yeux sombres. Il savait, d'un simple regard, inspirer la peur. De tous les gros bras qui travaillaient pour Benedetto, Vinnie n'était pas le plus costaud, mais il n'en faisait pas moins son mètre quatre-vingt-huit et ses quatre-vingt-quinze kilos de muscles compacts.

Le gros lard pesait plus de cent cinquante kilos, mais il n'était que graisse. Vinnie ne se faisait donc aucune inquiétude – sauf pour l'horaire.

Six minutes avant le début du film, le gros lard

gara en double file sa Cadillac Sedan De Ville, s'extirpa laborieusement de la luxueuse voiture et entra dans la boutique en se dandinant comme un canard. Vinnie lui laissa le temps d'atteindre son bureau avant de traverser la rue. Le tabac était désert, à part le vieil employé qui préparait les milk-shakes et qui vendait les cigarettes. Vinnie ferma la porte, poussa le verrou et retourna l'écriteau OUVERT.

— Cinq minutes de pause, dit-il avec un petit sourire à l'adresse du vieil homme.

Celui-ci acquiesça d'un air résigné et prit le *Daily News*.

Vinnie passa devant les présentoirs à journaux, ses talons de cuir claquant sur le carrelage fissuré, et posa la main sur la poignée de la porte de l'arrière-boutique. Il l'ouvrit tout doucement et risqua un œil dans la petite pièce. Le gros lard était assis à un bureau déglingué, sa bedaine reposant sur le buvard. D'une main, il feuilletait rapidement une liasse de billets, tandis que les doigts de son autre main voltigeaient au-dessus d'une calculatrice, à une telle vitesse qu'ils en devenaient flous. Fasciné, Vinnie observa un moment le spectacle. Il n'avait jamais rien vu de pareil ; le gros lard était un véritable virtuose de la calculette.

L'homme leva la tête et interrompit son manège.

— Qui êtes-vous, bordel ?

Vinnie entra et ferma la porte derrière lui.

— Je suis un ami du type qui vous a prêté cinq mille dollars il y a neuf semaines, dit-il avec un accent prononcé, mélange de New York et de Little Italy.

Le gros lard esquissa un rictus mauvais.

— Et vous faites une visite de politesse, hein ?

Lentement, Vinnie secoua la tête.

— Non. Le gars poli est venu la semaine dernière, et celle d'avant, et le mois d'avant.

— Alors vous êtes un gorille, c'est ça ?

Le gros lard élargit son sourire et se renversa contre le dossier de son siège. Sa main droite demeura au bord de la table, dans une position qui manquait de naturel.

— Vous savez ce que c'est, la loi, rigolo ? Vous savez que ce qu'il fait, votre ami, c'est contraire à la loi ? Qu'il n'a aucune preuve légale contre moi, pas même un bout de papier ?

— Vous lui avez donné votre parole, dit Vinnie d'une voix lente. Il s'en est contenté. Maintenant, il est déçu.

Le gros lard replia ses doigts sur le bord du tiroir et l'ouvrit d'un coup sec, mais Vinnie fut plus rapide. Il le saisit par le poignet, pivota et lui envoya son coude dans la figure. L'homme émit un grognement, une sorte de gargouillis, mais sans lâcher prise pour autant. Dans la foulée, Vinnie leva un pied et repoussa violemment le tiroir. Un craquement se fit entendre.

Le gros lard poussa un hurlement, dégagea sa main et la pressa contre son visage ensanglanté.

— Vous m'avez cassé les doigts ! geignit-il.

De fait, il ne manierait plus la calculatrice pendant quelque temps.

Vinnie se pencha, empoigna un pied du fauteuil dans lequel était assis le gros lard et tira sans ménagements. L'homme tomba à la renverse, énorme tas de chair flasque. Vinnie ouvrit le tiroir du bureau et y trouva un revolver de calibre 32 à canon court, qu'il glissa dans sa ceinture.

— C'est une arme dangereuse, dit-il. Je vous la confisque, vous risqueriez de vous blesser.

Il prit la pile de billets qui se trouvait sur le bureau et entreprit de la compter. Le gros lard le regarda faire avec une expression chagrinée qui ne devait rien à son visage en sang ni à ses doigts cassés.

— Cinq cents, dit Vinnie en empochant la liasse et en reposant quelques billets sur le bureau. Mon ami déduira cette somme des intérêts de votre prêt. Vendredi prochain, il lui faudra le solde des intérêts courus. Et le vendredi d'après, il lui faudra les cinq mille dollars.

— Je pourrai pas réunir cinq mille dollars d'ici là, gémit le gros lard.

— Vendez la Cadillac, dit Vinnie.

— Je peux pas, j'ai un crédit dessus.

— Mon ami accepterait peut-être la Cadillac en remboursement. Je lui poserai la question. Vous n'auriez qu'à continuer à payer les échéances.

— Vous êtes dingue ? Cette voiture est toute neuve, elle m'a coûté trente-cinq mille billets !

— Simple suggestion, dit Vinnie. Évidemment, ce serait plus économique de trouver les cinq mille dollars.

— Je peux pas, couina le gros lard. C'est tout bonnement impossible.

— Je dirai à mon ami que vous avez promis.

Vinnie sortit du bureau et ferma la porte derrière lui.

Il arriva à temps au cinéma pour regarder, captivé, le plan d'ouverture incroyablement long montrant Charlton Heston et Janet Leigh en train de franchir la frontière mexicaine. Il avait vu cette séquence une bonne douzaine de fois, mais elle ne manquait jamais de l'épater. Tant de choses se passaient simultanément sur l'écran, et pourtant le plan fonctionnait. Vinnie adorait Orson Welles ; il adorait sa voix grave, caverneuse. D'ailleurs, il savait très bien contrefaire la voix de Welles. Il était un imitateur de talent.

2

Vinnie sortait juste du cinéma lorsque son bip se mit à bourdonner.

— Merde, maugréa-t-il. Il n'aurait pas pu attendre jusqu'à demain, ce fils de pute ?

Il jeta un coup d'œil sur sa montre. En se dépêchant, il avait encore une chance d'y arriver.

Il héla un taxi et se rendit à Carmine Street, au cœur de Little Italy.

— Attendez-moi, dit-il au chauffeur lorsque la voiture s'arrêta devant le café *La Bohème*.

— Ça fait six dollars, m'sieur, gémit le taxi. J'ai pas le temps d'attendre.

Vinnie lui décocha le regard glacial qu'il réservait aux mauvais payeurs.

— Restez ici.

Avant que l'autre ait pu répliquer, il descendit de voiture et s'engouffra dans le café. Il passa devant des hommes âgés, assis dans des box minuscules, et s'arrêta à une table installée devant la porte de l'arrière-salle. Un colosse montait la garde, un chapeau enfoncé sur le crâne, une petite tasse d'expresso dans ses doigts boudinés.

— Salut, Cheech, dit Vinnie.

— T'as pas répondu au bip.

— C'était plus rapide de venir directement.

Cheech fit un signe de tête :

— Il est là.

Le cerbère appuya sur un bouton et Vinnie ouvrit la porte. En voyant Benedetto assis à un petit bureau, une calculette devant lui, Vinnie pensa au gros lard : les deux hommes comptaient leur argent tous les jours. Thomas Provensano, le vieil ami de Vinnie, aujourd'hui collecteur de fonds et comptable de Benedetto, était attablé dans un coin, une calculatrice à la main. Tommy Pro lui lança un clin d'œil.

Sans lever les yeux de sa feuille de comptes, Benedetto dit :

— Ah ! Vinnie…

C'était un homme d'environ trente-huit ans, prématurément grisonnant, toujours tiré à quatre épingles.

— Monsieur B., dit Vinnie, je suis allé voir le gros lard.

— S'est-il montré compréhensif ?

Vinnie sortit de sa poche la liasse de cinq cents dollars, qu'il posa sur le bureau.

— Dans une certaine mesure, oui... à partir du moment où je lui ai cassé les doigts.

Benedetto eut un geste réprobateur.

— Vinnie, il est préférable que j'ignore ces détails.

Vinnie le savait, mais il savait également que Benedetto aimait à les entendre.

— De vous à moi, monsieur B., je lui ai dit de payer la totalité des intérêts d'ici vendredi et les cinq mille billets la semaine prochaine.

— Il y arrivera ?

— Il a une Cadillac toute neuve. Je lui ai dit que vous pourriez vous en contenter, qu'il lui suffirait de continuer à la rembourser.

Benedetto s'esclaffa.

— Excellent ! Tu es un petit malin, Vinnie. Tu pourrais aller loin, si tu ne passais pas ton temps au cinéma.

Dans la bouche de Benedetto, c'était un grand compliment tout autant qu'une remarque désobligeante. Vinnie le remercia d'un signe de tête. Benedetto était un *capo* de la Famille Carlucci, et on disait qu'il serait le prochain Parrain une fois que l'actuel tenant du titre, accusé d'un triple meurtre, aurait épuisé tous les recours judiciaires. Donner satisfaction à Benedetto était pour Vinnie un souci constant. Mr B. avait un tempérament de serpent à sonnettes mal embouché, et on ne comptait plus les cadavres de ceux qui avaient eu le malheur de lui déplaire – parmi lesquels, et non des moindres, Onofrio Callabrese, le père de Vinnie.

Benedetto remit la liasse à Tommy Pro. Celui-ci la compta rapidement, tapa la somme sur sa calculatrice et rangea l'argent dans le coffre, d'où il sortit une enveloppe qu'il tendit à son patron.

— Jour de paie, fiston, dit Benedetto.

Il donna l'enveloppe à Vinnie, qui l'empocha avec empressement.

— Merci, monsieur B.

— Veille à ce que le gros lard tienne les nouveaux délais et viens me voir quand tu auras collecté les intérêts. Où en sont tes autres clients ?

En fait, Benedetto connaissait par cœur la situation de chacun des comptes. Il voulait juste entendre Vinnie lui confirmer ce qu'il savait déjà.

— Tout le monde a réglé cette semaine, répondit Vinnie.

— Voilà qui me plaît à entendre. Continue comme ça.

— Oui, monsieur B.

Vinnie se détourna pour prendre congé.

— Vinnie...

— Oui, monsieur B. ?

— La prochaine fois, apporte-moi l'argent tout de suite. Ne va pas au cinéma avec.

— Bien, monsieur B.

— C'est quoi, cette fringale de cinoche ? J'ai jamais rien vu de pareil.

— C'est un hobby, si on veut.

— Tu deviens trop vieux pour les hobbies, dit Benedetto. Quel âge as-tu, Vinnie ?

— Vingt-huit ans, monsieur B.

— Il est temps que tu fasses tes premières armes.

Vinnie garda le silence. La sueur perla au creux de ses reins.

— Si le gros lard ne paie pas, tu pourras faire tes premières armes sur lui.

— Comme vous voudrez, monsieur B.

— Dégage.

Dans la rue, le taxi attendait. Vinnie donna au chauffeur une adresse à Chelsea et s'affala sur la banquette, vidé de toute énergie. Il ouvrit l'enveloppe et compta les billets : trois mille dollars – sa meilleure semaine à ce jour. Travailler pour Benedetto présentait des avantages, mais cette histoire de « faire ses premières armes » commençait à lui peser. Une fois qu'il aurait franchi ce pas, Vinnie serait un mafioso, un membre à part entière de la Famille. Et à ce moment-là, il appartiendrait à Benedetto pour toujours. Vinnie n'avait aucune envie d'appartenir à qui que ce fût.

3

Vinnie régla le taxi, laissa cinq dollars de pourboire et grimpa les marches du perron de l'immeuble de Chelsea. Pour Benedetto et les autres membres de la Famille, Vinnie habitait l'appartement de sa mère décédée, à Bleecker Street, mais en réalité il y passait de moins en moins de temps. Son véritable pied-à-terre, c'était ce trois-pièces à Chelsea.

Il déverrouilla la boîte aux lettres marquée « Michael Vincent ». Trois ans auparavant, il avait choisi un avocat dans l'annuaire du téléphone, avait légalement changé de nom, s'était procuré un numéro de sécurité sociale, un permis de conduire, une carte d'électeur, un passeport, et avait ouvert un compte en banque. Après avoir dûment rempli sa déclaration d'impôts pendant deux ans – en indiquant comme profession : écrivain indépendant – il avait obtenu des cartes de crédit et des relevés de compte à son nouveau nom, avait signé le bail de l'appartement de Chelsea et avait même souscrit un prêt bancaire, qu'il avait remboursé. Il déposait son argent liquide dans une agence différente à chaque fois, ne faisait jamais de chèques sans provision et avait douze mille dollars sur un compte d'épargne, sans oublier un « bas de laine » en billets de cinquante et de cent. Michael Vincent était le plus respectable des citoyens.

— Comment allez-vous ? dit-il à haute voix en montant au premier étage. Je suis ravi de faire votre connaissance.

Après bien des essais, il avait finalement opté pour

la voix de Tyrone Power. « Un, deux, trois, quatre, cinq, six, sept, huit, neuf, dix. » Power était la star de cinéma dont les inflexions se rapprochaient le plus des siennes ; en outre, l'élocution précise du comédien, son timbre velouté, correspondaient exactement à ce que Vinnie recherchait.

— Je suis extrêmement heureux de faire votre connaissance, dit-il en essayant de rendre la sérénité de Larry tel que le jouait Power dans *Le Fil du rasoir*, qu'il avait vu la veille.

Il ouvrit les trois serrures de la porte et entra dans son appartement. La décoration était du classique Yuppie new-yorkais : le mur qui supportait la cheminée était en briques apparentes ; le mobilier, d'un blanc satiné, était parsemé d'objets en verre et en cuir ; quelques beaux tableaux et beaucoup d'affiches de cinéma originales – *Casablanca*, *Pour qui sonne le glas* et *La Dame du vendredi*, entre autres – décoraient les murs. Il n'y avait là pratiquement que des articles de récupération, y compris les affiches, que Vinnie avait subtilisées dans un cinéma d'art et d'essai délabré avant qu'un malfrat, une de ses relations, n'y mette le feu pour le compte du propriétaire désargenté. Sur des rayonnages étaient classées par ordre alphabétique près d'un millier de cassettes vidéo de films.

Il consulta son répondeur téléphonique. Il n'y avait qu'un seul message, laissé par une voix rauque, féminine : « Michael chéri, le dîner est à neuf heures. Ne sois pas en retard. Tâche même d'arriver en avance. »

Vinnie quitta les vêtements noirs qu'il mettait toujours pour faire sa tournée de collectes – sa tenue de gangster, comme il l'appelait –, prit une douche, se fit un shampooing et se sécha les cheveux. Il mit dans un vide-poches, sur la commode, ses deux chaînes en or et sa montre voyante, glissa à son poignet une *Rolex* or et argent et à son annulaire une petite chevalière en or gravée d'un emblème familial. Il avait sélectionné un blason « Vincent » dans les archives du département généalogique de la bibliothèque municipale de New York, puis choisi chez *Tiffany* une chevalière qu'il avait fait graver. Ce bijou était quasiment le seul objet de valeur que Vinnie eût acheté.

Il avait une petite garde-robe de costumes et de vestes *Ralph Lauren* qu'une de ses connaissances, un voleur à l'étalage, avait systématiquement commandés pour lui dans une demi-douzaine de boutiques *Polo*. Vinnie sortit une veste en tweed écossais et un pantalon de flanelle, enfila une chemise en coton *Sea Island* et des mocassins italiens, puis se prépara à partir pour son cours. Il jeta un coup d'œil sur sa *Rolex* : il avait vingt minutes devant lui.

Vinnie arriva à Waverly Place, à Broadway, avec cinq minutes d'avance. Il était déjà assis dans l'une des salles de classe de l'école de cinéma de l'Université de New York lorsque le professeur fit son entrée. Le cours d'aujourd'hui portait sur les budgets de production.

Waring, le professeur, brandit une liasse de copies.

— Monsieur Vincent ?

Vinnie leva la main.

— Pensez-vous vraiment pouvoir tourner ce film pour deux millions six ?

Les trente élèves se tournèrent comme un seul homme vers Vinnie.

— Je le crois, oui, répondit Vinnie en prenant la voix veloutée de Tyrone Power.

— Expliquez-nous comment, monsieur Vincent.

Vinnie se redressa sur sa chaise :

— Ce n'est pas parce que l'histoire se passe à New York qu'on doit forcément la tourner sur place. Mon budget est prévu pour un tournage à Atlanta, avec un stock de plans de rues new-yorkaises. C'est également compris dans le budget, soit dit en passant.

À l'autre bout de la salle, un jeune homme aux cheveux roux bouclés se donna une tape sur le front.

— Et dans quels postes réalisez-vous des économies en tournant à Atlanta ? s'enquit Waring.

— Dans presque tous les postes : frais d'hébergement, frais de transport, décors... Et pas de problèmes à craindre avec les syndicats ou les fédérations. Grâce à cela, j'ai pu rogner un demi-million de dollars.

— Pouvez-vous me citer un seul exemple de film situé à New York qui ait été tourné à Atlanta avec succès ?

— J'ai vu à la télévision, la semaine dernière, une dramatique intitulée *La Dame du Mayflower*. L'histoire se passait à New York mais était filmée à Atlanta, et le résultat m'a semblé réussi.

— N'avais-je pas spécifié que le tournage devait avoir lieu à New York ?

Vinnie sortit de sa poche une feuille de papier qu'il parcourut.

— Où ça ? C'était peut-être sous-entendu, mais pas spécifié.

— Vous avez raison, monsieur Vincent, dit Waring, et vous êtes le seul de la classe à l'avoir relevé. C'est pourquoi votre budget est inférieur de huit cent mille dollars à ceux de vos camarades. Félicitations ! C'est un bon budget, réalisable, et vous avez fait économiser beaucoup d'argent à vos investisseurs.

— Merci, dit Vinnie, très fier de lui.

Le cours terminé, le jeune rouquin aborda Vinnie. Il portait un jean, un blouson de l'armée où on voyait encore la marque des galons de sergent, et des lunettes à monture métallique. Il avait besoin d'aller chez le coiffeur.

— Je m'appelle Chuck Parish, dit-il en tendant la main.

— Je suis très heureux de faire votre connaissance, répondit Vinnie.

— Vous êtes bien Michael Vincent ?

— En effet.

— Je peux vous offrir un café ? J'ai quelque chose à vous demander.

Vinnie consulta sa *Rolex*.
— J'ai vingt minutes à vous accorder.

La serveuse posa le café sur la table. Chuck Parish la paya et attendit qu'elle se fût éloignée pour sortir un scénario de sa serviette en toile.
— Pourriez-vous me chiffrer le coût de ce script ? Je compte le tourner à New York, et il me faudrait un directeur de production.
Vinnie feuilleta le manuscrit, qui comptait cent dix-neuf pages.
— C'est un film de gangsters, expliqua Parish. Des gars de la Mafia qui volent deux millions de dollars à leur Parrain et s'en tirent de justesse.
— Qui finance ? demanda Vinnie.
— Grâce à des relations familiales, je peux investir trois cent mille dollars.
— Vous pensez que ça suffira ?
— C'est ce que je voudrais que vous me disiez. Ma petite amie tiendra le rôle féminin ; pour le reste de la distribution, je compte puiser parmi ses camarades de cours de comédie. J'ai repéré un type qui me paraît bien pour le rôle masculin.
— Avez-vous un distributeur ?
— Non.
Vinnie acquiesça.
— Je le lis et je vous appelle.
— Mon numéro est au dos du script.
Ils se séparèrent sur une poignée de main.

Un quart d'heure plus tard, un taxi déposait Vinnie devant un immeuble d'avant-guerre, sur la Cinquième Avenue, à côté du Metropolitan Museum.
— Bonsoir, monsieur Vincent, dit le portier en lui tenant la porte.
— Bonsoir, John.
Vinnie prit l'ascenseur jusqu'au dernier étage, sortit dans un vestibule en marbre et ouvrit une porte avec sa clef.

— Je suis là, chéri ! lança une voix féminine.
Vinnie longea l'interminable hall, orné de tableaux d'une valeur totale de vingt millions de dollars, avant d'entrer dans l'immense chambre à coucher. Elle était au lit ; un sein au mamelon rosé émergeait de sous le drap. Pour une femme de quarante et un ans, elle avait une poitrine sensationnelle.
— Nous avons une demi-heure avant l'arrivée de nos invités, dit-elle en souriant. N'abîme pas mon maquillage, surtout !

4

Vinnie avait rencontré Barbara Mannering huit mois auparavant, lors d'un gala organisé au profit de l'école de cinéma de NYU[1]. Il faisait la queue au buffet quand elle s'était matérialisée à côté de lui en proférant un « Merde ! » bien senti.
Il s'était retourné pour la regarder. Une blonde d'environ un mètre soixante-dix, coiffée et habillée avec une élégance coûteuse, parée de diamants discrets mais bel et bien authentiques.
— Je vous demande pardon ? avait-il dit.
— Je n'ai pas l'habitude de faire la queue. Voulez-vous être un ange et me commander un double scotch avec des glaçons ?
— Certainement.
— Êtes-vous un cinéaste en herbe ?
— Un producteur en herbe.
— Vous semblez avoir passé l'âge de l'université.
Vinnie paraissait effectivement trente-cinq ans.
— Je ne suis pas étudiant à plein temps.
— Et que faites-vous, à plein temps ?
— Je suis écrivain.

1. New York University. *(N.d.T.)*

— Vous écrivez quoi ?

— Des livres, des articles de presse, parfois des discours.

— Aurais-je lu quelque chose de vous, par hasard ?

— Sans aucun doute.

— Par exemple ?

— J'ai une spécialité un peu particulière : je suis un nègre.

— Et de qui êtes-vous le nègre ?

— Si je vous le disais, je ne serais plus un nègre. J'écris pour des chefs d'entreprise, divers politiciens...

— Comment trouvez-vous vos clients ?

— Ce sont eux qui me trouvent. Le bouche à oreille, je suppose.

— Vous devez gagner beaucoup d'argent.

— Pas tant que ça. Je n'ai pas écrit les mémoires de Trump ni le livre de Chuck Yeager. Mes clients sont plus modestes.

— Et c'est pour ça que vous voulez devenir producteur ? Pour gagner davantage ?

— Je veux devenir producteur parce que j'aime le cinéma. Je pense l'aimer suffisamment pour faire du bon travail.

— Je vous crois volontiers. Vous a-t-on déjà dit que vous avez la voix de Tyrone Power ?

Vinnie n'avait pu s'empêcher de sourire jusqu'aux oreilles.

— Vraiment ?

Il l'avait raccompagnée chez elle et ils avaient commencé à faire l'amour avant même d'avoir quitté l'ascenseur. Depuis ce jour-là, ils faisaient l'amour une ou deux fois par semaine. Elle recevait régulièrement à dîner chez elle, deux fois par mois, et Vinnie était souvent invité. Il avait ainsi rencontré deux anciens maires, quelques écrivains et un grand nombre de gens intéressants.

Vinnie lui baisa un sein, détacha son corps de celui de Barbara et alla prendre une douche. Quand il sortit de la salle de bains, il la trouva en train de feuilleter le scénario de Chuck Parish.

— Qu'est-ce que c'est ? demanda-t-elle.

— Un gars de mon cours m'a demandé de lui chiffrer le coût de production. Il a réuni des fonds et veut tourner le film.

— C'est un bon script ?

— Je n'ai pas encore eu le temps de le lire, mais l'auteur a la réputation d'un génie à NYU. J'ai vu deux courts métrages qu'il a réalisés, et ils étaient extrêmement bons. Par contre, j'ai l'impression qu'il n'a guère le sens des affaires.

Il ouvrit la penderie contenant la garde-robe que Barbara lui avait choisie. Il sélectionna un smoking et une chemise en soie, tous deux confectionnés par un tailleur londonien qui venait à New York tous les trimestres ; c'était Barbara qui avait réglé la facture. À part ces vêtements, il n'avait reçu d'elle aucun cadeau. À vrai dire, la première fois qu'il avait vu l'appartement de douze pièces sur la Cinquième Avenue, avec son mobilier et ses toiles de maître, il avait été tenté d'en parler à Benedetto et de faire « nettoyer » les lieux un week-end où elle serait absente. Mais il aimait bien Barbara, et il s'était dit qu'elle lui serait sans doute plus utile comme amie. En quoi il avait eu raison.

— Qui as-tu invité ? demanda-t-il.

— Le sénateur Harvey et sa femme. Dick et Shirley Clurman. Avant de prendre sa retraite, Dick était chef des correspondants à *Time & Life* ; il vient d'écrire un livre formidable sur la fusion entre *Time* et *Warner*. Shirley, elle, est productrice à ABC. Enfin, il y aura Leo et Amanda Goldman. Nous ne sommes que huit ce soir.

— Leo Goldman, de la *Centurion Pictures* ?

— Je pensais bien que ça te plairait. Outre le fait qu'il dirige le studio le plus important du moment, c'est un homme intéressant. Très brillant.

Vinnie arrangea son nœud papillon à la perfection, exactement comme le faisait Cary Grant dans *Indiscret*.

— Je serai ravi de le rencontrer, dit-il.

Tous les convives arrivèrent presque en même temps. Vinnie salua Goldman mais s'arrangea pour ne pas lui adresser la parole avant le dîner. Il se borna à écouter en silence une conversation – quasiment une interview – entre Dick Clurman et le sénateur. Clurman avait l'esprit vif et posait des questions très directes, auxquelles le sénateur apportait des réponses tout aussi directes. Vinnie apprit un tas de choses.

À table, il se retrouva assis entre Shirley Clurman et l'épouse de Leo Goldman. Celui-ci n'était qu'une place plus loin, mais Vinnie s'abstint toujours d'engager la conversation avec lui. Il se montra charmant avec Mrs Clurman et témoigna beaucoup d'égards à Amanda Goldman – une belle blonde d'une petite quarantaine d'années – sans risquer pour autant d'irriter son mari.

Ce ne fut qu'après le dîner, alors qu'ils prenaient le cognac dans la bibliothèque, que Vinnie adressa plus de deux mots à Goldman. Par chance, ce fut Goldman lui-même qui prit l'initiative du dialogue.

— Il paraît que vous êtes à l'école de cinéma de NYU ?

C'était un homme d'environ quarante-cinq ans, au front dégarni, superbement bâti : de toute évidence, il s'astreignait à un entraînement quotidien soutenu.

— À temps partiel, précisa Vinnie.

— Qu'est-ce qui vous intéresse dans le cinéma ?

— La production.

— Rien de plus prestigieux ? L'écriture, la mise en scène ?

— Non.

— Qu'est-ce qui vous attire dans la production ?

Vinnie prit une profonde inspiration avant de répondre :

— On contrôle tout.

Goldman éclata de rire.

— La plupart des gens diraient que c'est le metteur en scène qui contrôle tout.

— Les producteurs engagent et renvoient les metteurs en scène.

Goldman hocha la tête.

— Vous êtes un malin, Michael. Vous pensez avoir une idée de ce qui fait un bon film ?

— Oui.

Goldman extirpa de sa poche une carte de visite.

— Quand vous aurez quelque chose qui vous paraîtra bon, appelez-moi. C'est mon numéro personnel.

Vinnie la prit et dit en souriant :

— Je vous appellerai au moment où vous vous y attendrez le moins.

Vinnie passa une heure au lit avec Barbara. Quand il eut enfin réussi à l'épuiser, il prit de nouveau une douche, enfila un peignoir et emporta dans la bibliothèque le scénario de Parish. Il le lut en une heure, puis, muni d'un bloc-notes et d'un stylo, il entreprit de le décomposer en scènes et en lieux de tournage. Au lever du jour, il avait esquissé dans les grandes lignes un programme de production et un budget. Il n'eut pas besoin de calculatrice pour additionner les chiffres ; il était naturellement doué pour le calcul et possédait une mémoire hors du commun.

Il put dormir une heure avant que Barbara ne le réveille pour le petit déjeuner.

— Qu'as-tu fait, cette nuit ? lui demanda-t-elle en mangeant ses œufs au bacon.

— J'ai lu le scénario de Chuck Parish et établi un budget de production.

— Alors, que vaut le script ?

Il leva les yeux vers elle.

— Il est très, très bon, Barbara. C'est un film de gangsters, mais il est amusant ; il n'y a pas de temps morts. S'il est produit correctement, il peut rapporter de l'argent.

— Combien te faut-il pour le produire ?

— Je peux le faire pour six cent cinquante mille dollars, répondit Vinnie. Parish en a déjà trois cent mille.

— Ça me paraît un budget modeste.

— Ça l'est. Leo Goldman n'en reviendrait pas.

— Comptes-tu le soumettre à Goldman ?

— Non. Si Parish est d'accord, on tournera le script sans le montrer à personne.

— Risqué.

— Pas autant que tu le crois. Tu ne l'as pas lu.

— Et si je finançais ?

— Ton argent ne m'intéresse pas, Barbara. (Il sourit.) Seulement ton corps.

Il savait qu'elle était l'héritière d'une très grosse fortune du bâtiment.

— Le projet me plaît, dit-elle. J'y mettrai deux cent mille ; à toi de trouver le reste.

— J'y réfléchirai, dit Vinnie.

C'était tout réfléchi.

En le raccompagnant à la porte d'entrée, elle déclara :

— Tu sais ce que Leo Goldman m'a dit à ton sujet, hier soir ?

Vinnie haussa un sourcil interrogateur. Il ne voulait pas poser la question.

— Il m'a dit : « Ton ami Michael est un escroc, mais il n'en a pas l'air. Ça me plaît. »

Vinnie sourit et embrassa Barbara sur la joue. Il lui faudrait être extrêmement prudent avec Leo Goldman.

5

Pendant quarante-huit heures, entre deux collectes pour Benedetto, Vinnie travailla sur le budget de production. Installé devant son ordinateur, dans l'appartement de Chelsea, il créa des programmes et des documents de toute beauté. Il fut lui-même impressionné par son œuvre.

Une fois prêt, il alla trouver Thomas O. Provensano. Vinnie le connaissait depuis l'enfance. Tommy Pro avait deux ans de plus que lui, mais les deux garçons s'étaient liés d'amitié très tôt. Vinnie considérait Tommy, à certains égards, comme le type le plus brillant qu'il eût jamais connu : diplômé de comptabilité, il avait passé l'examen du CPA avant de faire son droit à NYU. Tommy en savait autant – voire davantage – sur les affaires de Benedetto que l'intéressé lui-même.

Le bureau se trouvait derrière une porte non marquée, au premier étage du café qui servait de quartier général à Benedetto. Tommy avait deux pièces : une pour son assistante, une veuve italienne d'une cinquantaine d'années, et une pour lui et ses trois ordinateurs. Vinnie avait l'impression que les trois appareils fonctionnaient à plein régime, vingt-quatre heures sur vingt-quatre. Le mobilier était spartiate : une table et des classeurs métalliques provenant d'un restaurant que Benedetto avait coulé quelques années auparavant, et un coffre-fort de dimensions imposantes. Tommy lui avait expliqué un jour que tous les véritables dossiers étaient conservés sur disquettes et que le coffre était piégé de façon à détruire ces documents – à distance, si nécessaire. Tous les soirs, Tommy quittait son bureau avec les doubles des disquettes dans une grosse sacoche, et *personne* ne savait où il les cachait.

Assis dans un vaste fauteuil à roulettes – son unique concession au confort ou au luxe – Tommy trimballait son énorme carcasse d'un ordinateur à l'autre.

— Qu'est-ce qui t'amène, petit ? demanda-t-il quand la secrétaire eut introduit Vinnie dans le saint des saints.

Vinnie s'assit et ouvrit son attaché-case.

— Je vais réaliser un film, Tommy.

Tommy Pro écarta les mains en souriant.

— Ça devait arriver tôt ou tard. Je peux t'aider ?

— Je voudrais te montrer ce que j'ai fait, pour avoir ton avis.

Vinnie sortit ses plans, ses budgets prévisionnels, et expliqua toute l'affaire à Tommy, qui était la seule personne en qui il eût un tant soit peu confiance. Lorsqu'il eut terminé, il se renversa contre le dossier de son siège et demanda :

— Alors, ton verdict ?

— Ça me paraît jouable, dit Tommy avec un large sourire. Sauf qu'il va falloir que tu dégotes cent cinquante mille dollars tout rond. Comment tu comptes faire ?

— De toi à moi, j'en ai déjà presque soixante-dix mille.

C'était la première fois que Vinnie parlait à quelqu'un de son bas de laine.

— Si je te connais bien, dit Tommy, tu trouveras les quatre-vingt mille restants.

— Fais-moi confiance !

— Tu as là un excellent programme financier, dit Tommy en feuilletant le devis. Qu'est-ce que tu attends de nous ?

— De *toi*, rectifia Vinnie. Pas de Benedetto. J'ai bichonné mon projet au quart de poil pour que ça marche ; si Mr B. a vent de l'affaire, il voudra une part du gâteau. (Il se permit un petit sourire.) Toi, je peux être ton débiteur.

Tommy Pro éclata de rire.

— O.K. De quoi a besoin mon futur débiteur ?

— D'une aide logistique, essentiellement. Je compte tourner dans le quartier et je ne veux pas qu'on me mette des bâtons dans les roues.

— Je m'en occupe.

— Je vais réaliser ce film sans tenir compte des contraintes syndicales ; je ne veux pas de piquets de grève.

— Un simple coup de téléphone, dit Tommy.

— Enfin, je voudrais que tu rédiges tous les contrats.

— Je n'en ai pas fait une quantité industrielle pour les gens du spectacle, mais j'ai tous les logiciels nécessaires. Tu vas te mettre en société, naturellement ?

Vinnie, qui n'y avait pas songé, répondit :

— Naturellement.

Les deux jeunes gens passèrent trois heures à dresser la liste des contrats à établir et à chercher des lacunes dans le plan de Vinnie. Il n'y en avait pas beaucoup.

Alors que Vinnie se préparait à partir, Tommy Pro lui dit :

— Je connais une très bonne actrice qui est disponible.

— Je lui trouverai bien un rôle. Qui est-ce ?

— Tu te souviens de Carol Geraldi ?

— Et comment ! *Le Belvédère,* il y a quatre ou cinq ans. Ça fait un bout de temps que je ne l'ai pas vue à l'écran.

— Personne ne l'a vue. Elle a dégringolé la pente ; c'est une junkie.

— Dommage.

— Je pense qu'elle pourrait encore travailler. Et son nom est connu.

— Comment es-tu si bien renseigné ?

— J'ai deux ou trois dealers dans la rue ; l'un d'eux l'approvisionne. Elle me doit huit mille dollars. Si tu la veux, règle son ardoise et je t'en fais cadeau.

— J'y réfléchirai, Tommy. Merci.

Vinnie était au comble de la nervosité. Il attendait d'une minute à l'autre la visite de Chuck Parish. Il s'assura que l'appartement de Chelsea était en ordre et que ses documents étaient bien préparés sur la table. La sonnerie de la porte d'entrée le fit sursauter.

Chuck était accompagné de l'une des plus belles filles que Vinnie eût jamais vues.

— Je vous présente Vanessa Parks, dit Chuck. Ma petite amie et ma vedette féminine.

— Super, dit Vinnie en serrant la main de la fille.

Elle était grande et svelte, avec de ravissants cheveux châtain clair. Sa peau était sans défaut, ses seins fermes et généreux, sa bouche large et pulpeuse, ses dents superbes. Vinnie la désira sur-le-champ.

Il les fit asseoir sur le divan, leur apporta des rafraîchissements et s'installa en face d'eux.

— Bel appartement, dit la fille en regardant autour d'elle.

— Merci, Vanessa.

Il avait constaté qu'il était souvent efficace, d'entrée de jeu, d'appeler les femmes par leur prénom.

— Alors, dit Chuck, qu'est-ce que vous avez pour moi ?

Vinnie posa le script sur la table basse.

— Tout d'abord, je tiens à vous dire que je trouve votre scénario excellent. Vous êtes un écrivain très doué.

Le visage de Chuck s'empourpra un peu.

— Merci, mais venons-en au fait. Combien ça va coûter à produire ?

— Vous avez trois solutions pour faire ce film, dit Vinnie. En réalité, vous en avez des douzaines, mais seulement trois sont raisonnables.

Chuck se pencha en avant :

— Et quelles sont-elles ?

— Primo, vous pouvez tourner ce film à titre de projet de fin d'études. Vous investissez vos trois cent mille dollars, vous engagez des étudiants pour le casting et l'équipe technique, et vous faites un gentil petit film qui vous vaudra probablement le prix universitaire du meilleur long métrage et du meilleur scénario. Il ne pourra pas être distribué sous cette forme, mais vous pourrez le montrer aux grands studios ; grâce à cette carte de visite, on vous engagera peut-être pour écrire et réaliser un film. Au pire, vous pourrez décrocher un contrat pour tourner un téléfilm.

— Ça me plaît bien, dit Chuck.

— Mais il y a un point auquel vous devez réfléchir sérieusement : ce sera le film de fin d'études le plus coûteux de toute l'histoire universitaire, et vous n'aurez plus vos trois cent mille dollars.

— Je m'en accommoderais si ça devait contribuer à lancer ma carrière.

— Donc, cet argent est à vous ?

Chuck acquiesça :

— Un héritage.

— Pour ma part, Chuck, je considère que tout travail mérite salaire. Si vous adoptez cette solution, non seulement vous ne serez pas payé, mais vous dilapiderez votre héritage.

— Oui, ce n'est pas faux. Quelles sont les deux autres solutions ?

— Vous pouvez prendre un agent – j'ai des relations – et vendre votre scénario à un studio. Il est suffisamment bon pour que vous puissiez en tirer deux ou trois cent mille dollars.

— Voilà qui est plaisant, dit Chuck avec un sourire épanoui.

— Mais on ne vous laissera jamais réaliser le film.

— Ah ?

— Vous devrez réécrire le script une demi-douzaine de fois pour les gens du studio ; quand ils seront satisfaits, vous devrez le réécrire pour le metteur en scène ; quand il sera satisfait, vous devrez le réécrire pour la vedette principale. C'est comme ça que ça se passe, et je ne pense pas que le produit fini ressemble beaucoup au projet de départ.

— Je vois, dit Chuck d'un air découragé. Quelle est la troisième option ?

— La troisième option, dit Vinnie, c'est de tourner un film exploitable et de le proposer ensuite aux studios. D'engager des techniciens professionnels, sauf pour les tâches courantes. D'engager de bons acteurs qui seront rémunérés au tarif syndical.

— Et c'est faisable pour trois cent mille ?

— Non. Il vous faudra six cent cinquante mille.

— Je ne peux pas fournir le reste.

— Moi si, dit Vinnie.

— Vous seriez prêt à investir dans mon film ? dit Chuck, stupéfait.

— Si je le produis, oui.

Chuck se redressa sur le divan et but une gorgée de son verre.

— Je veux écrire, produire et réaliser mes propres œuvres.

Vinnie se redressa, lui aussi.

— Si c'est ce que vous voulez faire, allez-y.

Chuck lui lança un regard méfiant.

— Mais dans ce cas-là, vous n'amènerez pas vos investisseurs.

Vinnie secoua la tête.

— Je ne le pourrais pas, et je vais vous expliquer pourquoi. Vous êtes un homme intelligent, un bon écrivain et, d'après ce que j'ai pu en voir à l'école de cinéma, un bon metteur en scène. Par contre, j'ai le sentiment que vous n'êtes pas très doué pour les affaires. Moi si. Je peux superviser ce projet, m'occuper du côté business et vous laisser libre de faire ce pour quoi vous êtes le plus doué. Ce qu'il vous faut, Chuck, c'est un producteur... que ce soit moi ou un autre.

— Qu'avez-vous produit ?

— Rien, dit Vinnie. Mais laissez-moi vous détailler le plan que j'ai mis au point et vous montrer comment je m'y prendrais.

Il alla chercher sur son bureau des copies qu'il tendit à Chuck et à Vanessa.

— La page un, dit-il, concerne les frais généraux, ventilés par catégories.

Lorsqu'il eut terminé, Vinnie se leva pour se préparer un cocktail – son premier de la journée. Pendant ce temps-là, Chuck et Vanessa tinrent conciliabule à voix basse. Quand il revint s'asseoir, Vanessa lui sourit. Il comprit alors qu'il avait gagné.

— C'est d'accord, dit Chuck.

— Ça ne va pas être du gâteau, répondit Vinnie. Vous et moi, nous serons payés au pourcentage. C'est un programme sur vingt-trois jours, et il faudra que vous soyez très bien préparé pour tenir les délais. Vous devrez filmer avec des caméras Mitchell et non des Panavision ; pour le montage, vous devrez utiliser une Moviola et non une Steenbeck. Le mieux serait d'ailleurs que vous fassiez le montage à l'université, avec le matériel de l'école, même si ça vous oblige à travailler la nuit.

— Je n'ai pas besoin de beaucoup de sommeil. (Chuck feuilleta rapidement les pages.) J'avais spécifié une Steadicam[1] pour trois scènes précises ; je ne la vois mentionnée nulle part.

— Vous ne pourrez pas avoir de Steadicam, dit Vinnie. Pour les travellings, vous n'aurez qu'à louer – ou voler – un fauteuil roulant et emprunter un maximum de plaques de contreplaqué.

1. Caméra portée, montée sur un harnais doté de ressorts permettant de réduire les vibrations de la prise de vues. *(N.d.T.)*

— Combien de temps pour la préproduction et le casting ? s'enquit Chuck.

— Un mois. En comptant large. J'ai déjà trouvé tous les extérieurs.

— Tous ? répéta Chuck, incrédule.

— J'ai mis les adresses devant chaque scène.

— Et les intérieurs ?

— Pas question de louer un plateau de tournage insonorisé. Pour l'appartement de l'héroïne, vous n'aurez qu'à tourner ici.

— Ça nécessitera beaucoup de post-synchro.

— C'est compris dans le budget, répondit Vinnie.

— Bordel de merde, murmura Chuck en s'essuyant le front d'un revers de main. Mais alors, c'est vraiment possible ?

— Oui.

— Qu'est-ce qui vous dit qu'on pourra vendre le film à un studio, une fois terminé ?

— J'ai des relations. Si je ne croyais pas que c'était faisable, je ne mettrais pas mes investisseurs dans le coup. Il faudra néanmoins vous fier à mon jugement, quand nous conclurons le marché.

Vanessa posa une main sur celle de Chuck.

— Je crois que tu devrais suivre le conseil de Michael, dit-elle.

Chuck la regarda, puis se tourna vers Vinnie et lui tendit la main.

— Topez là, dit-il. Quand commençons-nous ?

Vinnie prit la main de Chuck dans les siennes.

— Nous commençons demain, par une réunion avec notre avocat. Vous pourrez amener votre propre avocat, naturellement. Je vous y engage, même.

— Je n'ai pas d'avocat, dit Chuck.

Vinnie lui adressa un sourire rassurant.

— Ne vous inquiétez pas pour ça.

6

Vinnie adorait son travail. Il s'arrangeait pour liquider sa tournée de collectes le matin, afin de consacrer ses après-midi et ses soirées à l'organisation de la production. Il cherchait des bonnes combines, proposait de payer en liquide pour obtenir des ristournes, rassemblait le matériel, engageait des techniciens, assistait aux auditions... Il était *producteur*.

Il n'y avait qu'une seule ombre au tableau : le gros lard. Celui-ci avait réglé les intérêts en temps voulu et avait déjà fait deux versements. Mais la fois suivante, quand Vinnie passa au bar-tabac pour se faire payer, il repéra un flic en entrant dans la boutique. L'homme, apparemment plongé dans une revue, traînassait près de la porte du bureau. Il avait beau être en civil, Vinnie l'identifia en une seconde. Le vieil employé, derrière le comptoir, haussa un sourcil et lança au flic un regard en coin. Vinnie s'éclipsa avant de se faire pincer.

« Le fils de pute ! » se dit-il tout en allant voir son client suivant. Benedetto allait perdre patience pour de bon, maintenant. Le gros lard avait alerté les flics ! Il était cinglé ou quoi ?

Benedetto se mit en rogne.

— De quel droit il me traite de cette façon, ce mec ? demanda-t-il à Vinnie d'un ton plaintif.

— Vous avez raison, monsieur B. Il a besoin d'une bonne leçon.

— Il a besoin d'être zigouillé, déclara sans ambages Benedetto.

— Laissez-moi essayer encore un coup. Mort, il ne pourra pas vous rembourser, pas vrai ? Je ferai en sorte qu'il soit dans les temps la prochaine fois.

— D'accord, Vinnie, je m'en remets à toi.
— Parfait, monsieur B. Je m'en occupe sans délai.
Comme il tournait les talons pour partir, Benedetto le retint :
— Vinnie ?
Le jeune homme s'arrêta net.
— Ouais, monsieur B. ?
— Cette affaire, c'est *ta* responsabilité.
Le ton de la remarque déplut à Vinnie. Il sortit sans demander son reste.

Ce même jour, Vinnie assista à une séance de casting dans une pièce en sous-sol de l'université. Trois acteurs interprétaient les principaux rôles masculins, Vanessa Parks leur donnant la réplique. Vinnie ne fut pas satisfait de ce qu'il voyait : il jugea que Vanessa avait l'étoffe d'une actrice mais était trop jeune pour le personnage, trop inexpérimentée pour le rôle. Dans quelques jours devait débuter une semaine de répétitions. Le temps était compté.
Il se leva et se rendit dans une cabine téléphonique.
— Ouais ? dit Tommy Pro.
— Ici Vinnie. Il me faudrait une assistante.
— Quel genre ?
— Une personne qui ait une expérience médicale et qui s'y connaisse en drogues. Un peu de muscle ne gâcherait rien.
— Je crois savoir à quoi tu penses. (Vinnie devina le sourire de Tommy à l'autre bout du fil.) Quand ?
— Ce week-end.
Vinnie entendit Tommy tourner les pages d'un calepin avant de répondre :
— Roxanne. Elle est infirmière diplômée. Ceux qui la connaissent bien l'appellent Roxy Graziano.
— Parfait.

À trois heures du matin, Vinnie s'engagea dans une rue résidentielle de Queens et parcourut lentement en voiture toute la longueur du bloc, scrutant chaque fenêtre de chaque maison. Pas une seule n'était éclairée. Il repéra la Cadillac, garée dans une allée privée ; le numéro correspondait. Vinnie roula jusqu'au carrefour, exécuta un demi-tour et rebroussa chemin à petite allure, tous feux éteints. Il se gara et descendit de voiture.

L'engin explosif se composait d'une bouteille d'essence d'un litre et d'un détonateur avec une mèche de deux minutes. Après avoir jeté un coup d'œil circonspect des deux côtés de la rue, Vinnie s'approcha de la Cadillac, posa la bombe par terre, sous le réservoir d'essence, et l'amorça. Puis il regagna vivement sa voiture et s'éloigna sans se presser.

Arrivé au bout de la rue, il tourna au coin et s'arrêta à un endroit d'où il pouvait encore voir la Cadillac. Il y eut un «*pfffuit!*» lorsque le détonateur enflamma l'essence, puis, après une brève pause, la voiture explosa dans une grosse gerbe de feu. Vinnie sourit et reprit la direction de Manhattan. Cette fois-ci, le fils de pute réglerait en temps et en heure.

Le lendemain après-midi, Vinnie mit son costume bleu à fines rayures et alla retrouver Roxanne dans une brasserie de la Huitième Rue Est.

— C'est à deux pas d'ici, lui dit-il.

— Ça me va.

Roxanne faisait près d'un mètre quatre-vingt-cinq pour environ quatre-vingts kilos. Tout en marchant, elle écouta Vinnie en hochant la tête de temps à autre.

— C'est dans mes cordes, dit-elle enfin.

— Vous avez apporté la came ?

Elle tapota son ample sac à main.

Ils s'arrêtèrent devant un bel immeuble de la Dixième Rue Ouest, dans le quartier élégant délimité par les Cinquième et Sixième Avenues. Michael sonna et attendit.

La femme qui leur ouvrit avait l'air d'une épave. Elle portait un jean propre et une chemise d'homme, mais ses cheveux étaient sales et elle paraissait plus que ses trente-quatre ans.

— Oui ? dit-elle.

— Mademoiselle Geraldi, je m'appelle Michael Vincent. Je suis producteur de cinéma. J'ai là un scénario que je tenais à vous remettre en mains propres. J'espère que vous voudrez bien le lire ; il y a un rôle sensationnel pour vous.

Il lui tendit une enveloppe marron.

— Oh ! dit-elle, à la fois surprise et ravie. Merci, je le lirai pendant le week-end.

— Je vous présente Roxanne, l'une de mes assistantes de production, dit-il en indiquant la grande femme qui l'accompagnait. Pouvons-nous entrer quelques minutes ? Je voudrais vous parler de ce projet.

— Ma foi, il y a du désordre, mais...

— Merci, dit Vinnie en passant devant elle.

De fait, l'appartement était une véritable porcherie. Vinnie ôta du divan un carton à pizza avant de s'asseoir.

Carol Geraldi s'assit en face de lui tandis que Roxanne restait discrètement sur le seuil.

Vinnie parla à Geraldi du rôle qu'il lui réservait dans le film.

— Vous n'avez que quatre scènes, mais c'est le seul rôle féminin de quelque importance. Et quand vous aurez lu le scénario, vous conviendrez avec moi que la qualité d'écriture est extraordinaire. Sans vouloir en rajouter, je pense qu'une nomination aux Oscars est envisageable.

Geraldi sortit le manuscrit de son enveloppe.

— *Nuits en ville*... C'est un titre intéressant.

— Si vous lisiez les scènes maintenant ? suggéra Vinnie. Les pages sont cornées.

Elle jeta un coup d'œil sur sa montre.

— Je regrette, mais je n'ai pas le temps. J'attends quelqu'un.

— Prenez le temps, dit Vinnie. Vous ne le regretterez pas, je vous le certifie.

— Monsieur… Vincent, n'est-ce pas ? dit-elle d'un ton sec. *J'attends* quelqu'un, et je ne suis pas d'humeur à lire ce script dans l'immédiat.

— Je crains fort que celui que vous attendez ne vienne pas, mademoiselle Geraldi.

Elle parut alarmée, tout à coup.

— Je vous demande pardon ?

— Votre fournisseur de drogue ne viendra pas.

Elle tremblait, à présent.

— Je ne comprends pas de quoi vous parlez. Qui êtes-vous, en réalité ?

— Comme je vous l'ai dit tout à l'heure, je suis producteur de cinéma. Je vous assure que ma proposition est très sérieuse.

— Votre proposition ? Vous ne m'avez pas fait de proposition. Vous n'aurez qu'à appeler mon agent, dit-elle en se levant.

— Vous n'avez malheureusement plus d'agent, mademoiselle Geraldi. Et ce, depuis déjà quelque temps.

Elle se rassit.

— De quoi s'agit-il, exactement ?

— Je n'abuserai pas de votre temps, dit Vinnie. J'irai droit au but.

— Je vous en serais reconnaissante.

Son visage était agité de tics nerveux.

— J'ai racheté votre dette à votre dealer, déclara Vinnie. Huit mille dollars. Ça représente une grosse quantité de drogue, mademoiselle Geraldi. Vous en êtes à deux grammes de cocaïne par semaine, sans compter les autres produits que le hasard vous met entre les mains.

— Je commence une cure de désintoxication la semaine prochaine.

— Ça attendra, dit Vinnie. Vous avez d'abord un rôle à tenir.

— Écoutez, j'ignore si ce film est sérieux ou non,

mais je ne suis pas en état de jouer la comédie en ce moment. Et, je vous le répète, j'attends quelqu'un.

— De toute façon, il était sur le point de vous couper les vivres. Considérez-moi comme un sauveur.

— Vous allez m'approvisionner en drogue ? demanda-t-elle, incrédule.

— Tout juste, mademoiselle Geraldi. Et Roxanne, ici présente, vous l'administrera. Roxanne veillera à ce que vous teniez le coup l'espace d'une semaine de répétitions et de dix jours de tournage. Je m'arrangerai pour qu'on filme vos scènes à la file, de sorte qu'on ne vous gardera que le temps strictement nécessaire. Et dès que vous aurez fini, vous suivrez votre cure, c'est promis.

Geraldi se tourna vers Roxanne :

— Pouvez-vous me donner ma dose, maintenant ?

— Certainement, dit Vinnie en se levant. J'en ai à peu près terminé. Mais je veux être bien sûr qu'on se comprenne. À partir de cet instant, Roxanne s'installe avec vous. Elle va vous regonfler pendant le week-end, les répétitions et le tournage, et je ne veux pas que vous lui causiez le moindre problème. C'est clair ?

Geraldi acquiesça, médusée.

— Vous devez comprendre que je vous offre une formidable occasion. En retour, j'attends votre coopération pleine et entière. Si vous refusez de coopérer, que ce soit avec moi, avec le metteur en scène ou avec Roxanne, je vous rejetterai dans le caniveau. Je vendrai votre dette à un homme qui est loin d'être aussi compréhensif que moi, un homme qui s'occupe de films d'un genre très différent du mien : vous serez obligée de travailler pour éponger votre dette, et ça demandera très, très longtemps. Vous me comprenez bien, Carol ?

— Je comprends, dit-elle d'une voix faible.

Se tournant vers Roxanne, elle implora :

— Maintenant, s'il vous plaît ?

— Allez-y, Roxanne, dit Vinnie. Carol, votre première audition est prévue lundi à treize heures. Veillez à savoir votre texte par cœur. (Il sourit.) Roxanne vous donnera la réplique.

7

Dans la salle de répétition de Central Plaza, sur la Deuxième Avenue, Vinnie regardait Chuck Parish diriger ses acteurs. Ils passèrent la matinée à répéter les quatre scènes entre Vanessa Parks et les trois rôles masculins. Chuck travaillait rapidement, s'arrêtant de temps à autre pour donner des indications. Vinnie fut impressionné par sa façon de s'y prendre avec les comédiens : jamais la moindre critique, toujours des encouragements.

À midi, un traiteur vint livrer le déjeuner. Vinnie en profita pour prendre Chuck à l'écart. Quand ils se retrouvèrent tous les deux seuls dans la cage d'escalier, Vinnie déclara tranquillement :

— Chuck, au risque de te vexer, je vais te dire une chose que tu sais déjà.

— Quoi donc ? demanda Chuck, sur la défensive.

— Vanessa n'est pas bonne dans le rôle. En fait, elle n'a pas sa place dans le film.

— Qu'est-ce que tu racontes, bon Dieu ? protesta Chuck. Je l'ai engagée, un point c'est tout !

Vinnie l'entraîna vers la porte de la salle de répétition pour observer, dans la pièce, les comédiens en train de déjeuner.

— Regarde-moi ce groupe et dis-moi : qui jure dans le tableau ?

Chuck considéra ses acteurs. La plupart étaient italiens ; tous appartenaient à des minorités ethniques.

— Regarde-les, répéta Vinnie. Nous avons des Italiens, des juifs, des Porto-Ricains, deux Noirs. Rien que des durs. (Il marqua une pause)... Et puis il y a Vanessa.

Chuck continua d'observer le groupe sans mot dire.

— C'est une actrice prometteuse, je te l'accorde, mais elle est trop BCBG, trop délicate, trop jeune, trop innocente. Il nous faut une comédienne plus âgée, plus chevronnée, une fille capable d'étoffer le rôle avec son expérience personnelle.

— Si je lui dis ça, murmura Chuck, elle me plaquera.

— Si elle t'aime, sûrement pas. Elle comprendra que tu agis dans l'intérêt de la production.

— Je me sens incapable de faire ça. Veux-tu t'en charger ?

— Si c'est moi qui lui parle, elle ne te le pardonnera jamais.

Chuck se détourna de la porte.

— Le film est trop avancé, objecta-t-il. Comment veux-tu redistribuer le rôle dans le temps qui nous est imparti ? Tu n'arrêtes pas de me houspiller pour qu'on tienne les délais.

— Je crois savoir que Carol Geraldi est libre, dit Vinnie.

Chuck le regarda, sourcils froncés.

— Tu penses qu'on pourrait l'avoir ?

— Oui.

— Elle est dans nos moyens ?

— Oui.

— Où était-elle passée, ces deux dernières années ? Je ne l'ai pas vue à l'écran depuis qu'elle a remporté l'Oscar pour *Le Belvédère*.

— Elle a pris du recul.

Chuck retourna près de la porte et regarda Vanessa.

— Bon Dieu, elle est tellement belle... J'ai toujours eu envie d'une fille comme ça.

— Ta carrière est en jeu, là, Chuck. Si Vanessa est mauvaise dans le rôle, personne ne lui en tiendra rigueur ; par contre, on *te* reprochera de l'avoir choisie.

Chuck s'appuya contre le mur et s'essuya le front avec sa manche.

— Il va falloir que je sois impitoyable, hein ?

— Ce ne sera pas la dernière fois, Chuck. C'est un rude métier. À mon avis, Vanessa le comprend mieux que toi. Quand elle aura eu le loisir d'y réfléchir, elle se rendra compte que tu as fait ça pour sa carrière aussi bien que pour la tienne. Si elle tournait ce film, tous les spectateurs verraient qu'elle n'est pas à la hauteur.

— Tu as raison, dit Chuck. Je ne peux pas la laisser se couler elle-même.

Vinnie lui posa une main sur l'épaule.

— Tu es un bon gars. Mieux vaut la prévenir tout de suite.

— Accorde-moi juste une minute, O.K. ?

— Bien sûr. Je m'arrangerai pour que Carol Geraldi soit là à une heure.

Chuck acquiesça, les yeux rivés sur ses pieds.

Vinnie descendit l'escalier et sortit dans la rue. Il respirait déjà mieux. Levant la tête, il vit Carol Geraldi et Roxanne qui descendaient d'un taxi. Il se précipita vers elles.

— Vous avez l'air en super forme ! dit-il à Geraldi en lui prenant la main.

— J'ai passé un bon week-end.

— Tant mieux, tant mieux ! Allez donc prendre un café en face avec Roxanne ; vous avez quelques minutes d'avance. À une heure, montez au Studio A et présentez-vous au metteur en scène, Chuck Parish.

— Vous n'y serez pas ? demanda-t-elle avec nervosité.

— Je vais être occupé pendant deux heures, mais Chuck vous attend. Il est très excité à l'idée de travailler avec une actrice de votre calibre.

Elle sourit.

— C'est gentil.

— Maintenant, allez prendre votre café.

Lorsque les deux femmes eurent traversé la rue, il alla se poster dans l'embrasure de porte du bâtiment. Après cinq minutes d'attente, il entendit une porte claquer, des hauts talons marteler l'escalier métallique… et Vanessa Parks faillit lui tomber dans les bras. Elle sanglotait, au bord de la crise de nerfs.

— Vanessa, mon petit, calmez-vous, dit-il en la tenant à bout de bras pour scruter son visage.

— Le salaud ! dit-elle. Il m'a virée, le salaud !

— Ça va ?

— Bien sûr que non, ça ne va pas ! Vous ne comprenez donc pas ? Mon petit ami vient de m'éjecter de son film !

Vinnie lui passa un bras autour des épaules.

— Venez, partons d'ici.

Il héla un taxi, dans lequel ils s'engouffrèrent. Il donna au chauffeur l'adresse de l'appartement de Chelsea, puis se tourna vers Vanessa qui tremblait de fureur, le visage ruisselant de larmes.

— Allons, reprenez-vous. Nous allons parler de cette histoire et voir ce que nous pouvons faire.

Il attira la tête de Vanessa contre son épaule et la laissa sangloter sur sa veste.

Une fois dans l'appartement, il lui prépara un scotch bien tassé. Elle en engloutit la moitié d'un seul coup.

— Le salopard ! répétait-elle.

Vinnie la fit asseoir sur le divan et lui caressa les cheveux.

— Écoutez, ce n'est pas la fin du monde. Vous aurez de meilleurs rôles que celui-là, faites-moi confiance.

— Vous croyez ? dit-elle en s'essuyant le nez avec un mouchoir en papier.

Il prit le visage de la jeune femme entre ses mains en coupe.

— Regardez-moi, Vanessa.

Reniflant, elle leva vers lui des yeux de biche.

— Vous avez quelque chose de très spécial, quelque chose que la caméra peut capter, quelque chose qui peut toucher le public.

— Moi ? geignit-elle.

— Outre que vous êtes très belle, vous avez un talent rare qui, judicieusement utilisé, va vous propulser au firmament de l'industrie cinématographique.

— Vous le pensez vraiment ?

Elle avait cessé de pleurnicher.

— Absolument. Chuck va faire une belle carrière, moi aussi, mais vous, vous allez devenir une très grande star. Je vous le garantis.

Elle lui posa une main sur la joue.

— Oh ! Michael... Vous avez toujours cru en moi, depuis le début. Je le sais, ça se voyait. Chuck, lui, tout ce qu'il voulait, c'était baiser avec moi.

— Chuck vous trouve formidable, mais laissez-moi vous dire une chose : si bonne que vous ayez été dans ce rôle, le film n'aurait pas été bon pour vous.

— Pourquoi ?

— Parce que l'héroïne est très loin d'être aussi jeune et belle que vous l'êtes. Je vais vous dénicher des rôles, créer pour vous des rôles qui vous propulseront vers les cimes.

— Vous feriez ça pour moi ?

— Je le ferai pour vous, mais aussi pour moi. Je veux vous voir au sommet, et je veux être celui qui vous y aura fait accéder.

Elle l'embrassa.

Il lui rendit son baiser, en refrénant toutefois son ardeur. Elle avait une bouche incroyable, qui lui donnait envie d'y goûter davantage, mais il voulait que ce soit elle qui prenne l'initiative.

Elle ne déçut pas son attente. Elle le renversa sur le divan et baissa la fermeture éclair de sa braguette ; en un rien de temps, elle le prit dans sa bouche et se mit à pomper.

S'il avait trouvé la bouche de Vanessa incroyable

quand elle était sur ses lèvres, elle lui parut carrément paradisiaque là où elle était maintenant. Vinnie lui caressa la joue, passa les doigts dans son épaisse chevelure, se sentit enfler, enfler, puis exploser. Elle continua de le sucer jusqu'au moment où, lui écartant doucement la tête, il la prit par la taille et l'emporta dans la chambre, tous deux semant leurs vêtements en chemin.

Vinnie regagna la salle de répétition avant la fin de la journée.

— Comment ça s'est passé ? demanda-t-il à Chuck.

— Geraldi est absolument extraordinaire. Elle a débarqué et, au bout de cinq minutes, elle *était* le personnage ! Tous ses partenaires s'en sont rendu compte. Tu as eu une sacrée inspiration, Michael.

— Je suis content de te voir satisfait.

— Je suis aux anges ! As-tu rencontré Vanessa quand elle est partie ?

— Non, il a fallu que j'aille en ville régler un problème d'éclairage. C'est O.K. maintenant.

— Je redoute de rentrer à la maison, dit Chuck. Cette histoire me rend malade.

— Tu t'en remettras, et elle aussi. Elle se jettera probablement dans tes bras quand tu arriveras.

Une heure plus tard, le téléphone sonnait dans l'appartement de Chelsea.

— Allô ? dit Vinnie.

— Michael, sanglota Chuck Parish, elle est partie !

— Allons, allons, ressaisis-toi, dit Vinnie d'un ton apaisant.

— Elle a disparu avec toutes ses affaires. Aucun de ses amis ne sait où elle est.

— Tu as fait ce que tu devais faire, Chuck. Oublie-la. Replonge-toi dans ton film et ne pense à rien d'autre.

Chuck lâcha un profond soupir.

— Tu as raison, dit-il. L'important, c'est le film.

Je me demande pourquoi je me mets dans des états pareils pour cette connasse.

— Passe une bonne nuit. Je te verrai demain matin.

— D'acc, Michael. Merci.

Vinnie raccrocha et tourna la tête vers la cuisine, où Vanessa, vêtue d'une simple chemise, préparait des pâtes. Elle lui sourit.

— Tu les aimes avec beaucoup d'ail ? demanda-t-elle.

8

Vinnie se redressa brusquement dans son lit. Quelque chose l'avait réveillé, un bruit quelconque, mais il n'entendait plus rien. Allongée à côté de lui, Vanessa dormait paisiblement. Il regarda la pendulette de chevet : trois heures du matin. Le bruit recommença. Cette fois, Vinnie l'identifia : c'était son bip qui envoyait des signaux étouffés à travers la poche de son pantalon.

Il sortit du lit, éteignit l'appareil et alla téléphoner dans le salon. Benedetto ne l'avait encore jamais sonné en pleine nuit ; ça ne lui disait rien qui vaille. C'était demain le jour de collecte du gros lard : peut-être l'appelait-il à ce sujet ? Il composa le numéro.

— Ouais ? grogna la voix de Cheech, le garde du corps.

— C'est moi. Qu'est-ce qui se passe, bordel ?

— Maintenant, dit Cheech.

— *Maintenant* ? répéta Vinnie, sans hausser le ton pour ne pas réveiller Vanessa. Merde, il se rend compte de l'heure qu'il est ?

— Ça, j'sais pas. Tu veux que je lui pose la question ?

— J'arrive dans vingt minutes, dit Vinnie, exaspéré.

— Dix.

— Dis-lui que je ne suis pas chez moi. Il faut que je trouve un taxi.

— O.K., dit Cheech en raccrochant.

Vinnie enfila les vêtements qu'il avait ôtés avant de se coucher. Il détestait porter deux fois de suite la même tenue, mais il ne pouvait pas se permettre de perdre du temps. De surcroît, il n'aimait pas se balader dans les rues de New York à cette heure de la nuit. Il prit dans un tiroir le revolver du gros lard, puis sortit de l'immeuble. Par miracle, il ne lui fallut que cinq minutes pour trouver un taxi sur la Septième Avenue.

Ils en étaient aux deux tiers du tournage, et Vinnie avait déjà gagné un jour sur son plan de travail. Il était à la fois fier de lui et soucieux. Il avait correctement évalué le budget, mais la plus grande partie de l'argent de Chuck et de Barbara était maintenant dépensée ; il allait bientôt devoir apporter sa contribution de cent cinquante mille dollars. Il en avait déjà soixante-dix mille – que ça lui faisait mal au cœur d'utiliser – mais il lui en fallait encore au minimum quatre-vingts.

Le chauffeur de taxi, qui rentrait sur Brooklyn, refusa d'aller plus au sud que Houston Street. Vinnie fit le reste du chemin au petit trot.

Dans les rues désertes de Little Italy, ses mocassins italiens faisaient peu de bruit sur le macadam. Cela lui rappela son enfance, l'époque où, quand il courait, ça signifiait qu'on le poursuivait, généralement pour le dévaliser. À l'approche du café *La Bohème*, il ralentit et se mit à marcher normalement, en s'efforçant d'apaiser les battements de son cœur. Pantelant, il s'arrêta quelques instants devant la porte pour reprendre haleine. Soudain, derrière lui, on cogna à la vitre. Il fit volte-face, le cœur de nouveau emballé. Cheech se tenait sur le seuil, sa massive carcasse remplissant l'embrasure.

— Bon Dieu, Cheech, tu m'as flanqué une de ces pétoches !

— Tu ferais mieux d'y aller, dit Cheech en indiquant du pouce la pièce du fond. Il est furax.

Rapidement, Vinnie traversa le café obscur en direction de la lumière qui filtrait sous la porte de l'arrière-salle. Sa chemise lui collait à la peau et il haletait encore. Ça l'embêtait d'être en nage ; ça l'embêtait de se montrer à Benedetto dans cet état. Il frappa, puis ouvrit la porte.

Benedetto était assis à sa place habituelle, devant des liasses de billets de banque empilées sur la table. La porte du grand coffre-fort était entrebâillée. Cheech alla s'asseoir derrière le bureau qu'utilisait souvent Tommy Pro.

— 'Soir, monsieur B., dit Vinnie d'une voix essoufflée.

— 'Soir, mon cul ! gronda Benedetto, le visage empourpré par la colère.

— Qu'est-ce qui se passe ? Qu'est-ce que je peux faire ?

— C'est ton problème, pas le mien, répondit Benedetto. Et tu as foutrement intérêt à le régler.

— Quel est le problème, monsieur B. ?

Vinnie avait la nauséeuse impression d'en connaître déjà la nature.

— T'as regardé le journal de la nuit à la télé ?

— Non.

— Le gros lard en était la vedette. Il avait beau avoir une foutue veste sur la tête, c'était bien lui qu'on embarquait dans la voiture.

— Il s'est fait descendre ? dit Vinnie, stupéfait.

— Pas exactement, dit Benedetto d'un ton venimeux. Il cherche plutôt à *me* descendre. Il est allé trouver le district attorney, qui ne peut pas blairer les usuriers, et le D.A. a lancé un mandat d'arrêt contre moi. Je n'ai pu entrer dans mon bureau qu'il y a une heure. Le secteur grouillait de flics.

Vinnie fut abasourdi. Bien que le gros lard ne connût pas son nom, il pourrait sans aucun doute donner de lui un bon signalement à la police.

— C'est incroyable ! Ce mec ne peut pas être aussi dingue.

— Il se trouve que si, grinça Benedetto. Et c'est le sabotage de sa bagnole qui l'a fait disjoncter.

— Il n'osera jamais témoigner contre vous, monsieur B., dit Vinnie. Il sait que ce serait son arrêt de mort. Il n'est pas dingue *à ce point-là*.

— Ils l'ont mis en résidence surveillée.

— Oh ! merde...

— Exactement, sauf que j'ai pu découvrir l'endroit. Ça m'a coûté dix sacs.

— Vous savez où ils l'ont emmené ?

— Ouais, heureusement pour toi. Sans ça, Cheech serait en train de te casser la tête comme une noix.

Vinnie regarda Cheech, lequel semblait désappointé de ne pas avoir l'occasion de lui casser la tête.

— Dites-moi ce que vous voulez que je fasse, monsieur B.

Benedetto sortit de sa poche un bout de papier qu'il fit glisser sur le bureau.

— Voilà où il est, dit le *capo*. Dans une maison d'Oyster Bay, sur la rive nord. Tu vas t'en occuper.

— M'occuper de quoi, monsieur B. ?

— De le refroidir. Cheech va te donner un revolver. (Il se tourna vers son garde du corps :) Passe à Vinnie un gros calibre, je ne veux pas que le gros lard ait la moindre chance d'en réchapper.

Le cerveau de Vinnie se mit à tourner à toute allure, comme une cassette qu'on rembobine. S'il essayait d'approcher le gros lard, les flics l'abattraient sans sommation. Il ne verrait jamais la sortie de son film, ne ferait plus jamais l'amour avec Vanessa, n'irait plus jamais dîner chez Barbara Mannering en compagnie des riches et des puissants.

D'un autre côté, s'il réussissait, il lui reviendrait le mérite d'avoir sauvé la peau de Benedetto. Ayant fait ses premières armes, il deviendrait un mafioso à part entière. Et Benedetto le tiendrait par les couilles jusqu'à la fin de ses jours, lui dirait ce qu'il faut faire ou ne pas faire, régenterait sa vie, le *posséderait*.

Benedetto se retournait vers lui. Cheech tenait par le canon un 45 automatique qu'il essuyait avec un chiffon gras.

« Décide-toi ! Décide-toi ! »

Il se décida. Portant la main à la ceinture de son pantalon, il empoigna le revolver du gros lard. Il n'était pas assez rapide, il le savait bien ; Cheech, malgré sa corpulence, était agile comme un chat. Vinnie leva le revolver, vit la surprise envahir le visage de Benedetto. Il tira.

La balle pénétra sous l'œil gauche, projetant violemment Benedetto en arrière. Vinnie savait que le *capo* n'était sans doute pas mort, mais il voyait Cheech faire quelque chose avec ses mains. Il pivota vers lui, en position accroupie, et fit feu à deux reprises. La première balle atteignit Cheech à l'épaule gauche, la seconde au cou. Il tenait toujours le 45 enveloppé dans le chiffon gras ; il avait du mal à glisser l'index dans le pontet, à cause du chiffon.

Vinnie s'avança vivement et s'arrêta à un mètre du colosse. Il lui mit un pruneau dans la tête, vit le sang et la cervelle éclabousser le bureau. Il lui en tira un autre dans le front.

Il y eut un bruit dans son dos. Benedetto, les traits déformés par la douleur et par la rage, se traînait péniblement vers lui, un bras levé pour agripper la jambe de son pantalon. Vinnie, qui ne voulait pas se retrouver couvert de sang, lui assena un coup de crosse. Benedetto recula, mais se ressaisit aussitôt et revint à la charge, le visage ensanglanté. Vinnie lui logea encore deux balles dans le sommet du crâne. À présent, le revolver était vide.

Vinnie se retourna, terrifié à l'idée que le géant fût encore capable de tirer sur lui avec le gros pistolet. Mais Cheech gisait sur le dos, son sang imprégnant les lattes du plancher. Vinnie fit volte-face et regarda Benedetto : il était, lui aussi, tout ce qu'il y a de mort.

Vinnie resta figé au milieu de la pièce, le revolver à la main, inspirant profondément, essayant d'empêcher son cœur de s'envoler hors de sa poitrine. Soudain, derrière lui, une voix caverneuse le glaça jusqu'à la moelle :

— Ben dis donc, Vinnie, tu as fait un sacré carnage.

Il pivota brusquement, le revolver tendu devant lui. Tommy Pro se tenait sur le pas de la porte, un fusil à canon scié dans les mains.

— Ton flingue m'a l'air vide, dit Tommy.

— Vide... répéta Vinnie, qui commençait à se ressaisir. Ouais, il est vide.

— Il est à toi ?

— Non, je l'ai pris à un type.

— Il est *clean*, alors ?

— Ouais, je suppose.

Tommy prit l'arme et l'empocha.

— J'étais en haut, en train de travailler. Une nuit blanche de plus. Je me suis demandé ce qui se passait. (Il scruta le visage de Vinnie.) Heureusement que tu n'avais plus de munitions, hein ?

— Ouais, sinon j'aurais sans doute continué à tirer. Tu m'as flanqué les jetons. (Vinnie se sentait tout engourdi, rompu jusqu'aux os.) Tu vas me dénoncer au Parrain ? demanda-t-il d'une voix blanche.

— Tu es fou ? Regarde autour de toi. Ne vois-tu pas ce que je vois ?

— Je vois le cadavre de Benedetto.

— Tu ne vois pas les liasses de billets sur le bureau, Vinnie ? Tu ne vois pas le coffre ouvert ? (Tommy gloussa.) Même *moi*, je ne connais pas la combinaison !

Vinnie commença à respirer plus librement. La sensation d'engourdissement s'estompait.

— Toi et moi, Tommy ? On prend tout ?

— Pas exactement, Vinnie. Tu prends la moitié de l'argent. Je prends tout le reste.

— C'est quoi, le reste ?

Vinnie embrassa du regard la pièce quasiment vide. Et puis il comprit.

Tommy s'approcha du coffre et l'ouvrit tout grand. Il prit deux sacs en toile sur l'une des étagères et entreprit de les remplir de billets. Lorsqu'il eut terminé, il se redressa et se mit à rafler les liasses empilées sur le bureau. Pour finir, il tendit les deux sacs à Vinnie.

— Pas le temps de compter. J'ai divisé en deux ; à toi l'honneur.

Vinnie prit l'un des sacs.

— Tu te souviens, quand on courait sur les toits ? demanda Tommy Pro.

— Je pense bien !

— Sors par derrière, grimpe l'escalier d'incendie et regagne l'appartement de ta mère en passant par les toits. Planque l'argent dans un endroit *sûr*. Reste chez ta mère jusqu'à ce que je t'appelle. Certaines personnes voudront te parler. Moi, je réglerai tout ici.

— J'ai un autre appartement, dit Vinnie. À Chelsea.

— Quelqu'un peut témoigner que tu y étais cette nuit ?

— Ouais, une fille.

— Attends le matin, qu'il y ait du monde dans les rues. À ce moment-là, retourne à Chelsea et passe-moi un coup de fil vers dix heures. Joue la surprise au téléphone.

Vinnie acquiesça et, sans un mot, sortit par la porte de derrière. Quelques instants plus tard, il filait à toute allure sur les toits, comme au temps de son enfance avec Tommy Pro, quand ils fuyaient des poursuivants.

9

Allongé sur le lit de sa mère décédée, Vinnie essaya de réfléchir. S'il voulait se procurer un alibi en béton, il devait regagner Chelsea avant que Vanessa ne se réveille. Dieu merci, elle avait un sommeil de plomb. Mais comment allait-il faire ? Jamais il ne trouverait de taxi à cette heure-ci, et on risquait de le remarquer s'il prenait le métro. Et il n'avait aucune envie d'arpenter les rues au beau milieu de la nuit avec un sac rempli de billets de banque.

Soudain, il eut une idée.

Il se leva du lit et ouvrit la commode où il rangeait ses vieux vêtements. Il enfila un short de jogging, un sweat-shirt, des baskets, puis quitta l'appartement en emportant l'argent. Le plus silencieusement possible, il descendit l'escalier sur la pointe des pieds. Et elle était là, en bas : une bicyclette, avec un casque accroché au guidon. Le gamin qui habitait au rez-de-chaussée travaillait comme coursier. Vinnie fourra l'argent dans la sacoche, coiffa le casque et, tout doucement, sortit le vélo de l'immeuble. Les vitesses étaient un peu capricieuses, mais il ne tarda pas à les maîtriser. Il pédala dans les rues désertes, passant devant les épiceries et les cafés qu'il connaissait depuis toujours, et il atteignit bientôt le centre ville.

À l'angle de la Sixième Avenue et de la Douzième Rue, une voiture de police ralentit à sa hauteur. La première frayeur passée, il sourit aux flics et leur adressa un petit salut de la main, sans cesser de pédaler.

Il abandonna la bicyclette contre un abribus, sur la Septième Avenue, et fit le reste du trajet au pas de course.

De retour à l'appartement, il prit un couteau et s'attaqua au ciment friable qui maintenait en place quatre des briques de la cheminée. Lorsqu'il eut ménagé une cavité, il y fourra le sac de billets et remit les briques en place, sans omettre de reboucher les interstices. Le mastic, une fois barbouillé de suie provenant de l'âtre, offrit le même aspect que précédemment. L'aube approchait quand Vinnie, reconnaissant, se glissa au lit à côté de Vanessa endormie.

Elle se leva la première, car elle avait une séance de pose dans la matinée.

— Où étais-tu, cette nuit ? demanda-t-elle. Je me suis levée pour aller aux toilettes, et tu n'étais pas là.

Il savait qu'elle dormait habituellement comme une souche.

— Tu as rêvé, mon cœur. Je n'ai pas bougé de la nuit.

— Ah ? bon, dit-elle en l'embrassant.

Après son départ, il fut tenté de compter l'argent, mais il refréna son envie et appela Tommy Pro.

— Quoi de neuf ?

— Mauvaise nouvelle, lui dit Tommy. Benedetto s'est fait descendre cette nuit. Cheech aussi.

Estimant probable que sa ligne était sur écoutes, Vinnie s'arrangea pour prendre un ton stupéfait :

— Sans déconner ? Qui a fait le coup ?

— On mène notre enquête, et les flics aussi, mais aucune piste pour l'instant. Le coffre-fort a été vidé. Remarque, il n'y avait pas grand-chose dedans : juste la recette des deux derniers jours.

— Je peux faire quelque chose ?

— Je te tiens au courant, dit Tommy.

À peine avait-il raccroché que le téléphone sonna.

— Allô ?

— Ici Barbara. Tu es libre, ce soir ?

— Un dîner ?

— En tête-à-tête, mon chéri.

Il n'eut pas à réfléchir longtemps.

— J'ai hâte d'y être.

Il n'assista pas au tournage ce jour-là, car ils étaient encore à Little Italy et il ne voulait pas être vu dans ce quartier, bien qu'il n'y eût aucune raison pour que les flics l'interrogent. Il ne restait plus que deux semaines avant le premier montage du film, et il devait réfléchir à l'étape suivante.

Finalement, il ne put résister à la tentation : il descella les briques de la cheminée et sortit l'argent. Il y avait des billets de tous formats, soit au total un peu plus de cent quatre-vingt-dix mille dollars. Vinnie avait maintenant les moyens de terminer le film, même s'il dépassait le budget – ce qu'il était bien résolu à ne pas faire. Il remit le butin dans sa cachette.

L'index de Barbara Mannering descendit le long de la poitrine de Vinnie jusqu'aux poils de son pubis.

— Encore, mon bel amant ? susurra-t-elle.

Vinnie ne s'était pas encore remis de la première fois.

— Tu es insatiable, Barbara, tu sais ça ?

Elle gloussa.

— Je le sais. Je t'accorde une minute.

— Merci.

— Où en est ton film ?

— On boucle la semaine prochaine.

— Quand pourrai-je le voir ?

— Je te le montrerai terminé – avec la bande-son, le générique et les effets spéciaux.

— Bon, d'accord, je patienterai.

— Tu connais quelqu'un au Festival du Film de New York ?

— Bien sûr. La responsable est une fille que j'ai connue à Bennington.

— Pourrais-tu la convaincre de visionner le film ?

— Je pense que oui. Mais le festival commence le mois prochain. Il faudra qu'elle le voie très vite si elle doit le programmer. En fait, il est peut-être déjà trop tard.

— Dis-lui que j'aurai une copie d'essai dans dix

jours. Je réserverai une salle de projection à l'école de cinéma.

— Je verrai ce que je peux faire. Tu as récupéré, maintenant ?

Il se tourna vers elle.

— Je suis tout à toi.

Comme il n'y avait pas encore de générique de fin, le film s'arrêta net.

— Je le trouve superbe, dit la femme. Absolument superbe. Malheureusement, il n'y a plus de place dans le festival.

— Vous pouvez sûrement nous caser quelque part, argua Vinnie. Il s'agit d'un pur produit new-yorkais : musique écrite par un étudiant de Julliard et réalisateur issu de l'école de cinéma de NYU – un garçon dont on va beaucoup entendre parler. Dans deux mois, on dira que vous avez eu le nez fin de sélectionner ce film pour le festival.

— Pourrez-vous le terminer à temps ?

— Oui, répondit Vinnie – en espérant que c'était vrai.

— Bon, écoutez, nous avons programmé un seul film pour la seconde soirée, un long métrage envoyé par l'Angleterre. Je passerai le vôtre en premier.

— Passez-le en second, dit Vinnie. Tout le monde viendra voir le film anglais. Nous serons le dessert.

Elle tendit la main.

— Topez-là !

Vinnie retint son souffle et composa le numéro.

— Secrétariat de Mr Goldman, répondit une femme à la voix autoritaire.

— Michael Vincent à l'appareil. Pourrais-je parler à Leo, s'il vous plaît ?

— Est-ce qu'il vous connaît, monsieur Vincent ?

— Comment aurais-je ce numéro, s'il ne me connaissait pas ? répondit Michael en riant.

— Un instant.

Après une très longue attente, il entendit finalement une voix masculine, décidée :

— Leo Goldman.

— Ici Michael Vincent. Comment allez-vous ?

« Seigneur, va-t-il se souvenir de moi ? »

— L'ami de Barbara, c'est ça ? Que puis-je pour vous ?

— Serez-vous à New York pour le festival ?

— Je serai à l'ouverture, mais je devrai ensuite partir pour Londres.

— J'ai un film qui passera le deuxième soir.

— Apportez-le à notre salle de projection, au siège de la *Centurion*, sur la Cinquième Avenue... (Vinnie entendit des pages tourner)... à quinze heures, le jour de l'ouverture.

— Parfait.

— Au revoir.

Vinnie reposa le récepteur sur son socle et retint sa respiration un moment. Enfin, il explosa d'un rire retentissant.

— Une projection privée avec Leo Goldman ! cria-t-il à la pièce vide.

10

Assis dans un taxi, Vinnie suait à grosses gouttes. Il lui restait moins de dix minutes avant son rendez-vous avec Leo Goldman et il était encore à quarante blocs de sa destination. Le laboratoire cinématographique avait eu du retard pour le tirage de la copie, et Vinnie était au bord de la crise de nerfs. Lui qui avait prévu au départ de faire livrer le film aux bureaux de la *Centurion*, il se voyait maintenant obligé de coltiner lui-même les bobines. Il sortit son mouchoir et se tapota la figure, en respirant profondément pour se mettre en état de légère transe. De toute façon, il ne pouvait rien y faire ; autant prendre son mal en patience.

Quand il se présenta au bureau de Goldman, avec dix minutes de retard, la secrétaire lui annonça que son patron était déjà dans la salle de projection. Vinnie descendit en ascenseur, remit les boîtes de film au projectionniste qui attendait, redressa son nœud de cravate et entra dans la salle.

Leo Goldman était affalé dans un fauteuil, auréolé d'un nuage de fumée de cigare. Il adressa un signe de tête à Vinnie, appuya sur un bouton et dit :

— Allons-y, Jerry.

Vinnie prit un siège. Le générique défilait depuis moins de trente secondes quand le téléphone sonna. Goldman décrocha et se mit à parler rapidement dans le combiné, entre deux bouffées de son cigare. Vinnie tendit le bras et appuya sur le bouton de l'interphone.

— S'il vous plaît, Jerry, arrêtez le film et revenez au début.

Goldman s'interrompit et plaqua une main sur le micro du récepteur.

— Je regardais, dit-il.

— Leo, dit Vinnie avec calme, je ne vous demande que dix minutes d'attention sans partage. Après ça, si vous souhaitez prendre des coups de fil, libre à vous.

Goldman le considéra d'un drôle d'air, puis marmonna dans le récepteur :

— Je vous rappellerai.

Il raccrocha et dit dans l'interphone :

— Envoyez, Jerry.

Le film redémarra. Vinnie fit tout son possible pour ne pas regarder Goldman, ce qui lui fut facile, car il n'avait pas encore vu le film terminé et il était captivé par le spectacle.

Au bout de dix minutes, Goldman consulta sa montre et décrocha le téléphone.

Et merde ! pensa Vinnie. *J'ai loupé mon coup.*

— Bernice, dit Goldman, qu'on ne me dérange pas.

Vinnie se renfonça dans le grand fauteuil et put de nouveau profiter du film.

Goldman avait grillé deux autres cigares pendant la projection mais n'avait pas changé de position sur son siège. Il attendit que le générique de fin eût défilé sur l'écran avant de prendre la parole :

— Qui est propriétaire de ce film ?

— La société *Nuits en ville,* répondit Vinnie.

— Et qui est propriétaire de cette société ?

— Moi.

— À cent pour cent ?

— Oui.

— Et vos investisseurs ?

— Ils ont investi dans le film, pas dans la société.

— Vous avez donc les mains libres pour négocier ?

— C'est exact.

— Qui a vu ce film ?

— À part vous, personne. Le réalisateur lui-même n'a pas vu cette copie, et il n'en existe que deux. L'autre est destinée au festival.

— Combien demandez-vous pour le négatif ?

— Faites-moi une proposition.

— Je vous en offre deux millions de dollars, tout compris.

— Non.

— Vous êtes cinglé ?

— Leo, ce film va être projeté demain soir au Festival de New York. Le lendemain matin, les critiques paraîtront dans le *Times*. Ce ne sera plus un secret pour personne.

— Bon. Deux millions un quart.

Vinnie secoua lentement la tête. Il attendait que Leo lui redemande quelles étaient ses exigences.

Goldman se leva.

— À un de ces jours, fiston, dit-il en s'éloignant dans l'allée.

Fais comme si de rien n'était, se dit Vinnie.

Il appuya sur le bouton de l'interphone :

— S'il vous plaît, Jerry, rembobinez le film.

Goldman franchit les portes battantes.

Vinnie resta assis à attendre que le projectionniste ait fini de rembobiner. Il dut se retenir pour ne pas courir après Goldman. *Peu importe,* pensa-t-il, *tout le monde verra le film demain soir.*

Goldman rouvrit les portes battantes, redescendit l'allée à grandes enjambées et vint s'asseoir à côté de Vinnie.

— Bon, dit-il, voyons un peu ce que vous avez dans le ventre. Dites-moi exactement ce que vous voulez. Si vous êtes raisonnable, réaliste, j'achète.

— Je veux trois millions de dollars cash, dit Vinnie. Je veux dix pour cent de la recette brute – pour moi personnellement, pas pour la société – et un contrat séparé. Je veux la garantie qu'un budget minimum de huit millions de dollars sera consacré à la publicité et à la promotion. Je veux la garantie que le film sortira dans au moins mille salles. Je veux la garantie que personne ne touchera à une seule image du film.

— Je ne pratique pas le pourcentage.

— Écoutez, Leo, vous allez avoir un film sensationnel pour le tiers de ce qu'il vous aurait coûté à produire vous-même.

— Il se peut qu'on doive le couper pour la télévision.

— Vous pourrez le doubler, mais pas le couper.

— Je veux que vous veniez travailler pour moi au développement des projets. Je vous donnerai six cent mille dollars par an, un généreux compte de frais professionnels et un contrat de cinq ans.

— Je ne veux pas développer des projets, Leo, je veux produire. Je veux un contrat de production.

— Quel genre de contrat ?

— Sept cent cinquante mille par an. Compte de

frais professionnels. Trois cent mille dollars de frais fixes. Un million par an pour le suivi des projets. Contrat de trois ans.

— Trois ans et une option pour deux années supplémentaires. En cas de budget supérieur à vingt millions, vous trouvez le financement ailleurs.

— D'accord, mais vous avez trente jours pour donner le feu vert ; passé ce délai, je peux porter mon projet où je veux et tourner quand même à la *Centurion*. Si vous confirmez mon option, je touche un million et demi par an.

— Six semaines pour le feu vert.

— Conclu, dit Vinnie.

Goldman décrocha le téléphone et composa un numéro.

— Murray, je veux immédiatement un contrat d'achat pour un négatif. Le prix est de trois millions, le film s'appelle *Nuits en ville* et nous l'achetons à la société du même nom. J'ai bien dit : *immédiatement*. D'autre part, je veux un contrat séparé accordant un pourcentage de dix pour cent, à titre personnel, à Mr Michael Vincent. D'autre part, je veux qu'on m'établisse un contrat de producteur. (Il dicta exactement les termes sur lesquels Vinnie et lui s'étaient mis d'accord.) Dernière chose : faites-moi un chèque de trois millions de dollars au nom de la société et un autre de cent mille au nom de Vincent. Je veux le tout sur mon bureau dans une demi-heure.

Il raccrocha.

— Vous pouvez préparer ces contrats en une demi-heure ? demanda Vinnie, sidéré.

Goldman eut un geste nonchalant.

— Il y a des modèles-types dans l'ordinateur. Avec le traitement de texte, Murray n'a qu'à ajouter les chiffres et sortir les documents sur papier. Ça lui prendra trois quarts d'heure. (Il se leva.) Où est le négatif ?

— Dans votre salle de projection.

— J'aime votre façon de négocier, Michael. Venez.

Vinnie suivit Goldman, presque au trot, jusqu'à son bureau. C'était une pièce carrée, d'environ neuf mètres de côté, aux murs couverts d'un mélange de tableaux abstraits et de toiles impressionnistes.

— Belle collection, commenta Vinnie.

— Attendez d'avoir vu ce que j'ai chez moi, dit Goldman en feuilletant son calendrier. Voyons... je rentre de Londres samedi. Présentez-vous au studio lundi matin. Venez dîner à la maison mardi. Vous voulez que je vous trouve une compagne ?

— J'en ai déjà une.

— Marié ?

— Non.

— Malin.

Les contrats arrivèrent. Vinnie les lut attentivement, sans se presser, pendant que Goldman prenait connaissance de ses messages téléphoniques. Il rejeta certaines clauses, pinailla sur d'autres. Goldman se montra raisonnable. À sept heures du soir, les contrats étaient révisés et les deux hommes y apposaient leur signature.

Goldman remit à Michael deux chèques.

— Celui-ci, c'est pour l'achat du film. Et celui-là, de cent mille dollars, représente votre premier règlement.

Vinnie se leva pour lui serrer la main.

— Merci, Leo.

— Permettez-moi de vous poser une question, Michael : à combien vous est revenu le négatif ?

— Six cent trente mille dollars, répondit Vinnie.

Goldman éclata d'un rire énorme.

— Fantastique ! Mon estimation était de un million huit ! Je me suis bien fait rouler ! En plus, vous couillonnez vos investisseurs en prenant les dix pour cent directement pour vous.

— Je n'ai que deux investisseurs, et ils s'en sortent royalement. Vous avez fait une bonne affaire, vous aussi ; vous n'en faites pas de mauvaises.

— C'est toujours comme ça, fiston : quand deux types concluent un marché, ils savent chacun quelque chose que l'autre ignore. Au final, tout le monde s'y retrouve.

Vinnie lui lança un regard acéré.

— Que savez-vous que j'ignore, Leo ?

Goldman s'autorisa un petit sourire.

— Carol Geraldi a cassé sa pipe ce matin. Overdose. Ça équivaut à dix millions de publicité gratuite pour le film, et je lui obtiendrai un Oscar à titre posthume. Attendez, vous verrez !

Confortablement installé dans le taxi, Vinnie regarda ses deux chèques. S'il avait été au courant de la mort de Geraldi, il aurait pu décrocher – au bas mot – un million de plus. Mais ce n'était pas grave : il se rattraperait largement avec son pourcentage.

11

Le matin de la présentation de *Nuits en ville* au Festival du Film de New York, Vinnie se rendit à trois rendez-vous. Pour commencer, il retrouva Chuck à la cafétéria où, pour la première fois, ils avaient discuté du projet de *Nuits en ville*.

— Où étais-tu passé ? demanda Chuck. J'ai visionné le film hier soir, et il m'a l'air excellent. Tu ne l'as même pas vu.

— Je l'ai vu hier après-midi avec Leo Goldman, de la *Centurion Pictures*.

— Comment es-tu entré en contact avec Goldman ?

— Je t'ai dit que j'avais des relations.

— Qu'est-ce qu'il a pensé du film ?

— Il l'a adoré. Il m'en a donné trois millions de dollars.

Chuck en demeura bouche bée, incapable de parler.

— Est-ce que ça te convient, Chuck? s'enquit Vinnie.

— Ma foi... je n'en sais rien. Est-ce une bonne affaire? Tu ne m'as pas consulté.

— C'est une *très* bonne affaire, Chuck. Par ailleurs, notre contrat stipule que je mène toutes les négociations et que la décision finale m'appartient.

— Si c'est dans le contrat... Quand est-ce que je verrai mon argent?

— Voilà ton premier paiement, dit Vinnie en lui tendant une enveloppe.

Chuck la décacheta fébrilement.

— Cent cinquante mille d'un coup!

— C'est ton salaire de scénariste et de réalisateur.

Vinnie lui présenta une autre enveloppe. Les mains tremblantes, Chuck en sortit le chèque.

— Cinq cent quatre-vingt-dix-sept mille quatre cent vingt-cinq dollars, dit-il dans un souffle.

— C'est ton investissement de trois cent mille, plus les bénéfices.

Sourcils froncés, Chuck s'absorba dans la contemplation du plafond.

— Ça fait... ça fait...

— Ça fait au total sept cent quarante-sept mille dollars et des poussières, dit Vinnie. Laisse-moi t'expliquer en détail comment est calculée cette somme. Nous avons dépensé six cent cinquante mille pour tourner le film. Nous l'avons vendu trois millions, ce qui nous laisse une marge bénéficiaire de deux millions trois cent cinquante mille. Là-dessus, ton salaire pour la mise en scène et l'écriture du scénario représente cent cinquante mille. Mon salaire de producteur est de deux cent cinquante mille...

— Comment se fait-il que tu touches plus que moi? protesta Chuck. C'est *mon* film!

— Pour deux raisons, répondit calmement Vinnie. Primo: je me tape les formalités juridiques, ce qui revient cher. Secundo: sans moi, rien de tout cela ne serait arrivé. Tu n'aurais pas sept cent cinquante mille dollars entre les mains, et ton film ne passerait pas ce soir au Festival de New York.

— Tu as raison, Michael, dit Chuck d'un ton contrit. Je ne voulais pas paraître ingrat.

— Je continue : il reste donc un million neuf cent cinquante mille dollars de profit. Les impôts prélèvent là-dessus plus de six cent cinquante mille dollars, ce qui laisse un bénéfice net d'un peu moins d'un million trois à répartir entre les investisseurs. Ta part est de quarante-six pour cent. Tout est écrit là, dit-il en tendant un document à Chuck. Crois-moi, si c'était un studio qui avait fait le film, ils auraient raflé la majeure partie des bénéfices.

Chuck reluquait ses chèques en secouant la tête d'un air éberlué.

— *Youpie !* s'écria-t-il.

Le deuxième rendez-vous de Vinnie eut lieu en fin de matinée. Tommy Pro et lui s'installèrent dans le petit bureau, au fond de *La Bohème*, et burent des expresso.

— L'endroit est sûr ? demanda Vinnie en regardant nerveusement autour de lui.

Ici, chacun vivait dans la hantise des mouchards électroniques.

— La pièce a été passée au crible ce matin, dit Tommy. Pas de nouvelles des flics ?

— Aucune.

— Pour ce qui est de nos gars, je sais qu'ils ne t'ont pas contacté. Je t'ai laissé en dehors du coup.

— Merci, Tommy.

— Dis-moi, où en est ton film ?

— Terminé. Il est présenté ce soir au Festival de New York.

— Formidable ! Peut-être qu'un studio va l'acheter ?

— C'est chose faite depuis hier.

— Sensationnel, Vinnie ! Comment tu t'y es pris ?

— Je me suis débrouillé.

Vinnie posa un attaché-case sur la table, devant Tommy.

— Tiens, dit-il, voilà tes honoraires de conseiller juridique.

Tommy Pro souleva le couvercle, jeta un coup d'œil dans l'attaché-case, le referma, puis le repoussa vers Vinnie en disant :

— Totalement superflu.

— Tu t'es occupé des contrats, Tommy, et tu... m'as donné la possibilité de faire le film.

— J'en ai profité, moi aussi, tu te souviens ?

— Je m'en souviens, mais ce n'est pas suffisant.

— J'ai gagné bien plus que toi dans l'affaire.

— Comment ça ?

Tommy haussa les épaules.

— Regarde autour de toi. Où sommes-nous ?

— Tu es le nouveau... ?

— Tout juste. Et si je peux me permettre de le dire, la Famille ne pouvait pas mieux choisir.

— Absolument d'accord.

— Et maintenant, Vinnie, quels sont tes projets ? Un autre film ?

— Beaucoup de films. J'ai un contrat de production avec la *Centurion Pictures*. Je pars pour Los Angeles après-demain.

— Je vais donc connaître quelqu'un à Hollywood ? J'aurai droit à des starlettes quand j'irai te voir ?

— Tu auras droit à tout ce que tu voudras, et toujours à mes frais.

— J'en salive d'avance.

— Au fait... à partir de maintenant, je suis connu sous le nom de Michael Vincent. Tu penses pouvoir t'y faire ?

Tommy Pro se leva et le serra contre lui.

— Michaele...

— Je reste ton débiteur, dit Vinnie.

Le troisième rendez-vous de Vinnie eut pour cadre le restaurant *Le Cirque*. Barbara, qui était une habituée, avait réservé une table pour déjeuner. Lorsqu'on leur apporta le champagne, Vinnie lui remit le chèque.

— Un peu plus de cent pour cent de bénéfice en moins de trois mois... Pas mal, dit-elle en rangeant le chèque dans son sac.

— Voici le détail de toutes les dépenses.

Il lui tendit une feuille de papier qu'elle déchira sans la lire, mettant les morceaux dans le cendrier.

— Mon chéri, j'ai réalisé un bénéfice, c'est tout ce qui m'intéresse. Je me moque de savoir si tu t'es sucré au passage.

— Barbara, je t'assure que...

Elle lui mit une main sur les lèvres.

— Je sais bien que tu n'irais pas m'escroquer. Je suis aux anges. (Elle but une gorgée de champagne.) Mais j'ai le sentiment que je ne vais plus te voir aussi souvent.

Il la mit au courant du contrat qu'il avait signé avec la *Centurion*.

— Et tout ça parce que tu m'as présenté à Leo Goldman, conclut-il. Je ne l'oublierai pas.

Elle baisa son index et le posa sur les lèvres de Vinnie.

— Du moment que tu ne m'oublies pas, *moi*...

Dans l'après-midi, il passa chercher Vanessa à son agence de mannequins et l'emmena prendre le thé au *Plaza*. Lorsqu'ils furent servis, il lui tendit un livre peu épais.

— Qu'est-ce que c'est ? demanda-t-elle en le feuilletant.

— Un roman peu connu, écrit dans les années vingt. Il s'appelle *Printemps Pacifique*. C'est un livre merveilleux, qui va être ton premier tremplin vers la gloire.

Vanessa se mit à sautiller sur place en poussant des petits cris de ravissement.

Vinnie sortit de son attaché-case une liasse de documents qu'il posa devant elle, avec un stylo.

— Tu seras sous contrat avec moi, personnellement, pendant cinq ans, avec un salaire de départ de cinq mille dollars par semaine, et une augmentation chaque année.

Elle prit le stylo et signa le contrat.

— Tu devrais d'abord le soumettre à ton avocat, dit Vinnie.

— Je n'ai pas besoin d'avocat. Je t'ai, toi.

Vinnie prit dans son attaché-case une enveloppe bien rembourrée.

— Voici ton premier mois de salaire. Va donc faire les magasins cet après-midi. Mais garde un peu d'argent pour Rodeo Drive.

Elle ouvrit des yeux ronds.

— On va en Californie ?

— Après-demain, dit-il. En première classe.

Vanessa bondit de sa chaise, alla s'asseoir sur les genoux de Vinnie et le couvrit de baisers.

Ce soir-là, au Festival de New York, *Nuits en ville* eut droit à une ovation debout. Lors du cocktail qui suivit la projection, Vinnie et Chuck reçurent des félicitations par centaines. Il n'y eut qu'une seule ombre au tableau : Chuck, pour la première fois, vit Vinnie en compagnie de Vanessa.

Le lendemain matin, Vinnie et Vanessa embarquaient à bord d'un MGM Grand à destination de Los Angeles. Ils s'installèrent dans les luxueux fauteuils et commandèrent du champagne. Vinnie avait dans sa poche un chèque certifié de six cent soixante mille dollars, correspondant à la somme que lui avait rapportée jusqu'à présent *Nuits en ville*. Dans un sac de voyage, rangé dans le compartiment à bagages, il transportait deux cent soixante mille dollars en espèces, représentant ses économies et le produit du meurtre de Benedetto. Il n'était pas encore tout à fait millionnaire.

Comme l'avion décollait de l'aéroport Kennedy et mettait le cap vers l'ouest, Vinnie leva sa coupe en direction de Manhattan.

— Adieu, Vinnie Callabrese, dit-il dans un murmure. Bonjour, Michael Vincent !

12

Michael ouvrit les yeux et tendit l'oreille. Il entendait quelque chose, un bruit auquel il n'était pas habitué. La pièce était plongée dans l'obscurité, et il ne savait pas très bien où il se trouvait. Soudain, il identifia le bruit.

Il sortit du lit, traversa la pièce d'un pas hésitant et chercha à tâtons le cordon de tirage des rideaux. Il écarta les tentures et cligna des yeux, aveuglé par le soleil matinal. Perchés sur une grosse branche d'arbre qui faisait toute la largeur des fenêtres, deux oiseaux dodus chantaient à tue-tête. « Des chants d'oiseaux ! se dit Michael. La Californie ! »

Vanessa dormait profondément, un masque sur les yeux. Michael alla chercher dans sa valise un petit coffret qu'il emporta dans la salle de bains. Puis, debout devant la glace, il contempla son reflet. Vinnie Callabrese lui rendit son regard. Michael ouvrit alors le coffret et en sortit une tondeuse électrique, dans laquelle il mit des piles. Deux minutes lui suffirent pour se débarrasser de Vinnie. Il s'enduisit le visage de mousse à raser pour faire disparaître les poils qui restaient. *Et voilà le travail !* Michael Vincent lui sourit dans la glace.

— Seigneur ! s'exclama Vanessa derrière lui.

Il se retourna :

— Je croyais que tu dormais à poings fermés.

— Les oiseaux m'ont réveillée. Tu es superbe... infiniment mieux sans ta barbe. À présent, tu as besoin d'une bonne coupe de cheveux.

— Nous sommes dimanche, les coiffeurs sont fermés.

Elle approcha de la glace un tabouret, fouilla dans sa trousse de maquillage et y trouva une étincelante paire de ciseaux.

— Comment crois-tu que je gagnais ma vie avant de devenir mannequin ?

— Tu es experte ?

— Fais-moi confiance, dit-elle dans un sourire. Allez, assieds-toi et ferme-la. Je sais exactement ce qu'il te faut.

Michael s'assit, passablement anxieux.

— Ne coupe pas trop, hein ?

— Je t'ai dit de la fermer.

Elle passa ses doigts dans l'épaisse chevelure noire et commença à tailler les mèches.

La séance terminée, Michael se leva pour examiner attentivement son reflet tandis que Vanessa lui tenait un miroir derrière la tête.

— C'est beaucoup plus court, dit-il.

— C'est beaucoup plus *seyant*. Tu ressembles maintenant à un homme d'affaires, pas à un étudiant attardé.

Elle téléphona pour demander qu'on leur monte le petit déjeuner dans leur suite. Pendant ce temps, il parcourut la rubrique immobilière du *Los Angeles Times*, cochant les annonces intéressantes.

— Qu'est-ce que tu fais ? s'enquit-elle.

— Je nous cherche un toit.

— On ferait bien de louer une voiture, si on doit aller à la chasse aux appartements.

— Ce ne sera pas nécessaire, dit-il. J'ai pris mes dispositions.

À dix heures, Michael se prépara à sortir.

— Retrouve-moi devant l'hôtel dans un quart d'heure, dit-il à Vanessa en prenant son attaché-case et le journal.

— D'accord. Comment dois-je m'habiller ?

— Comme une Californienne qui va faire une balade dominicale en voiture.

Il ferma la porte et s'engagea dans une allée ombragée. Il aimait beaucoup l'hôtel *Bel-Air*. Après avoir traversé les jardins aux plantations luxuriantes, il longea le hall, sortit par l'entrée principale, puis franchit un pont. Au-dessous de lui, des cygnes barbotaient dans un petit ruisseau.

Comme il approchait du parking, un jeune employé l'aborda :

— Bonjour, monsieur Vincent. Il y a là-bas un monsieur qui vous demande.

Il indiqua l'autre côté du parking, où un homme attendait à l'ombre d'un arbre, appuyé contre une voiture.

Michael se dirigea vers lui.

— Monsieur Vincent ? dit l'inconnu en tendant la main. Je m'appelle Torio. Que pensez-vous de ce modèle ?

Michael fit lentement le tour du véhicule : une Porsche décapotable flambant neuve, peinte en noir métallisé, avec un intérieur en cuir noir.

— Avez-vous la carte grise ? s'enquit-il.

L'homme ouvrit une serviette et lui remit un document.

— En bonne et due forme, dit-il. Établie à votre nom.

— Comment vous y prenez-vous ? s'enquit Michael en examinant la carte grise. Elle paraît authentique.

— Elle *est* authentique, répondit l'homme d'un ton offusqué. Vous croyez que je refilerais un faux papier à un ami de Tommy Pro ?

— Non, évidemment.

— Nous avons un gars à nous au service des immatriculations, expliqua l'homme en jetant un coup d'œil autour de lui pour s'assurer que personne n'écoutait. Quand on fauche une voiture neuve, on a déjà le numéro d'un véhicule qui a été envoyé à la casse. Cette Porsche a moins de cent cinquante kilomètres dans le moteur, mais elle est immatriculée comme un modèle de l'année dernière. On a gonflé le compteur pour qu'il affiche cinq mille kilomètres. Notre gars a immatriculé la voiture, et le tour est joué : votre carte grise est absolument valable, je vous le garantis. Vous voulez l'essayer ? Elle est parfaite, vous verrez.

— Ce ne sera pas nécessaire. Je vous crois sur parole.

Michael ouvrit son attaché-case et en sortit une épaisse enveloppe, qu'il donna à l'homme.

— Vingt-cinq mille, comme convenu.

L'homme prit l'enveloppe et serra la main de Michael.

— Je n'ai pas besoin de vérifier, dit-il. Faites toutes mes amitiés à Tommy quand vous le verrez.

— Je n'y manquerai pas.

— Oh ! j'y pense, dit l'homme en exhibant une carte professionnelle. En cas de besoin, vous avez acheté la voiture chez ce concessionnaire, O.K. ?

— O.K.

Michael regarda l'homme monter dans une limousine avec chauffeur, qui démarra et s'éloigna. Il s'installa au volant de la Porsche, mit le contact et arriva devant le portique à l'instant même où apparaissait Vanessa.

— Waouh ! dit-elle en passant une main sur la carrosserie.

— Grimpez, miss Parks, dit Michael avec un large sourire. Allons nous trouver un logis.

En fin d'après-midi, après avoir visité une demi-douzaine de maisons, Michael et Vanessa se retrouvèrent dans le salon d'un vaste appartement de grand standing, à Century City.

— Il est libre pour un an, leur expliqua la femme de l'agence immobilière. Le propriétaire tourne deux films en Europe ; il s'est installé provisoirement à Londres.

— On le prend, dit Michael.

— C'est que... il y a encore trois personnes qui désirent le voir. Nous choisirons ensuite le locataire le mieux qualifié. Il y aura certaines formalités à remplir.

— Nous n'avons pas besoin de nous embarrasser de formalités, dit Michael.

— Je vous demande pardon ?

— Je paie un an de loyer d'avance, dit-il en ouvrant son attaché-case. En espèces. Tout de suite.

— En *espèces* ?

— Vous avez bien entendu. Je suis sûr que vous avez dans votre serviette un formulaire de bail standard. Si nous pouvons régler cette affaire *sur-le-champ,* il y aura une prime de deux mille dollars pour vous. En liquide. Il ne sera pas nécessaire de mentionner ce détail à votre patron.

La femme se passa la langue sur les lèvres.

— Vous travaillez à la *Centurion,* dites-vous ?

— Je commence demain. Le secrétariat de Leo Goldman pourra vous le confirmer.

— Dans ces conditions, dit-elle, je ne vois pas ce qui nous empêche de sucrer les formalités.

Lorsqu'elle fut partie et que Michael eut les clefs dans sa poche, Vanessa et lui restèrent sur la terrasse à contempler la ville qui s'étendait à leurs pieds.

— C'est là-bas, dit-il en pointant l'index.

— Où ça ?

— Suis la direction de mon doigt. Tu vois la grille et la grande pancarte ?

— Oui. *Centurion Pictures.*

— Ça me plaît de la voir d'ici.

— Michael, que ferons-nous à l'expiration du bail ?

Il la serra contre lui.

— Ne t'inquiète pas, bébé. Nous trouverons quelque chose de *beaucoup* plus cossu.

Après avoir transporté leurs bagages dans le nouvel appartement, ils se rendirent en voiture à Malibu, où ils s'installèrent dans un restaurant avec vue sur le Pacifique. Face au soleil couchant, ils levèrent leurs verres pour porter un toast.

— À Hollywood ! dit Michael. Bientôt, la ville sera à nous.

13

Au volant de sa voiture, Michael s'approcha lentement des grilles de la *Centurion Pictures*. Toute sa vie, il avait vu des photographies et des images filmées de cette célèbre entrée. Il voulait savourer cet instant.

En s'arrêtant à la hauteur de la petite maison du gardien, il se fit un peu l'effet d'un intrus. Un homme en uniforme sortit sur le pas de la porte :

— Vous désirez ?

— Je m'appelle Michael Vincent. Je...

— Ah ! oui, monsieur Vincent, dit le gardien avec un grand sourire. Une seconde, je vous prie.

Il disparut dans la guérite et revint avec un autocollant plastifié qu'il apposa sur le pare-brise de la Porsche.

— Ce laissez-passer vous permettra d'entrer à tout moment, et sans attendre. Le Bâtiment de la Direction se trouve à l'autre bout du site. Prenez la première à droite et continuez tout droit. Je m'appelle Bill, pour vous servir.

Michael lui sourit.

— Merci, Bill. Je m'en souviendrai.

Roulant au pas, il passa devant une rangée de coquets bungalows. Devant chacun d'eux, un écriteau planté dans la pelouse annonçait le nom de son occupant. Michael reconnut des noms de metteurs en scène et de scénaristes célèbres. Il tourna à droite et, sans transition, se retrouva dans une rue de New York City.

Ça ne ressemblait pas au quartier de Little Italy, mais plutôt à Greenwich Village. Sur toute sa longueur, la rue était bordée de belles demeures qui, par endroits, alternaient avec de petites boutiques. Sans réfléchir, il arrêta la voiture et escalada le perron d'une des maisons pour regarder à travers la vitre de la porte d'entrée. Comme il s'y attendait, il n'y avait rien derrière : seulement un terrain envahi par les mauvaises herbes et, au-delà, une autre rangée de façades en trompe-l'œil. Toute la « rue » était étayée par des poutres.

Il continua jusqu'au Bâtiment de la Direction et fit lentement le tour du parking, en quête d'une place. À sa grande surprise, il en trouva une marquée d'un panneau fraîchement peint : MR VINCENT. Il hésita. Y avait-il, par hasard, un autre Vincent à la *Centurion* ? Non : la peinture était toute fraîche, cet emplacement lui était certainement réservé. Tout en garant la Porsche, il évalua la distance entre sa place de parking et l'entrée du bâtiment. Pas si loin que ça… En tout cas, pas aussi loin que d'autres.

Le Bâtiment de la Direction était une structure massive, imposante, avec une façade en pierre et des colonnades. Il s'en dégageait une impression de pérennité. Michael grimpa au trot les marches du perron et entra. Dans le vaste hall trônait un large bureau, occupé par deux standardistes très affairées et par une réceptionniste qui lui adressa un sourire froid.

— Bonjour, dit-elle. Vous désirez ?

— Je m'appelle Michael Vincent. Je suis…

— Ah ! oui, monsieur Vincent, l'interrompit-elle.

Veuillez vous asseoir, je vais prévenir la secrétaire de Mr Goldman que vous êtes là.

Au lieu de s'asseoir, Michael fit les cent pas dans le hall, examinant les affiches originales qui décoraient les murs : des affiches de films qui résumaient l'histoire de sa vie, des films qu'il avait vus dès son plus jeune âge dans des douzaines de cinémas new-yorkais. Nombre d'entre eux avaient remporté des Oscars.

Quelques instants plus tard apparut une petite femme rondouillette, vêtue d'un tailleur strict.

— Monsieur Vincent ? Je suis Helen Gordon, la secrétaire de Mr Goldman. Il n'est pas encore arrivé ; je crois qu'il se remet du décalage horaire. Il m'a demandé de vous prendre en charge.

Michael serra la main de la femme et déploya son charme d'homme d'affaires.

— Enchanté, dit-il. Je suis assurément en de bonnes mains.

— Pour votre bureau, Mr Goldman a pensé à deux locaux qui pourraient vous convenir. Si vous voulez bien me suivre, je vais vous les montrer.

Ils gravirent le majestueux escalier qui s'élevait derrière le bureau d'accueil, passèrent devant une rangée de portes en acajou copieusement vernies, puis enfilèrent un couloir qui faisait toute la longueur du bâtiment. À l'extrémité, elle le fit entrer dans un spacieux bureau avec salle d'attente contiguë.

— Très agréable, dit Michael sans se compromettre.

Avant de faire son choix, il voulait voir la seconde solution qu'on lui proposait.

— En fait, expliqua Helen Gordon en rebroussant chemin vers la sortie, l'autre bureau est un petit pavillon en soi. C'est à deux pas d'ici.

Suivie de Michael, elle s'engagea sur un large trottoir flanqué d'immenses salles de tournage qui ressemblaient à des hangars. Arrivée au bout, elle tourna à gauche ; ils arrivèrent alors en vue d'un petit bungalow en pisé dont la partie arrière était surélevée d'un demi-étage. Helen sortit une clef et fit entrer Michael.

— Très intéressant, dit-il en jetant un regard circulaire dans la salle de réception déserte.

Elle lui montra deux bureaux de belles dimensions avant de le conduire vers d'imposantes doubles portes, qu'elle ouvrit en grand.

— Autrefois, c'était ici qu'on tournait les bouts d'essai, dit-elle en s'effaçant pour le laisser entrer.

La pièce était large et très haute de plafond, ce qui expliquait le demi-étage de différence que Michael avait remarqué de l'extérieur. Le soleil pénétrait à flots par les hautes fenêtres percées dans le mur du fond.

— En tournant les essais ici, reprit-elle, on évitait d'encombrer les grands plateaux. L'endroit est bien conçu, vous ne trouvez pas ?

— Si, tout à fait. (Il se tourna vers elle.) Puis-je vous demander conseil ? À ma place, lequel des deux choisiriez-vous ?

Helen Gordon fut bien près de rougir.

— Ma foi... d'aucuns estiment qu'il n'est pas recommandé de travailler trop près du bureau de Mr Goldman. Il a en effet une certaine tendance à regarder par-dessus l'épaule des autres.

— Je vois, dit Michael en riant. Eh bien ! je crois que je serai très heureux ici. D'autant que j'aurai besoin d'espace pour un ou deux collaborateurs.

— Parfait. À présent, il faut vous trouver des meubles. Venez avec moi.

Ils sortirent du bungalow, descendirent la rue et s'arrêtèrent devant une petite porte qui – supposa Michael – devait être celle d'une salle de tournage. Helen appuya sur la sonnette et attendit.

— Je vais vous présenter à George Hathaway, dit-elle.

— Le célèbre chef décorateur ? Je le croyais mort.

— Il est tout ce qu'il y a de vivant, je vous assure,

bien qu'il soit en semi-retraite. Il s'occupe maintenant des accessoires et des costumes. Mr Goldman a gardé sous contrat bon nombre d'anciens, à titre de consultants. Apparemment, ça leur plaît davantage qu'une pension.

La porte s'ouvrit et un homme d'un certain âge, grand et mince, un bloc-notes à la main, les invita à entrer.

— Bonjour, Helen.

— Bonjour, monsieur Hathaway. Je vous présente Michael Vincent, qui va être producteur chez nous.

— Je suis un de vos fervents admirateurs, dit Michael en serrant la main de l'homme. J'ai été particulièrement impressionné par les décors que vous avez réalisés pour *Beau temps* et *Village frontière*.

Le visage de Hathaway s'éclaira.

— Vous êtes trop gentil, dit-il avec une pointe d'accent anglais.

— George, dit Helen Gordon, Mr Vincent a décidé de s'installer dans l'ancien pavillon des essais. Pensez-vous pouvoir lui fournir de quoi se meubler ? Mr Goldman a recommandé de satisfaire tous ses désirs.

— Mais certainement, Helen, j'en serai ravi. C'est toujours un plaisir d'avoir pour client un nouveau producteur.

— Monsieur Vincent, dit la secrétaire, je vous laisse aux bons soins de George. Quand vous en aurez terminé, retournez au Bâtiment de la Direction. Mr Goldman sera certainement arrivé d'ici là, et il voudra vous souhaiter la bienvenue.

— Merci, Helen.

George Hathaway fit signe à Michael de le suivre et le conduisit jusqu'à une autre porte, qu'il ouvrit.

Michael franchit le seuil et écarquilla les yeux. Ce qu'il avait pris pour une salle de tournage était en réalité un immense entrepôt de meubles et d'objets divers, empilés haut sur des rayonnages métalliques. L'allée centrale semblait presque disparaître au loin.

— On se croirait dans *Citizen Kane*, monsieur Hathaway, murmura-t-il, médusé.

George Hathaway éclata de rire.

— Ce n'est pas faux. Mais je vous en prie, appelez-moi George.

— Et vous, appelez-moi Michael.

— Faisons un petit tour. Si vous voyez un bureau, un canapé, quoi que ce soit qui vous attire l'œil, dites-le-moi.

Tout en suivant lentement le vieil homme dans l'entrepôt, Michael contempla les vestiges de soixante-dix années de fabrication de films : meubles, tableaux, objets d'art, porte-chapeaux, crachoirs, barres en cuivre provenant de pubs anglais et de saloons de western. À l'extrémité d'une rangée, Michael repéra quelque chose de familier. Contre le mur du fond était appuyée une cheminée en pierre, encastrée dans une boiserie en chêne de deux mètres cinquante de large.

— N'est-ce pas la cheminée du cabinet de travail de Randolph dans *Randolph le Magnifique* ?

— Mais si ! dit George, ravi. Et c'est bien agréable de rencontrer quelqu'un qui soit capable de la reconnaître.

— J'ai toujours adoré ce décor, dit Michael. Quand j'avais douze ans, je rêvais d'habiter dans cette pièce.

George se gratta le menton.

— Dites-moi, comptez-vous installer votre bureau dans la pièce haute de plafond ?

— Oui.

— Figurez-vous que le cabinet de travail tout entier est entreposé ici : bureau, meubles, livres… tout. Et je pense que ce décor pourrait tenir dans la grande pièce, avec quelques ajustements. Qu'est-ce que vous en diriez ?

— Vous pourriez faire ça ?

— Naturellement. Mr Goldman a dit de satisfaire tous vos désirs.

— Ce serait absolument fabuleux, George. J'aurais l'impression d'être Randolph en personne !

— C'est comme si c'était fait. Voulez-vous également meubler les autres pièces ?

— Oui, je vais bientôt engager du personnel.

— Si vous me donnez carte blanche, je vous choisirai quelque chose.

— Merci infiniment.

George décrocha un téléphone mural et composa un numéro.

— Je vais mettre immédiatement une équipe sur le coup. Nous ne sommes pas trop occupés en ce moment ; ça devrait être prêt pour demain.

— Demain ? Si vite ?

— Voyons, Michael, nous sommes à Hollywood ! dit George Hathaway.

Michael sortit de l'entrepôt et prit le chemin du Bâtiment de la Direction pour avoir sa première entrevue avec Leo Goldman. Il voguait sur un petit nuage. En passant devant une maisonnette dont les fenêtres étaient ouvertes, il entendit un quatuor à cordes jouer un morceau qu'il ne connaissait pas. Il crut qu'il s'agissait d'un enregistrement mais, quand il s'arrêta pour regarder à l'intérieur, il vit trois hommes et une femme d'un certain âge qui maniaient leurs instruments avec recueillement, absorbés dans la musique. Il se remit en marche. Oui, décidément, il était bien à Hollywood !

14

Michael regagna le Bâtiment de la Direction, où il trouva Helen Gordon qui l'attendait.

— Ah ! parfait, dit-elle. Mr Goldman vient juste d'arriver. Montons à son bureau.

En haut de l'escalier, elle ouvrit l'une des larges portes en acajou luisant qu'il avait remarquées précédemment, et ils entrèrent dans une élégante salle d'attente où deux jeunes femmes tapaient furieusement sur des claviers d'ordinateurs. Helen frappa à une porte, l'ouvrit et introduisit Michael dans le sanctuaire de Leo Goldman. La pièce était suffisamment spacieuse pour contenir un énorme bureau, une paire de canapés en cuir installés de chaque côté de la cheminée, un piano à queue et une table de conférence pour douze personnes. Une bibliothèque sol-plafond, équipée d'une échelle montée sur rails, occupait l'un des murs. Assis dans un imposant fauteuil en cuir, les pieds sur son bureau, Leo Goldman parlait dans un téléphone à écouteurs. Il indiqua à Michael l'un des divans, sans cesser de parler à un débit accéléré.

Michael s'assit et contempla l'ameublement. Chaque objet, de qualité supérieure dans sa catégorie, avait été choisi avec soin pour rendre l'immense pièce aussi belle que confortable.

Leo jeta le casque sur son bureau, parcourut les six mètres qui le séparaient de Michael et lui serra la main avant de se vautrer sur l'autre divan, face à lui.

— Alors, avez-vous fait bon voyage ?

— Excellent, Leo, merci.

— Satisfait de votre suite au *Bel-Air* ?

— C'était parfait, mais nous avons déjà trouvé un appartement à Century City.

— Bien, c'est du rapide. Qui est ce *nous* ?

— Ma petite amie, Vanessa Parks.

Goldman acquiesça d'un air approbateur.

— Vous êtes déjà installés ?

— Vanessa s'en occupe aujourd'hui.

— Ferons-nous sa connaissance demain soir, au dîner ?

— Certainement.

— Bien. Amanda sera ravie. À propos, souhaitez-vous rencontrer quelqu'un de particulier ?

— À ce dîner ? fit Michael, un peu déconcerté.

— Mais oui. Qui avez-vous envie de voir ?

— Je ne connais pas un chat ici.

Leo secoua la tête.

— Ce que je vous demande, c'est s'il y a *quelqu'un* – n'importe qui – que vous aimeriez rencontrer ?

« Bonté divine, pensa Michael, peut-il convoquer comme ça qui il veut ? »

— Eh bien... il y a des tas de gens que j'aimerais rencontrer.

— Mais encore ?

Michael réfléchit.

— Pour commencer, il y a Mark Adair.

Il avait lu dans le *Times* que le célèbre romancier était en ville.

— Je verrai ce que je peux faire, dit Leo.

— Et je voudrais faire la connaissance de Robert Hart.

— Au moins, vous voulez rencontrer des stars de cinéma, comme tout un chacun ! dit Leo en riant. Bob Hart vient de passer un mois au centre de désintoxication Betty Ford. Problème de gnôle. Ça fait plus d'un an qu'il n'a pas tourné.

— Si vous pensez que ce n'est pas une bonne idée...

— Si, si, au contraire. J'aime bien Bob et j'ai toujours admiré son talent. Sa femme, par contre, est un peu difficile à manier.

Il décrocha un téléphone, sur la table basse, appuya sur une touche et dit dans le combiné :

— Helen, invitez Bob et Sue Hart à dîner demain soir. Vous avez leur numéro. Appelez ensuite le *Beverly Hills* pour voir si Mark Adair y est, et invitez-le aussi. Tenez-moi au courant. (Il raccrocha.) S'ils ne sont pas en ville, vous me trouverez quelqu'un d'autre.

— C'est très aimable à vous, Leo, dit Michael avec sincérité.

— Pas du tout.

Leo s'adossa au divan et allongea une jambe sur les coussins.

— Bon. Maintenant, laissez-moi vous raconter l'histoire de la *Centurion*. Vous la connaissez probablement déjà en partie, mais je vais vous la raconter quand même.

— Entendu.

— La *Centurion* fut fondée en 1937 par Sol Weinman, qui avait dirigé à la MGM un important département pour le compte d'Irving Thalberg. À la mort de Thalberg, Sol démissionna car ça le débecquetait de se trouver directement sous les ordres de Louis B. Mayer. Suite à un héritage, il devint un homme riche, et il fit appel à d'autres hommes riches pour fonder la *Centurion*. Ils achetèrent un studio délabré, entouré de bons terrains à bâtir, ils construisirent quatre salles de tournage et se mirent à faire des films. Le démarrage fut difficile, car ils devaient emprunter des comédiens aux « majors »[1], ce qui revenait cher. Ils connurent néanmoins une série de succès commerciaux et, dès la fin de la guerre, Sol avait racheté ses associés et se trouvait à la tête d'un studio bénéficiaire. Il fit marcher seul son affaire, tout comme Sam Goldwyn, et ses films étaient au moins aussi bons que ceux de la MGM. Quand la télévision fit son apparition, il ne fut pas touché aussi durement que les autres grandes compagnies, car ses frais généraux étaient moins élevés. Il continua ainsi de produire des films de qualité jusqu'à sa mort, il y a vingt ans. Le studio pataugea ensuite pendant quelque temps, connut des hauts et des bas, mais dégringola rapidement la pente.

1. Aux États-Unis, on appelle « majors » les sept plus grands studios de cinéma : Paramount, MGM, Warner, Fox, Universal, Columbia et Disney. *(N.d.T.)*

« Il y a quinze ans, après avoir emprunté une grosse somme d'argent, je me suis associé avec quelques investisseurs pour racheter le studio à la veuve de Sol. Et j'ai pris le contrôle. Je me suis installé ici et j'ai vendu un terrain à des promoteurs, ce qui m'a permis de rembourser la majeure partie de mes dettes, et la *Centurion* est revenue dans la course. Je suppose que notre production, depuis lors, vous est familière.

— En effet, et je l'admire.

— Merci, vous le pouvez. Nous faisons du bon travail. Je réduis les frais généraux au minimum, et nous louons beaucoup d'espace à des gens dont j'apprécie le talent : vous avez dû voir les écriteaux devant les bungalows.

— Oui.

— J'ai conservé les accessoires et les costumes, pour des raisons essentiellement sentimentales, et nous les louons à tout le monde. L'un dans l'autre, on s'y retrouve. Nous avons toujours les quatre salles de tournage que Sol a fait construire, plus encore deux autres, et ça turbine sec. Nous faisons une douzaine de films par an ; une quantité d'autres sont tournés sur place par des indépendants.

Leo se pencha en avant, les coudes sur les genoux, et enchaîna :

— Ce que j'attends de vous, c'est un nouveau film l'an prochain – le temps que vous trouviez vos marques – et deux autres l'année d'après. Je veux des films de qualité, au budget serré, et suffisamment commerciaux pour être rentables. Nous avons connu deux ou trois méga-succès, mais ce n'est pas ça qui paie le loyer. Ce qui paie le loyer, ce sont les bons films, intelligemment conçus, année après année. De temps à autre, j'aime bien sortir un beau petit film, un peu sophistiqué, qui ne perdra pas trop d'argent. C'est bon pour la réputation du studio, et c'est le genre de projet où on peut convaincre des acteurs chers de travailler pour des clopinettes. En plus, à l'occasion, ça permet de récolter un Oscar.

« J'ai des goûts éclectiques. J'aime les films policiers, les comédies, les mélodrames, l'horreur classieuse, les histoires médicales, les westerns, les films biographiques, les comédies musicales... *j'adore* les comédies musicales, Dieu sait, mais on ne peut plus en tourner sans risquer de perdre sa culotte. Je suis *très* méfiant à l'égard des grosses machines hollywoodiennes, à moins d'avoir un scénario absolument *superbe* avant de dépenser le premier sou. Très franchement, si Arnold Schwarzenegger venait me trouver aujourd'hui avec une *idée* de superproduction, je lui dirais : « Merci beaucoup, Arnold, mais tant que tu n'auras pas un script capable de faire dangereusement grimper ma tension, tu peux aller te faire foutre ! » Juré, je lui dirais ça ! Les critères du méga-succès changent si rapidement que ça me fout une trouille bleue. Ma conception d'un cauchemar, c'est un film – peu importe le genre – qu'on met en chantier sans avoir de scénario parfaitement au point. Oui, je sais, on a commencé à tourner *Casablanca* alors que le script n'était pas achevé, mais c'est l'exception qui confirme la règle. Ne venez jamais me demander, Michael, de tourner un script dont vous savez qu'il est mal ficelé. Ne me faites jamais engager une star sans avoir un script terminé : à force de le faire réécrire tant que la star est encore disponible, vous finirez par le réduire en charpie et nous y perdrons tous les deux. Si vous avez un *bon* scénario, croyez-moi, il y aura *toujours* une star disponible.

« Nous avons ici même une société de production de télévision qui marche fort bien. Si vous tombez sur une histoire qui ne vous intéresse pas personnellement mais qui vous paraît susceptible de faire un bon téléfilm, ou un feuilleton, ou une mini-série, envoyez-la-moi. De cette manière, vous vous ferez des amis dans la place. À propos d'amis, vous allez avoir du mal à vous en faire : les cadres des studios jalousent les types qui ont des contrats de production, et les cadres de la *Centurion* ne font pas exception à la règle. Ils gagnent beaucoup d'argent pour ce qu'ils font, mais ils savent que vous avez le *potentiel* d'en gagner foutrement plus qu'eux et ça les rend malades. Par conséquent, si vous voulez vous entendre avec les gens qui bossent dans ce bâtiment, donnez-vous du mal : rendez-leur service, complimentez-les sur leur travail, léchez-leur le cul si ça ne vous dégoûte pas trop, et si quelqu'un se met en travers de votre chemin, contournez-le au lieu de lui rentrer dans le chou.

« Je sais que vous êtes futé, Michael, et que je n'ai pas besoin de vous mettre en garde, mais je vais le faire quand même. Vous êtes jeune, beau garçon, dans un métier à paillettes où on jette l'argent par les fenêtres. Soyez prudent. Ne vous endettez pas ; dans la mesure du possible, payez comptant tous vos achats. Ne touchez pas à la drogue ; j'ai vu cinquante jeunots pleins d'avenir tomber dans les oubliettes à cause de cette saleté. Ne mélangez pas la baise et les affaires. Je suis content que vous ayez une petite amie, car il y a dans cette ville dix mille femmes qui sont prêtes à vous sucer la queue pour décrocher un rôle de préposée au vestiaire dans un mauvais film, et mille d'entre elles le feront tellement bien que vous en oublierez le boulot et que ça faussera votre jugement.

Leo s'adossa au divan et prit une profonde inspiration.

— Voilà. Je ne vois rien d'autre pour le moment.

— Merci, Leo, dit Michael. Ce sont là de bons conseils, et je tâcherai de les suivre.

— Venons-en maintenant à *Nuits en ville*. Je vais le distribuer dans neuf salles au total, à New York et Los Angeles, juste avant Thanksgiving[1].

1. Fête nationale américaine célébrée le quatrième jeudi de novembre. *(N.d.T.)*

Michael fit grise mine. Il ouvrit la bouche pour protester, mais Leo l'interrompit d'un geste.

— Attendez, laissez-moi finir. Je le passerai pendant deux semaines, puis je le retirerai de l'affiche. Entre Thanksgiving et Noël, je le projetterai jusqu'à plus soif sur le site pour jeter les bases d'un bon bouche à oreille. Ensuite, à la mi-janvier, quand la plupart des grosses machines de Noël commenceront à disparaître du circuit, je le sortirai dans mille deux cents salles, en dépensant huit millions de dollars pour la publicité et la promotion. C'est la bonne période pour les Oscars – et, croyez-moi, Carol Geraldi récoltera une nomination. On empochera ainsi trente ou quarante millions. Compte tenu de ce que nous avons investi, ce sera pour nous un succès en béton.

— Ça m'a l'air épatant, dit Michael.

— Et comment, parbleu ! (Leo consulta sa montre.) J'aurais voulu vous inviter au restaurant, mais j'ai un déjeuner que je ne peux pas déplacer. Prenez le restant de la journée ; de toute façon, votre bureau ne sera pas prêt avant demain et il faut que vous emménagiez dans votre nouvel appartement. Demain soir, venez tôt à la maison – six heures, disons – pour que nous ayons le temps de bavarder avant l'arrivée des autres. Je veux que vous me fassiez part de vos projets.

— Entendu.

Leo alla prendre une feuille de papier sur son bureau avant de raccompagner Michael à la porte.

— Tenez, dit-il en lui tendant la feuille. J'ai demandé à Helen de vous dresser une liste d'adresses utiles : médecin, dentiste, banque, coiffeur, agence de placement, fleuriste, traiteur... tout ce qui m'est passé par la tête. Il y a aussi une liste des meilleurs restaurants ; Helen les a appelés pour expliquer qui vous êtes, vous serez donc bien accueilli. Mon adresse et mon numéro personnel sont également indiqués. À demain soir, six heures.

Cinq minutes plus tard, sur le parking, Michael regardait Leo Goldman s'éloigner dans une énorme Mercedes conduite par son chauffeur. À travers la lunette arrière, il vit que Leo avait déjà le téléphone à l'oreille.

Il monta dans sa Porsche et resta un moment assis au volant, à se remémorer ce que Leo lui avait dit. Michael avait une mémoire extraordinaire. Il aurait pu tout réciter mot à mot.

15

Michael avait un rendez-vous en ville à deux heures et demie, ce qui lui laissa le temps de s'arrêter en chemin pour acheter un téléphone de voiture et un portable. Il laissa sa Porsche au magasin pour qu'on lui installe l'appareil, non sans avoir récupéré au préalable le sac à provisions qu'il avait mis dans le coffre. Puis il se rendit à pied à son rendez-vous, à quelques blocs de là.

Il pénétra dans le hall d'un étincelant gratte-ciel et prit l'ascenseur jusqu'au dernier étage, où se trouvaient les bureaux d'une discrète banque privée. L'inscription gravée sur les portes vitrées lui apprit que la *Kensington Trust* avait son siège à Londres et des agences à New York, à Los Angeles, aux Bermudes, à Hong-Kong et aux îles Caïmans.

À la réception, il se présenta sous le nom de Vincente Callabrese et demanda à voir Derek Winfield. On l'introduisit aussitôt dans un bureau lambrissé qui offrait une vue spectaculaire sur le smog de Los Angeles.

Winfield se leva pour l'accueillir. C'était un homme grand et mince, d'une cinquantaine d'années, vêtu d'un costume *Savile Row*.

— Bonjour, monsieur Callabrese, dit-il en lui tendant une main impeccablement manucurée. Je vous attendais.

Il offrit un siège à Michael, qui s'assit.

— Comment allez-vous, monsieur Winfield ? On vous a parlé, je suppose, de mes besoins bancaires ?

— Oui, oui. Notre ami commun m'a appelé de New York la semaine dernière. Nous sommes toujours heureux d'avoir pour clients des amis à lui. Vous vous connaissez depuis longtemps ?

Michael ignora la question.

— Monsieur Winfield, je voudrais ouvrir un compte d'investissement chez vous.

— Certainement. J'ai cru comprendre, d'après ce que m'a dit Mr Provensano, que vous aviez également votre petite idée.

— En effet. (Michael sortit une enveloppe de sa poche.) Voici un chèque certifié de six cent soixante mille dollars, établi sur ma banque de New York.

Il posa le sac à provisions sur le bureau de Winfield et enchaîna :

— D'autre part, il y a là cent mille dollars en espèces. (Il endossa le chèque de banque.) Je voudrais investir l'ensemble de cet argent sur le marché gris, si vous me suivez bien.

— Je vous suis. Un rendement de quel ordre attendez-vous de cet investissement ?

— Notre ami m'a dit que je pouvais espérer trois pour cent par semaine. Je m'en contenterai.

— Je pense que c'est faisable, dit Winfield. Comment souhaitez-vous toucher les intérêts ?

— Je voudrais les réinvestir toutes les semaines dans le capital. Il se peut que je retire un peu d'argent de temps à autre, mais cet investissement devrait durer au moins un an, voire beaucoup plus.

Michael savait que, s'il empochait les intérêts chaque semaine, le revenu annuel de son investissement dépasserait le million de dollars. En revanche, s'il les laissait se capitaliser au fur et à mesure, son revenu serait bien, bien plus important – et non imposable. Les usuriers prêteraient son argent à un taux de dix pour cent par semaine, ainsi tout le monde y trouverait son compte.

— Souhaitez-vous des facilités pour les… euh, mouvements de fonds ? s'enquit Winfield.

— Peut-être. Je ne peux pas vous répondre pour le moment.

— Naturellement, ce service entraînerait des frais.

— Naturellement. Si le cas se présentait, comment l'argent me serait-il reversé ?

— Nous pourrions faire en sorte que vous touchiez des honoraires en qualité de consultant d'une ou de plusieurs entreprises, expliqua Winfield. Il vous faudrait payer des impôts sur les recettes, bien entendu, puisque l'entreprise concernée remplirait la déclaration 1099 auprès des services fiscaux. Nous pourrions également faire transiter les fonds par notre agence des Caïmans ; toutefois, pour que vous puissiez en disposer librement dans ce pays, il vous faudrait aller sur place et rapporter l'argent en espèces. Il faut être prudent, de nos jours, avec les grosses sommes en liquide.

— Je comprends.

— Si vous voulez bien patienter deux minutes, je vais vous chercher un reçu. Au fait, comment dois-je identifier et domicilier le compte ?

— Indiquez mon nom, mais pas d'adresse. Gardez mes relevés dans vos dossiers, je passerai les prendre en cas de besoin.

Winfield sourit.

— Certainement, dit-il en quittant la pièce.

Michael arpenta le bureau, examinant les tableaux et contemplant la vue. Le banquier revint au bout de quelques minutes.

— Voici votre reçu. (Il raccompagna Michael jusqu'à l'ascenseur.) Appelez-moi à tout moment si vous souhaitez connaître le solde de votre compte.

— Je vous remercie.

Michael monta dans la cabine et appuya sur le bouton du rez-de-chaussée. Il se sentait très riche.

Ce soir-là, Michael et Vanessa dînèrent au *Granita*, le nouveau restaurant de Wolfgang Puck à Malibu. Le maître d'hôtel s'était montré fort prévenant lorsque Michael avait téléphoné à la dernière minute pour réserver une table. Le nom de Leo Goldman accomplissait des miracles.

Ils sirotèrent du champagne tandis que Michael narrait les faits marquants de sa journée.

— Et toi, demanda-t-il, qu'as-tu fait ?

— Oh... j'ai porté nos bagages à l'appartement et je me suis occupée de faire brancher le téléphone. Ensuite, j'ai fait quelques emplettes à Rodeo Drive.

— Combien as-tu dépensé ?

— Est-ce vraiment important ? ronronna-t-elle.

— Pas du tout, dit-il en riant. De toute façon, c'est prélevé sur ton salaire. Remarque, tu es très bien payée, pas vrai ?

— Je voudrais m'acheter une voiture, Michael. Tu crois que c'est possible ?

— Naturellement. Qu'est-ce que tu voudrais ?

— Une Mercedes décapotable. Argentée.

— Je pense que tu peux te le permettre.

— Quand est-ce que je vais commencer à gagner ma vie ? s'enquit-elle.

— Quand est-ce que tu vas devenir une star de cinéma, veux-tu dire ?

— C'est exactement ce que je veux dire.

— Tu commences demain soir, dit Michael en trinquant avec elle. Tout ce que tu auras à faire, c'est te détendre et déployer ton charme naturel.

16

En arrivant à son bungalow, le lendemain matin, Michael ne fut pas surpris d'y trouver des ouvriers en plein travail. Deux hommes jouaient du marteau dans l'une des petites pièces qui donnaient sur la salle de réception. Hollywood ou pas, personne ne pouvait réaliser pareille installation en un jour.

Les portes de son bureau avaient été remplacées par de lourds panneaux en chêne sombre. Il les franchit et s'arrêta net, sidéré. Il avait devant lui, jusque dans les moindres détails, le cabinet de travail de *Randolph le Magnifique*. Un mur entier était tapissé de rayonnages remplis de livres reliés en cuir. Le mur opposé était couvert de boiseries et orné de tableaux apparemment anglais : portraits d'hommes en uniforme et de femmes en robes de bal, paysages et natures mortes, sans compter une ou deux toiles de maîtres. Une énorme cheminée occupait le centre du mur ; au-dessus du manteau, un portrait en pied de Randolph, en cravate blanche et queue de pie, toisait Michael avec sévérité.

— Impressionnant personnage, hein ? dit une voix derrière lui.

Michael se retourna. George Hathaway était appuyé au chambranle de la porte.

— Sir Henry Algood dans le rôle de Randolph, dit le chef décorateur. Je l'ai bien connu, avant la guerre. Figurez-vous que, sur ce portrait, il a une tête de plus que dans la réalité ; c'est pour ça qu'il l'aimait tant. Il a essayé de l'acheter une bonne douzaine de fois à Sol Weinman, mais les deux hommes étaient brouillés et Mr Weinman prenait un malin plaisir à lui refuser le tableau.

— Je ne sais comment vous remercier, George. Je suis confondu d'admiration.

— Permettez-moi de vous montrer certaines modifications que nous avons dû apporter. Le décor allait parfaitement en largeur, mais la pièce était trop longue d'une vingtaine de centimètres. Nous avons donc construit un faux mur, en compensant autour des fenêtres. (Il ouvrit un placard, révélant une bonbonne de gaz.) C'est ça qui fait marcher la cheminée. Ne me demandez pas comment nous avons aménagé le conduit... et, pour l'amour du ciel, n'essayez surtout pas d'y faire brûler autre chose que du gaz !

Il traversa la pièce, contourna le massif bureau qui faisait face à la cheminée et ouvrit deux grands tiroirs.

— Nous avons réussi à dissimuler là-dedans deux classeurs de rangement. Toutefois, si jamais vous manquez d'espace, nous ajouterons d'autres classeurs dans la pièce à côté. À ce propos, nous avons dégoté pour la salle de réception des boiseries assorties à celles-ci, de même qu'un bureau en très bon état. Quant aux livres, ils sont tous faux : ce ne sont que des dos.

Il posa l'index sur l'un des volumes de la bibliothèque et tira d'un seul coup toute une rangée de livres, révélant un mini-bar. Il ouvrit ensuite une petite porte cachée derrière les fausses reliures et montra à Michael un réfrigérateur avec une machine à glaçons.

— C'est stupéfiant ! dit Michael avec conviction. Ça, c'est vraiment Hollywood.

— Dans toute sa splendeur, dit Hathaway.

Michael posa son attaché-case sur le bureau et en sortit un exemplaire de *Printemps Pacifique*.

— Avez-vous lu ce livre, George ?

— Non, mais je connais vaguement l'histoire.

— Je vous serais reconnaissant de le lire. Je voudrais avoir votre avis de décorateur en vue d'un film.

— Certainement, Michael. Avec plaisir.

On frappa à la porte et Helen Gordon entra, suivie

d'une grande et belle femme d'une petite quarantaine d'années, vêtue d'un tailleur d'excellente coupe.

— Il faut que je me sauve, dit Hathaway. Je le lirai ce soir.

Il sortit, laissant Michael seul avec les deux femmes.

— Monsieur Vincent, dit Helen, je vous présente Margot Gladstone.

— Enchantée, dit l'inconnue.

Michael lui serra la main, tout en admirant son maintien et la voix grave, mélodieuse, qui l'accompagnait.

— Très heureux de faire votre connaissance, miss Gladstone.

Helen reprit la parole :

— Mr Goldman vous propose de prendre Margot comme secrétaire. Elle travaille pour le studio depuis un bon bout de temps, et il pense qu'elle pourrait vous aider à trouver vos marques.

— C'est très aimable à lui. Pourrais-je m'entretenir avec miss Gladstone ?

— Certainement, dit Helen. Appelez-moi si vous avez besoin de quoi que ce soit.

Sur ce, elle prit congé.

— Veuillez vous asseoir, miss Gladstone, dit Michael en indiquant l'un des divans en cuir Chesterfield qui flanquaient la cheminée.

Elle s'assit et croisa ses longues jambes.

— Merci. Appelez-moi Margot, je vous en prie.

— Merci, Margot. (Michael discerna son léger accent.) Je ne me suis pas aperçu tout de suite que vous étiez anglaise.

— Je l'ai été voici bien longtemps. Je vis en Amérique depuis l'âge de dix-neuf ans.

— Votre accent n'en a pas souffert.

Elle lui dédia un large sourire qui révéla des dents superbes.

— Merci. J'ai appris de bonne heure que l'accent anglais faisait fureur à Hollywood, alors je me suis efforcée de le cultiver.

Michael s'assit en face d'elle et la considéra d'un œil inquisiteur.

— J'aurai certes bien besoin d'une personne qui connaît à fond le studio, dit-il, mais il y a une chose qui m'intrigue.

— Peut-être pourrai-je éclairer votre lanterne ?

— Peut-être. J'espère que vous serez franche avec moi.

— Bien entendu.

— Pourquoi me gratifie-t-on, moi, le petit nouveau, d'une assistante aussi décorative et manifestement compétente ? Il y a certainement des cadres du studio, plus avancés que moi dans la hiérarchie, qui seraient très heureux de vous avoir à leur service.

Elle le regarda froidement.

— Vous êtes très direct, monsieur Vincent.

— C'est un gain de temps.

— Fort bien, dit-elle. Je ne vois aucune raison de vous cacher ce que tout le monde, ici, sait déjà.

— Quoi donc ?

— Commençons pas le commencement. Je suis née d'un père boucher, dans un village du nom de Cowes, sur l'île de Wight. À l'école, j'ai manifesté un certain talent pour le théâtre et, par la suite, j'ai cherché à faire carrière sur la scène londonienne. J'ai décroché presque tout de suite un petit rôle dans une pièce de Noël Coward et, peu de temps après, Sol Weinman a vu la pièce. Il est venu me trouver dans ma loge pour me proposer un contrat avec le studio. Un mois plus tard, je débarquais à la *Centurion*, parfaite petite starlette britannique.

« Pendant quelques années, j'ai joué des petits rôles – et, à l'occasion, quelques seconds rôles – jusqu'au jour où la structure du studio s'est effondrée autour de moi. Étant pragmatique de nature, je suis allée demander à Mr Weinman un poste de secrétaire. Il m'a prise dans son staff, avec une demi-douzaine d'autres filles, et il est mort deux ans plus tard.

« Quand Leo Goldman a repris le studio, je suis

restée à mon poste et, au bout d'un moment, je suis devenue sa secrétaire. Nous avons eu une liaison, qui s'est terminée quand il s'est marié. Comme Leo trouvait embarrassant de me garder auprès de lui, il m'a repassée au directeur de production du studio, Martin Bell, dont je suis devenue la secrétaire. Puis la maîtresse.

« Ça a continué ainsi jusqu'à ce que, tout récemment, sans préavis, Martin divorce pour épouser une fille d'une vingtaine d'années. (Elle écarta les mains.) Donc, voyez-vous, ma présence est de nouveau embarrassante, et personne à la direction ne veut de moi dans son bureau. Ils craignent tous que j'aille rapporter leurs faits et gestes à Martin ou à Leo. On me considère comme une sorte de bombe diplomatique.

— Je vois, dit Michael. Abstraction faite de vos relations intimes avec Leo et Bell, êtes-vous compétente dans votre travail ?

— Je suis *très* compétente, répondit-elle d'un ton uni.

— N'avez-vous jamais songé à vous faire embaucher dans un autre studio ? Avec vos références, vous pourriez briguer un poste de secrétaire de direction.

— J'ai cinquante et un ans, répondit-elle. J'ai vingt-trois années d'ancienneté dans le plan de retraite du studio, sans compter la participation aux bénéfices et ma pension de la Guilde des Acteurs de Cinéma. Tout cela arrivera à échéance dans deux ans ; ensuite, je pourrai empocher mes fonds de retraite, mes bénéfices, mes économies et faire enfin ce qui me plaît.

— Eh bien ! Margot, je m'estimerai très heureux de vous avoir auprès de moi pendant ces deux ans.

— Merci. Je crois que ça me plaira, à moi aussi.

— Il faut que je vous dise : je suis nouveau dans ce métier, et j'aurai besoin de toute l'aide que vous pourrez m'apporter. Votre tâche la plus importante consistera sans doute à m'empêcher de me couvrir de ridicule.

Margot éclata de rire.

— Je suis ravie que vous ayez l'intelligence de vous en rendre compte. Je pense que nous allons bien nous entendre.

— Je le pense aussi.

« Non seulement vous allez m'éviter les embarras, songea-t-il, mais vous allez me dire, dans les plus brefs délais, où sont enterrés les cadavres dans ce studio – et qui les a enterrés. »

— Maintenant, dit-il, au travail.

Elle se leva.

— Bien. Si nous commencions par là ?

Elle alla prendre sur une table, contre le mur, une pile d'une demi-douzaine de paquets.

— Qu'est-ce que c'est ?

— Des scénarios.

— Qui viennent d'où ?

— D'un peu partout. Votre arrivée à la *Centurion* a été annoncée vendredi dans la presse professionnelle. Vous recevrez d'autres scénarios demain ; il vaut mieux les examiner au fur et à mesure. Vous aurez ainsi la réputation d'un homme qui ne perd pas de temps.

— Quand trouverai-je le temps de les lire ?

— Vous ne le trouverez pas. Je vais commencer par faire le tri. (Elle déchiffra les adresses d'expéditeurs.) Celui-là circule depuis des années, dit-elle en rejetant l'un des paquets sur la table. Ce scénariste, lui, est un alcoolique invétéré. Ce script est envoyé par un agent qui ne représente aucun auteur intéressant. Celui-là provient d'un auteur de théâtre new-yorkais dont aucune pièce n'a été jouée depuis la fin des années quatre-vingt, mais il vaut peut-être la peine d'être lu. J'y jetterai un coup d'œil pour vous.

— Quoi d'autre ? demanda-t-il.

— Je vais vous commander des cartes de visite et du papier à lettres à l'en-tête du studio, et vous abonner aux journaux professionnels. Laissez-moi m'occuper des réservations de restaurants et des invitations aux projections. Je me chargerai de vos notes de frais. Si vous avez besoin d'une maison, d'une coupe de cheveux ou d'une putain, faites-le-moi savoir ; j'arrangerai ça. Je vous dirai aussi ce que je sais sur les gens avec qui vous allez travailler.

Voilà, pensa-t-il, *ce que j'ai envie de savoir*.

— Il y a une chose que vous pouvez faire pour moi tout de suite, dit-il.

— Certainement.

— Appelez toutes les librairies d'occasion que vous trouverez dans les pages jaunes et achetez tous les exemplaires existants du roman intitulé *Printemps Pacifique*. Envoyez un coursier les chercher, je veux les avoir d'ici quatre heures.

Elle sourit.

— On ne prend aucun risque, hein ?

Michael lui rendit son sourire.

— Jamais.

17

Michael et Vanessa trouvèrent la maison de Leo et Amanda Goldman au bout de la rue où était situé l'hôtel *Bel-Air*, à Stone Canyon. Lorsque Michael engagea la Porsche dans l'allée privée, à dix-huit heures précises, il se fit la réflexion qu'il n'avait jamais rien vu d'aussi beau.

L'édifice n'avait rien d'imposant ; l'extérieur, d'aspect confortable, laissait simplement deviner que la demeure était spacieuse. Michael avait encore du mal à imaginer que des plantes, à condition d'être bien arrosées, puissent pousser en profusion dans un désert : le jardin paysager donnait l'impression d'avoir toujours été là.

Leo leur ouvrit lui-même, en veste de sport écossaise et chemise à col ouvert.

— Entrez, entrez, dit-il en adressant à Vanessa un sourire radieux.

— Leo, dit Michael, je vous présente Vanessa Parks.

Leo étreignit la main de la jeune femme dans les siennes.

— Bienvenue à Los Angeles et dans notre maison.

Amanda Goldman apparut, vêtue d'une robe à fleurs en soie et coiffée de manière époustouflante. Elle déposa un baiser sur la joue de Michael, dangereusement près du coin de sa bouche.

— Quel plaisir de vous revoir, Michael ! (Elle se tourna vers sa compagne.) Et vous êtes Vanessa, je présume ?

— Bonjour, murmura timidement Vanessa.

— Venez avec moi, lui dit Amanda. Je vais vous montrer le jardin pendant que nos hommes discutent affaires.

Les deux femmes partirent ensemble et Leo conduisit Michael dans un petit cabinet de travail aux murs couverts de livres et de tableaux.

— Que voulez-vous boire ? demanda-t-il.

— Juste de l'eau minérale. Je prendrai du vin au dîner.

Leo s'approcha d'une table roulante chargée d'un assortiment de bouteilles, servit à Michael un *Perrier* et se versa une généreuse rasade de scotch. Ils s'assirent dans des fauteuils confortables, devant la cheminée, et levèrent leurs verres en guise de toast.

— Alors, dit Leo, comment se passe votre installation ?

— Très bien, merci. Nous sommes maintenant dans notre nouvel appartement. Et, à ma grande stupéfaction, George Hathaway a réussi à aménager mon bureau en un peu plus d'une journée.

— J'ai entendu parler du décor de *Randolph*, gloussa Leo. L'histoire a déjà fait le tour du studio. Attendez-vous à ce que les gens passent vous voir uniquement pour admirer la pièce.

— J'espère que je n'ai pas dépassé la mesure ?

— Ne vous en faites pas. Dans ce métier, un peu d'extravagance est de bon aloi. Comment trouvez-vous Margot ?

— Elle m'a fait une excellente impression. Merci de me l'avoir envoyée.

— C'est une fille astucieuse, dit Leo en opinant du chef. Nous avons été maqués, il y a quelques années. Elle est un peu plus âgée que moi, mais ça n'a jamais été un obstacle. (Il brandit un index menaçant.) Ne prononcez surtout pas son nom en présence d'Amanda !

Michael fit un signe d'assentiment.

— Traitez-la comme il faut, reprit Leo, et elle vous aidera à un point que vous n'imaginez pas.

— Je m'en souviendrai. De toute manière, il est facile de la traiter comme il faut.

— Il paraît que vous accaparez le marché pour un certain livre ?

— Vous êtes déjà au courant ? s'étonna Michael.

— Évidemment. Rien de ce qui se passe dans le studio n'échappe à Helen, ma secrétaire. (Il leva une main.) Je vous jure que Margot n'est pour rien dans cette fuite.

— Ce livre est le prochain projet que je compte réaliser.

— Comment s'appelle-t-il ? Helen n'a pas saisi le titre.

— *Printemps Pacifique*. Il a été écrit dans les années vingt par une certaine Mildred Parsons. C'est le seul livre qu'elle ait publié.

— Je l'ai lu à l'université, dit Leo.

Il se leva, parcourut de l'index l'un des rayonnages et en sortit un mince volume relié en cuir, qu'il tendit à Michael.

— Vous l'avez fait relier ?

— C'est vous dire à quel point il m'a plu, dit Leo. Comment diable êtes-vous tombé dessus ?

— Une fille que j'ai connue à New York me l'a passé un jour. Et j'ai été sous le charme.

— Vous pensez qu'un film serait rentable ?
— Oui, répondit Michael. À condition que ce soit une production de qualité, avec une équipe de qualité.
Leo se redressa sur son siège.
— Minute ! Je comprends, maintenant, pourquoi vous m'avez demandé d'inviter ce soir Mark Adair et Bob Hart.
Michael se borna à acquiescer.
Leo réfléchit un moment avant de poursuivre :
— Ils sont parfaits tous les deux, mais Hart n'acceptera jamais.
— Pourquoi donc ? Il n'est pas submergé de propositions, ces temps-ci.
— Non, en effet. Il a fait deux bides coûteux, à la suite de quoi il a sombré dans l'alcool.
— Est-il capable de rester sobre ?
— Il paraît que oui.
— Alors, où est le problème ?
— Sa femme, Susan. Elle ne le laissera pas se lancer là-dedans.
— Il l'écoute pour ces questions-là ?
— Il se repose totalement sur elle. C'est elle qu'il vous faudra convaincre, et vous n'y arriverez jamais. Bob a cinquante-quatre ou cinquante-cinq ans, mais Susan continue de le voir tel qu'il était il y a dix ans, à l'époque où il tournait des thrillers à succès, où il jouait des rôles de flics et de cow-boys.
— Il a fait l'Actor's Studio[1], je crois ?
— Oui, et il y était remarquable. Il est ensuite venu ici, où il a ramassé les dollars à la pelle. Pendant des années, il a contribué à soutenir le Studio avec l'argent qu'il gagnait, mais Lee Strasberg ne lui adressait plus la parole.
— Dans ce cas, peut-être est-il prêt à changer de registre ?
Leo émit un rire bref.

1. École d'art dramatique de New York fondée par Lee Strasberg. *(N.d.T.)*

— Lui, sûrement, mais pas Susan. Elle a si bien géré l'argent de son mari qu'il est aujourd'hui plein aux as et n'a pas *besoin* de tourner.

— C'est un acteur, non ? Combien connaissez-vous d'acteurs qui refuseraient un rôle comme celui-là ?

— À part Brando, pas beaucoup. Bob est un acteur, d'accord, mais ne sous-estimez jamais la vanité d'un acteur. Si Susan lui dit que ce film est mauvais pour son image, il ne le fera pas. Point final.

— Je tiens *vraiment* à lui pour ce rôle.

— Vous avez apporté des exemplaires du bouquin ?

— Oui, ils sont dans ma voiture.

— Après le dîner, nous ferons une projection de *Nuits en ville*. Voici mon conseil : donnez un livre à Bob, un à Susan, puis prenez Susan dans un coin et tâchez de lui vendre votre projet avant leur départ. N'allez surtout pas lui raconter le livre pendant le dîner, sinon elle prendra sa décision avant même que vous ayez pu lui parler.

— Compris.

— Adair, lui, c'est une autre paire de manches. Vous devez savoir qu'il est avant tout romancier. Le seul scénario qu'il ait fait, c'est celui d'un film modeste, magnifique, relativement important.

— Oui, c'est une bonne description.

— Tâchez de lui présenter ça comme un défi à relever. Ne vous contentez pas de lui proposer le job.

— Entendu.

— Qui voyez-vous dans le rôle féminin ? Pour qu'on parle du film, il vous faudra une actrice cotée.

— Vous l'avez rencontrée il y a quelques minutes.

Leo haussa les sourcils.

— Votre petite amie ? Vanessa ?

Michael inclina la tête :

— Vanessa Parks.

Leo examina le fond de son verre.

— Auriez-vous déjà oublié ce que je vous ai dit hier, Michael ? Elle est superbe, je vous l'accorde, mais vous vous laissez mener par le bout de la queue.

— Pas du tout. Elle sera fabuleuse dans ce rôle, Leo. Par certains côtés, Vanessa *est* le personnage du livre. Elle le jouera naturellement, d'autant qu'elle a l'étoffe d'une excellente actrice. Il ne lui manque qu'un peu de confiance en soi, et ce film lui en donnera.

Leo secoua la tête d'un air dubitatif.

— Je ne suis pas convaincu.

Michael se pencha en avant :

— Leo, j'ai chiffré le coût du projet. Je peux tourner en Californie du Nord pour huit millions de dollars, *à condition* d'économiser sur les salaires. Si je prends une star reconnue, son cachet fera du même coup grimper tous les autres. Qu'est-ce que vous préférez ? Un film de vingt-cinq millions avec une star dans le rôle principal, ou un film de huit millions avec une inconnue qui deviendra une star dès la sortie du film ?

— Votre raisonnement me plaît. Vous êtes tellement persuadé que Vanessa brillera dans le rôle ?

— Oui.

— Ma foi, je vous paie pour votre jugement. Veillez quand même à m'en donner pour mon argent.

Michael se leva.

— Je vous le promets.

— Au fait, dit Leo, je suppose que vous avez acheté les droits du livre ?

Michael secoua la tête en souriant.

— Le copyright expire dans trois semaines.

— Pas de ça, dit Leo.

— Quoi ?

— Achetez les droits *dès demain*. Vous pourriez probablement squeezer les héritiers, mais je ne veux pas qu'on écrive dans les gazettes professionnelles que la *Centurion* a attendu l'expiration des droits pour foncer.

— Très bien, je m'en occuperai demain.

— Qui voudriez-vous pour la mise en scène ?

— George Cukor, si je pouvais le ressusciter des morts. Je voudrais un homme comme lui, qui comprenne la psychologie des femmes.

— Et le réalisateur de *Nuits en ville* ? Il a fait du bon boulot.

— En l'occurrence, il ne fait pas l'affaire. Croyez-moi, je le connais bien. Je retravaillerai avec lui, mais pas cette fois-ci.

Michael savait qu'il était en position de recueillir une bonne publicité pour son premier film ; s'il produisait son deuxième film avec Chuck Parish comme réalisateur, les gens du métier les considéreraient comme associés et Michael devrait partager les lauriers. Voilà pourquoi il voulait quelqu'un d'autre.

— Faites-moi savoir qui vous choisirez.

La sonnerie de la porte d'entrée retentit.

— Allons rejoindre les autres, dit Leo.

Les deux hommes se levèrent et sortirent du cabinet de travail.

— À propos, dit Leo, Bob Hart est plus petit dans la réalité qu'à l'écran. N'ayez pas l'air surpris en le voyant.

18

De fait, Robert Hart était un homme de petite taille : même avec ses bottes de cow-boy, il arrivait tout juste au menton de Michael. En outre, depuis son dernier film, il avait maigri et beaucoup grisonné. Michael le vit d'emblée dans la peau du docteur Madden de *Printemps Pacifique*.

Sa femme, Susan, était toute menue et jolie, avec des cheveux blond-gris coiffés en chignon. Dans sa poignée de main ferme et son regard direct, Michael décela la force de caractère qui faisait défaut à son mari.

Hart se montra cordial mais réservé. Manifestement habitué à recevoir des compliments, il les acceptait de façon charmante, presque princière. Susan, elle, était diserte et terre à terre. Apparemment, ils formaient un couple complémentaire.

— Qu'est-ce que vous devenez ? demanda Leo à Hart lorsqu'ils furent installés au salon pour l'apéritif.

Susan Hart ne laissa pas à son mari le temps de répondre :

— Nous examinons deux ou trois propositions. Tout le monde s'arrache Bob.

On sonna de nouveau à la porte. Amanda alla ouvrir et ne tarda pas à introduire Mark Adair dans la pièce. Dès le premier instant, Adair se révéla expansif et spirituel. C'était un homme d'une soixantaine d'années, aux cheveux blancs, qui dégageait une sorte d'élégance chiffonnée – l'image de rigueur pour un éminent romancier.

Lorsqu'ils furent assis, Leo posa de nouveau la question incontournable :

— Qu'est-ce que vous nous préparez, Mark ? Qu'est-ce qui vous amène sur la côte ?

— Pour l'essentiel, je refuse des propositions abominables, répondit-il joyeusement. La *Paramount* m'a fait venir sous prétexte d'étudier un projet « haut de gamme », mais c'était de la crotte. Une demi-douzaine de plumitifs d'Hollywood feraient ça bien mieux que moi. Comment diable ont-ils pu songer à moi pour ce genre de truc ?

— Ils voulaient un nom connu pour donner quelque consistance à leur projet, susurra Leo.

— Arrêtez vos conneries, Leo ! dit Adair, néanmoins ravi du compliment.

Un domestique en veste blanche vint annoncer que le repas était servi.

Ils dînèrent dans une pièce vitrée, au sol carrelé, agrémentée de nombreuses plantes vertes. Adair étant venu seul, Amanda Goldman n'avait pu réaliser à sa table l'habituelle alternance homme-femme ; de ce fait, Michael se retrouva assis entre Amanda et Mark Adair. Dès qu'il en eut l'occasion, il glissa à l'écrivain :

— J'ai grandement apprécié vos livres au fil des années. J'ai particulièrement aimé *Couloirs de glace*.

C'était le seul roman de Mark Adair qu'il ait lu.

— Merci, dit Adair, dont le visage s'éclaira comme si c'était le premier compliment qu'on lui faisait. Leo m'a dit que vous aviez produit un film remarquable, que nous verrons après le dîner.

— Je viens moi-même de l'apprendre. Quand vous le verrez, j'espère que vous ne penserez pas que mes goûts se limitent à ce genre particulier.

— J'essaierai de garder l'esprit ouvert.

— En fait, je prépare actuellement un autre projet, et je commence à me demander si vous n'êtes pas le seul écrivain de ma connaissance à pouvoir lui rendre justice.

— Vous avez beau être nouveau ici, Michael, vous avez assimilé en un rien de temps les basses flatteries hollywoodiennes.

Michael éclata de rire.

— Quand vous en saurez davantage sur mon projet, vous verrez que je dis la simple vérité.

— Racontez-moi tout.

Michael s'assura que tous les autres convives étaient absorbés dans leurs conversations avant de demander :

— Vous rappelez-vous un roman qui s'appelle *Printemps Pacifique* ?

Adair fit un signe de tête affirmatif.

— Je l'ai lu dans mon adolescence ; j'ai même fait un rapport de lecture sur ce bouquin, au lycée. Mais la seule chose qui me soit restée en mémoire, c'est la scène où le médecin quinquagénaire chante son amour à la jeune héroïne.

— C'est le seul livre qu'ait écrit Mildred Parsons. Elle s'est suicidée un an plus tard, avant que son roman ait conquis un large public.

— Ça me dit quelque chose, en effet.

— Je pense qu'elle aurait fait une brillante carrière, dit Michael, et je trouve très regrettable que ce livre soit si peu connu.

— Cette sollicitude pour un auteur disparu vous honore. J'espère qu'après ma mort, quelqu'un pensera à moi avec autant de bienveillance. Cela dit, qu'est-ce qui vous fait croire que je sois si particulièrement qualifié pour adapter cet ouvrage ?

— Parce que vous êtes un romancier du même genre que Mildred Parsons. Vous n'avez pas une sensibilité de plumitif hollywoodien, comme vous le disiez tout à l'heure, mais celle d'un authentique écrivain. Ce roman se prête idéalement à une adaptation filmée, mais je tiens à le préserver tel que Parsons l'a écrit, tant dans sa structure que dans son atmosphère. Les dialogues du livre sont remarquables ; cela vous a peut-être échappé dans votre adolescence mais, quand vous le relirez, vous comprendrez ce que je veux dire.

Michael prit une profonde inspiration avant de poursuivre :

— Écoutez, je vais vous dire la principale raison pour laquelle je voudrais que vous écriviez ce script : les écrivains ont certes leur ego, comme tout un chacun, mais un scénariste hollywoodien, s'il adaptait ce livre, le réécrirait à sa manière pour se faire mousser. Or moi, ce que je veux, c'est qu'on fasse mousser Mildred Parsons, qu'on puisse *voir* son œuvre presque comme on la *lit*. Et, pour cela, il faut un excellent romancier. Le succès du livre repose entièrement sur les sentiments qui l'imprègnent ; de toute évidence, il s'agit d'un roman autobiographique. Je veux quelqu'un qui puisse se mettre dans la peau de l'auteur et projeter sur l'écran cette émotion et cette sensibilité bien réelles.

Adair prit un air songeur.

— « Sensibilité » est le mot juste. Dans mon souvenir, le livre débordait de sensibilité sans pour autant verser dans la sensiblerie.

— Donc, vous savez déjà ce que je souhaite, dit Michael. Il ne vous reste plus qu'à relire le bouquin.

— Ce sera avec plaisir.

— Vous en aurez un exemplaire avant la fin de la soirée.

La projection terminée, lorsque Michael eut reçu les félicitations de toutes les personnes présentes, Leo lui glissa à l'oreille :

— Je m'occupe de Bob Hart. Vous, attaquez Susan.

Michael l'intercepta dans le couloir, alors qu'elle revenait des toilettes pour dames.

— Susan, dit-il en la prenant par le bras, Leo est au salon en train de proposer un rôle à Bob. J'aimerais en parler quelques minutes avec vous, si vous le permettez.

— Entendu.

Il la guida vers une porte-fenêtre donnant sur le jardin et ils s'installèrent sur un banc. L'air nocturne de Californie était chargé de la senteur des fleurs tropicales. Michael regarda Susan droit dans les yeux.

— Je voulais vous parler en privé, parce que je crois pouvoir vous dire certaines choses que je ne peux pas dire à Bob.

— Cela arrive fréquemment. Je vous écoute.

Il lui tendit le livre.

— Leo va en donner un exemplaire à Bob, mais je tiens à ce que chacun de vous ait le sien. Bob a eu une carrière formidable ; il a tourné dans beaucoup de films, certains excellents, mais je crois que les rôles qu'on lui a proposés par le passé n'ont montré qu'une petite partie de ce qu'il est capable de faire.

Après réflexion, Susan Hart déclara :

— Oui, je peux être d'accord là-dessus.

— Il y a dans ce livre un rôle qui lui permettra de faire découvrir à son public une nouvelle facette de son talent qui, à mes yeux, est très grand. (Il reprit son souffle.) Ce rôle exigera du courage. Bob devra se mettre à nu comme on ne lui a encore jamais demandé de le faire. Dans cette histoire, il n'y a pas de méchants à vaincre, pas de trafics de drogue ni de duels au revolver dans la grand-rue. Toute l'action est concentrée autour d'un pavillon d'été avec vue sur l'Océan Pacifique. Mais c'est un livre plein de sensibilité et d'émotion vraie, et le personnage que je voudrais voir Bob incarner – celui du docteur Madden – est le plus beau du livre. Il aura pour partenaire une nouvelle actrice – une jeune fille très douée, mais qui aura besoin de se sentir soutenue. Il parlera dans le langage châtié de la haute société des années vingt, et il aura d'excellents dialogues à défendre. J'ai demandé à Mark Adair d'écrire le scénario.

« J'ai tenu à vous en parler personnellement, car ce sera pour Bob un nouveau départ et il aura besoin de votre aide pour prendre ce départ. Mais ce rôle est quelque chose de très spécial : *Printemps Pacifique* marquera pour lui le début d'une nouvelle carrière et lui donnera la possibilité de jouer pratiquement tout ce qu'il voudra. Ce rôle libérera son talent, jusqu'à présent cantonné dans les films de genre, et dévoilera à la profession les ressources enfouies depuis si longtemps chez cet homme. Et je vais vous confier une chose que je ne dirai jamais à votre mari : Lee Strasberg, s'il était encore vivant, serait fier de voir Bob dans ce rôle.

Susan Hart l'observa d'un air un peu ahuri.

— Eh bien ! Michael, je ne sais pas si ce livre me plaira ni si Bob sera intéressé par le rôle, mais je suis sûre d'une chose : c'est le baratin le plus magistral que j'aie jamais entendu dans la bouche d'un producteur.

Michael partit d'un rire sonore.

— Une grande surprise vous attend, Susan.

— Il y a bien longtemps que je n'ai pas été surprise, Michael.

— La surprise, c'est que vous constaterez, quand vous aurez lu le livre, que je suis resté bien en dessous de la vérité.

Michael et Vanessa partirent les derniers. Amanda les becqueta tous les deux sur la joue, puis Leo les raccompagna à leur voiture.

— Alors, demanda-t-il, comment ça a été ?

— J'ai pu servir mon boniment à la fois à Mark et à Susan. Je pense qu'ils vont lire le livre. Espérons qu'ils l'aimeront.

— Si ces deux-là marchent avec nous, dit Leo, on ne se limitera pas à votre budget de huit millions de dollars. J'irai jusqu'à vingt millions. Je veux que ce soit une production de première classe, et Susan ne laissera pas Bob travailler pour des clopinettes.

— Merci, Leo, mais je ne pense pas qu'une rallonge du budget s'avère nécessaire. Je pense que Bob donnera son accord avant la fin de la semaine, et je suis prêt à parier que j'aurai Mark Adair au téléphone d'ici demain midi.

— Que diantre lui avez-vous dit qui vous fasse croire ça ? s'exclama Leo, incrédule. Il est dur à convaincre, vous savez. Plus dur que Bob Hart.

— Eh bien... pour commencer, je lui ai donné votre magnifique exemplaire relié en cuir.

D'abord interloqué, Leo s'esclaffa de bon cœur.

— Espèce de salopard ! rugit-il.

— À demain, Leo.

Michael démarra, passa la première et s'engagea dans Stone Canyon. Vanessa appuya tendrement la tête sur son épaule.

— Alors, roucoula-t-elle, est-ce que je vais devenir une star de cinéma ?

— C'est dans la poche, mon cœur. Tu n'as aucun souci à te faire.

19

Lorsqu'il arriva à son bungalow, le lendemain, Michael trouva sa secrétaire au téléphone. En le voyant, elle mit une main sur le micro du combiné et dit d'un air excédé :

— Il y a à l'appareil un certain « Tommy » qui refuse de donner son nom.

— C'est O.K., dit Michael en s'engouffrant dans son bureau. Vous pouvez toujours me le passer, à condition que je sois seul. (Il décrocha le récepteur.) Tommy ?

— Alors, petit, comment ça va à Hollywood ? Comment va le « big » producteur ?

— C'est génial, tu n'as pas idée ! dit Michael en riant. Tu viens me voir quand ?

— Samedi, ça irait ?

— T'es sérieux ?

— Je suis sérieux, petit. Tu as un hôtel à me conseiller ?

— Le *Bel-Air*. Je m'occupe de tout. Tu restes combien de temps ?

— Seulement deux nuits. J'ai une petite affaire à régler pendant le week-end. Mais on dîne ensemble samedi, O.K. ?

— O.K.

— Tu me dégotes une fille ?

— Sûr, pas de problème.

— J'arrive vers quatre heures.

— Rendez-vous au bar du *Bel-Air* à sept heures.

— Je suis impatient d'y être. Salut ! dit Tommy en raccrochant.

Michael resta là, le téléphone à la main, les yeux au plafond. Où diable allait-il bien pouvoir dégoter une fille ? Il ne connaissait personne à Los Angeles.

— Bizarre...

Michael s'aperçut alors que Margot se tenait sur le seuil.

— Quoi donc ? demanda-t-il.

— Ce fort accent new-yorkais... C'est la première fois que je vous entendais parler comme ça.

Michael parvint à rire avec naturel.

— C'était un vieil ami de New York. Entre nous, on se parle de cette façon, histoire de plaisanter.

— Ah !

Michael eut une inspiration.

— Cet ami débarque samedi, Margot. Pensez-vous pouvoir lui trouver une fille pour la soirée ?

— Certainement. Des indications particulières ?

— Qu'elle soit belle. Ça ne gâcherait rien qu'elle ait des accointances avec le cinéma ; il appréciera. Et qu'elle soit discrète ; c'est un homme marié.

— C'est comme si c'était fait. Autre chose ?

— Oui. Réservez-lui une suite au *Bel-Air* pour les nuits de samedi et dimanche. Ne regardez pas à la dépense et dites-leur de m'envoyer la note.

— Désirez-vous une bouteille de champagne et des fleurs dans la chambre ?

— Oui, bonne idée.

— J'y pense : Mark Adair vous a téléphoné il y a dix minutes. Il est au *Beverly Hills*. Voulez-vous que je le rappelle ?

— S'il vous plaît.

Michael s'assit à son bureau et attendit que la secrétaire lui passe la communication. « Mon Dieu, faites qu'il accepte », murmura-t-il tout bas. Adair était la clef de tout. Quand le téléphone bourdonna, il décrocha.

— Mark ?

— Oui, Michael.
— Bonjour. Avez-vous bien dormi ?
— Pas fermé l'œil. J'ai passé la plus grande partie de la nuit à lire votre satané bouquin et à prendre des notes.
Des notes ? Voilà qui était de bon augure.
— Alors, qu'est-ce que vous en pensez ?
— J'en pense que ça fera un film superbe... si vous pouvez convaincre Bob Hart de jouer le médecin. Engagez-le, et je suis à vous.
— Fantastique, Mark ! (Il décida de pousser son avantage.) Mais il faut que je vous dise : Leo m'impose un budget très serré pour ce film.
Bref silence, puis :
— C'est-à-dire ?
— Dites à votre agent de m'appeler.
— Allons, Michael, qu'est-ce que vous proposez ?
— Je sais qu'on vous paie généralement davantage, mais je ne peux vous offrir que cent mille dollars.
— Nom de Dieu, Michael ! Vous espérez me faire avaler cette connerie d'histoire de budget serré ?
— Je vais être honnête avec vous, Mark. Ce film doit coûter moins de huit millions, sans quoi la *Centurion* ne finance pas. C'est à prendre ou à laisser.
— Je veux deux cent cinquante mille. D'habitude, je demande quatre cents.
— J'irai jusqu'à cent cinquante, Mark, mais les cinquante mille supplémentaires viendront en déduction de mon salaire de producteur. C'est vous dire à quel point je tiens à vous pour ce film.
— Oh ! merde, c'est d'accord. Deux brouillons et une version définitive. Pas un mot de plus.
— Conclu. Si deux brouillons ne vous suffisent pas, c'est que c'est impossible à faire.
— Vous êtes un flagorneur de la pire espèce. La première mouture sera prête dans six semaines. Envoyez-moi cinquante mille dollars et un contrat – *quand* vous aurez l'accord de Bob Hart.
Il raccrocha rageusement.

Michael exécuta une petite danse autour de la pièce, sous le regard de Margot qui venait d'entrer. En la voyant, il se figea net ; c'était la deuxième fois qu'elle le prenait en défaut ce matin.

— George Hathaway a appelé. Il voudrait avoir un rendez-vous à trois heures.

— Un rendez-vous ? George ?

Elle prit un air mystérieux.

— Je lui ai dit que vous aviez un créneau d'une demi-heure.

— Bon, d'accord. Je lui dois bien un peu de temps pour avoir aménagé si vite nos bureaux.

— Susan Hart a téléphoné, elle aussi. À votre place, je ne la ferais pas attendre.

Le cœur de Michael faillit s'arrêter.

— Rappelez-la.

Il s'assit à son bureau et inspira profondément, à plusieurs reprises. Il ne voulait pas qu'elle perçoive de l'anxiété dans sa voix. Lorsque le téléphone bourdonna, il inspira un dernier coup avant de décrocher.

— Susan ? Je m'excuse d'avoir été si long. J'étais au téléphone avec Mark Adair.

— A-t-il accepté ?

— Absolument. Il a passé la nuit à lire le livre.

— Bob et moi aussi. Vous avez été bien inspiré de nous donner un exemplaire à chacun.

— Qu'en pensez-vous ?

— C'est intéressant. Bob doit tourner un thriller pour la *Fox,* mais il examinera votre proposition pour l'automne prochain.

— Le tournage commence le premier avril, Susan. Nous devons profiter du printemps.

— Hors de question, dit-elle. Le projet de la *Fox* est une production à cinquante millions de dollars avec une grande vedette féminine, et non un film d'art et d'essai avec une débutante. Vous avez *besoin* de Bob pour ce film, Michael. Repoussez-le à octobre et situez l'action en automne.

— On ne peut pas faire ça sans bousiller l'histoire, Susan. Comme le titre l'indique, c'est un conte de printemps.

— Michael, si vous voulez avoir Bob, programmez le film pour octobre. Et prévoyez un cachet de deux millions de dollars.

Michael réfléchit à toute allure. Leo s'était déclaré prêt à augmenter le budget pour Hart.

— Ne quittez pas, Susan. J'ai Paul Newman sur l'autre ligne.

Avant qu'elle ait pu protester, il appuya sur la touche d'attente. « Crénom, j'y suis peut-être allé un peu fort », pensa-t-il en regardant fixement le voyant lumineux. Il consulta sa montre : il devait la laisser poireauter pendant au moins une minute, sinon elle se douterait qu'il bluffait. Au bout de soixante-quinze secondes, il reprit la communication.

— Je suis navré, Susan, mais il fallait que je prenne cet appel.

— Comment *osez*-vous me mettre en attente ? postillonna-t-elle.

— Je suis désolé, sincèrement désolé, mais sachez que je comprends parfaitement la position de Bob concernant le projet de la *Fox*. Si c'est ce film-là qui l'intéresse, je devrai me faire une raison. De toute façon, ça n'aurait pas pu marcher ; je dispose d'un budget de huit millions de dollars et je n'aurais pu offrir à Bob qu'un demi-million pour le rôle.

— Vous espériez engager Bob pour un demi-million ? bredouilla-t-elle, estomaquée.

— Ma douce, la *Centurion* me donne le feu vert uniquement si je ne dépasse pas les huit millions. D'autre part, le tournage va durer quarante et un jours, et Bob n'aurait eu que vingt-deux jours de travail.

— L'acteur principal ne tournerait que vingt-deux jours sur quarante et un ? C'est insensé !

— J'avais jonglé avec le programme en fonction de Bob mais, à vous dire vrai, je suis soulagé de ne plus avoir à le faire. Pour être franc, je préfère tourner les séquences dans l'ordre. De toute manière, c'est l'actrice qui a le plus de scènes ; Bob, lui, avait les *meilleures*.

— Quand comptez-vous donner le premier tour de manivelle ?

— Le premier avril, à Carmel, si les repérages des extérieurs sont terminés.

— Combien de temps à Carmel ?

— Trois semaines. Les scènes d'intérieur seront réalisées en studio.

— Seigneur, il y a des années que je ne suis pas allée à Carmel...

— C'est un coin magnifique, n'est-ce pas ? (Michael n'y avait jamais mis les pieds, mais l'intrigue du livre se situait à Carmel.) Je me réjouis à l'avance d'y retourner.

— Et les conditions d'hébergement ? s'enquit Susan.

— Le meilleur hôtel, naturellement. Mon budget me le permet.

— Il nous faudra une suite au *Palace*.

— Vous envisagez donc d'accepter, Susan ?

— J'espère pour vous que c'est bien Mark Adair qui écrit le scénario. Si jamais vous m'avez menti...

— Susan !

— Et Bob exigera un million.

— C'est impossible sur mon budget, Susan. À un demi-million, Bob sera le mieux payé de toute l'équipe. Je ne toucherai moi-même que cent mille dollars.

— Je veux une copie du budget avant midi.

Sur ce, elle raccrocha.

— Margot ! hurla Michael.

La secrétaire apparut sur le seuil.

— Oui ?

— Imprimez-moi une copie du budget de *Printemps Pacifique* ! J'avais prévu sept cent cinquante mille pour le rôle masculin et trois cent mille pour le scénariste ; remplacez-moi ces chiffres par un demi-million et cent cinquante mille dollars, puis ventilez l'excédent entre les autres postes. Vous pouvez me faire ça en une heure ?

— Bien sûr.

— Appelez-moi le service juridique.

Quand le téléphone sonna, Michael décrocha aussitôt.

— Qui est à l'appareil ?

— Mervyn White, directeur du service juridique, répondit une voix contrariée.

— Mervyn, ici Michael Vincent. J'ai besoin immédiatement d'un contrat pour un film intitulé *Printemps Pacifique.*

Il entendit White fourrager dans ses papiers avant de répondre :

— Ce n'est pas prévu dans le programme.

— Je me moque que ça soit prévu ou non, répliqua Michael d'un ton ferme. Établissez le contrat au nom de Robert Hart. Salaire : un demi-million de dollars. Dates de tournage : du premier avril de l'an prochain au premier mai. Hébergement dans un hôtel de luxe. Transport assuré par le jet de la *Centurion*. Loge aménagée dans une auto-caravane de luxe. Il pourra avoir une assistante pour dix mille dollars.

— Il faudra que j'en réfère à Mr Goldman, dit White avec raideur. Surtout la clause concernant l'avion.

— Mervyn, dit Michael en détachant les syllabes, quand Leo verra qu'il s'offre Bob Hart pour un demi-million de dollars, il pilotera l'avion lui-même. Je veux ce contrat sur mon bureau dans... (Il consulta sa montre)... quatre-vingt-dix minutes. S'il n'y est pas, j'irai mettre le feu à votre département, vous m'entendez ?

— Bon, bon, d'accord, maugréa White.

— Parfait.

Michael raccrocha. Il avait engagé Mark Adair et Robert Hart en réalisant une économie de quatre cent mille dollars sur son budget prévisionnel ! Il était au septième ciel hollywoodien.

Soudain, un doute lancinant lui titilla le cerveau. Il restait un détail à régler, mais lequel ? Ah ! oui : il ne possédait pas les droits d'adaptation cinématographique du livre.

— Margot, cria-t-il, quand le contrat arrivera, envoyez-le à Susan Hart avec le budget. Et tant que vous y êtes, trouvez-moi qui détient les droits de *Printemps Pacifique*.

20

Assis dans le cabinet de l'avocat, Michael regarda avec effarement l'homme qui lui faisait face. Celui-ci devait avoir dans les soixante-quinze ans et semblait passablement éméché. Une bouteille de scotch *single malt* trônait sur son bureau, à côté d'un verre en cristal. Michael avait déjà refusé une tournée.

D'où sortait-il donc, ce gus ? Toute la ville de Los Angeles *n'existait* que par le téléphone, les gens se promenaient avec leurs portables, mais cet avocat avait insisté pour le rencontrer en personne !

— Vous ne voulez pas boire un coup, vous êtes sûr ? demanda Daniel J. Moriarty.

— Tout à fait sûr, répondit Michael. Pourrions-nous en venir à nos affaires, monsieur Moriarty ?

— Certainement, certainement. Que puis-je pour vous ?

— Peut-être vous rappelez-vous notre brève conversation téléphonique d'il y a une heure ? dit Michael, en proie à une rage froide.

— Certes, certes. Vous vouliez me rencontrer pour un problème de droits, c'est bien cela ?

— Je ne voulais pas vous rencontrer, monsieur Moriarty. Si je suis ici, c'est uniquement sur *vos* instances. Je voudrais acquérir les droits d'adaptation cinématographique du roman *Printemps Pacifique*, de Mildred Parsons. Je crois savoir que, d'une certaine façon, vous contrôlez ces droits ?

— Tout à fait, monsieur Vincent, tout à fait. Voyez-vous, le frère cadet de Mildred, Montague – Monty, comme nous l'appelions – était mon meilleur ami. Lui et moi, nous avons fait notre droit ensemble. Nous étions très proches.

— Et Montague Parsons détient les droits ?

— Hélas ! Monty est décédé l'année dernière. Je suis son exécuteur testamentaire.

— Il n'y a pas d'autres parents survivants ?

— Aucun. À la mort de Mildred Parsons, son frère a hérité des droits d'auteur ; ceux-ci font donc aujourd'hui partie de la succession de Monty. Les revenus de ces droits ont été légués par testament à l'Institut Universitaire Carlyle. Et, comme je vous l'ai précisé, je suis l'exécuteur.

— En votre qualité d'exécuteur, êtes-vous habilité à agir pour le compte de la succession ?

Michael l'espérait foutrement : il n'avait aucune envie de négocier avec le conseil d'administration d'une université quelconque.

— Je suis habilité à le faire, répondit l'avocat.

— Vous n'avez pas besoin de l'autorisation d'un représentant de l'Institut Universitaire Carlyle ?

Moriarty émit un petit gloussement.

— En aucun cas. Carlyle perçoit les revenus mais, en ma qualité d'exécuteur, je prends toutes les décisions.

— Bien. Je voudrais donc acheter les droits cinématographiques de *Printemps Pacifique*. Je suis en mesure de vous offrir cinq mille dollars pour une option d'un an, renouvelable un an aux mêmes conditions. À la levée de l'option, je verserai vingt mille dollars supplémentaires.

— Et qui êtes-vous, au juste, monsieur Vincent ? Je veux dire… représentez-vous une « major » ?

— Je suis un producteur indépendant.

— Ah ! un indépendant… dit Moriarty en buvant

une gorgée de scotch. Cette ville en est remplie. Dites-moi, monsieur Vincent, *avez-vous* réellement cinq mille dollars ?

Michael maîtrisa sa colère.

— Monsieur Moriarty, je suis un producteur indépendant qui a un contrat de production avec la *Centurion Pictures*. À ce titre, je bénéficie du soutien complet de ce studio. Si vous le désirez, Mr Goldman vous appellera lui-même pour confirmer mes dires.

Moriarty leva une main apaisante.

— Ne prenez surtout pas ma question en mauvaise part, monsieur Vincent ; simplement, cette ville grouille de gens qui s'arrogent le titre de « producteur indépendant ». Toutefois, la *Centurion* est un studio réputé, et je vous donne acte du fait que vous la représentez.

— Merci. Acceptez-vous ma proposition ?

— Quelle proposition ?

Michael s'efforça de ne pas grincer des dents. Il répéta les termes de son offre.

— Hélas ! non, dit Moriarty. Je ne puis accepter une telle proposition.

— Quel chiffre aviez-vous en tête ?

— Oh ! je n'avais rien de particulier en tête, répondit Moriarty en remplissant de nouveau son verre.

— Écoutez, monsieur Moriarty, je veux bien aller jusqu'à dix mille contre vingt-cinq, mais c'est mon dernier prix.

— Vraiment, monsieur Vincent ? Vraiment, vraiment ?

Moriarty pivota légèrement sur son fauteuil pour regarder par la fenêtre.

Écumant de rage, Michael fixa l'avocat. À quoi jouait-il donc ? À quoi rimait cette négociation ?

— Vous me faites perdre mon temps, monsieur Moriarty. Combien demandez-vous pour les droits ?

Moriarty tressaillit, comme arraché brutalement à sa rêverie.

— Hmm ? Ah ! oui… les droits, bien sûr.

— Oui, dit Michael.

— Oui.

Michael l'aurait volontiers étranglé.

— Monsieur Moriarty, vous savez certainement que le copyright de *Printemps Pacifique* expire dans trois semaines. Si je le voulais, il me suffirait donc d'attendre ce délai pour avoir les droits gratuitement. Alors si vous avez la prétention de gagner quelque argent pour votre université, je vous engage à poser ce verre et à faire votre travail.

— Ah-ha ! s'écria Moriarty. Ainsi, vous misiez sur la loi du copyright selon laquelle, cinquante ans après la mort d'un auteur, son œuvre tombe dans le domaine public ! Sachez donc, mon bon ami, que cette loi ne s'applique pas dans ce cas précis ! Le copyright du roman de miss Parsons est régi par l'ancienne loi, celle qui était en vigueur au moment de sa mort. Par conséquent, si vous voulez me menacer de l'expiration du copyright, vous devrez attendre encore vingt-quatre années ! Ah-ha !

« Pas possible, je rêve ! pensa Michael. Ce n'est qu'un cauchemar, je vais me réveiller et tout finira par s'arranger. »

— Avez-vous quelque chose à ajouter, monsieur Vincent ?

— Franchement, monsieur Moriarty, j'en reste sans voix. Désirez-vous vendre ces droits, oui ou non ?

— En tout état de cause, j'aimerais beaucoup les vendre, mais cela m'est impossible.

— Quoi ?

— J'ai promis à Monty Parsons, lorsque je suis devenu son exécuteur, que jamais – au grand jamais – je ne vendrais les droits cinématographiques du petit roman de Mildred. Il détestait les films, voyez-vous ; il les jugeait communs et vulgaires. Il n'aurait jamais permis que l'unique ouvrage de sa sœur soit corrompu de cette manière.

Moriarty vida d'un trait son verre de scotch et lâcha un gloussement rauque.

— Vous ne pensiez tout de même pas être le premier, monsieur Vincent ? Au fil des années, j'ai vu défiler régulièrement dans ce bureau des « producteurs indépendants » qui souhaitaient porter ce livre à l'écran. Pour ma part, j'ai toujours pensé qu'il ferait un excellent petit film, mais j'ai été contraint de dire non à tous les prétendants.

Michael le regarda, abasourdi.

— Dans ce cas, puis-je savoir pourquoi vous m'avez imposé cette ridicule entrevue ?

Moriarty écarta les mains en un geste d'excuse.

— C'est que... je me sens bien seul dans ce bureau, maintenant. Monty Parsons était mon dernier client, voyez-vous. Cela fait passer le temps de papoter avec un producteur. Je crains fort, monsieur Vincent, qu'il ne vous faille attendre mon trépas. Vous pourrez alors vous arranger avec les administrateurs de l'Institut Universitaire Carlyle. Ils n'ont fait aucune promesse à Monty Parsons, *eux*.

Michael se leva.

— Bonne journée, monsieur Moriarty.

L'avocat agita son verre en guise de salut.

— Bonne journée à vous, monsieur Vincent. Et merci encore pour votre visite. Revenez quand vous voulez !

21

Michael regagna le studio dans un état de fureur noire. Il prit les virages sur les chapeaux de roues, dépassa les autres voitures, faillit à deux reprises renverser des piétons. Lorsqu'il arriva devant les grilles de la *Centurion*, il y avait deux voitures devant lui. Il attendit, respirant bien à fond pour tenter de refouler sa colère. Le temps qu'on le laisse passer, il s'était suffisamment ressaisi pour sourire au gardien et lui rendre son salut.

Il se gara à sa place réservée et parcourut à pied les quelques mètres qui le séparaient de son bungalow. Son cerveau carburait à plein régime. Il n'avait pas les droits de *Printemps Pacifique*. Comment faire le film, dans ces conditions ? Un acteur célèbre et un grand écrivain étaient prêts à se mettre au travail, et il n'avait pas les droits du bouquin !

Il traversa la salle de réception et Margot lui tendit au passage une poignée de messages téléphoniques.

— Le service des relations publiques nous demande une interview et des photographies pour l'un des journaux professionnels, dit-elle en le suivant dans son bureau. C'est un joli coup. Quand voulez-vous les recevoir ?

— La semaine prochaine. Un matin.

— D'accord. (Elle plissa le front.) Michael ? Ça va ?

— Très bien, dit-il en s'asseyant à l'énorme bureau de Randolph. Je pense simplement à quelque chose.

Le téléphone sonna. Margot décrocha.

— Secrétariat de Mr Vincent. Ah ! Leo... oui, il est à côté de moi. (Elle appuya sur la touche d'attente.) C'est Leo sur la une.

— Dites-lui que je rappellerai.

— Vous n'y pensez pas ! protesta-t-elle, alarmée. Je lui ai déjà dit que vous étiez là. Leo déteste qu'on l'envoie promener. Il faut que vous le preniez.

Michael décrocha le récepteur et s'efforça de prendre un ton cordial :

— Comment allez-vous, Leo ?

— Au poil, fiston. Je viens d'avoir Sue Hart au téléphone ; elle m'a annoncé la nouvelle. Félicitations !

— Merci, Leo.

— Et vous avez l'accord de Mark pour le scénario, en plus ! C'est un véritable tour de force, Michael. Je suis fier de vous.

— Ce sera une bonne production, dit Michael sans grande conviction.

— Où en êtes-vous pour les droits du livre ?

La gorge de Michael se serra.

— C'est en cours de règlement. Je ne prévois aucune difficulté.

— Bien, bien. Je suis heureux de voir que tout baigne dans l'huile. À plus tard, fiston.

Michael raccrocha et s'aperçut qu'il transpirait abondamment.

Margot passa la tête dans l'entrebâillement de la porte :

— George Hathaway est là. Il paraît tout excité.

Au prix d'un immense effort, Michael écarta de son esprit le problème des droits afin de concentrer son attention sur le visiteur.

George Hathaway entra, un gros rouleau de papier épais sous le bras. Il était rayonnant.

— Michael, j'ai lu le livre et je l'ai adoré ! J'ai passé toute la nuit à réfléchir aux décors et à faire des croquis.

Il déroula les papiers sur le bureau, révélant le dessin d'un cottage.

Michael fut stupéfait. C'était à croire que George s'était insinué dans son esprit pour en extraire l'image qu'il se faisait de la maison californienne du héros de *Printemps Pacifique*.

— Qu'en pensez-vous ?

— C'est extraordinaire, George ! C'est *le* cottage. Comment avez-vous fait ?

— J'ai été chef décorateur dans le temps, mon garçon, avant d'être simple responsable des accessoires.

Michael feuilleta les croquis. Tout y était : le cottage, le salon de musique, la chambre de l'héroïne, le cabinet du médecin... Tous les lieux importants du roman étaient représentés.

— Je suis sidéré, dit Michael. Comment avez-vous pu dessiner tout ça si vite ?

— J'ai toujours été un rapide, dit George. Croyez-moi si vous voulez, mais j'ai créé le décor de *Randolph le Magnifique* en une demi-heure.

Michael se redressa dans son fauteuil.

— George, accepteriez-vous de faire ce film avec moi ?

Un grand sourire illumina le visage rougissant de George.

— J'en serais honoré, mon garçon.

Il battit rapidement des paupières avant d'ajouter, d'une voix enrouée :

— Ça fait bien longtemps qu'on ne m'a pas proposé un travail important.

Michael se leva et donna une tape sur la frêle épaule du décorateur.

— Celui-ci est important, dit-il. Mark Adair écrit le scénario et Robert Hart a accepté d'interpréter le docteur.

— Ma parole, c'est fabuleux ! Et les costumes ?

— Qui me recommanderiez-vous ?

— Edith Head, mais elle est morte… comme à peu près toutes les costumières que j'ai connues.

— Cherchez bien.

— Il y aurait peut-être quelqu'un… Elle habite dans le même immeuble que moi et cherche du travail. Elle est jeune mais très douée, je crois.

— Demandez-lui de me faire quelques croquis et de prendre rendez-vous avec Margot. Comment s'appelle-t-elle ?

— Jenny… Jennifer Fox. Je lui transmettrai le message, et je travaillerai avec elle sur les croquis. (George sourit.) Vous savez quelle est la scène du livre que j'ai préférée ?

— Non, laquelle ?

— Celle où le docteur chante pour la jeune femme « *Dein ist mein ganzes Herz* » – « Mon cœur tout entier t'appartient ».

— Oui, c'est une très belle scène, mais nous serons obligés de la supprimer. Je doute que Bob Hart puisse la faire.

— Pourquoi donc ? Il n'a pas besoin de chanter ; vous n'aurez qu'à le doubler. Il est suffisamment bon acteur pour s'en sortir.

— Cette scène risquerait de contraster trop fortement avec son image publique.

— Dommage. J'adore Lehár.

— Qui ça ?

— Lehár. Franz Lehár.

Michael se creusa la cervelle pour identifier la référence.

— Opéra ? hasarda-t-il.

— Opérette, rectifia George. C'est lui qui a écrit «*Dein ist mein ganzes Herz.*»

— Ah ! dit Michael, complètement dépassé.

— Vous n'avez jamais entendu ce morceau ?

— Pas récemment, mentit Michael.

— M'accordez-vous encore dix minutes de votre temps ?

— Naturellement, George.

Qu'est-ce qu'il avait derrière la tête, le vieux bougre ?

George sortit en courant, s'empara du téléphone de Margot et composa un numéro. Cinq minutes plus tard, deux manutentionnaires apparurent, poussant sur un chariot un piano à queue qu'ils installèrent à un bout du cabinet de travail de Randolph. Peu après, deux hommes d'un certain âge firent leur entrée. L'un d'eux tenait sous le bras une partition musicale.

George indiqua à Michael l'un des divans.

— Asseyez-vous, je vous prie.

Michael obéit.

— Monsieur Vincent, déclara George avec componction, permettez-moi de vous présenter Anton Gruber et Hermann Hecht.

— Enchanté, dit Michael.

Subitement, le nom de Gruber fit tilt dans son esprit : c'était un compositeur qui avait écrit des douzaines de musiques de films dans les années trente et quarante. En revanche, Michael n'avait jamais entendu parler de Hecht.

Anton Gruber s'installa au piano et joua une petite introduction. Puis Hermann Hecht se mit en position de concert, les mains jointes devant lui, et se mit à chanter.

C'était la première fois que Michael entendait cette musique. Elle datait un peu, certes, mais la mélodie était merveilleuse. Le vieux baryton l'interpréta d'une voix un peu chevrotante, mais avec tant de sensibilité que, la chanson terminée, Michael en avait la gorge nouée. Il se leva et applaudit à tout rompre.

— Messieurs, c'était magnifique ! On n'a jamais si bien interprété cet air !

— Je pensais bien qu'il vous plairait, dit George. Vous voyez, maintenant, pourquoi cette scène est si importante pour l'histoire : le docteur se déclare enfin à la jeune femme dans une chanson, en *allemand*, alors qu'avant il n'arrivait pas à lui avouer ses sentiments.

— Vous avez raison, George. Sur le plan de l'émotion, ce pourrait bien être le point d'orgue du film. Ça pourrait être absolument sensationnel, si tant est que Bob Hart se laisse convaincre.

— C'est un acteur, non ? Tous les acteurs sont des cabotins. Il ne laissera jamais passer une scène pareille, même s'il ne sait pas chanter. Hermann, ici présent, pourrait le doubler.

— Ça marcherait peut-être, dit Michael.

Et comment, que ça marcherait ! Les spectateurs en auraient quasiment les larmes aux yeux, comme lui tout à l'heure.

C'était une scène superbe, qui pouvait être jouée par une immense star dans un film que Michael ne pouvait pas tourner à moins d'avoir les droits du roman.

Il eut l'impression d'entendre Daniel J. Moriarty lui rire au nez.

22

Michael roulait lentement sur Sunset Boulevard en direction de l'hôtel *Bel-Air*. Assise à côté de lui dans la Porsche, Vanessa retouchait son maquillage dans le miroir du pare-soleil.

— Explique-moi encore qui est ce type, dit-elle.

— Il s'appelle Tommy Provensano. Nous avons grandi ensemble à New York.

— Ah ! bon.

— Ne sois pas surprise s'il lui arrive de m'appeler Vinnie. C'est une sorte de sobriquet.

— D'accord. Il amène une fille ?

— Elle s'appelle Mimi, c'est tout ce que je sais. Si ça se trouve, c'est la première fois qu'ils sortent ensemble.

— Quel âge a-t-il, ce Tommy ?

— Deux ans de plus que moi.

— S'il est rasoir, est-ce que je dois quand même être aimable avec lui ?

— À Hollywood, Vanessa, on doit être aimable avec *tout le monde*. On ne sait jamais à qui on a affaire.

— C'est une bonne politique, j'imagine.

— Fais-moi confiance.

Tommy leur ouvrit la porte et étreignit Michael à l'étouffer.

— Salut, *paisan* ! rugit-il. Voilà le « big » producteur d'Hollywood !

Il avait minci et portait un luxueux costume de coupe italienne.

— Bonjour, Tommy, dit Michael. Je te présente Vanessa Parks.

Tommy se mua aussitôt en parfait gentleman :

— Enchanté, Vanessa. Permettez-moi de vous présenter Mimi.

Une fille brune, menue, se leva du divan pour saluer les nouveaux arrivants. Elle était très belle et vêtue sans ostentation. Michael jugea que Margot s'était bien acquittée de sa tâche.

Tommy déboucha une bouteille de champagne. Du *Dom Perignon,* nota Michael en se rappelant que c'était lui qui régalait. Après avoir rempli quatre coupes, Tommy prit Michael par l'épaule et le secoua comme un prunier en disant aux femmes :

— Ce mec et moi, on a fait les quatre cents coups ensemble quand on était mômes. On volait des fruits aux marchands des quatre-saisons, on dévalisait les ivrognes, on faisait tous les trucs abominables que font les jeunes voyous des rues, et on rentrait à la maison tous les soirs retrouver nos mères.

— Tommy, dit Michael d'un ton réprobateur, tu sais pertinemment que nous n'avons jamais volé de fruits. (Il se tourna vers les autres.) Tommy a une vision très romantique de notre jeunesse.

— Écoutez-le un peu ! s'esclaffa Tommy en lui pinçant la joue. Dire qu'il causait comme moi, dans le temps !

Michael lui lança un regard appuyé. Tommy parut recevoir le message cinq sur cinq.

— C'était il y a longtemps, bien sûr, dit-il en jetant à Michael un coup d'œil d'excuse. Alors, où dîne-t-on ?

— J'ai pensé que tu apprécierais le *Spago,* dit Michael d'un ton pince-sans-rire. La pizza est super.

— Ça va, ça va, j'ai pigé. Je me tiendrai bien.

— Non, je t'assure, tu aimeras vraiment leurs pizzas. Elles n'ont rien à voir avec celles que tu prends d'habitude.

Leur table donnait sur Sunset et sur les grands panneaux couverts d'affiches de cinéma. Tommy regardait de tous ses yeux.

— Je n'en reviens pas d'être assis dans le même restaurant que Burt Reynolds, murmura-t-il d'une voix étranglée.

— Je suis désolé qu'il n'y ait pas plus de stars ce soir, répondit Michael. D'habitude, on marche dessus.

C'était la première fois qu'il venait dans ce restaurant, mais le maître d'hôtel l'avait accueilli comme un habitué.

— Je vais faire un tour au petit coin, dit Vanessa en se levant. Vous m'accompagnez, Mimi ?

Lorsque les deux hommes se retrouvèrent seuls, Tommy se fit soudain grave.

— Maintenant, Vinnie, dis-moi ce qu'il en est réellement. Me raconte pas de conneries, hein ?

— Tommy, il m'est difficile de t'expliquer de façon cohérente à quel point ça marche bien. *Nuits en ville* sort à l'automne, et Robert Hart est déjà la vedette de mon prochain film.

— Robert Hart ? La vedette de cinéma ? dit Tommy, éberlué.

— Les vedettes de cinéma sont là pour tenir la vedette dans les films, Tommy. Et c'est Mark Adair, un grand romancier, qui écrit le scénario.

— Je le connais de nom. Ma femme a lu un de ses bouquins.

— À propos, comment va-t-elle ?

— Bien. Ça lui plaît d'être la femme d'un *capo*, tu peux me croire. Ses amies ne l'ont jamais traitée avec autant de respect.

— Et ça te plaît, à toi, d'être un *capo* ?

— C'est la première fois que je goûte au véritable pouvoir, dit Tommy. C'est comme le bon vin, tu ne t'en lasses pas.

— Allons donc ! Tu as exercé une sacrée influence pendant des années.

Tommy secoua la tête.

— Ce n'était pas la même chose de manipuler Benedetto pour arriver à mes fins. Maintenant, quand je veux quelque chose, je le dis et je l'obtiens. (Il regarda autour de lui.) Ce restaurant me botte. Il n'y a pas de micros, au moins ?

Michael éclata de rire.

— Certainement pas. Tu n'as aucun souci à te faire.

— De nos jours, crois-moi, il faut constamment se méfier des écoutes, des types sonorisés... On dirait que le FBI est partout. (Il se pencha par-dessus la table.) De toi à moi, il semble bien que le Parrain va avoir des ennuis.

L'espace d'un instant, Michael se retrouva dans la peau de Vinnie.

— Sans déconner ?

— De gros ennuis. Au train où ça va, il passera Noël en taule. Frankie Bigboy se déballonne tant qu'il peut à la barre des témoins ; les flics l'ont mis sous haute protection et personne n'a réussi à le descendre.

— Je ne pensais pas que Frankie serait du genre à balancer quelqu'un – surtout pas le Parrain. C'est un homme mort.

— Ça m'étonnerait. Dès que les jurés auront dit « Coupable », il sera propriétaire d'un bowling à Peoria ou je ne sais où. On ne le reverra plus.

Michael scruta le visage de Tommy.

— Tu ne parais pas franchement bouleversé par la chute du Parrain.

Tommy eut un sourire rusé.

— Le malheur des uns fait le bonheur des autres.

— Va-t-il y avoir une guerre de succession ?

Tommy jeta un regard furtif dans la salle.

— Je suis venu ici pour ne pas être dans le coup, dit-il. On m'a averti que quelqu'un allait se faire zigouiller ce week-end. Je ne veux pas être dans les parages.

— Je suis ton alibi, autrement dit ? demanda Michael avec anxiété.

— Ne t'inquiète pas, ça n'ira pas jusque-là. Deux hôtesses m'ont repéré dans l'avion, et puis il y a les gens de l'hôtel.

— Si tu as besoin de moi, n'hésite pas, dit Michael, soulagé de ne pas être impliqué dans l'histoire. Au fait, Tommy, merci pour la voiture et pour le coup de pouce auprès du banquier. Tu n'imagines pas comme ils chouchoutent leurs clients, dans cette banque !

Tommy posa une main sur celle de Michael.

— À ton service, petit, quand tu veux. J'ai de très bons contacts par ici.

— Ça, tu peux le dire. À ce propos... (Michael prit une profonde inspiration)... j'ai un petit problème d'ordre juridique. Tu pourrais peut-être m'aider à le résoudre.

— Parle.

— J'ai un peu de mal à obtenir les droits du livre que je veux porter à l'écran.

— Qui te met des bâtons dans les roues ?

Michael prit une serviette en papier sur laquelle il inscrivit le nom de Daniel J. Moriarty et l'adresse de son cabinet. Après quoi, il rapporta à Tommy sa conversation avec l'avocat.

— Je vais me tuyauter, dit Tommy en empochant la serviette. Je t'appellerai quand j'aurai du nouveau. (Levant la tête, il vit les deux femmes qui revenaient.) Dis donc, c'est une sacrée nana que tu m'as dégotée. Elle se mettra en roupette si je veux baiser avec elle ?

— Elle est à ton entière disposition, dit Michael.

Tommy lui donna une claque sur l'épaule.

— Excellent, petit. Tu t'occupes de moi, je m'occupe de toi.

23

Le lundi, Michael fut réveillé en sursaut par la sonnerie du téléphone. Il regarda la pendulette de chevet : six heures du matin. Il décrocha le combiné.

— Allô ? dit-il d'une voix rauque.

Une erreur de numéro, à tous les coups.

— Debout, là-dedans ! fit la voix de Tommy.

— Bon sang, Tommy, tu sais l'heure qu'il est ? Tu ne t'es jamais levé si tôt de ta vie. Où es-tu ?

— Où veux-tu que je sois ? À New York, évidemment. Je veux juste te faire savoir que je m'occupe de ton petit problème.

— Merci, Tommy. Je te revaudrai ça.

— Penses-tu ! Tu vois où est l'angle de Sunset et de Camden ?

— À Beverly Hills, oui.

— Gare ta voiture là-bas à huit heures pile, ce matin, à l'angle sud-est. Un mec passera te prendre. C'est un spécialiste de ce genre d'affaires.

— Comment s'appelle-t-il ?

— Tu n'as pas besoin de le savoir. Il ignore ton nom, lui aussi.

— D'acc.

— Dis donc, j'ai laissé un beau foutoir à l'hôtel. J'en suis désolé.

— Ne t'inquiète pas, ils ont l'habitude.

— Ah ouais ? En tout cas, t'as la classe, petit, et je te remercie pour la folle nuit.

— Merci pour ton aide, Tommy. Je te tiens au courant.

— T'en fais pas pour ça. *Ciao !*

Michael sortit péniblement du lit et enfouit son visage dans ses mains. Sapristi, qu'avaient-ils donc bu hier soir ? Il lança un coup d'œil à Vanessa. Elle sciait du bois, comme d'habitude ; rien ne pouvait la réveiller tant qu'elle n'était pas prête.

Il prit une douche et se prépara un solide petit déjeuner. Il se sentait soulagé : il ne savait pas comment Tommy allait régler la question des droits, mais il lui faisait totalement confiance. Si Tommy disait que c'était réglé, c'était réglé.

Il s'habilla, descendit au parking en ascenseur et se rendit en voiture à l'angle de Sunset et de Camden, où il arriva avec dix minutes d'avance. Pour tuer le temps, il écouta un disc-jockey en pianotant sur le volant au rythme de la musique.

Une grosse Cadillac s'arrêta à sa hauteur et la vitre, côté passager, s'abaissa en bourdonnant. Un homme d'une petite vingtaine d'années, mal rasé, les cheveux gras, le regarda.

— On a un ami commun, vous et moi ?

— Ouais, répondit Michael.

— Grimpez.

Michael descendit de sa voiture et monta dans la Cadillac. Sur Sunset Boulevard, la circulation battait son plein.

— Où on va ?

Le conducteur avait tourné dans Camden et prenait maintenant à gauche.

— Ce Moriarty, dit-il.

— Ouais ?

— Faut bien que je sache à quoi il ressemble, hein ?

— D'accord, mais où on va ?

Le conducteur brandit une page d'annuaire téléphonique où le nom de l'avocat était entouré au stylo.

— On va le reluquer.

— Ah !

La Cadillac s'engagea sur Bedford Drive et s'arrêta.

— Et maintenant ? s'enquit Michael.

— Écoutez, dit l'homme d'un ton exaspéré, laissez-moi faire, O.K. ?

— O.K., désolé.

— Il habite là, dit le conducteur en indiquant une maison. On va attendre.

Michael alluma la radio et trouva une station diffusant de la musique. Au bout d'une bonne demi-heure de planque, il leva la tête et vit Daniel J. Moriarty qui sortait de chez lui, un attaché-case à la main.

— C'est lui, dit-il. Regardez-le bien.

À voir comment Moriarty balançait sa serviette, Michael devina que celle-ci ne contenait rien, sauf peut-être une bouteille de scotch. Pourquoi le vieux fou se donnait-il encore la peine d'aller à son cabinet ?

Le conducteur mit le contact, jeta un coup d'œil dans ses rétroviseurs et décolla lentement du trottoir. Pour le moment, il n'y avait aucune voiture en vue. Moriarty s'engagea sur la chaussée et se dirigea vers un antique break Volvo, tout en cherchant ses clefs dans sa poche. Au moment où il déverrouillait la portière du conducteur, l'homme appuya sur le champignon.

— Qu'est-ce que vous foutez ? cria Michael en se cramponnant au tableau de bord. Que... ?

La Cadillac érafla l'aile de la Volvo avant de heurter Moriarty, l'envoyant valser en l'air. Michael l'entendit retomber sur le toit de la Cadillac, et il vit la portière de la Volvo s'envoler dans une autre direction. La Cadillac freina dans un crissement de pneus, projetant Michael contre le tableau de bord.

— *Bordel, vous perdez la tête* ? hurla-t-il.

Le conducteur regardait par-dessus son épaule.

— Merde ! grinça-t-il entre ses dents. Attendez ici.

Il descendit de la Cadillac et rebroussa chemin vers Moriarty, qui était non seulement vivant mais essayait, inexplicablement, de traverser la chaussée en se traînant sur les coudes.

Michael voulut s'installer au volant pour prendre la fuite, mais il s'aperçut qu'il n'y avait pas de clef sur le contact. En fait, il n'y avait pas de contact du tout. De l'autre côté de la rue, il vit un homme en Mercedes qui débouchait de son allée privée. L'homme s'arrêta pour observer d'abord Moriarty, puis Michael. Celui-ci tourna la tête à droite et vit une femme entre deux âges, en peignoir et bigoudis, un journal à la main, qui le fixait avec attention. Il se détourna et regarda par la lunette arrière.

D'un pas décidé, mais sans hâte, le conducteur parcourait les cent mètres qui séparaient la Cadillac de Moriarty. Il avait un couteau à la main. Il couvrit les derniers mètres et s'arrêta près de l'avocat qui continuait de ramper. D'un coup de pied, il le retourna sur le dos, lui plongea la lame dans la poitrine, donna un tour de poignet, puis revint sur ses pas, laissant le couteau dans le cadavre de Daniel J. Moriarty.

Michael reporta son regard sur l'homme à la Mercedes et la femme aux bigoudis. Ils observaient le conducteur et suivaient sa progression vers la Cadillac, où Michael était toujours assis.

Le jeune homme s'installa au volant, tendit la main sous le tableau de bord, traficota des fils électriques, et le moteur partit. Il passa la première et démarra, tournant à droite au bout de la rue.

— Un vieux schnock comme ça, la voiture aurait dû l'écrabouiller, non ? Enfin quoi, merde, une Cadillac !

Michael était muet de rage et de peur. Il se tassa sur son siège, en se demandant pourquoi il ne l'avait pas fait plus tôt. Il ne fallut que deux minutes au jeune homme pour le déposer à sa voiture. Michael monta dans la Porsche, démarra, roula jusqu'à l'angle, tourna dans Sunset et se fondit dans la circulation, terrifié par tous les automobilistes qui l'entouraient. Il entendit au loin des sirènes de police.

Ils l'avaient vu, les deux autres. L'homme à la Mercedes était peut-être quelqu'un du métier, un type que Michael serait amené à rencontrer un jour. Quant à la femme, elle était peut-être mariée à un gars de la *Centurion*, qu'est-ce qu'il en savait ? Leurs yeux curieux l'avaient transpercé, avaient mémorisé ses traits – il en était sûr. Il mit ses lunettes noires et, sur l'autoroute, prit la direction de Sacramento. Il rebrousserait chemin vers le studio dans quelques minutes ; pour l'instant, il lui fallait ravaler sa bile, ramener son pouls à un rythme normal. Conduire le calmerait.

24

Conduire ne le calma pas. Lorsque Michael arriva au studio, une heure plus tard, son cœur battait toujours la chamade. Il claqua la portière de la Porsche et pénétra dans son bungalow.

— Bonjour, dit Margot en lui remettant ses messages.

Sans un mot, Michael entra dans son bureau et s'assit lourdement dans son fauteuil pivotant. Margot le suivit.

— Il y a un problème, annonça-t-elle.

Michael, qui n'avait pas écouté, marmonna :

— Hmm ?

— Au *Bel-Air*.

— Qu'est-ce qui se passe ?

— Votre ami a tabassé la fille que j'avais louée.

— *Quoi* ?

— Elle est à l'hôpital. J'ai de sérieux ennuis avec sa maquerelle, j'en ai peur ; et vous, de sérieux ennuis avec le *Bel-Air*.

— Tommy l'a tabassée ?

— Tâchez de m'écouter, Michael. Votre ami a tellement esquinté cette fille qu'elle risque fort d'être défigurée à vie. La maquerelle est sur le pied de guerre, la direction de l'hôtel aussi – j'ai dû les convaincre de ne pas alerter la police – et vous allez trouver la note très salée.

— Comment ça ?

— La fille exige vingt-cinq mille dollars avant midi, sans quoi elle ira déposer plainte à la police.

— Dites-lui que c'est O.K.

— La maquerelle prélève sans doute sa part là-dessus. Je peux essayer de faire baisser le prix.

— Dites-lui que c'est d'accord, je paierai.

Il feuilleta fébrilement son carnet d'adresses, composa un numéro. Quand il eut son banquier au bout du fil, il fit signe à Margot de sortir du bureau.

— Callabrese à l'appareil, dit-il.

— Oui, monsieur Callabrese, en quoi puis-je vous aider ?

— Il me faut immédiatement vingt-cinq mille dollars en liquide. Déposez l'argent à la réception, une femme va venir le chercher. Donnez-lui le paquet sans réclamer de pièce d'identité.

— Comptez sur moi.

Michael raccrocha et se dirigea vers la porte de communication.

— Margot, veuillez aller à cette adresse ; on vous y remettra l'argent. Payez la maquerelle et arrangez-vous pour qu'elle tienne sa langue.

Il lui tendit un bout de papier. Margot saisit son sac et se dirigea vers la porte.

— Vous devrez prendre vous-même vos appels.

Michael décrocha le téléphone et appela chez lui.

— Oui ? fit une voix ensommeillée.

— Vanessa, réveille-toi et écoute-moi attentivement.

— Hmm ?

— *Réveille-toi et écoute, nom de Dieu !*

— Ça va, Michael, j'écoute !

— Voilà ce que nous avons fait ce matin, toi et moi : on s'est réveillés tôt, on a fait l'amour, puis on a pris une douche ensemble. Je suis parti au bureau plus tard que d'habitude, vers neuf heures et demie. Tu as compris ?

— Si tu le dis...

— C'est important, au cas où on t'interrogerait.

— Très bien. Je peux me rendormir, maintenant ?

Michael raccrocha rageusement. Avait-il laissé ses empreintes sur la Cadillac ? Sur la poignée de la portière ? Oui, et aussi sur le tableau de bord, quand il s'y était cramponné. Bordel, si jamais on retrouvait cette voiture...

Le téléphone sonna.

— Allô ?

— Monsieur Vincent ? C'est vous ?

— Oui, qui est à l'appareil ?

— Je m'appelle Larry Keating et je vous ai envoyé un scénario. J'aimerais convenir d'un rendez-vous.

— Appelez ma secrétaire cet après-midi, dit-il en raccrochant.

Le téléphone se remit à sonner. Michael ne répondit pas ; il laissa sonner jusqu'au retour de Margot.

— C'est arrangé ? demanda-t-il.

— C'est arrangé. La maquerelle contrôle la situation. Elle est extrêmement contrariée de ce qui s'est passé, mais elle tiendra sa langue et veillera à ce que la fille en fasse autant.

— Bien.

— Je n'ai pas eu l'occasion de vous le dire plus tôt, mais c'est demain que vous avez rendez-vous avec les journalistes pour l'interview et les photos.

— D'accord.

Il se redressa brusquement :

— Non !

— Pourquoi ? Vous n'êtes pas libre ? Il n'y avait rien d'inscrit sur votre agenda.

— Je répondrai à leurs questions par téléphone.

— Ils ne pourront pas prendre de photos par téléphone, Michael.

— Pas de photos. Je n'ai pas de temps à gaspiller avec ces gens-là. S'ils veulent me parler, qu'ils m'appellent demain matin.

— Entendu.

— Et ne me passez aucun appel jusqu'à nouvel ordre. J'ai besoin de réfléchir.

— Entendu.

Il essaya de réfléchir, sans y parvenir. Finalement, il appela Margot par l'interphone.

— Trouvez-moi qui est le président du conseil d'administration de l'Institut Universitaire Carlyle et demandez-lui un rendez-vous dès que possible.

C'était là une initiative dangereuse. Mais il devait agir maintenant, sous peine de devenir complètement cinglé.

Le président s'appelait Wallace Merton et avait son bureau dans un cabinet juridique du centre ville. On fit attendre Michael quelques minutes, ce qui le rendit encore plus nerveux. Quand on l'introduisit enfin dans le saint des saints, il prit une profonde inspiration et essaya de se détendre.

— Bonjour, monsieur Vincent, que puis-je pour vous ? s'enquit Merton en lui indiquant un siège.

Il n'était visiblement pas habitué à recevoir des inconnus. Michael s'assit et posa son attaché-case par terre.

— Bonjour, monsieur Merton. Je ne vous retiendrai pas longtemps.

— Bien.

— Je suis producteur à la *Centurion Pictures* et je suis intéressé par les droits cinématographiques d'une œuvre qui a, paraît-il, été léguée à l'université.

Merton le regarda, interdit.

— Je n'ai pas la moindre idée de ce dont vous parlez.

— La succession de Mildred Parsons.

— Ah ! oui, ce Moriarty...

Mieux valait dire la vérité, dans la mesure du possible.

— Je l'ai rencontré la semaine dernière mais, très franchement, il avait un coup dans l'aile et je n'ai pas saisi grand-chose à son discours. Ce que j'ai compris, en revanche, c'est que le conseil d'administration était habilité à vendre les droits.

— Ce n'était pas encore le cas la semaine dernière ; seul Moriarty avait ce pouvoir. Mais il se trouve qu'il a été renversé ce matin par un chauffard, devant chez lui.

— Je suis navré de l'apprendre.

— Il était dit que Mr Moriarty et ses problèmes occuperaient la plus grande partie de ma journée.

— Si j'avais été au courant, croyez bien que j'aurais observé un délai de décence avant de venir vous voir. Mais puisque je suis ici, me permettez-vous de m'expliquer ?

— Je vous écoute.

— J'ai lu récemment le livre de Mildred Parsons et j'ai pensé qu'il ferait un bon petit film d'art et d'essai, si tant est que nous puissions le caser dans notre planning. En temps normal, au studio, nous avons deux douzaines de projets de ce genre qui sont dans l'air en même temps.

Merton lui lança un regard aigu.

— J'ai été en affaires, à une certaine époque, avec des gens de cinéma, et j'ai la nette impression que vous essayez d'acheter à bas prix un livre qui a de la valeur.

Michael se leva et posa sa carte professionnelle sur le bureau de son interlocuteur.

— Pardonnez-moi de vous avoir importuné, monsieur Merton, vous êtes manifestement très occupé aujourd'hui. Si jamais ça vous intéresse de vendre les droits, appelez-moi.

Et il fit mine de partir.

— Allons, Vincent, asseyez-vous, dit Merton. Expliquez-moi au moins ce que vous avez derrière la tête.

Michael se rassit.

— Ce que j'ai derrière la tête, monsieur, c'est de vous offrir dix mille dollars pour une option d'un an contre un prix d'achat de vingt-cinq mille dollars.

— Voici ce que je vous propose, monsieur Vincent : vingt-cinq mille contre cinquante mille. Vis-à-vis de l'université, je me dois d'obtenir un prix correct.

— Vingt contre quarante. Je ne peux pas aller plus loin sans le feu vert des administrateurs.

Merton se leva et tendit la main à Michael.

— Conclu. Envoyez-moi un contrat et un chèque.

Michael serra la main offerte.

— Je suis désolé pour Mr Moriarty.

— Un poivrot de première, dit Merton. Il avait un foie de la taille d'une pastèque. Il m'avait confié, voici plus d'un an, que son médecin ne lui donnait que six mois à vivre. Je ne pense pas qu'il aurait tenu un mois de plus.

Lorsque Michael regagna le bungalow, deux hommes attendaient dans la salle de réception.

— Monsieur Vincent, dit Margot, ces messieurs sont de la police. Ils voudraient vous parler.

25

Michael s'assit et regarda les deux policiers. C'était là une expérience nouvelle pour lui. Jusqu'à présent, il avait toujours évité les tête-à-tête avec des représentants de la loi.

— Je suis le sergent Rivera, dit le plus costaud des deux hommes. Et voici l'inspecteur Hall.

— Que puis-je pour vous, messieurs ? demanda Michael avec plus de calme qu'il n'en éprouvait.

— Connaissez-vous un avocat nommé Daniel J. Moriarty ? s'enquit Rivera.

— Oui, si on peut appeler ça « connaître ».

— Qu'entendez-vous par là ?

— J'entends par là que j'ai rencontré cet homme une seule fois, dans son cabinet, et qu'il était saoul comme une bourrique. Pendant tout notre entretien, il avait une bouteille de scotch sur son bureau.

— Quand était-ce ?

— À la fin de la semaine dernière... jeudi ou vendredi.

— D'après son agenda, vous aviez rendez-vous avec lui vendredi matin.

— Alors c'est ça. Votre visite a un rapport avec son décès, je suppose ?

Le flic l'observa un moment avant de parler.

— Et comment êtes-vous au courant de son décès, monsieur Vincent ? Il n'est mort que ce matin.

— J'étais allé voir Mr Moriarty pour acheter les droits cinématographiques d'un roman intitulé *Printemps Pacifique*. Il contrôlait en effet les droits mais, comme je vous l'ai dit, il était ivre. Il a néanmoins réussi à m'expliquer que tous les droits de l'œuvre avaient été légués à l'Institut Universitaire Carlyle. Ce matin, j'ai donc rencontré le président du conseil d'administration, un avocat du nom de Wallace Merton. C'est lui qui m'a appris que Mr Moriarty avait été écrasé par un chauffard.

— Je vois, dit le flic d'un air déçu.

— À présent, messieurs, vous en savez autant que moi sur Mr Moriarty.

— Encore une chose, monsieur Vincent, dit le policier. Mr Moriarty a-t-il refusé de vous vendre ces droits ?

— Alors là... étant donné son état, il était difficile de faire la part des choses. En tout cas, j'en ai conclu que si je voulais aboutir, je devais m'adresser à Mr Merton.

— Ces droits avaient-ils beaucoup d'importance pour vous, monsieur Vincent ?

— Pas vraiment, non. Ce livre, publié dans les années vingt, est peu connu aujourd'hui. Quand une amie me l'a fait lire, l'année dernière, j'ai pensé qu'il pourrait faire un bon film. Finalement, j'ai décidé de me renseigner sur les droits. Jusqu'à la semaine dernière, je ne savais même pas qui les détenait... Si vous me permettez de le dire, cet interrogatoire me paraît bien poussé pour un simple accident causé par un chauffard.

— C'est plus que cela, convint le policier. En réalité, Mr Moriarty n'est pas mort écrasé. Le chauffard est descendu de voiture pour l'achever au couteau.

— Dieu du ciel ! C'est extrêmement brutal.

— Comme vous dites.

— Et vous interrogez tous ceux qui, de près ou de loin, ont eu affaire à lui ?

— En effet, et il y a étonnamment peu de gens qui ont eu affaire à lui.

— C'est vraiment ironique qu'on l'ait assassiné, dit Michael. Wallace Merton m'a confié que Moriarty était un homme condamné. Cirrhose du foie.

— Oui, c'est ce que nous a appris sa secrétaire à mi-temps. Pouvez-vous me dire où vous étiez ce matin entre huit et neuf heures, monsieur Vincent ?

Michael répondit sans sourciller :

— Certainement. Je me suis levé plus tard que d'habitude ; je ne suis parti de chez moi que vers neuf heures et demie. J'étais à mon bureau avant dix heures.

— Avez-vous des témoins ?

— Oui. Ma secrétaire pourra vous confirmer l'heure de mon arrivée, et la femme avec qui je vis pourra vous dire à quelle heure j'ai quitté l'appartement.

— Elle s'appelle ? s'enquit le policier, calepin en position.

— Vanessa Parks.

Michael lui donna le numéro de téléphone.

— Vous avez une voiture de quelle marque, monsieur Vincent ?

— Une Porsche décapotable.

— Couleur ?

— Noire.

— Connaissez-vous quelqu'un qui ait une Cadillac rouge ?

— Non. Ici, tout le monde semble rouler en voiture étrangère ; vous n'avez qu'à jeter un coup d'œil sur le parking.

Le policier sourit.

— J'avais remarqué. (Il embrassa la pièce du regard.) C'est curieux, votre bureau me rappelle un film que j'ai vu autrefois.

— C'était le cabinet de travail de *Randolph le Magnifique*, un film des années trente.

— C'est ça ! Il me semblait bien l'avoir vu quelque part.

— Vous êtes donc un fana de cinéma ?

— Absolument.

— Aimeriez-vous visiter le studio ?

— Très volontiers, monsieur Vincent, mais une autre fois. Cet après-midi, nous avons du pain sur la planche.

— Vous n'aurez qu'à appeler ma secrétaire, elle vous arrangera ça.

— Et quand puis-je espérer voir *Printemps Pacifique* au cinéma ?

— Difficile à dire... j'ai acheté les droits seulement aujourd'hui, et il faut encore écrire le scénario. Au plus tôt dans un an, je dirais.

— Vous avez donc obtenu les droits, en définitive ?

— Je suis très vite parvenu à un accord avec Mr Merton. Je ne pense pas qu'il ait eu d'autres propositions auparavant. Au fait, voulez-vous son numéro ?

— Nous l'avons déjà, merci.

Michael se leva.

— Si vous en avez terminé, messieurs...

Les policiers se levèrent. Sur le pas de la porte, ils s'arrêtèrent.

— Il y avait deux hommes dans la Cadillac, dit Rivera.

— Ah ? Des pistes ?

— Une ou deux. Nous savons que le coup a été fait par un professionnel.

— Intéressant. Je vais vous dire, sergent : quand

vous aurez arrêté le meurtrier, passez me voir et nous parlerons de cette histoire. Il pourrait y avoir la matière d'un film.

— Je retiens votre suggestion, monsieur Vincent.

— N'attendez quand même pas jusqu'au procès. Appelez-moi dès que vous aurez effectué l'arrestation, avant que les médias ne s'emparent de l'affaire. (Il sourit.) Je ne voudrais pas me trouver mêlé à une guerre d'enchères.

Rivera lui serra la main en riant.

— Cette perspective ne serait pas pour me déplaire. (Il tendit sa carte à Michael.) Si jamais vous pensez à quelque chose d'important, appelez-moi.

— Et réciproquement, dit Michael en lui remettant sa propre carte. Les affaires criminelles authentiques, c'est une mine d'or pour le cinéma.

Il salua les deux hommes et rentra dans son bureau. Après s'être assuré qu'ils avaient quitté le bungalow, il téléphona à Vanessa.

— Allô ?

Au moins, elle était réveillée.

— Salut, mon chou. Tu te rappelles notre conversation de ce matin ?

— Oui, dit-elle d'un ton excédé. Nous avons fait l'amour et pris une douche ensemble, et tu n'es parti d'ici qu'à neuf heures et demie.

— Tu vas recevoir un coup de fil d'un policier qui te posera des questions.

— Qu'est-ce qui se passe, Michael ?

« Reste le plus près possible de la vérité. »

— La semaine dernière, j'ai voulu acheter les droits d'adaptation cinématographique de *Printemps Pacifique* à un avocat nommé Moriarty. Comme il refusait de me les vendre, je suis allé trouver le représentant de l'université qui détient les droits, et il a accepté de me les céder. Là-dessus, Moriarty s'est fait renverser par une voiture – un meurtre, apparemment – et les flics sont venus me voir parce que mon nom figurait sur son carnet de rendez-vous.

— Et où étais-tu, ce matin ?
Michael cessa de respirer.
— Tu ne m'as pas entendu me lever ?
— Non.
Il se détendit.
— Eh bien ! j'étais à l'appartement, mon chou. Je me suis préparé un petit déjeuner, comme d'habitude, et j'ai décidé de lire un scénario avant de partir pour le studio. C'est pour ça que j'étais en retard.
— Et pourquoi ne l'as-tu pas dit à la police, tout simplement ?
— Parce que, si tu dormais, tu ne pouvais pas corroborer mes dires.
— Je vois.
— À tout à l'heure, mon chou. On ira dîner à Malibu, O.K. ?
La voix de Vanessa s'anima :
— O.K.
— J'ai donné notre numéro aux flics. Ils appelleront.
— D'accord, je saurai quoi leur dire.
Il raccrocha et demanda à Margot de le mettre en communication avec Leo.
— Ouais, fiston ? dit Leo.
— Je voulais juste vous faire savoir que les droits de *Printemps Pacifique* sont dans la poche.
— Combien ?
— Vingt mille contre quarante.
— Vous êtes un homme selon mon cœur. À bientôt.
Michael raccrocha, songeur. Il envisageait de se laisser repousser la barbe.

En rentrant chez lui, Michael s'arrêta à une cabine téléphonique et composa le numéro que Tommy Pro lui avait laissé. Il entendit un message enregistré :
— Veuillez taper le numéro d'un téléphone à touches musicales où on puisse vous joindre actuellement.
Suivit une série de *bips*. Michael tapa le numéro de

la cabine, raccrocha et attendit nerveusement. Au bout de dix minutes, la sonnerie retentit. Il décrocha d'une main fébrile.

— Tommy ?

— D'où appelles-tu ?

— D'une cabine de Pico.

— Comment va, petit ? Qu'est-ce qui t'arrive ?

— Tu as bien failli me faire épingler pour meurtre, Tommy. Qu'est-ce qui t'a pris, bordel ?

Tommy se confondit aussitôt en excuses.

— Je suis désolé de ce qui s'est passé, petit. Ce type m'avait été chaudement recommandé ; qui pouvait prévoir qu'il allait jouer les cow-boys ? Rassure-toi, il est déjà liquidé.

— Tommy, des témoins m'ont vu dans la voiture avec lui. Les flics sont venus à mon bureau.

— C'est naturel. Tu étais allé voir le macchabée il y a peu de temps, pas vrai ? Garde ton sang-froid, tout ira bien.

— Je ne comprends pas comment tu as pu me mettre dans ce pétrin.

La voix de Tommy se durcit :

— Ton problème est résolu, non ?

— Oui, mais…

— Faut que je te quitte.

Michael se retrouva le combiné à la main, la communication coupée.

26

Attablé dans un *McDonald* de Santa Monica Boulevard, Michael guettait l'arrivée de Barry Wimmer. Il le reconnut d'emblée – un homme barbu, de petite taille, tel qu'il s'était lui-même décrit – et lui fit signe de le rejoindre à sa table. Wimmer s'arrêta d'abord au comptoir pour commander un Big Mac et un cornet de frites.

Michael lui serra la main lorsqu'il s'assit en face de lui.

— C'est bien la première fois qu'on me donne rendez-vous dans un *McDonald*, dit Wimmer.

— *Morton* ne semblait pas très indiqué.

Wimmer eut un rire bref, teinté de mélancolie.

— Non, je ne pense pas que vous ayez envie qu'on nous voie ensemble chez *Morton*.

— Ni dans aucun autre restaurant fréquenté par les gens de cinéma, dit Michael.

Wimmer parut soudain au bord de la nausée.

— Merci de me le rappeler, dit-il avec amertume.

— Quand êtes-vous sorti ? demanda Michael.

— Il y a quatre mois.

— Vous vivez de quoi ?

— J'ai préparé deux budgets pour des amis, répondit Wimmer en attaquant son Big Mac.

Michael plongea la main dans son attaché-case et en sortit le budget de *Printemps Pacifique*.

— Dites-moi ce que vous pensez de ça.

Wimmer posa son hamburger et entreprit de feuilleter le document en mâchonnant d'un air absent. Il prit tout son temps.

— C'est drôlement serré, dit-il enfin, mais ça marchera si vous tournez en dehors de Los Angeles.

— Je veux tourner à Carmel.

— Si vous avez déjà un budget, pourquoi avez-vous demandé à me voir ?

— J'ai entendu dire du bien de vous.

— Pas récemment, j'imagine. Ma réputation est fichue dans cette ville.

— Tout récemment, si. Il paraît que vous avez escroqué cinq millions de dollars, pas moins, à divers studios au fil des dix dernières années.

— On m'a envoyé en taule pour deux cent mille, dit Wimmer. C'est mon dernier prix.

— Qu'avez-vous fait de tout cet argent ? demanda Michael. Ça m'intéresse.

— Je me suis bien amusé.

— Bien défoncé, aussi, à ce qu'on m'a dit.

Wimmer eut un sourire désabusé.

— Si on veut.

— Vous continuez à sniffer ?

— La prison ne m'a pas apporté grand-chose, mais elle m'a au moins délivré de la cocaïne. Il y avait un excellent programme de désintoxication.

— Il vous reste quelque chose de tout l'argent que vous avez volé ?

Wimmer ricana.

— Si c'était le cas, pensez-vous que je serais allé en taule pour deux cent mille dollars ? J'aurais remboursé.

— Vous avez des projets ?

— J'envisage de donner des cours privés de production.

— Ça vous paiera la nourriture.

— Et pas grand-chose d'autre.

— Ça vous intéresserait de revenir dans le métier ?

— À quel titre ? Accessoiriste ?

— Directeur de production.

Wimmer cessa de mastiquer et dévisagea Michael un long moment.

— Ne vous foutez pas de ma gueule, m'sieur.

— Je suis tout ce qu'il y a de sérieux.

Wimmer tapota de l'index le budget de *Printemps Pacifique* :

— Sur ce projet ?

— Sur ce projet.

— Vous n'auriez pas peur que je truande ?

Michael s'essuya la bouche et jeta sa serviette sur la table.

— Si vous venez travailler pour moi, Barry, votre tâche principale consistera à truander.

Wimmer le regarda, muet de stupeur.

— Laissez-moi vous poser une question, dit Michael. Comment vous êtes-vous fait prendre, pour les deux cent mille dollars ?

Wimmer déglutit avec difficulté et tripota ses frites.

— J'avais un producteur qui était aussi malin que moi.

— Je suis plus malin que vous, Barry, dit Michael. Si jamais vous m'escroquiez, je m'en apercevrais.

Wimmer hocha lentement la tête.

— Mais vous ne vous en apercevrez pas, c'est ça ?

— C'est ça.

— On partage les gains ?

— Pas tout à fait. Pas cinquante-cinquante.

— Qu'est-ce que vous me proposez ?

— Je vous donnerai vingt pour cent de tout ce que vous pourrez gratter sur le budget.

— Et si on se fait prendre ?

— Qui pourrait vous prendre, à part moi ?

— La *Centurion* ne fait donc pas de contrôles ?

— Bien sûr que si – et d'excellents, qui plus est. Mais vous êtes une sorte de génie, paraît-il, pour ce qui est de rouler les studios.

— Ce n'est pas faux, convint Wimmer.

— Quel est le montant total de ce budget ? demanda Michael en indiquant de la tête le document.

— Huit millions, grosso modo.

— Selon les critères de cette ville, c'est un budget comment ?

— Serré, dans tous les cas de figure. Mais qui est la vedette du film ?

— Robert Hart.

Wimmer écarquilla les yeux.

— Et votre scénariste ?

— Mark Adair.

— Et le metteur en scène ?

— Un gars très brillant de l'école de cinéma de l'UCLA.

— Alors c'est un budget impossible, même avec un réalisateur débutant.

— Il faudrait plutôt compter dix millions ?

— Plutôt quinze, et encore : à condition que tout soit calculé au plus juste et que Hart soit payé au pourcentage.

— Supposons qu'on se fixe neuf millions et demi. On tourne le film pour huit millions... et vous, grâce à votre génie particulier, vous gonflez le budget à neuf millions cinq. Vous pensez pouvoir le faire ?

— Moyennant vingt pour cent ? Les doigts dans le nez !

Michael sourit.

— C'est bien ce que je pensais.

— Quel sera mon salaire ?

— Vous travaillerez à bas prix, ce qui n'étonnera personne. Dans votre situation, vous accepteriez n'importe quel job, pas vrai ?

— Exact.

— Vous n'avez jamais, euh... collaboré avec quelqu'un pour ce genre d'opération ?

— Non.

— Bon, mettons bien les choses au point. Tout d'abord, il n'y aura pas d'échange d'argent liquide entre vous et moi. Toutes les semaines, vous irez au bureau local de la Federal Express pour envoyer quatre-vingts pour cent du bénef à l'adresse que je vous indiquerai. Ne perdez pas de vue un seul instant que je suis plus malin que vous, Barry ; c'est essentiel pour notre relation professionnelle.

— O.K., vous êtes plus malin que moi. Je m'en accommoderai.

— Ma part de galette sera impossible à détecter, et je veillerai à ce que la vôtre le soit aussi. Je n'ai aucun intérêt à ce que vous vous fassiez prendre.

— Et si je me fais prendre, que se passe-t-il ? En admettant que vous sous-estimiez les contrôles de la *Centurion* ?

— Je ne les sous-estime pas, croyez-le bien, mais je vais répondre franchement à votre question : si vous vous faites prendre, vous écopez. Je témoignerai personnellement contre vous au procès. Vous ne pourrez en aucune façon m'impliquer et, si vous essayez de le faire, je vous enfoncerai au maximum.

— Vous êtes vraiment un chic type, dit Wimmer.

— Connaissez-vous quelqu'un d'autre en ville qui soit prêt à vous embaucher ?

— Non.

— Alors vous avez raison : je suis un chic type... tant que tout baigne. Si vous vous fichez dedans, vous retournez en taule ; si vous *me* fichez dedans – et là, je ne plaisante pas, Barry – vous êtes un homme mort. Ce n'est pas une figure de style, c'est une promesse sérieuse.

Wimmer le fixa sans mot dire.

— Pour voir le bon côté des choses, enchaîna Michael, vous gagnerez un pognon considérable et vous serez en voie de réhabilitation. J'ai l'intention de faire beaucoup de films et, aussi longtemps que ça marchera entre nous, vous aurez un emploi.

— Ça me convient.

— Donc, nous nous comprenons bien ? Je ne voudrais pas qu'il y ait l'ombre d'un malentendu.

— Nous nous comprenons parfaitement, déclara Wimmer d'un ton ferme.

Les deux hommes se serrèrent la main.

— Bon, dit Michael. Présentez-vous à la *Centurion* demain matin à la première heure. Je vous aurai fait installer un bureau et vous trouverez un laissez-passer à la grille.

— À vos ordres, chef ! dit Wimmer en souriant.

27

Lundi soir chez *Morton*. La crème de l'industrie cinématographique, rassemblée dans le restaurant à l'éclairage tamisé de Melrose Avenue, faisait étalage de son standing. Michael et Vanessa étaient assis avec Leo et Amanda Goldman, entre la table de Michael Ovitz, directeur de l'agence artistique *Creative Artists Agency*, et celle de Peter Guber, patron de la *Sony Pictures*. Michael avait été présenté aux deux hommes et avait échangé avec eux des propos anodins. Se trouver en leur présence, sur un pied d'égalité, lui procurait une satisfaction comme il n'en avait pas éprouvé depuis la signature de son contrat avec la *Centurion*.

Après le dîner, lorsque les femmes se furent retirées aux toilettes, Leo posa ses coudes sur la table et se pencha vers Michael :

— J'ai un metteur en scène à vous proposer pour *Printemps Pacifique*. Il s'appelle Marty White.

— Je vous sais gré de votre suggestion, Leo, dit Michael, mais je pense avoir déjà trouvé un réalisateur.

Leo haussa les sourcils.

— Qui ça ? Comment se fait-il que je ne sois pas au courant ?

— Je ne devrais pas avoir à vous rappeler, Leo, que je n'ai pas besoin de votre consentement pour engager un metteur en scène.

— Je le sais bien, bordel de merde ! Ce que je ne comprends pas, c'est que je ne l'aie pas *su*. Je sais *tout* ce qui se passe dans mon studio !

— Il paraît, oui.

— Vous n'avez pas pu contacter quelqu'un pour ce job sans que je sois au courant. En tout cas, pas dans cette ville.

— Le gars en question n'a jamais rien réalisé. Voilà pourquoi vous n'avez pas entendu parler de lui.

Leo se pencha un peu plus et fit un effort pour baisser la voix :

— Vous avez engagé un connard qui n'a *jamais réalisé un seul film* ?

— Enfin, si : il a tourné des petites choses à l'école.

— À *l'école* ?

— Il est à l'école de cinéma de l'UCLA.

— Vous avez engagé un *étudiant* pour réaliser ce film ?

— Leo, j'étais moi-même étudiant quand j'ai produit *Nuits en ville.*

— C'est différent.

— Non, ce n'est pas différent. C'est exactement la même chose.

— J'ai l'impression que vous avez pété les plombs, Michael.

— Avez-vous visionné la bobine ?

— Quelle bobine ?

— Leo, je vous ai envoyé mercredi dernier sa bobine d'essai.

— Je ne l'ai pas encore regardée.

— Eh bien ! si vous l'aviez regardée, votre tension serait beaucoup plus basse en ce moment.

— Qu'est-ce qu'il y a donc, sur cette bobine ?

— Une scène tirée d'un roman d'Henry James. C'est tellement remarquable que je n'en suis pas revenu.

— Une seule scène ?

— Une scène de huit pages avec un long travelling, un orchestre et sept rôles parlants.

— Qui c'est, ce gamin ?

— Il s'appelle Eliot Rosen.

— Au moins, il est juif.

Michael éclata de rire.

— Et vous, Michael, êtes-vous juif ? reprit Leo. Je n'arrive pas à me faire une idée.

— À moitié, mentit Michael. Par ma mère.

— Et votre père ?

— Il était italien.

— Vous avez été élevé religieusement ?

— Dès l'âge de six ans, j'étais un catholique qui ne pratiquait plus.

— Si vous étiez juif, vous seriez parfait.

— Vous allez adorer Eliot Rosen. Il vous tapera

sur les nerfs, à coup sûr, mais vous l'adorerez. Il pourrait bien être un nouvel Orson Welles.

Leo poussa un gémissement.

— Vous avez une idée de l'argent qu'Orson a fait perdre à ses investisseurs ?

— Eliot vous fera gagner beaucoup d'argent. J'y veillerai.

— C'est vrai que vous avez l'art de serrer les cordons de la bourse ; si ce Rosen travaille pour vous, il me rapportera sûrement de l'argent. (Leo secoua la cendre de son cigare.) Vous avez engagé un directeur de production extérieur au studio, paraît-il ?

— En effet. Je voulais quelqu'un qui dépende de moi plutôt que de vous.

— Vous avez engagé Barry Wimmer.

— C'est exact.

— Michael, il faut que vous sachiez qu'il a fait de la taule pour avoir escroqué une production.

— Il était accro à la coke. Aujourd'hui, il s'est amendé.

— Je suis préoccupé.

— Leo, il est tellement content d'avoir cette chance qu'il travaillera trois fois plus qu'un autre. (Michael marqua une pause.) Pour des clopinettes, en plus.

— Là, ça me plaît. Si jamais il me vole, je me dédommagerai sur votre salaire.

— D'accord.

— Combien vous le payez, ce réalisateur juif ?

— Deux cent mille.

Leo sourit jusqu'aux oreilles.

— Ne le laissez pas bousiller le film.

— Même s'il le bousille, Leo, il vous reviendra infiniment moins cher que Marty White.

Les femmes regagnèrent la table. En s'asseyant, Amanda Goldman caressa du pied le mollet de Michael. Il lui lança un bref sourire et enregistra l'incident en vue d'un examen ultérieur.

28

Michael posa la première mouture du scénario de *Printemps Pacifique*, écrit par Mark Adair, et décrocha son téléphone.

— Allô ? répondit une voix caverneuse.

— Mark, ici Michael Vincent.

— Alors, qu'en pensez-vous ?

— Je le trouve sensationnel. Vous avez assimilé le livre, à la fois dans le fond et dans la forme, et vous avez merveilleusement rendu les dialogues.

— Mais ?

— Pas de mais. Je pense qu'il est utilisable en l'état.

— Aucun producteur ne m'a jamais dit ça, marmonna Adair d'un ton circonspect. Il doit y avoir autre chose.

— Il y a autre chose, en effet, mais cela n'enlève rien à la qualité de votre script.

— De quoi s'agit-il ?

— Vous avez supprimé une scène cruciale, vers la fin, pour la remplacer par une autre qui est loin de fonctionner aussi bien.

— Vous parlez de la scène où le médecin gagne le cœur de la jeune fille en chantant pour elle ?

— Précisément.

— On ne peut pas la garder, Michael, et ce pour deux raisons.

— Quelles sont-elles ?

— Primo, elle semblerait mièvre, sentimentale et invraisemblable à des spectateurs d'aujourd'hui. Secundo, vous n'arriverez jamais à convaincre Bob Hart de la tourner.

— La scène est sentimentale, Mark, je vous l'accorde, mais elle n'est certainement pas mièvre… du moins, pas telle que nous la filmerons.

— Citez-moi un seul film où ce genre de procédé a marché.

— *Chambre avec vue*, par exemple.

Adair demeura silencieux un moment, puis :

— Il n'y avait pas de scène chantée, si j'ai bonne mémoire ?

— Non, mais l'histoire se passait à une époque où la sentimentalité était acceptée comme normale. L'époque de *Printemps Pacifique* est à peu près la même, *et* les personnages ne sont pas très différents.

— Et Bob Hart ? Comment ferez-vous pour le convaincre ?

— Je m'en charge. Quoique, le moment venu, j'aurai besoin de vous pour m'aider à le persuader.

— Je ne sais pas trop.

— Écoutez, Mark, nous allons faire un marché. Réintroduisez la scène telle qu'elle est dans le livre ; si, après l'avoir vue sur l'écran, vous estimez toujours qu'elle ne fonctionne pas, alors je tournerai votre scène de rechange.

— C'est une proposition que je ne peux pas refuser. Maintenant, parlez-moi des autres critiques que vous inspire mon scénario.

— Honnêtement, je n'en vois pas. Bob Hart – et surtout Susan Hart – auront certainement des réserves à faire, et peut-être aussi le metteur en scène, mais je veillerai à ce qu'ils n'abîment pas votre travail. Je ne le permettrai pas.

— Qui va réaliser le film ?

— Un jeune cinéaste nommé Eliot Rosen. Il est intelligent et plein de sensibilité, vous l'adorerez.

— Je m'attaque immédiatement à la deuxième mouture.

— Inutile de tout réécrire. Ajoutez simplement la scène et ne touchez pas au reste.

Soyez béni, mon fils ! dit Adair en raccrochant.

Michael reposa le combiné sur son socle et se félicita de l'excellente tournure que prenaient les choses. Son interphone bourdonna.

— Oui ?

— Michael, dit Margot, le sergent Rivera est là. Je lui ai dit que vous aviez une matinée chargée, mais il insiste pour vous voir.

Un frisson glacé parcourut les intestins de Michael.

— Faites-le entrer, dit-il le plus calmement qu'il put.

Cette fois, Rivera était seul.

— Merci de me recevoir, dit-il. Je ne vous retiendrai pas longtemps.

Michael serra la main du policier et lui offrit un siège.

— Content de vous voir, sergent. (Il brandit le script de Mark Adair.) La première mouture du scénario de *Printemps Pacifique* vient de m'arriver, et elle est formidable. Nous sommes bien partis pour tourner au printemps.

— Tant mieux, dit le sergent en s'installant confortablement dans un fauteuil. J'ai pensé que vous aimeriez savoir où en est notre enquête sur le meurtre de Moriarty.

— Je suis tout ouïe. Les journaux n'en parlent plus depuis quelques semaines.

— Je ne leur ai fourni aucune information.

— Avez-vous procédé à une arrestation ?

— Non, et ça n'en prend pas le chemin.

Michael se garda d'éprouver le moindre soulagement.

— Pourquoi donc ? s'enquit-il.

— On s'oriente vers un coup de la Mafia. Un contrat pur et simple.

— Moriarty était lié à la Mafia ?

— Peut-être, peut-être pas. Ce qui est sûr, c'est qu'une personne liée à la Mafia voulait la mort de Moriarty.

— Racontez-moi tout.

— Le conducteur de la Cadillac était un petit malfrat de Las Vegas, un certain Dominic Ippolito. Une vraie raclure.

— Comment l'avez-vous identifié ?

— Des randonneurs ont découvert son cadavre dans le désert, près de Twenty-Nine Palms. On avait ses empreintes dans nos fichiers.

— Avez-vous retrouvé la voiture ?

— Dominic était *dans* la voiture... au fond d'un ravin de cent cinquante mètres. Pas beau à voir.

— C'est tout ?

— Pas tout à fait. Nous avons relevé dans la Cadillac d'autres empreintes intéressantes.

Le cœur de Michael faillit s'arrêter, mais il ne cilla pas.

— Ah oui ?

— C'était une voiture volée. Il y avait les empreintes du propriétaire, évidemment, et celles de sa femme, mais les autres étaient différentes.

— Dites-moi tout.

— Elles appartiennent à un certain...

Il sortit de sa poche intérieure un document qu'il consulta rapidement avant de le tendre à Michael.

— ... Vincente Michaele Callabrese.

Michael se retrouva avec son acte de naissance sous le nez.

— Qui est-ce ? parvint-il à articuler.

Il posa le papier sur son bureau afin que Rivera ne remarque pas le tremblement de ses mains.

— C'est le fils d'Onofrio et de Martina Callabrese, et il a vingt-huit ans. Voilà tout ce que je sais : ce qui est marqué sur l'acte de naissance.

Michael, qui s'était imaginé les menottes aux poignets, vit briller une lueur d'espoir.

— Vous n'avez rien trouvé d'autre ?

— Rien du tout, ce qui est très inhabituel. Il n'y a apparemment aucun autre document au monde concernant ce type : pas de numéro de sécurité sociale, pas de permis de conduire, pas d'assurance. Il n'a jamais eu de carte de crédit ni de compte en banque. Si nous savons qu'il existe, c'est uniquement parce qu'il a été arrêté à dix-huit ans pour vol de voiture –

et relaxé faute de preuves. On lui a pris ses empreintes à cette occasion, de sorte qu'il avait un casier au FBI. Il n'y avait pas de photographie dans le dossier, j'ignore pourquoi.

Michael, lui, le savait bien.

— Il n'y a donc aucun moyen de remonter jusqu'à lui ?

— Non. En tout cas, c'est certainement un mafioso.

— Qu'est-ce qui vous fait dire ça ? Le fait qu'il soit italien ?

— Il est pratiquement impossible de vivre vingt-huit ans dans ce pays sans accumuler un tas de documents administratifs. Les seuls individus qui ne laissent pas de traces derrière eux sont ceux qui ont utilisé toute leur vie des papiers falsifiés ou volés, ce qui nous ramène à la Mafia.

— Mais alors, que signifie toute cette histoire ?

— Probablement ceci : à un moment donné, Moriarty noue des relations avec un gars de la Mafia, et les choses tournent mal. Il se fait un ennemi, lequel ennemi s'en va trouver quelqu'un, lui donne une somme d'argent et lance un contrat sur Moriarty. Callabrese – ou quel que soit son nom d'emprunt – est sans doute le contact de la bande : il était le deuxième homme dans la voiture. Il engage Ippolito pour exécuter le contrat, et Callabrese l'accompagne pour s'assurer que tout se passe bien. Puis, quand c'est terminé, il tire une balle dans la tête d'Ippolito et le balance dans le désert, avec la Cadillac, pour l'empêcher d'aller raconter qui a loué ses services. Seulement voilà : Callabrese n'a pas eu le bon sens élémentaire d'essuyer ses empreintes sur le tableau de bord. Ça nous apprend quelque chose sur son compte.

— Quoi donc ?

— Il n'est pas le cerveau de l'affaire. Sinon, il aurait pris soin de brouiller sa piste.

— Je vois.

Rivera avait raison : Michael s'était comporté

comme un idiot. Mais, dans la frayeur du moment, il n'avait pas pensé aux empreintes.

— Qu'allez-vous faire, maintenant ?

— Rien, répondit Rivera. Mais un de ces jours, ce Callabrese commettra une erreur et se fera pincer. J'ai activé son dossier sur l'ordinateur ; comme ça, si jamais on l'arrête et qu'on lui prend ses empreintes, je recevrai dans la semaine un coup de fil du FBI.

— Sergent, je vais être franc avec vous : il n'y a pas là matière à un film. Trop de lacunes.

— Je m'en doutais.

— Mais si jamais vous tombez sur une autre affaire qui vous paraît exploitable, tenez-moi au courant.

Michael entendait par là faire comprendre au policier que l'entretien était terminé, mais Rivera ne bougea pas.

— Il y a une chose qui m'intrigue, dit-il.

— Quoi donc ?

— Je trouve intéressant que ce Callabrese ait deux noms en commun avec vous : Vincente et Michaele.

— Curieuse coïncidence, en effet, dit Michael, de nouveau gagné par la peur.

— Quel âge avez-vous, monsieur Vincent ?

— Trente ans.

— Avez-vous une pièce d'identité pour le prouver ?

— Bien sûr.

Michael avait prévu le coup. Il ouvrit le tiroir à dossiers de son bureau et fourragea dans ses papiers personnels.

— Tenez, dit-il en tendant au sergent un extrait de naissance.

Rivera lut attentivement le document.

— D'accord, vous avez trente ans. Et Callabrese est né à l'hôpital Bellevue, tandis que vous êtes né à la clinique Saint-Vincent. (Il leva les yeux.) Êtes-vous italien ?

Michael secoua négativement la tête.

— Juif.

— Vous vous laissez pousser la barbe, à ce que je vois ?

— Ça fait des années que je la porte par intermittence.

— Seriez-vous disposé à vous soumettre à une séance d'identification ?

— Vous rigolez ? Quand j'étais môme, j'ai vu un film où l'un des personnages acceptait de faire ça, et les témoins l'identifiaient alors qu'il était innocent !

— Ma foi, c'est votre droit de refuser, dit Rivera en se levant.

— Ce n'est pas une question de droit, dit Michael en le raccompagnant à la porte. Je n'ai tout simplement pas le temps de m'amuser à ça. Je perdrais une demi-journée, ce qui représente beaucoup d'argent dans ce métier.

Le policier lui tendit la main.

— Bien sûr, je comprends. Si je vois une autre affaire qui pourrait inspirer un film, je vous le ferai savoir.

— N'y manquez pas, dit Michael. Sergent ?

— Oui ?

— Pourrais-je récupérer mon extrait de naissance ?

— Oh ! excusez-moi, dit Rivera en lui rendant le papier.

— Je vous en ferai volontiers une copie, si vous en avez besoin.

— Oh ! non, non. Simple oubli.

« Tu parles d'un oubli ! » pensa Michael en regardant le policier s'éloigner. L'extrait de naissance était authentique, officiellement enregistré – Tommy Pro y avait veillé des années auparavant – mais il y avait ses empreintes dessus. Michael s'assit à son bureau et inspira profondément, à plusieurs reprises. Pourvu que Rivera soit satisfait, cette fois-ci !

Margot lui apporta son courrier.

— Voilà tout ce qui n'est pas à jeter, dit-elle en posant la pile sur le sous-main.

— Merci.

Il fourragea sur le bureau, dans les tiroirs.
— Qu'est-ce que vous cherchez ? s'enquit Margot.
— Mon ouvre-lettres.
— Vous n'arrêtez pas d'égarer vos affaires. Je vous le retrouverai pendant la pause-déjeuner.
Lorsque Michael rentra de déjeuner, l'ouvre-lettres était sur son bureau.

29

Michael regarda son metteur en scène, assis en face de lui. Eliot Rosen était grand, maigrichon et mal rasé. En cet instant, il explorait l'une de ses narines avec application.
— Eliot, dit Michael, promettez-moi de ne pas vous curer le nez quand Bob et Susan Hart seront là.
— Désolé, marmonna le jeune homme en rougissant.
Eliot rougissait beaucoup.
— Je leur ai montré la bobine que vous avez réalisée, reprit Michael. Ils ont été impressionnés, mais ils veulent quand même vous rencontrer. Les enjeux de cette réunion sont très importants, Eliot.
— Je le sais.
— Rappelez-vous que vous ne parlez pas simplement à l'acteur, mais également à sa femme. Des deux, Susan Hart est la plus difficile à manier ; je ne veux pas que vous gâchiez tout en faisant trop de courbettes à Hart. Intéressez-vous aussi à elle ; si vous arriviez à déployer un peu de charme, ça ne serait pas mal non plus.
— Je ferai de mon mieux, dit Rosen.
— S'il y a discussion sur un point, *quel qu'il soit*, abondez dans mon sens, c'est compris ?
— J'ai des opinions personnelles, moi aussi !

— Non, pas à ce stade. Si vous avez une opinion qui risque de déclencher une controverse avec les Hart, parlez-m'en au préalable, et en privé. Si c'est un point sur lequel je pense que nous pouvons avoir gain de cause, je prends la discussion en main, d'accord ?

Rosen acquiesça d'un air maussade.

— Eliot, dit Michael d'un ton conciliant, vous êtes au début d'une carrière que je vous prédis brillante. N'allez pas la bousiller en vous mettant à dos une star puissante et son influente épouse. Si jamais ils posent des conditions qui risquent de nuire au film, ne vous inquiétez pas, je m'y opposerai. Et quand nous aborderons le sujet de la scène chantée, ne dites pas un mot, contentez-vous d'acquiescer.

— J'ai un tas de problèmes avec cette scène.

— Nous en avons déjà discuté, Eliot. La scène est maintenue, et je ne veux plus entendre un mot là-dessus.

— D'accord, d'accord, c'est vous le patron.

— Ne le prenez pas mal, Eliot. Ici, tout le monde a un patron, à l'exception de Leo Goldman, qui est effectivement Dieu le Père. Leo m'a accordé une grande liberté ; je ne laisserai personne me marcher sur les pieds, surtout pas un cinéaste débutant.

— D'accord, d'accord.

— Ne vous en faites pas, ce film vous mettra le pied à l'étrier. (Il sourit.) Après *Printemps Pacifique*, vous serez un réalisateur trop cher pour moi.

Le visage de Rosen s'éclaira.

— Voilà une idée qui me plaît.

On frappa un coup à la porte, et Margot introduisit Robert et Susan Hart.

Michael se dirigea d'abord vers Susan. Il l'étreignit et l'embrassa affectueusement avant de serrer avec chaleur la main de Bob.

— Je suis ravi de vous voir, tous les deux, et je suis impatient de connaître vos réactions au scénario. Permettez-moi de vous présenter Eliot Rosen.

Le jeune metteur en scène échangea une poignée de main avec les nouveaux arrivants.

— Vous m'avez procuré beaucoup de joies au cinéma, dit-il à Bob Hart. Je suis tout excité de travailler sur ce film.

Hart accepta le compliment avec grâce, puis tout le monde alla s'asseoir sur les divans installés en vis-à-vis devant l'immense cheminée.

— Je me souviens de ce décor, déclara Hart. J'ai adoré le film, tout comme j'ai adoré Randolph. C'est un rôle que j'ai toujours eu envie de jouer.

Michael sourit.

— C'est une excellente idée. Quand nous aurons terminé *Printemps Pacifique,* il faudra que nous en reparlions. (Il se pencha en avant.) Maintenant, dites-moi ce que vous pensez du scénario.

— Je l'ai trouvé épatant, dit Hart.

— Il y a des problèmes, intervint Susan.

Michael prit une copie du script dans la pile qui était posée sur la table basse.

— Je veux que nous les examinions jusqu'au dernier, en commençant par le début.

Sans l'aide de notes, Susan Hart décortiqua le scénario scène par scène, formulant des critiques grandes et petites. Michael remarqua que la plupart d'entre elles visaient à accroître l'importance du rôle de son mari et à rallonger ses dialogues. Il approuva sans discussion plus de la moitié des observations de Susan et promit de consulter Mark Adair pour celles qui restaient.

— Enfin, conclut-elle, il faut supprimer la scène chantée.

Au lieu de réagir tout de suite, Michael se tourna vers Hart :

— Que vous inspire cette scène, Bob ?

— Je me sens capable de la faire, répondit posément l'acteur.

— Mais il ne la fera pas, décréta Susan d'un ton ferme. Bob a consacré vingt-cinq années de sa vie à se forger une image qui est devenue de l'or en barres. Je ne lui permettrai pas de se prêter à une exhibition qui détruirait cette image dans l'esprit de son public. Nous renoncerons plutôt au film.

— Permettez-moi de vous dire mon sentiment sur ce point, Susan, intervint Michael.

Il tourna presque toute son attention vers Bob Hart avant d'enchaîner :

— Bob est à un tournant de sa carrière. Il a brillamment exploité les filons du film policier, du western et du film d'action, mais il est arrivé à un point où il risquerait de se répéter en continuant exclusivement dans cette voie. S'il fait ce choix, même ses admirateurs et les critiques qui ont aimé ses films commenceront à se lasser. Autre chose : il y a longtemps qu'un scénario n'a pas mis réellement en valeur toutes les facettes du talent de Bob.

— C'est très vrai, dit Hart.

Sa femme lui lança un regard aigu. Michael poursuivit sur sa lancée :

— Bob a des ressources que son public ne connaît pas encore, et je peux vous assurer que ce film va en stupéfier plus d'un. Le Dr Madden est un personnage réservé mais extrêmement viril, d'une grande richesse psychologique. Il prouve son caractère en se dressant contre l'entraîneur qui a maltraité ses chevaux, et il témoigne d'une remarquable sensibilité dans les séquences où on le voit soigner des enfants. Et pourtant, il n'arrive pas à se déclarer à cette femme dont il craint qu'elle ne soit trop jeune pour lui. *Sauf* dans cette fameuse scène, terriblement émouvante, où il gagne à jamais le cœur de sa belle. Qu'est-ce qui cloche là-dedans ?

Susan Hart prit la parole :

— Vous avez assurément raison en ce qui concerne la scène avec l'entraîneur et celles avec les enfants, et il faut assurément que le docteur finisse par conquérir la jeune fille. Mais pourquoi diable doit-il *chanter* pour ce faire ?

— Parce qu'il est un incurable romantique, Sue, et parce qu'il s'agit d'un film incurablement romantique. C'est sa grande force, et c'est cela qui lui vaudra un énorme succès de bouche à oreille. Qu'y a-t-il de déshonorant à chanter ?

Susan se redressa pour répondre mais, fait rarissime, son mari la prit de vitesse :

— Ce ne serait pas la première fois que je chanterais.

Susan le regarda avec des yeux ronds.

— Quoi ?

— Longtemps avant de te rencontrer, ma chérie, j'ai suivi des cours de chant. À l'époque, je me croyais parti pour faire carrière dans le music-hall.

— Tu ne m'en as jamais parlé, dit-elle, abasourdie.

— L'occasion ne s'est pas présentée. Avant de rejoindre l'Actor's Studio, je cherchais surtout à décrocher un rôle dans une comédie musicale. C'est Lee Strasberg qui a décelé en moi un talent dramatique et qui m'a fait changer d'orientation.

— Nous pouvons tous l'en remercier, dit Michael. Permettez-moi de vous demander, Susan : connaissez-vous ce morceau de musique ?

— Non, et le problème n'est pas là.

— Je tiens à vous le faire écouter sur-le-champ. (Michael décrocha le téléphone.) Margot, faites entrer Anton et Hermann, je vous prie.

Anton Gruber et Hermann Hecht pénétrèrent dans le bureau et tout le monde s'installa pour écouter.

Anton joua une introduction, puis Hermann se mit à chanter. Pendant l'audition, Michael observa à la dérobée Susan Hart, mais son visage demeurait impénétrable. Lorsque Hermann eut terminé, chacun applaudit et les deux musiciens se retirèrent.

Michael se tourna vers Bob et Susan :

— Alors ?

— Je peux le chanter, dit Hart. C'est dans mes cordes. Évidemment, il faudra que je fasse des vocalises pour retrouver la forme.

— Susan ? s'enquit Michael.

— C'est beau, je vous l'accorde, mais pourquoi faut-il que ce soit en allemand ?

— Voici ce que je vous propose, Susan : filmons la scène, on décidera après. Je n'ai pas l'intention de ridiculiser Bob, croyez-moi. Si le résultat ne vous plaît pas, nous tournerons une scène de rechange.

— Tu te sens vraiment d'attaque pour ça ? demanda-t-elle à son mari.

Hart haussa les épaules.

— Essayons toujours.

— Très bien, dit Susan. Nous verrons ce que ça donne sur pellicule, puis nous déciderons. Mais personne – je dis bien : *personne* – ne doit voir la scène avant que nous ayons donné notre accord pour son utilisation.

— Ça me va, dit Michael. Eliot ?

— Ça me va aussi, dit Rosen.

C'était la première fois qu'il ouvrait la bouche.

— Pour les modifications du scénario, je vous rappellerai quand j'en aurai parlé avec Mark, dit Michael en levant la séance.

Après le départ des Hart, Eliot Rosen demanda :

— Vous croyez vraiment qu'elle acceptera la scène sans broncher ? Elle m'a l'air sacrément coriace.

— Fiez-vous à moi, dit Michael. En tout cas, grâce à cette discussion, elle n'a pas eu le temps de poser des questions sur vous.

— Cette scène commence à me plaire, dit Rosen.

30

Michael trônait au milieu de l'immense bureau de Leo Goldman, immergé dans une atmosphère d'adulation. Une centaine de gros pontes et de personnalités de l'industrie cinématographique – producteurs, patrons de studios, acteurs, réalisateurs, journalistes – remplissaient la pièce. Ils venaient d'assister à la première de *Nuits en ville*, et l'air ne bruissait que de louanges.

Maintenant que sa barbe avait complètement repoussé, Michael se sentait raisonnablement en sécurité dans cette foule. Néanmoins, pendant les dix premières minutes de la réception qui suivit la projection, il passa son temps à épier les gens qui l'entouraient. Aucun d'eux n'était l'homme à la Mercedes qui avait été témoin du meurtre de Daniel J. Moriarty. Aucun d'eux n'était la femme en bigoudis qui lisait son journal à ce moment-là de l'autre côté de la rue.

Il recevait les félicitations de l'un des plus célèbres réalisateurs d'Hollywood quand la secrétaire de Leo le tira par le coude.

— Qu'y a-t-il ? dit Michael en essayant de camoufler son irritation.

— L'agent de la sécurité vous demande au téléphone. Apparemment, il y a quelqu'un à la grille qui prétend vous connaître et qui insiste pour entrer.

Michael s'excusa auprès de son interlocuteur et alla prendre l'appel dans le bureau voisin.

— Monsieur Vincent, c'est Jim à l'appareil. Il y a là un certain Parish qui affirme être le réalisateur de votre film. Il veut assister à la projection.

Voilà qui tombait mal.

— Chuck Parish ? dit Michael.

— Celui-là même.

Michael réfléchit quelques instants, puis :

— Indiquez-lui où est mon bureau, Jim. Je vais le recevoir.

— Bien, m'sieur.

Michael raccrocha, sortit du bâtiment et se dirigea d'un pas vif vers son bungalow. Il arriva juste à temps pour voir Chuck Parish descendre d'une voiture de sport cabossée. À l'approche de Michael, Parish trébucha et s'étala de tout son long, laissant échapper son attaché-case qui rebondit par terre et s'immobilisa un peu plus loin.

Michael ramassa la serviette, puis aida le jeune homme à se relever. Il trouva que Parish avait une mine épouvantable.

— Attention, Chuck, tu aurais pu te faire mal.

— C'est cette foutue bagnole, je ne m'y fais pas. Elle appartient à un ami.

Michael déverrouilla la porte de son bungalow, fit la lumière et conduisit Chuck dans son bureau.

— Entre, dit-il. Tu as une vilaine égratignure au front. Je vais te soigner ça.

Il se dirigea vers le bar, versa un peu de vodka sur un mouchoir en papier et entreprit de tamponner la plaie jusqu'à ce qu'elle soit propre. L'odeur de l'alcool se mêla aux effluves de l'haleine de Chuck.

— Je pourrais en avoir un doigt dans un verre? demanda le jeune homme.

— Bien sûr.

Michael remplit un verre de glaçons et versa la vodka par-dessus.

— Tonic?

— La glace suffira.

Michael lui tendit le drink et le fit asseoir sur l'un des divans.

— Je ne te savais pas à Los Angeles. Pourquoi ne m'as-tu pas appelé?

— Ça fait deux semaines que je suis là, dit Chuck en avalant une grande rasade de vodka. Paraît qu'il y a une projection de mon film, ce soir?

— C'était cet après-midi. Elle est terminée depuis une heure. Si j'avais su que tu étais en ville, je t'aurais invité.

— Mauvais timing, comme d'habitude, soupira Chuck. Ça leur a plu?

— Les réactions ont été mitigées, mentit Michael.

— « Mitigées », hein? Autrement dit, c'est l'impasse?

— Trop tôt pour le dire.

— Comment va la charmante Vanessa ? demanda-t-il d'un ton amer.

— Bien, je suppose. (Michael s'empressa de changer de sujet.) Et toi, comment vont les affaires ? À quoi travailles-tu ?

— J'ai écrit un autre scénario, dit Chuck en fixant d'un air absent l'âtre où ne brûlait aucun feu.

— Bravo ! Ça m'intéresserait de le lire.

Chuck ouvrit son attaché-case et jeta sur la table basse un manuscrit relié. Michael regarda la couverture.

— *Suite et fin.* Bon titre. Ça parle de quoi ?

— Je préférerais que tu découvres l'histoire par toi-même.

— D'accord. Je tâcherai de le lire ce week-end.

— Je ne peux pas attendre si longtemps.

— Pardon ?

— Je veux te le vendre maintenant.

— Mais je ne l'ai même pas lu !

— Il est encore meilleur que *Nuits en ville*, dit Chuck. Tu peux me croire sur parole.

— Je n'en doute pas, mais je ne peux pas l'acheter sans l'avoir lu.

— Pourquoi donc ? N'aurais-tu aucune autorité dans ce studio ? J'ai peine à croire que tu aies signé un contrat qui ne t'installe pas aux leviers de commande.

— J'ai l'autorité nécessaire, Chuck, mais ne trouves-tu pas un peu indélicat de me demander de l'acheter les yeux fermés ?

— J'ai besoin d'argent.

Michael fut interloqué.

— La dernière fois que je t'ai vu, Chuck, tu avais plus de sept cent cinquante mille dollars en liquide. Et tu as *besoin* d'argent ? Qu'entends-tu par là ?

— J'en ai besoin, c'est tout.

— Pour quoi faire ?

— Il y a des types qui me tannent.

— Des types de quel genre ?

— Très insistants.

— Qu'as-tu fait de tout ton argent, Chuck ?

— Bof... j'ai fait deux investissements malheureux et j'ai misé sur des canassons trop lents. Et puis il y a cette petite fée blanche qui m'a coûté très cher. Je suis devenu accro.

— La coke ?

Chuck acquiesça.

— Seigneur, murmura-t-il, je ne comprends pas comment l'argent a pu filer si vite...

— J'aurais pensé que l'exemple de Carol Geraldi te dissuaderait de toucher à la coke.

— Écoute, ça va se tasser. Je commence une cure de désintoxication la semaine prochaine ; j'ai réservé une place dans une clinique, sur la côte. Il faut juste que je rembourse quelques dettes et que je puisse tenir le coup en attendant la cure, tu comprends ?

Michael feuilleta rapidement le scénario. On ne pouvait juger de sa valeur en quelques secondes, mais au moins semblait-il bien présenté. Et Chuck Parish était un écrivain plein de talent.

— Combien en demandes-tu ?

— Je n'en sais trop rien. Je dois plus de cinquante mille dollars à un requin, et j'ai une ou deux relations qui m'en réclament encore trente mille.

« Bon Dieu, pensa Michael, il est dans de beaux draps. »

— Un quart de million, mettons ?

— Allons, Chuck...

— Je sais, je sais, tu ne l'as pas encore lu. Mais crois-moi, Michael, c'est mon meilleur scénario. Il est sensationnel.

— Dans combien de temps veux-tu l'argent ?

— Maintenant.

— Maintenant ? Mais enfin, Chuck, il est neuf heures du soir ! Je ne peux pas faire signer un chèque à cette heure-ci.

— Demain à la première heure, alors ?

— Je ne peux pas te payer deux cent cinquante mille dollars les yeux fermés.

— Combien ?

— Tu dois vraiment quatre-vingt mille billets à ces gens-là ?

— Minimum.

— Écoute, Chuck, je veux bien t'en donner cent mille dollars, chat en poche.

— Je prends, dit Chuck sans hésitation.

Michael alla chercher dans son bureau un contrat standard, tout préparé, et revint s'asseoir sur le divan. Il posa le document sur la table basse et tendit à Chuck un stylo.

— Signe ici, dit-il en pointant l'index.

— Il y a beaucoup de blancs.

— Je les remplirai plus tard.

— Quand est-ce que j'aurai l'argent ?

— Je m'occuperai de ton chèque dès demain matin.

— Il me faut du liquide, pas un chèque.

— Bon, d'accord. Retrouve-moi à la banque du studio, au coin de Wilshire et de Beverly Glen, à... onze heures, disons. Non : plutôt midi.

— Midi. Tu y seras, promis ?

— Naturellement.

Chuck signa le contrat, que Michael rangea aussitôt dans un tiroir de son bureau.

— J'aimerais pouvoir bavarder plus longtemps avec toi, Chuck, mais on m'attend ailleurs.

— Je tiens à réaliser moi-même le film, dit Chuck en se levant.

— Je le voudrais bien, mais je ne peux pas m'engager formellement sur ce point.

— Où est mon exemplaire du contrat ?

— Je te l'apporterai à la banque, dûment complété. À présent, Chuck, il faut que je te quitte.

Ils se serrèrent la main et Michael le raccompagna à sa voiture.

— Demain midi, dit Chuck.

— Demain midi.

« Compte là-dessus ! pensa Michael en le saluant de la main. Il faudrait vraiment que ton scénario soit de l'or en barres. »

Il retourna dans le bureau de Leo pour dire bonsoir à tous les invités, après quoi il regagna son bungalow, prit un bloc-notes et un stylo, ajusta la lampe d'architecte et s'allongea sur le divan. « Et maintenant, se dit-il en ouvrant le script, voyons ce que ça vaut. Si c'est nul, Chuck pourra m'attendre longtemps à la banque ! »

Deux heures plus tard, Michael posait le scénario et parcourait ses notes. Chuck avait dit vrai : certes, le script avait besoin d'être remanié – Michael pourrait s'en charger lui-même – mais il était sensationnel. *Suite et fin* serait son prochain film, aussitôt après *Printemps Pacifique*.

Il rentra chez lui, le cœur en fête.

31

Le lendemain matin, Michael se rendit de bonne heure à son bureau pour rédiger le contrat de Chuck. Dès que Margot arriva, il lui donna l'exemplaire signé en lui demandant de remplir les blancs, après quoi il appela Leo Goldman.

— Super, la projection, hein ? gloussa Leo.

— Ça s'est pas mal passé, oui.

— *Pas mal* ? Ça s'est formidablement bien passé, fiston ! Je flaire déjà les nominations aux Oscars !

— Je suis heureux de l'entendre.

— Comment se présente *Printemps Pacifique* ?

— Au mieux. Nous aurons très bientôt un scénario terminé.

— Par « terminé », vous entendez approuvé par Susan Hart ?

— En effet.

— Beau travail. Elle n'est pas facile à amadouer, mais vous la manœuvrez à merveille. Laissez-moi vous donner un tuyau concernant les Hart : Bob est beaucoup plus fragile qu'il n'en a l'air. Il a déjà suivi deux cures de désintoxication ; il tient le coup pendant quelque temps mais, dès qu'il doit affronter un rôle qui l'angoisse, il se remet à picoler. Il a un faible particulier pour les grands crus français. Il y a quelques mois, Susan l'a poussé à vendre aux enchères toute sa cave, et la vente a rapporté plus d'un million de dollars. Il avait la plus grande collection de bordeaux rouges 1961 des États-Unis ; il les collectionnait depuis des années. Je lui ai moi-même acheté quelques bouteilles, avant la vente publique, mais je ne peux pas les servir à table quand les Hart viennent dîner. Bob est incapable de résister à un Mouton Rothschild.

— Il m'a paru très sûr de lui lors de notre première réunion de travail. Un homme qui sait ce qu'il veut et qui ne s'écrase pas devant sa femme.

— C'est un acteur, et un bon, ne l'oubliez pas. Susan n'est pas un monstre ; elle veut juste éviter à Bob les situations qui risqueraient de le faire rechuter. Elle se donne beaucoup de mal pour ça. Quand vous commencerez à tourner, quoi que vous fassiez, ne laissez pas Bob s'approcher d'un verre de vin.

— Je m'en souviendrai, dit Michael.

Et comment, qu'il s'en souviendrait !

— Vous avez une idée de ce que vous ferez après *Printemps Pacifique* ?

— Je vous appelais justement à ce propos, Leo. J'ai acheté un scénario pas plus tard qu'hier soir.

— Qu'est-ce que c'est ?

— Il s'appelle *Suite et fin*, et il raconte l'histoire d'une partie de poker entre amis où trois des joueurs complotent pour pigeonner l'un des autres.

— Qui l'a écrit ?

— Chuck Parish, l'auteur de *Nuits en ville*.

— Bonne référence. Combien l'avez-vous payé ?

— Deux cent mille dollars. Il en vaudrait cinq cent mille si un agent le vendait au plus offrant.

— Génial !

— Un détail, Leo : Chuck est dans la mouise et voudrait son argent en liquide. Je lui ai promis de le retrouver ce matin à la banque avec un chèque qu'il pourra encaisser immédiatement.

— Avez-vous un contrat signé ?

— Ouais.

— Avez-vous mis le scénario en lieu sûr ?

— Oui.

— Je vais demander à la comptabilité de vous établir le chèque. J'appellerai aussi la banque pour qu'ils préparent la somme.

— Dites-leur que nous voudrions effectuer la transaction dans une pièce privée.

— O.K. Vous ne voulez pas que je lise le scénario, fiston, avant de vous lancer ?

— Je serai ravi que vous le lisiez quand je l'aurai un peu remanié mais, croyez-moi, ce n'est pas nécessaire pour l'instant. Je ne veux pas non plus prendre d'option dessus.

— Je me fie à votre jugement, fiston. Le chèque sera prêt dans une heure.

Michael se présenta à la banque à onze heures et demie, muni de son attaché-case et d'une serviette en plastique. Il demanda à voir le directeur de l'agence et se fit connaître.

— Heureusement que vous avez appelé avant, dit le directeur. Il nous faut un certain temps pour réunir une telle somme en espèces.

Michael lui remit les deux sacoches.

— Demandez à votre caissier de mettre cent mille dollars dans chacune, dit-il. J'attends un certain Mr Parish. Je vous donnerai le chèque endossé dès qu'il sera là.

— Vous avez bien fait d'en apporter deux, dit le directeur en prenant les sacoches. La plus grosse partie de la somme est en billets de vingt et de cinquante ; nous n'avions pas beaucoup de billets de cent.

Il conduisit Michael dans une salle de conférence et repartit avec les serviettes. Cinq minutes plus tard, il était de retour.

— Je ne peux pas vous remettre l'argent avant d'avoir le chèque, bien entendu.

— Bien entendu, approuva Michael. Que diriez-vous de le garder dans votre bureau jusqu'à ce que j'aie le chèque endossé par Mr Parish ?

— Volontiers, dit le directeur en emportant les deux sacoches.

Lorsque Chuck arriva, à midi moins cinq, on l'introduisit dans la salle de conférence. Il ne s'embarrassa pas de civilités :

— Tu as l'argent ?

Michael sortit une enveloppe de la poche intérieure de sa veste.

— J'ai le chèque sur moi. Tu n'as plus qu'à l'endosser.

Il posa le chèque sur la table, face imprimée au-dessous, et tendit à Chuck un stylo.

— Tiens, signe ici.

Les mains tremblantes, Chuck signa en toute hâte. Il avait la mine encore plus défaite que la veille au soir.

— Je reviens tout de suite, dit Michael.

Il se rendit dans le bureau du directeur de l'agence en annonçant :

— Voici votre chèque endossé.

Le directeur examina un instant la signature avant de demander :

— Ai-je votre assurance que cet homme est bien Mr Chuck Parish ?

— Vous l'avez.

Le directeur lui remit l'attaché-case et la serviette en plastique.

Michael regagna la salle de conférence, posa son

attaché-case par terre et la serviette en plastique sur la table.

— Vérifie que le compte y est, dit-il.

Chuck ouvrit la sacoche, fourragea dedans et la referma aussitôt.

— Ça m'a l'air O.K. Je te fais confiance.

— Tout est en règle. (Michael sortit d'autres papiers de la poche de sa veste.) Voici ton exemplaire du contrat avec ma signature.

Il tendit le document à Chuck, qui l'empocha distraitement. Michael lui présenta ensuite une feuille qu'il posa sur la table.

— Tu me signes un reçu, et après l'argent est à toi.

Chuck signa le reçu sans le regarder et se leva.

— Merci, je file.

— Avant de partir, Chuck, il y a une chose que tu dois savoir.

— Ouais ?

— La somme indiquée sur le contrat et sur le reçu est de deux cent mille dollars.

— Quoi ?

— J'ai inscrit ce chiffre pour certaines raisons personnelles. Officiellement, je t'ai donné et tu as reçu deux cent mille dollars.

— Je ne comprends pas.

— Ne t'inquiète pas, ça te permettra de faire grimper les enchères dans cette ville. Tu pourras montrer aux producteurs un contrat prouvant que tu as été payé deux cent mille dollars et non cent mille. Et si jamais on t'interroge à ce sujet, tu auras tout intérêt à dire que tu as touché deux cent mille dollars.

— Est-ce que tu m'escroquerais, par hasard, Michael ?

— Chuck, si tu t'avises encore de me dire – à moi ou à qui que ce soit d'autre – ce genre de chose, tu pourras considérer notre collaboration comme terminée. Si tu t'estimes lésé d'une manière quelconque, tu n'as qu'à reposer cette sacoche sur la table, je te rendrai ton contrat et nous en resterons là.

Il attendit une réponse.

— Je m'estime satisfait, Michael. Après tout, qui d'autre me donnerait cent mille dollars pour un scénario qu'il n'a même pas lu ?

— Très juste, Chuck. (Michael sourit.) Dis-toi bien que, toi et moi, nous sommes dans la partie pour longtemps. Nous avons déjà gagné pas mal d'argent ensemble, et nous en gagnerons bien davantage.

Chuck lui serra la main et partit. Au bout de cinq minutes, Michael prit son attaché-case et sortit à son tour, saluant de la tête le banquier au passage.

Il monta dans la Porsche et se rendit à sa banque, la *Kensington Trust*. Derek Winfield le reçut dans son bureau.

— Je voudrais faire un versement, lui dit Michael.

— Certainement. Je vais passer ça au compteur de billets pour vérifier le total.

Il sortit, l'attaché-case à la main. Lorsqu'il revint, quelques minutes plus tard, il tendit à Michael la serviette vide et un reçu.

— Désirez-vous autre chose ?

— Je voudrais connaître le solde de mon compte, dit Michael.

— Tout de suite.

Winfield sortit de sa poche une clef qu'il introduisit dans un terminal d'ordinateur, sur son bureau. Il frappa quelques touches d'un clavier, regarda l'écran, puis se remit à taper. Sur une table voisine, une imprimante émit un bourdonnement et cracha une feuille de papier. Winfield la prit et la tendit à Michael.

— Les intérêts sur les gains de la semaine dernière vous seront crédités demain, dit-il. Ce montant n'est pas compris dans le solde.

Michael jeta un coup d'œil sur le papier et sourit.

— Merci, je suis très satisfait.

— Vous m'en voyez ravi, répondit Winfield. Et le versement d'aujourd'hui fera les gains de demain.

Michael quitta la banque en sifflotant. Il ne voyait pas comment ça aurait pu aller mieux.

32

L'agent spécial Thomas Carson, du bureau du FBI de Los Angeles, se pencha par-dessus le comptoir et pressa les écouteurs contre ses oreilles. Alignés sur le comptoir de trois mètres cinquante de long, une demi-douzaine de magnétophones à bobines tournaient spasmodiquement.

— C'est la deuxième fois qu'il va à la banque, dit le technicien en augmentant légèrement le volume pour permettre à Carson de mieux entendre.

— Qu'est-ce qui s'est passé la première fois ? Rappelez-le-moi.

— Si je me souviens bien, il a déposé une grosse somme d'argent, mais il vous faudra consulter les transcriptions pour en avoir le cœur net. Le nom de Callabrese figure dans le fichier central pour ce rendez-vous, et on devrait déjà avoir les références croisées.

— Merci, Ken, dit Carson. Je vais me renseigner sur Mr Callabrese.

Il alla aux archives, trouva le nom et se reporta à la date de l'écoute. Cela fait, il alla chercher dans un autre classeur la transcription de l'enregistrement. Il s'assit pour lire le document en long et en large, après quoi il relut le dossier concernant la *Kensington Trust*. La réunion hebdomadaire avec le patron du bureau devait se tenir dans quelques minutes, et Carson n'avait pas grand-chose à raconter; cette histoire lui donnerait au moins l'occasion d'ouvrir la bouche. Il se rendit à la salle des ordinateurs, demanda un «profil» de Vincente Callabrese et attendit la sortie sur imprimante. Il n'était pas le premier, nota-t-il dans le fichier central : un policier de Los Angeles, un certain Rivera, était passé avant lui. Il l'appela au téléphone.

— Ici Tom Carson, du FBI.

— Salut.

Réponse peu enthousiaste. Pourquoi les flics détestaient-ils à ce point les agents du FBI ? C'était une chose qu'il n'arrivait pas à comprendre.

— Je viens d'interroger l'ordinateur sur un dénommé Vincente Callabrese, et j'ai vu que vous m'aviez précédé. Qu'est-ce que vous avez sur lui ?

— On a relevé ses empreintes dans une voiture qui a servi pour un meurtre. Un mafioso de Vegas, un certain Ippolito, a renversé un type avec une Cadillac volée. Un contrat. Les empreintes de Callabrese étaient sur le tableau de bord.

— Et qu'est-ce que vous en déduisez ?

— J'en déduis qu'il était dans la voiture. Un témoin a déclaré qu'il y avait un passager.

— Et ça vous mène où ?

— Nulle part, répondit Rivera. L'ordinateur n'a rigoureusement rien sur ce type, aucun document d'aucune sorte. Tout ce que je peux faire, c'est activer son dossier et attendre qu'il se fasse arrêter. Ça arrivera tôt ou tard, comme toujours.

— Exact, sergent Rivera. Merci pour votre aide.

— Holà, minute ! Je vous ai passé mes tuyaux, filez-moi les vôtres.

— Oh ! on en sait encore moins que vous, dit Carson.

Avant de raccrocher, il entendit Rivera lâcher un juron.

Il s'arrêta à son bureau pour vérifier ses messages. Puis, fourrant le dossier sous son bras, il longea le couloir jusqu'au vaste bureau en angle qui abritait son chef. Les responsables de deux autres unités – «Enquêtes» et «Personnel» – étaient présents. Carson, lui, était responsable de l'unité « Surveillance ».

Carson endura en silence le rapport sur le personnel et écouta avec intérêt celui sur les enquêtes. Puis ce fut son tour.

— Qu'est-ce que vous avez pour moi, Tom ?

— Si vous vous rappelez, chef, nous avons mis sur écoutes en mai dernier les bureaux de la *Kensington Trust*.

— Non, je ne m'en souviens pas, répondit le chef d'un ton sec. C'est quoi, bon Dieu, la *Kensington Trust* ?

Carson allait avoir intérêt à bien présenter son sujet.

— C'est une banque d'investissements qui a son siège à Londres et des agences aux quatre coins du monde.

— Et alors ?

Le chef consulta sa montre. Il avait travaillé à une époque au service du grand banditisme, et les affaires financières l'ennuyaient prodigieusement. En revanche, Carson le savait, il aimait tout ce qui avait trait à la Mafia.

— Nous les soupçonnons depuis longtemps d'être une grosse entreprise de blanchiment d'argent, mais ils sont très rusés ; on n'a pas encore réussi à les prendre la main dans le sac. (Avant que le chef ait pu l'interrompre, il s'empressa d'ajouter :) Néanmoins, nous pensons maintenant qu'il existe un lien significatif avec La Cosa Nostra.

Subitement, le chef fut tout ouïe.

— Ah ? Racontez-moi ca.

— Il y a quelques mois, un nouveau client s'est pointé à la *Kensington*. Un nommé Callabrese.

— Et il est mafieux ?

— Nous pensons que oui.

Carson avait fort peu d'éléments à l'appui de cette conclusion mais, pour la première fois depuis des semaines, il avait l'attention de son chef. Il n'allait pas laisser passer l'occasion.

— À la première de ses deux visites à la *Kensington,* Callabrese a ouvert un compte d'investissements. Il a déposé sept cent soixante mille dollars : cent mille dollars en liquide, le reste sous la forme d'un chèque certifié émis par une banque new-yorkaise.

— Quelle banque ?

— Nous l'ignorons. Pour le savoir, il nous faudrait réquisitionner leurs dossiers, et je ne pense pas que ce soit utile pour le moment.

— Continuez.

— Callabrese a demandé spécifiquement que son argent soit placé – je cite – « sur le marché gris ».

— Crénom, Carson, c'est une expression courante dans les milieux financiers ! Où est la grosse affaire ?

— Il faudrait que vous écoutiez les enregistrements pour saisir les nuances, chef, mais il ne parlait manifestement pas de la Bourse. Il a dit qu'il espérait un rendement de trois pour cent par semaine, et le directeur de la *Kensington* lui a assuré que c'était faisable.

Le chef opina du bonnet.

— Ça ressemble fort à du prêt usuraire, dit-il, mais nous n'avons pas suffisamment d'éléments pour le prouver, n'est-ce pas ?

— Pas encore, chef. De toute façon, même si nous en avions, je ne lèverais pas le petit doigt. Je pense que la *Kensington* est intéressante dans la mesure où elle peut nous conduire à une grosse organisation criminelle. Elle est pour nous une filière d'informations, pas une cible en soi.

— Je vois votre raisonnement, dit le chef en hochant la tête. Combien de temps nous reste-t-il, pour les écoutes ?

— Trois semaines.

— Avons-nous un juge coopératif ?

— Cooper. Il est très compétent.

— Attendez deux semaines et demandez une prolongation de six mois, dit le chef. Je signerai la requête.

— À vos ordres ! dit Carson, tout joyeux.

C'était exactement ce qu'il avait souhaité. Il détestait voir expirer une ordonnance de mise sur écoutes ; ça la fichait mal.

— Que s'est-il passé à la seconde visite de Callabrese ? s'enquit le chef.

— Il a déposé encore cent mille dollars en liquide.

— C'est un truand, à tous les coups. Personne ne se balade avec une pareille somme en billets.

— La première fois, il a parlé d'une relation à New York, mais sans citer de nom. Je suis prêt à parier qu'il est lié à la Mafia.

— Avec un nom comme Callabrese ? C'est évident. Vous avez interrogé l'ordinateur à son sujet ?

— Oui. Il est fiché, mais on n'a pas grand-chose sur lui. Il a été arrêté pour un délit mineur voici onze ans, mais rien depuis lors. J'ai eu au bout du fil un policier de la brigade criminelle de Los Angeles qui s'est intéressé à lui récemment. Il en ressort que les empreintes de Callabrese ont été relevées sur une voiture volée qu'un mafioso de Las Vegas avait utilisée pour un contrat. En vérifiant ses antécédents, on s'est aperçu qu'on n'avait rien sur Callabrese – pas le moindre document le concernant.

— Alors c'est un mafieux, et apparemment pas un second couteau, dit le chef avec excitation. Avez-vous demandé une photo ?

— Il n'y en a pas une seule dans les fichiers. Le commissariat local a dû foirer quelque part. Cela étant, j'ai activé son dossier. S'il se fait arrêter, je serai aussitôt prévenu.

— Ajoutez Callabrese sur la liste des individus à surveiller, dit le chef. Je veux que son nom soit contrôlé, tant pour les opérations bancaires que pour les prêts usuraires.

— Entendu.

Le chef se leva.

— Je vous remercie, messieurs. À la semaine prochaine, même heure.

Carson regagna son bureau, très content de lui. Il ne risquait pas d'entendre parler de Callabrese avant un bon bout de temps, mais c'était un nom qu'il pourrait ressortir aux réunions hebdomadaires dans les semaines à venir.

— Merci, Vincente Callabrese, dit-il, où que tu sois.

33

La sonnerie du téléphone réveilla le sergent Ricardo Rivera. Il roula sur le côté et regarda la pendulette de chevet. Six heures et demie. Et il ne devait prendre son service qu'à onze heures. Merde !

— Allô ?

— Bonjour, Ricky.

Il aurait dû s'en douter.

— Cindy, dit-il d'un ton exaspéré, pourquoi diable m'appelles-tu à six heures et demie du matin ?

— Je pense que tu le sais, dit-elle.

— Nom d'un chien, je ne commence qu'à onze heures aujourd'hui ! J'avais encore trois heures à roupiller.

Elle avait vécu avec lui suffisamment longtemps pour savoir que, une fois réveillé, il ne pouvait plus se rendormir.

— Désolée, je voulais être sûre de te joindre.

— Comment va Georgie ?

Il détestait ce prénom, mais Cindy avait insisté pour baptiser leur fils comme son grand-père maternel. Le sergent, pour sa part, trouvait que « George Rivera », ça ne collait pas.

— Il s'est cassé un doigt hier en jouant au football.

— Tu es sûre qu'il est cassé ?

— Évidemment que j'en suis sûre ! Aux urgences, ils lui ont mis un plâtre. Il devra le garder pendant six semaines.

Rivera ne put s'empêcher de sourire. Il avait eu le bras dans le plâtre, autrefois, et ça lui avait bien servi auprès des filles.

— J'ai dû faire un chèque pour l'hôpital, dit Cindy.

Il se prépara au pire.

— Combien ?

— Trois cent vingt dollars.

— Bonté divine ! C'est à croire qu'il s'est cassé les reins !

— Il a fallu lui faire une radio et tout le tremblement. Ce n'est pas exagéré, quand on voit ce que coûtent aujourd'hui les soins médicaux.

— Avais-tu cette somme sur ton compte ?

— C'est pour ça que je t'appelle. Il faut que je fasse aujourd'hui un versement pour couvrir le chèque, et je n'ai pas de quoi.

— Ils n'auront qu'à le refuser une fois. Je touche ma paie après-demain.

— Pas question, Ricky. Je ne peux pas me permettre un découvert bancaire maintenant que je suis toute seule. Le jugement de divorce stipule que les frais médicaux sont à ta charge.

— Bon, d'accord. Je passerai à la banque tout à l'heure, en allant au boulot.

— Merci, dit-elle. Et... Ricky ?

— Ouais, tu auras ton chèque dans les délais, t'inquiète pas.

— C'est bien vrai, Ricky ?

— Oui, je t'assure.

— Parce que tu as déjà été en retard trois fois. Ça m'a sacrément compliqué la vie, tu sais.

— Tu l'auras à temps.

— Mon avocat m'a conseillé, si tu as encore du

retard, de ne pas te laisser voir Georgie ce week-end.

— Tu me prives du gosse, maintenant ?

— Pas si je reçois le chèque en temps voulu, dit-elle.

— Tu l'auras, c'est promis.

— Et tu me promets de déposer l'argent ce matin ?

— Oui, promis.

— Merci, Ricky. À ce week-end.

Rivera sortit du lit et fourragea dans son bureau jusqu'à ce qu'il ait trouvé son chéquier. Il avait un solde créditeur de trois cent trente et un dollars. Lorsqu'il aurait fait le chèque, il lui resterait onze dollars sur son compte. Il retourna les poches de son pantalon : douze dollars en tout. Ça, c'était pour ses dîners devant la télé en attendant sa paie. Il s'assit à son bureau, prit une poignée de factures dans le tiroir du haut et fit le total sur sa calculatrice. Déduction faite des factures et du chèque de Cindy, il lui resterait un peu moins de cent dollars pour tenir jusqu'à la paie suivante.

Depuis leur divorce, un an auparavant, il n'avait plus d'argent. Même sa petite part des économies du ménage avait été grignotée par les factures les plus courantes. Il n'arrivait pas à joindre les deux bouts, c'était un fait.

Du temps de leur vie commune, ils avaient eu une existence décente : jolie petite maison dans la Vallée et deux voitures. Cindy avait gardé la maison et le break mais, évidemment, c'était lui qui remboursait les prêts sur les deux. Ils avaient bien amassé quelques économies, mais le juge en avait accordé la plus grande partie à Cindy. Rivera connaissait son ex-femme : s'il ne lui payait pas sa pension rubis sur l'ongle, elle demanderait la garde exclusive du petit – et elle l'obtiendrait probablement.

Il poussa un gros soupir. Il barbotait dans un océan d'emmerdes, et la baignade ne lui plaisait pas.

Il arriva au commissariat de bonne heure, après s'être arrêté à la banque pour déposer les trois cent vingt dollars sur le compte de Cindy. Il trouva sur son bureau un message de Chico lui demandant de rappeler, mais Rivera préféra aller le voir directement.

Chico était penché sur le négatif d'une empreinte de pouce, qu'il examinait attentivement à la loupe. Rivera attendit qu'il eût terminé pour lui adresser la parole :

— Comment va, *amigo* ?

— Et toi, Ricardo, mon garçon ?

— Ça boume. Tu as quelque chose pour moi ?

— Ouais. Désolé d'avoir été si long.

— Pas grave, il n'y avait rien d'urgent. De toute façon, c'est officieux ; je veux juste satisfaire ma curiosité.

Chico plongea la main dans un tiroir et en sortit un sachet en plastique contenant un objet argenté, de forme allongée. Une fiche d'empreintes digitales y était agrafée.

— L'index droit coïncide, dit-il. C'est bien ce que tu voulais ?

— Disons que ça confirme mon intuition, répondit Rivera d'un ton désabusé. En réalité, ça ne m'avance à rien. Je ne peux pas prouver à quel moment il a laissé ses empreintes à cet endroit.

— C'est la vie, dit Chico.

Rivera prit le sachet que son collègue lui tendait.

— Merci, *amigo*. Je te revaudrai ça.

Il regagna son bureau, en proie à une intense excitation. Il le tenait, ce fils de pute, il l'avait à sa merci ! À présent, il avait de quoi procéder à une arrestation et à une séance d'identification.

Il s'assit dans son fauteuil et examina le problème sous tous les angles. S'il jouait bien ses cartes, il avait toutes les chances de voir la lumière au bout de son tunnel personnel. Il décrocha le téléphone et composa un numéro.

— Allô ? Ici le sergent Rivera, de la police de Los Angeles. Je voudrais le voir dès que possible.

— Ne quittez pas, dit la femme.

— Michael, j'ai encore ce sergent Rivera au téléphone. Il veut vous voir le plus tôt possible.

Michael réfléchit quelques instants avant de répondre :

— Margot, vous vous rappelez quand j'ai perdu mon ouvre-lettres, l'autre jour ?

— Oui.

— Où l'avez-vous retrouvé ?

— En fait, je ne l'ai pas retrouvé. Je suis allée vous en chercher un autre au service des fournitures.

— Je vois, dit-il. Demandez au sergent Rivera s'il est libre pour déjeuner.

34

Michael arriva sur la plage avec une demi-heure d'avance. Il avait emprunté à Margot sa petite BMW, qu'il gara tout au bout du parking, seule dans son coin. Il descendit de voiture et, patinant dans le sable, se dirigea vers la mer. À mi-chemin, il s'arrêta pour regarder l'autoroute, derrière lui. Il n'y avait pas beaucoup de monde sur la plage à cette heure-ci, en pleine semaine ; ça se présentait bien. À deux cents mètres au nord se dressait un petit blockhaus en béton abritant des WC. Il y entra et visita les toilettes pour hommes : trois urinoirs, deux cabines et un lavabo. Il tendit la main dans son dos pour mettre bien en place le pistolet glissé sous sa ceinture, après quoi il sortit du bâtiment et regagna le parking.

Rivera fut à l'heure. Michael le regarda garer sa voiture et venir à sa rencontre. Il lui sourit, la main tendue.

— Content de vous voir, dit-il. Merci d'avoir accepté de me retrouver ici. C'était beaucoup plus pratique pour moi.

Rivera acquiesça sans un mot.

— Promenons-nous un peu tout en bavardant, dit Michael.

Il longea la plage en direction des toilettes, et Rivera régla son pas sur le sien. Ils avaient le vent dans le dos.

— Qu'est-ce qui se passe ? s'enquit Michael. Du nouveau dans votre affaire ?

— C'est drôle que vous m'en parliez, dit Rivera. En fait, elle est résolue. Je l'ai bouclée ce matin.

Michael sentit son estomac se soulever.

— Félicitations ! Racontez-moi ça.

— Vous voulez la version détaillée, ou simplement la conclusion ?

— Donnez-moi tous les détails.

Encore cent mètres jusqu'aux toilettes.

— Voilà comment je vois les choses. (Rivera ahanait un peu ; c'était pénible de marcher dans le sable fin.) Notre Callabrese est natif de New York, où il était une sorte de mafioso. Ces types-là ont toujours de fausses pièces d'identité – carte de sécurité sociale, permis de conduire, tout le toutim –, ce qui explique qu'il n'existe aucun document sur Callabrese sous son véritable nom. Un beau jour, Callabrese se prend d'amour pour Los Angeles. Il vient ici et se lance dans un métier respectable, où il se débrouille fort bien. Mais voilà que Moriarty se met en travers de son chemin. L'avocat détient quelque chose que Callabrese veut à tout prix, or Moriarty n'est pas vendeur. Ça ne plaît pas à Callabrese, qui retrouve ses anciens réflexes. Il appelle un ami, lequel appelle à son tour un ami de Vegas, lequel envoie Ippolito à Los Angeles pour s'occuper de Moriarty. Ippolito vole une Cadillac, retrouve Callabrese quelque part, sans doute pour se faire désigner sa victime, et ils se garent dans la rue de Moriarty en attendant qu'il pointe son nez. Quand l'avocat sort de chez lui pour prendre sa voiture, Ippolito le renverse, puis rebrousse chemin à pied pour l'achever d'un coup de couteau. Resté dans la Cadillac, Callabrese observe toute la scène, et deux voisins le reluquent tout à loisir.

Cinquante mètres jusqu'aux toilettes.

— Ouais, continuez.

— Ensuite, Callabrese et Ippolito se séparent. Là-dessus, quelqu'un – un troisième homme, sans doute – emmène Ippolito dans le désert et le refroidit pour l'empêcher de dénoncer un jour son commanditaire. Seulement voilà, Callabrese a fait une stupide erreur : il a laissé ses empreintes sur le tableau de bord de la Cadillac.

— Comment comptez-vous le retrouver ? demanda Michael. Plus que vingt mètres. Personne en vue.

Rivera s'arrêta et se tourna vers lui :

— Je crois savoir où je peux lui mettre la main au collet.

Michael le prit par le bras et le poussa doucement en avant.

— J'ai envie de pisser, dit-il.

Rivera se remit en marche et poursuivit ses explications :

— Il ne me reste plus qu'à arrêter ce type, lui prendre ses empreintes et le soumettre à une séance d'identification. J'ai une empreinte très nette qui prouve que Callabrese était dans la voiture, et deux témoins oculaires qui pourront témoigner qu'il était sur les lieux du crime. Bingo ! Il sera inculpé de meurtre au premier degré. La peine de mort existe encore en Californie, vous ne l'ignorez pas.

Plus que dix mètres.

— J'ai besoin de m'arrêter une minute, dit Michael.

Il pénétra dans les toilettes et prit un urinoir. Rivera le suivit et fit de même. Parfait. C'était risqué, certes, mais il n'y avait pas d'autre moyen. Michael remonta la fermeture éclair de sa braguette, s'écarta de l'urinoir et porta sa main droite au creux de ses reins.

À cet instant, la porte grinça et un homme entra, accompagné d'un petit garçon. D'où sortaient-ils, bordel ? Michael fit semblant de rentrer son pan de chemise dans son pantalon. Rivera s'approcha du lavabo, se lava les mains et sortit des toilettes. Michael lui emboîta le pas. Qu'est-ce qu'il allait faire, maintenant ? Il se remit en marche vers le parking. Il allait devoir agir dans la voiture ; peut-être était-ce mieux ainsi, après tout.

Les deux hommes cheminèrent un moment en silence, puis Rivera reprit :

— Donc, je tiens mon homme. Vous croyez qu'il y a là de quoi faire un film ?

— Possible, dit Michael.

— Le cinéma est un métier qui m'a toujours intéressé, dit Rivera.

— Ah oui ? Qu'est-ce qui vous intéresse en particulier ?

« Peut-être y a-t-il une autre solution », pensa-t-il.

— Ma foi... la production, le suivi des projets, ce genre de choses.

— Vous me paraissez très doué pour ça, euh... quel est votre prénom ?

— Ricardo. Mes amis m'appellent Rick.

— Eh bien ! Rick, il y a toujours de la place pour de nouveaux talents dans l'industrie du cinéma.

— Je l'espérais bien un peu, Michael. D'ailleurs, j'ai remarqué qu'il y avait deux bureaux vides dans votre bungalow.

— C'est exact, j'embauche encore. Je vais avoir besoin d'un assistant de production et peut-être d'un producteur délégué. Ça vous tenterait ?

— Je ne dis pas non.

— Pensez-vous avoir des qualifications pour ce job ? s'enquit Michael.

— Ma foi, j'ai travaillé sur un tas d'affaires intéressantes qui feraient d'excellents scénarios. Et je pourrais servir de conseiller technique pour les films policiers.

— C'est très précieux, dit Michael, d'autant que vous êtes manifestement un type brillant. Vous pourriez faire une très belle carrière dans ce métier.

Ils étaient presque arrivés à la voiture de Rivera.

— S'agit-il d'une proposition ? demanda le policier.

— Il faudrait que je sois sûr d'y gagner quelque chose, répondit Michael.

— Puis-je parler en toute franchise ?

— Certainement. J'apprécie la franchise.

— Pour commencer, vous seriez toujours dans l'industrie du cinéma.

— Qu'est-ce qui me prouve que ma position ne serait pas menacée ?

— Vous auriez ma garantie personnelle.

— Mais comment pourriez-vous me garantir une telle chose ?

— Normalement, dans une affaire comme celle-ci, j'aurais dû travailler en collaboration avec mon équipier, Hall, que vous avez rencontré lors de notre première entrevue. Mais il a pris deux semaines de vacances, si bien que j'ai découvert tout seul cette fameuse preuve.

— Je vois. Et où est-elle, cette preuve ?

— En sûreté dans le coffre de mon avocat. Comme ça, si je devais mourir prématurément, mon avocat prendrait aussitôt les mesures qui s'imposent.

Ils approchaient de la voiture de Rivera. « Il bluffe probablement, pensa Michael, mais je ne peux pas prendre le risque de miser là-dessus. »

— Je crois que vous pourriez m'être très utile, Rick. Faisons un marché.

Combien pouvait bien gagner un policier ? Cinquante, soixante mille dollars ?

— Je vous propose de devenir mon producteur délégué, enchaîna Michael. Je vous donnerai un bureau dans mon bungalow et vous m'écrirez des histoires de flics.

— Ça me convient, dit Rivera. Si vous voulez, je pourrai également assurer, euh... la sécurité de vos productions.

— Bonne idée. Que diriez-vous de cent mille par an ?

— Que diriez-vous de cent cinquante mille ?

Michael éclata de rire.

— Vous êtes dur en affaires.

Il devait prendre une décision. Soit il flinguait ce flic sur-le-champ, soit il l'engageait dans son équipe. Quel était cet adage que citait toujours Lyndon Johnson ? « Mieux vaut avoir sous sa tente un ennemi qui pisse à l'extérieur plutôt que d'avoir, à l'extérieur, un ennemi qui pisse dans la tente. »

— J'estime être une excellente recrue, dit Rivera. Après tout, si j'accepte ce job, je serai dans l'impossibilité de fournir à mes collègues la preuve que je possède, sous peine de me compromettre. Ce serait donc une bonne assurance pour vous de m'embaucher dans vos rangs, d'autant que cent cinquante mille dollars ne représentent pas grand-chose dans l'industrie du cinéma. J'exigerai davantage, bien sûr, quand j'aurai acquis de l'expérience.

— Bien sûr, dit Michael. Dans ce métier, il n'y a pas de limite. (Il prit sa décision.) Marché conclu, Rick. Quand pouvez-vous commencer ?

— Tout de suite, pratiquement. Je ferai valoir mes droits à la retraite dès que nous aurons signé le contrat.

— Je vous fais préparer ça aujourd'hui même.

— À propos... j'aimerais bien toucher une petite avance, histoire de sceller notre accord. Que diriez-vous de vingt-cinq mille dollars en liquide, de la main à la main ? Appelons ça une prime d'embauche. Je ne voudrais pas avoir d'impôts à payer dessus.

— Ça doit pouvoir s'arranger, dit Michael. Passez au bureau demain vers cinq heures, votre contrat sera prêt. Vous commencerez dès que vous aurez démissionné de la police.

— Ça me va. Comme le disait Bogart à Claude Rains : « Ce pourrait bien être le début d'une belle amitié. »

Michael serra la main que Rivera lui tendait.

— Je l'espère sincèrement.

Jusqu'au jour où j'aurai ta peau, ajouta-t-il à part lui.

35

Sur Sunset Boulevard, Michael rétrograda en seconde pour tourner dans Stone Canyon et lança un regard en coin à Vanessa, silencieuse à côté de lui.

— Écoute, dit-il, on est censés faire la fête ce soir. Pourrais-tu essayer de te dérider un peu ?

— Tu parles d'une fête ! bougonna Vanessa.

— Nom d'une pipe, *Nuits en ville* a été nommé pour l'Oscar du meilleur film ! Ça ne te fait pas plaisir ?

— Ouais, et Carol Geraldi aussi a eu une nomination ! Dans *mon* rôle ! C'est *moi* qui aurais dû l'avoir !

— Tu ne vas quand même pas me le reprocher ? C'est Chuck qui t'a virée.

— Ce n'est pas ce que j'ai entendu dire, siffla-t-elle entre ses dents. En fait, on m'a raconté tout autre chose.

— Je ne vois pas de quoi tu parles.

Ils passèrent devant l'hôtel *Bel-Air*. Ils étaient presque arrivés chez les Goldman.

— J'ai rencontré Chuck par hasard au *Bistro Garden*, dit-elle. Tu ne m'avais même pas dit qu'il était en ville.

— Chuck ? Super ! Cet imbécile a dilapidé sept

cent cinquante mille dollars depuis que nous avons tourné le film, et en plus il est devenu accro à la coke. Je suis surpris qu'il puisse se payer le *Bistro Garden*.

— En tout cas, il a l'air très en forme. Il sort de cure et paraît tout à fait bien dans sa peau.

— Tant mieux. J'en suis heureux.

— Tu ne m'avais pas dit que tu avais acheté son scénario.

— Je ne l'ai dit à personne. Je suis encore en train de le remanier.

— Chuck a l'air de croire que tu l'as roulé d'une manière ou d'une autre.

Michael écrasa la pédale de frein, immobilisant la voiture dans un crissement de pneus.

— *Roulé* ? Laisse-moi te raconter ce qu'il en est. Chuck est venu me trouver pour me dire qu'il était dans la dèche. Il avait jeté par les fenêtres tout l'argent que lui avait rapporté *Nuits en ville*, et il avait des usuriers et des dealers à ses basques. Je lui ai donné *deux cent mille dollars* pour son scénario, *sans l'avoir lu*, parce que je respecte son talent et que je voulais lui venir en aide ! Connais-tu quelqu'un d'autre sur terre qui en aurait fait autant ?

— Il m'a aussi expliqué comment tu lui avais imposé Carol Geraldi et dans quelles conditions je m'étais fait jeter.

— Très bien, je vais te raconter exactement ce qui s'est passé. Chuck est venu me voir un jour à l'heure du déjeuner, pendant les répétitions, pour me dire qu'il ne te voyait pas dans le rôle, que tu jurais dans la distribution. Je lui ai répondu que, selon moi, c'était une impression superficielle, que tu étais une comédienne suffisamment douée pour incarner le personnage. Il a insisté quand même pour que nous trouvions une autre actrice. C'était lui le metteur en scène ; je n'avais pas vraiment les moyens de discuter. Je suis donc allé chercher Carol Geraldi, qui était quasiment à la rue, et j'ai convaincu Chuck de l'engager.

« Je te connaissais à peine, à l'époque ; tu ne représentais rien pour moi. En plus, le metteur en scène exigeait une autre actrice. Si Chuck t'a raconté autre chose, il a menti.

Vanessa demeura silencieuse.

Michael lui passa un bras autour des épaules et l'attira contre lui.

— Écoute-moi. Je t'ai arrachée à une carrière de mannequin pour t'offrir un rôle en or dans *Printemps Pacifique*, face à l'une des plus grandes stars de cinéma du monde. Je t'ai installée dans un somptueux appartement, j'ai dirigé ta carrière et je te paie cinq mille dollars par semaine – argent que, soit dit en passant, tu dépenses à tort et à travers en toilettes et en voitures de luxe. Tout ça, je l'ai fait sur une simple intuition, convaincu que tu ferais une excellente actrice, et aussi parce que je t'aime. Et toi, pour tout remerciement, tu me fais une scène parce qu'un réalisateur t'a retiré un rôle qui ne te convenait pas vraiment, rôle qui a valu à une autre actrice une nomination aux Oscars ! (Il tendit la main devant elle et ouvrit la portière côté passager.) Il est temps que tu décides ce que tu souhaites vraiment, Vanessa. Il est temps que tu décides si tu veux être avec moi ou avec Chuck Parish. Il est temps que tu décides si tu veux vraiment avoir le rôle principal de *Printemps Pacifique*. La portière est là ; soit tu descends et tu vas de ton côté, soit tu restes et tu me présentes tes excuses.

Vanessa garda la tête baissée un moment, puis finit par fermer la portière. Elle se retourna vers Michael, lui glissa un bras autour du cou et l'embrassa.

— Je suis désolée, Michael.

— Prouve-le.

C'était un jeu auquel ils se livraient couramment.

Elle approcha sa main du bas-ventre de Michael et entreprit de le caresser.

— Je suis une garce ingrate. Tu as été merveilleux pour moi, et je veux que tu saches à quel point je t'aime.

Elle lui ouvrit sa braguette et sortit son membre. Puis, courbant sa belle tête, elle referma ses lèvres sur lui.

Michael se laissa aller contre le siège et passa ses doigts dans les cheveux de Vanessa.

— Bonne petite...

Vanessa se concentra sur sa tâche, pompant avec ardeur, faisant des bruits mouillés.

Cela faisait longtemps qu'elle n'avait pas pratiqué ce petit exercice, et Michael avait presque oublié combien elle était douée pour ça, combien elle s'y entendait pour satisfaire un homme, combien elle savait se servir de ses lèvres et de sa langue. Il jouit violemment. Elle le garda dans sa bouche et continua de le sucer, de le lécher, de le caresser jusqu'à ce que les spasmes s'apaisent.

Elle le rentra ensuite dans son pantalon et remonta la fermeture Éclair de sa braguette.

— Alors, suis-je pardonnée ? demanda-t-elle en lui frôlant l'oreille d'un baiser.

— Tu es pardonnée.

Michael passa la première et remonta Stone Canyon, vers la maison des Goldman et la foule d'admirateurs qui l'attendait.

36

Michael s'arrêta sur le rond-point de l'allée des Goldman et tendit les clefs de la Porsche au domestique chargé de garer les voitures. D'autres véhicules, alignés dans l'allée, attendaient leur tour.

Ils furent accueillis à la porte par un majordome anglais.

— Tout le monde est dehors, monsieur, autour de la piscine.

Guidés par la musique, ils sortirent sur la terrasse et se mêlèrent à une foule composée, pour l'essentiel, de la bande du lundi soir chez *Morton* – restaurant dont Michael était devenu un habitué. Amanda Goldman se détacha d'un groupe, étreignit Vanessa et planta un ferme baiser au coin des lèvres de Michael, insinuant furtivement, l'espace d'un instant, sa langue dans la bouche de son invité. Elle semblait devenir un peu plus chaude à chacune de leurs rencontres.

— Vous avez l'air en pleine forme, tous les deux ! s'extasia-t-elle. Félicitations pour votre nomination, Michael. (Elle se tourna vers Vanessa.) Je suis sûre que l'année prochaine, à cette époque-ci, c'est pour vous que nous donnerons une réception. Je brûle d'impatience de voir *Printemps Pacifique* !

Michael la remercia et demanda :

— Où est Leo ?

— De l'autre côté de la piscine, je crois.

Ayant aperçu dans la foule une amie à elle, Vanessa s'éclipsa. Amanda glissa son bras sous celui de Michael et l'entraîna vers la maison.

— Avant que tout le monde vous accapare, venez donc avec moi. Je ne vous ai jamais montré la cave à vins, n'est-ce pas ?

— La cave à vins ?

Elle le remorqua rapidement le long d'un couloir, puis dans un étroit escalier en colimaçon. Arrivée en bas, elle actionna un interrupteur, éclairant une pièce d'environ vingt-cinq mètres carrés, aux murs tapissés du sol au plafond de bouteilles rangées dans des casiers et soigneusement étiquetées.

— C'est très impressionnant, Amanda, mais qu'est-ce que nous fichons ici ?

Elle se rapprocha de Michael et lui noua les bras autour de la taille.

— Je voulais être seule un moment avec vous, susurra-t-elle.

— C'est très gentil de votre part, dit-il en souriant. Et pourquoi vouliez-vous être seule avec moi, au juste ?

— J'en ai envie depuis le premier instant où j'ai posé les yeux sur vous, à New York, chez Barbara Mannering.

— C'est la chose la plus gentille qu'on m'ait dite de la journée.

— Chaque fois que je vous sens à proximité, je n'ai qu'une idée : me retrouver au lit avec vous.

— Allons, Amanda, ne croyez-vous pas que ce serait un peu dangereux, compte tenu des circonstances ? Je travaille pour votre mari, ne l'oubliez pas.

— Entendons-nous bien, dit-elle. Ça ne m'intéresse pas de quitter Leo pour vous ; n'ayez donc aucune inquiétude. Tout ce que je veux, c'est qu'on me baise sauvagement de temps à autre. Si nous maintenons nos relations strictement sur ce plan-là, je pense que nous pourrons y prendre beaucoup de plaisir.

— L'idée me séduit, je l'avoue. Et les conditions aussi.

— Ne me téléphonez pas, c'est moi qui vous appellerai. Et croyez-moi, *je le ferai*.

— Pas chez moi. Téléphonez-moi à mon bureau. (Il prit son stylo et écrivit le numéro sur la paume de la main d'Amanda.) C'est ma ligne directe, vous ne tomberez pas sur Margot.

— Ah ! la délicieuse Margot, dit-elle d'un ton aigre. L'avez-vous déjà tringlée ?

— Certainement pas ! répondit Michael avec une feinte indignation. C'est une collaboratrice un peu trop proche.

— Ça ne l'a jamais arrêtée par le passé.

— Entre Margot et moi, c'est purement professionnel.

Elle prit une bouteille dans un casier, derrière elle, et la lui tendit.

— Voici de quoi vous rappeler notre contrat.

Michael lut l'étiquette :

— Château Mouton Rothschild 1961... L'un des crus préférés de Bob Hart, à ce que m'a dit Leo.

— Pauvre Bob, dit Amanda avec une moue apitoyée. Il ne peut plus boire. C'est à lui que Leo a acheté ce vin, vous savez. (Elle le prit par la main.) À présent, allons faire des mondanités avant qu'on fouille la maison à notre recherche.

Elle le traîna de groupe en groupe, le présentant aux uns et aux autres dans un concert de félicitations unanimes. Pour finir, elle le confia à un journaliste du *Los Angeles Times*.

— Michael, voici Jack Farrell. Soyez aimable avec lui, sans quoi il assassinera vos films.

Elle lui étreignit brièvement la main et laissa les deux hommes ensemble.

— J'ai trouvé *Nuits en ville* formidable, lui dit Farrell.

— Je vous remercie. Nous avons travaillé dur pour arriver à ce résultat.

— Qu'est devenu le réalisateur... comment s'appelle-t-il, déjà ?

— Chuck Parish, dit Michael. Ce n'est pas une interview officielle, au moins ?

— Bien sûr que non. Simple conversation amicale.

— Chuck a traversé une sale période, j'en ai peur. Il a claqué tout l'argent qu'il avait gagné avec ce film... Femmes faciles et poudre blanche. Voici quelque temps, il est venu me trouver à la *Centurion*. Il avait désespérément besoin d'argent et voulait me vendre son nouveau scénario.

— Vous ne l'avez pas acheté ?

— Si, et sans même l'avoir lu.

— Incroyable ! Combien lui en avez-vous donné ?

— Deux cent mille.

— Dieu du ciel ! Leo sait-il que vous ne l'aviez pas lu ?

— C'est entre vous et moi, dit Michael.

— Et Parish, où est-il ?

— Je l'ai mis en cure de désintoxication, et je dois reconnaître qu'il l'a suivie jusqu'au bout. J'espère que, cette fois, il s'en sortira pour de bon, mais... (Michael secoua la tête d'un air navré.) J'ai été contraint de lui dire que je ne pouvais pas lui acheter des synopsis, seulement des scripts terminés. De cette façon, voyez-vous, il est obligé d'écrire. Le pire service qu'on puisse rendre à un type comme ça, c'est de lui donner de l'argent d'avance. Il irait aussitôt trouver un dealer et il ne terminerait jamais son travail.

— Je comprends, oui, dit Farrell d'un ton compatissant. C'est chic à vous de l'avoir aidé dans cette mauvaise passe. À Hollywood, les toxicos sont froidement largués, rayés des cadres.

Michael repéra Leo à l'autre bout de la piscine.

— Voulez-vous m'excuser ? Je n'ai pas encore salué notre hôte.

— Je vous en prie. Dites-moi, puis-je vous appeler un de ces jours pour connaître vos derniers projets ?

— Certainement. Quand vous voudrez.

— Je vous passerai un coup de fil.

Michael se dirigea vers le banc où Leo, cigare au bec, soufflait des ronds de fumée vers la haute haie qui cernait le jardin.

— Comment va, patron ?

Leo lui donna une tape sur le genou.

— Justement l'homme que je cherchais ! Tout d'abord, mes félicitations officielles pour votre nomination.

Michael brandit la bouteille de vin :

— Votre charmante épouse m'a déjà récompensé.

— Elle vous a montré la cave, hmm ?

— J'ai été séduit. Je garderai cette bouteille pour une grande occasion.

— Il y en aura beaucoup. À propos, j'ai été très impressionné par votre présentation de *Printemps Pacifique*. Script, story-boards, costumes, décors : tout est parfait. Pour un budget de neuf millions et demi de dollars, en plus ! C'est un putain de miracle !

— C'est comme ça que je fonctionne, Leo. J'estime qu'on dépense beaucoup trop d'argent dans cette ville.

— C'est exactement ma philosophie, fiston. Nous allons faire de grandes choses ensemble.

— Et comment !

— Dites-moi, fiston, le studio vous doit bien une petite gratification. Trouvez-vous donc une maison, quelque chose de chouette. Le studio l'achètera, puis vous la revendra à moitié prix.

— C'est très généreux, Leo.

— Pas du tout, c'est le sens des affaires. À nous deux, nous allons gagner énormément d'argent, fiston.

— Je le crois, en effet.

— Commencez à chercher la maison dès demain. Appelez Marie Berman, elle tient la meilleure agence immobilière de la ville. (Il griffonna le nom au dos de sa carte de visite.) Et n'oubliez pas, hein : quelque chose de chouette. Vous pouvez aller jusqu'à… cinq millions, disons.

— Vous êtes un prince, Leo.

— Je suis un roi, fiston. Le prince, c'est *vous*.

Michael aima à se l'entendre dire.

37

Michael était déjà habillé lorsque Vanessa se réveilla.

— On est samedi, dit-elle. Qu'est-ce que tu fais ?

— J'ai certains détails à régler au studio avant

notre départ demain pour Carmel, dit-il en se coiffant à la hâte.

Elle fit une moue boudeuse.

— Je pensais qu'on déjeunerait ensemble.

— Pas aujourd'hui, Vanessa.

— Où étiez-vous passés, Amanda et toi, hier soir, pendant la réception ? demanda-t-elle avec humeur.

— Elle a voulu me montrer la cave à vins de Leo.

Il endossa une veste en lin et examina son reflet dans le miroir.

— Tu l'as sautée ?

Michael se tourna vers elle :

— À la cave ?

— Ce n'est pas ça qui te gênerait. Elle non plus, d'ailleurs.

— Vanessa, tu commences à avoir des réactions d'épouse.

Il avait écarté depuis longtemps l'éventualité du mariage.

— Et alors ? Qu'y a-t-il de mal à ça ? Je veux être une épouse.

— Vanessa…

— Pourquoi pas, Michael ? Nous formerions le plus beau couple d'Hollywood.

— Pas besoin d'être mariés pour ça.

— Si tu pars travailler, pourquoi te mets-tu sur ton trente et un ?

— Je suis habillé en sport, Vanessa. Nous sommes samedi, tu te souviens ?

— Je veux aller au studio avec toi.

— Pour quoi faire ? Tu m'empêcherais de travailler et tu t'ennuierais à mourir.

— Je veux t'accompagner.

— Non. À tout à l'heure.

Il sortit de la chambre avant qu'elle ait pu protester. L'appartement était en foutoir, remarqua-t-il en gagnant la porte d'entrée, et pourtant la femme de ménage était venue la veille. S'il l'avait laissée faire,

Vanessa aurait vécu comme un cochon. Elle commençait vraiment à devenir emmerdante.

Il laissa la Porsche au portier de l'hôtel *Beverly Hills* et se rendit au bar, où Marie Berman l'attendait. Il la rejoignit à sa table et commanda un feuilleté aux fruits et un café.

— Donc, dit la femme de l'agence immobilière, vous voulez voir des maisons qui se situent dans une fourchette de prix de quatre à cinq millions de dollars ?

— Réflexion faite, j'ai changé d'avis.

— C'est-à-dire ?

— Je n'ai pas envie de visiter *des* maisons. Je veux en visiter une seule.

— Une seule ?

— Oui. Consultez mentalement vos fichiers et trouvez-moi la plus belle maison de la ville pour moins de cinq millions.

Elle plissa le front d'un air pensif.

— Que souhaitez-vous exactement ?

— Des grandes pièces, du soleil, de beaux jardins, une piscine et un court de tennis. Je voudrais aussi que les chambres d'amis soient à l'écart de l'appartement principal.

— Vous aimez la plage ? demanda-t-elle.

— J'adore.

— Terminez votre petit déjeuner.

Il suivit la voiture de Marie Berman le long de la route côtière. Il s'attendait à ce qu'elle s'arrête devant l'une des centaines de maisons qui bordaient la plage de Malibu, mais elle continua de rouler. Finalement, elle tourna à gauche et stoppa à la hauteur d'un poste de sécurité. Le gardien leva la barrière pour les laisser entrer.

Ils passèrent devant un certain nombre de luxueuses demeures, puis la femme de l'agence s'engagea dans une allée circulaire et fit halte devant une maison de style moderne, très impressionnante. Ils descendirent de leurs voitures respectives.

— Savez-vous où nous sommes ? demanda-t-elle.

— Je ne suis en ville que depuis peu.

— Vous êtes à Malibu Colony, une petite péninsule où on trouve les maisons les plus grandes et les plus belles. Il y a ici la meilleure plage et les meilleurs voisins.

— Alléchant, dit Michael. Voyons la maison.

Elle tripota la clef accrochée à la poignée de la porte, l'introduisit dans la serrure et entra. À l'intérieur, le hall menait tout droit à la plage, de l'autre côté de la maison. Suivie de Michael, elle le traversa, ses hauts talons claquant sur le dallage en marbre. Le rez-de-chaussée comprenait un immense salon, une cuisine, une salle à manger et, fin du fin, une vaste bibliothèque qui ferait un bureau spectaculaire.

Elle lui fit descendre un escalier, tout en expliquant :

— La cave à vins est par ici. Et là...

Elle poussa des doubles portes ouvrant sur une salle de projection avec deux douzaines de fauteuils et des projecteurs dernier cri.

L'étage se composait d'une gigantesque suite : chambre à coucher, boudoir, kitchenette, deux dressings et deux salles de bains. Il y avait également un sauna, ainsi qu'une grande baignoire à remous installée sur une terrasse en planches surplombant le Pacifique.

Ils redescendirent au rez-de-chaussée et sortirent par derrière. Là, un haut mur entourait un vaste terrain comprenant un pavillon d'hôtes à deux appartements, une piscine et un court de tennis. Michael n'avait jamais pratiqué aucun sport, à part le baseball et le handball, mais le tennis le tentait. Primo, la tenue blanche lui plaisait ; secundo, il aimait regarder jouer de jolies femmes.

— Les quartiers des domestiques sont à l'autre bout de la maison, côté cuisine, conclut Marie Berman.

— Combien ? s'enquit Michael.

— Cette maison a coûté sept millions de dollars à construire il y a trois ans. Elle appartenait à un patron de studio qui s'est fait sacquer. Elle est inoccupée depuis près d'un an.

— Trop cher pour moi, dit Michael avec regret.

— Leo Goldman est un bon ami à moi, dit-elle. J'aimerais lui faire une fleur. Je sais, de source sûre, que la banque qui détient l'hypothèque a très envie d'en finir. Le marché des grandes maisons a pris du plomb dans l'aile avec cette récession. Si je leur fais une offre qui couvre la plus grande partie de l'hypothèque plus ma commission, je crois qu'ils seraient disposés à accepter une perte.

— Combien faudrait-il compter ?

— Vous n'allez pas obtenir une hypothèque pour cette maison dans la conjoncture actuelle. Il faudrait tout payer en liquide à la conclusion de l'accord.

— Combien ?

— Proposez-leur quatre millions six et une conclusion rapide.

— Faites-leur la proposition, dit Michael. Je peux conclure immédiatement.

— Je vais appeler le président de la banque à son domicile.

Elle alla dans la cuisine et sortit de son sac à main un petit téléphone cellulaire. Michael fit le tour de la piscine, jeta un coup d'œil dans la cabine de bains. Il pénétra sur le court de tennis et en inspecta la surface. En parfait état, comme tout le reste. Il tourna la tête vers la cuisine et vit Marie Berman qui marchait de long en large en faisant de grands gestes. Il consulta sa montre. Elle était au téléphone depuis cinq minutes. Enfin, elle raccrocha.

Michael la regarda franchir les portes coulissantes et venir vers lui. *Ça n'a pas marché,* pensa-t-il.

Elle s'arrêta devant lui.

— Si le studio est prêt à conclure mardi, vous êtes propriétaire.

Le cœur de Michael fit un bond dans sa poitrine.

— J'en suis ravi ! dit-il avec un sourire épanoui.

Elle lui remit les clefs.

— En ce qui me concerne, vous êtes d'ores et déjà chez vous. Qui allez-vous prendre comme décorateur ?

— Qui est le meilleur ?

— James Fallowfield, répondit-elle. *Si* vous êtes prêt à dépenser au moins un demi-million. (Elle plongea une main dans son sac.) Voici son numéro.

— Travaille-t-il le samedi ? Je pars demain pour trois semaines.

— C'est possible.

Michael lui rendit la carte.

— Appelez-le de ma part et dites-lui que je dépenserai un million de dollars s'il est là dans une heure.

Elle dégaina précipitamment son téléphone et composa un numéro.

— James ? Ici Marie. Très bien, et vous ? Bon, tant mieux. Dites, j'ai un nouveau client pour vous, mais il est très pressé… Non, écoutez-moi, James : il s'agit d'un budget d'un million de dollars. Oui. Malibu Colony dans une heure. Vous verrez une Porsche noire garée devant la maison. Votre client s'appelle Michael Vincent. (Elle raccrocha.) Il arrive.

— Merci, Marie, j'apprécie votre efficacité.

— Pas de quoi. J'apprécie la commission. Dois-je appeler Leo pour la date de la signature ?

— Si vous voulez bien. Il saura où me joindre en cas de nécessité. Dernière chose, Marie : je veux que *personne,* à part Leo et moi, ne soit au courant de cette opération. Je ne veux pas lire la nouvelle dans les journaux de la profession.

— Je comprends. Si vous n'avez plus besoin de moi, j'ai une villa à faire visiter à Bel-Air.

— Ça ira, merci.

Ils se serrèrent la main et elle prit congé.

En attendant le décorateur, Michael fit de nouveau le tour de la maison. Il la trouva encore plus belle que la première fois.

Lorsque James Fallowfield arriva, une demi-heure plus tard, Michael lui dit :

— Je vous alloue un budget d'un million de dollars, pas un sou de plus. Y compris votre commission.

— Ma commission représente dix pour cent de la somme dépensée, et je pourrai vous avoir beaucoup de fournitures à prix coûtant.

— O.K. Quand je m'installerai, dans six semaines, je veux trouver cette maison meublée de la cave au grenier : vaisselle dans les placards, serviettes dans les salles de bains, livres dans les bibliothèques, tableaux aux murs... Je ne veux pas avoir un seul achat à faire.

— Pas de problème, dit Fallowfield. Des préférences quant au style ?

— Riche, élégant, discret. Meubles satinés, confortables. Je voudrais un piano à queue Steinway dans le salon. N'achetez pas uniquement du neuf ; je tiens à ce que la maison fasse habitée. Je veux avoir l'impression, en entrant, d'y avoir toujours vécu.

— Y aura-t-il une femme sur les lieux ?

— Oui, mais elle n'interviendra pas dans la décoration.

— Je n'aurai donc pas besoin de son aval ?

— Non, seulement du mien.

C'était plus pratique comme ça. Il ferait la surprise à Vanessa lorsque *Printemps Pacifique* serait bouclé.

— Voilà qui nous fera gagner énormément de temps.

Michael griffonna une adresse sur son calepin, déchira la page et la tendit à Fallowfield.

— Je pars demain pour Carmel. Voici l'adresse de l'hôtel où je descendrai. Envoyez-moi des croquis de ce que vous faites et expédiez les factures à mon bureau, à l'attention de Margot Gladstone. Je veux un état détaillé, au jour le jour, des frais engagés : Margot vérifiera tout au fur et à mesure des livraisons.

Fallowfield jeta un coup d'œil à sa montre.
— J'ai intérêt à m'y mettre, dit-il.
— Faites.
Après le départ du décorateur, Michael visita une nouvelle fois la maison. Une merveille.

38

Sur la plage de Carmel, Michael regardait approcher Robert Hart, monté sur un cheval blanc. Debout au premier plan, Vanessa attendait Hart. Derrière eux, énorme balle rouge s'enfonçant dans le Pacifique, le soleil éclairait la scène à la perfection. Hart mit pied à terre, effleura d'un baiser les lèvres de Vanessa, la prit par la main et, tenant son cheval par la bride, entraîna la jeune femme vers la façade du cottage que George Hathaway avait conçue.
— Ne coupez pas, murmura Michael à Eliot Rosen. Laissez tourner la caméra, nous utiliserons ce métrage de pellicule pour le générique de fin.
Eliot acquiesça.
— D'accord. C'est excellent, hein ?
— On ne peut mieux.
— Terminé ! cria le cameraman. Vous voulez faire une autre prise tant qu'il y a de la lumière ?
— Celle-là est bonne, on la tire, dit Eliot.
L'opérateur leva le pouce en réponse.
Michael prit Eliot par le bras et les deux hommes se dirigèrent vers le cottage.
— Vous avez fait du beau travail, Eliot. Je tiens à vous féliciter.
Rosen rougit.
— Merci.
— Quand nous commencerons le tournage en studio, la semaine prochaine, je vous demanderai de vous y prendre un peu différemment avec Bob Hart.

— Comment ça ?

— Pendant les prises de vues en extérieur, vous l'avez traité avec déférence, ce qui était bien, compte tenu de vos positions respectives dans le métier. En outre, la plupart des scènes d'extérieurs montraient le Dr Madden confiant, plein de tranquille autorité. Dans les scènes d'intérieurs, par contre, le docteur est moins sûr de lui, parce qu'il ignore si la jeune fille voudra un jour de son amour. Étant donné sa contenance naturelle, Bob aura tendance à paraître sûr de lui dans pratiquement n'importe quelle situation, ce que vous devrez absolument éviter pour les intérieurs. Je veux que vous le meniez à la baguette, que vous le déstabilisiez. Ne lui passez rien. Faites systématiquement une ou deux prises supplémentaires, même si ce n'est pas nécessaire.

— Je ne sais pas si je peux traiter Robert Hart de cette manière. Pensez-vous qu'il se laissera faire sans rechigner ?

— Oui, parce qu'il sait que c'est son intérêt. Susan, non.

— Oh ! merde, gémit Eliot. Il faut que je vous dise : cette femme me terrorise.

— Et ça se voit. Je m'arrangerai pour que vous l'ayez sur le dos le moins possible, mais si jamais elle s'en prend à vous, bornez-vous à lui dire, le plus calmement possible, que c'est *vous* le metteur en scène et que vos directives doivent être respectées. Si elle ne veut rien entendre, envoyez-la-moi. Je vous soutiendrai à fond.

— D'accord, si vous le dites, soupira le jeune homme. Je ne vous en ai pas parlé, Michael, mais elle m'a entrepris sur la scène chantée. Elle refuse mordicus que Bob la tourne.

— Je le sais, et aucun argument ne pourra la faire changer d'avis. N'empêche que nous allons la tourner.

— Je crains que, par son attitude, Susan finisse par ébranler la confiance de Bob.

— Ça peut tourner à notre avantage dans la mesure

où, au début de la scène, le docteur a le trac, il manque d'assurance. Bob s'en sortira très bien. J'y veillerai.

— Je ne sais pas comment vous comptez faire, mais je vous souhaite bien du plaisir.

— De votre côté, serrez-lui la vis ; laissez-moi m'occuper de Bob dans cette scène.

Lorsque toute l'équipe regagna Los Angeles, les bureaux de Michael devinrent une ruche bourdonnante d'activité. Outre Margot et Rick Rivera, Michael avait deux assistants de production dans son staff, et il travaillait tous les jours avec Eliot Rosen et la monteuse, pour effectuer le montage des scènes tournées en extérieurs. La fabrication de *Printemps Pacifique* était une entreprise qui passionnait Michael et monopolisait toute son attention.

Mais quand il quittait le studio, tard le soir, il retrouvait Vanessa qui l'attendait à l'appartement. Lors des extérieurs, la jeune comédienne n'avait pas eu grand-chose à faire et s'en était tirée à son honneur ; mais maintenant que le fardeau reposait autant sur elle que sur Robert Hart, elle était tendue, nerveuse et agressive. Pendant quelque temps, Michael l'aida à répéter ses scènes, mais l'angoisse de Vanessa finit par le rendre fou ; il engagea alors l'une des actrices de complément, une vieille pro, pour travailler avec elle, et il prit l'habitude de rester coucher à son bureau.

Leo assistait toujours aux rushes avec Michael, Eliot et Margot, cette dernière prenant des notes. Il veillait jalousement sur son investissement, et il avait l'air satisfait. Un soir, vers la fin du tournage, il demanda à Michael de rester dans la salle de projection après le départ des autres.

— Michael, dit-il, je trouve que ça marche du tonnerre.

— J'en suis heureux, Leo.

Michael subodorait ce qui allait suivre, et il ne se trompait pas.

— Susan Hart est venue me voir ce matin, fiston.

Michael sourit.

— Pile au moment prévu.

— Son appréhension est peut-être légitime, Michael. Elle est persuadée que Bob n'arrivera pas à jouer la dernière scène, et elle le connaît quand même mieux que personne. Ce matin, elle était au bord de la crise de nerfs ; je ne l'avais encore jamais vue dans cet état.

— Elle s'est fait remettre à sa place par Eliot, et je dois avouer que je ne me suis pas montré follement compatissant. Je vais tâcher de l'amadouer.

— Vous n'y arriverez pas si vous persistez à tourner cette scène.

— Nom d'un chien, Leo, s'emporta-t-il, j'ai conclu un marché avec elle ! Je lui ai promis que si Bob et elle n'étaient pas totalement satisfaits de la scène, j'en tournerais une autre. Qu'est-ce que je peux faire de plus ?

— Vous devriez peut-être laisser tomber la scène chantée et tourner directement l'autre.

— Non, c'est hors de question.

Leo alluma un cigare et souffla un nuage de fumée vers l'écran.

— Le problème, je pense, c'est qu'elle ne veut pas qu'il existe un bout de pellicule montrant Bob en train de se ridiculiser. Elle craint que ça fasse le tour de la ville. À l'époque où Bob buvait, il n'était pas précisément le chouchou de la profession. Il a des ennemis.

— Je comprends.

— Je l'espère pour vous. Il va falloir que vous trouviez un moyen de contourner Susan, sans quoi elle ne laissera pas Bob tourner la scène.

— Je vais m'y employer.

— Y a intérêt, fiston.

Michael écoutait Robert Hart chanter « *Dein ist*

mein ganzes Herz». Anton était au piano, dans un studio de répétition, et Michael jugea la prestation excellente. À vrai dire, Hart chantait mieux qu'il n'aurait osé l'espérer. Sa voix, un baryton léger, était fort agréable. Anton était conquis, lui aussi, cela se voyait. Susan Hart, qui était présente, fit signe à Michael de la suivre dehors. Lorsqu'ils furent dans le couloir, elle dit :

— Michael, je ne veux pas que Bob fasse cette scène.

— Nous avons un marché, Susan.

— Non, plus maintenant. Cette scène rend Bob malade. Il n'en montre rien, mais j'entends ses réflexions quand nous rentrons à la maison. Je ne lui permettrai pas de la tourner, point final.

— Vous ne trouvez pas qu'il a bien chanté ? (Michael soupira.) Entendu, Susan. Nous bouclons le film après-demain. Je couperai la scène et nous tournerons celle de rechange.

— Merci, dit-elle en l'embrassant sur la joue. Quand pourrai-je la voir ?

— Je veux d'abord que Mark la réécrive. Disons vendredi matin, dix heures, dans mon bureau. Il va falloir changer le décor ; nous ne serons prêts à tourner qu'après le déjeuner.

— C'est promis ?

— Promis. La scène vous attendra.

Elle lui dédia un grand sourire avant de s'éloigner en direction des toilettes.

Michael la suivit du regard. Il se creusait la cervelle.

39

Le jeudi soir, Michael resta de nouveau coucher à son bureau. Le vendredi matin, dernier jour du tournage de *Printemps Pacifique*, il tint une réunion à huit heures avec Eliot Rosen et le directeur de production, Barry Wimmer.

— Barry, je veux que vous alliez tout de suite me préparer le décor pour la scène du salon.

— Laquelle ? Celle du chant ou l'autre ?

— Nous allons faire les deux, en commençant par la scène de rechange.

— Bob Hart est prévenu ?

— Je m'en charge. Je veux qu'Eliot puisse éclairer le plateau dans une heure. On tourne à dix heures et demie. Eliot, le programme prévoit trois caméras pour les prises de vues d'aujourd'hui, c'est bien ça ?

— Oui : une pour Bob, les deux autres pour filmer simultanément les réactions de Vanessa et des quelques spectateurs.

— Dans la scène chantée, nous braquerons les trois caméras sur Bob ; nous tournerons plus tard les plans en contrechamp. Dites-le aux cameramen, Barry.

— Comme vous voudrez, dit Barry en se levant.

— Surtout, que Bob n'en sache rien avant que je sois prêt à lui dire.

— D'acc.

Barry quitta la pièce.

— En avez-vous parlé à Susan ? demanda Eliot, effaré.

— Je lui ai donné rendez-vous ici à dix heures, et elle arrivera avec un quart d'heure d'avance. Je la préviendrai à ce moment-là.

— Vous ferez en sorte que je ne l'aie pas sur le dos ?

— Elle n'assistera pas au tournage.

— Comment allez-vous la tenir à l'écart du plateau ?

— Laissez-moi faire, Eliot. Maintenant, allez voir votre équipe et veillez à ce que techniciens et acteurs soient prêts à dix heures et demie pile. Dites à Anton de se préparer et trouvez-lui un costume.

Eliot sortit en secouant la tête.

Michael alla chercher dans son attaché-case un

petit flacon de Valium et fit tomber deux comprimés dans la paume de sa main. Après réflexion, il en ajouta un troisième. Il prit une tasse à café dans le bar portatif et réduisit les comprimés en fine poudre, en les écrasant avec le bout arrondi de son gros stylo *Montblanc*. Il ajouta quelques gouttes d'eau chaude du robinet et remua jusqu'à ce que le tranquillisant se soit complètement dissous. Il versa alors le liquide dans un grand verre, qu'il remit ensuite à sa place sur l'étagère. Si jamais ça ne marchait pas, il n'hésiterait pas à assommer Susan.

À dix heures moins le quart, Margot introduisit Susan Hart dans le bureau. Michael la fit asseoir sur le divan et lui donna à lire les pages du script remanié.

— Ça sort du fax de Mark, dit-il.

En réalité, il s'agissait des pages qu'il avait supprimées dans la première mouture du scénario d'Adair. Susan commença à lire.

— Vous voulez boire quelque chose ? proposa Michael en se dirigeant vers le bar.

— Non, merci.

— Jus de fruit ? *Perrier ?*

« Décide-toi, ma vieille, pensa-t-il. C'est ça ou une bonne manchette à la nuque. »

— Bon, d'accord, je vais prendre un *V-8*.

Il prit le verre qu'il avait préparé et y versa le contenu de la boîte de jus de fruit, en remuant rapidement avec une cuiller. Il se servit ensuite un *Perrier* et revint vers le divan.

— Tenez, dit-il en lui mettant le verre dans la main.

Susan sirota distraitement la boisson, sans interrompre sa lecture. Au bout d'un moment, elle posa les pages et sourit.

— Je trouve cette version-là bien meilleure que la scène chantée, pas vous ?

— Si vous le dites, ma chérie.

Elle but une grande rasade de son *V-8*.

— À quelle heure fait-on la prise ?

— Treize heures pile. On est en train d'installer le nouveau décor.

— Si on allait y jeter un coup d'œil ?

— J'ai promis à George Hathaway de ne pas le déranger avant qu'il en ait terminé. Si vous avez des objections à formuler, il sera toujours temps de faire des changements.

— Bien. (Susan bâilla.) Excusez-moi, je n'ai pas très bien dormi cette nuit.

Tu vas te rattraper, pensa Michael.

— Détendez-vous, dit-il. Je voudrais vous faire lire quelque chose, si vous avez le temps.

— Bien sûr. Un rôle pour Bob ?

— Pas vraiment. J'aimerais juste avoir l'opinion d'une tierce personne. (Il lui tendit le scénario de *Suite et fin*.) Vous êtes la première à le lire ; Leo lui-même ne l'a pas encore vu.

Elle prit le script.

— Le titre me plaît.

— Lisez la première scène et dites-moi ce que vous en pensez.

— D'accord.

— Si vous voulez bien m'excuser, je dois m'absenter quelques minutes.

— Allez-y, je vais lire ça, dit-elle en buvant une gorgée de *V-8*.

— Encore un peu de jus ?

— Merci, c'est parfait.

Michael sortit et ferma la porte derrière lui.

Il laissa passer dix minutes avant de regagner son bureau. Susan Hart était affalée sur le divan, la tête sur la poitrine, et ronflait paisiblement. Avec précaution, Michael lui mit un coussin sous la tête et lui étendit les jambes sur le divan.

Il prit dans un placard une boîte enveloppée dans un papier cadeau et sortit avec son paquet. D'un pas vif, il descendit la rue jusqu'au bungalow qui servait de loge à Robert Hart. Il frappa et l'acteur l'invita à entrer.

Assis devant le miroir de sa table de maquillage, Bob Hart lisait le journal.

— Alors, Michael ? On est prêts à tourner ?

— Dans quelques minutes, Bob. (Il lui tendit le paquet.) C'était sur le pas de votre porte.

— De qui ça vient ?

— Je n'en sais rien. Ouvrez-le, vous verrez bien.

— Il paraît que nous tournons la scène de rechange ? dit Hart.

Il arracha le ruban et l'emballage, souleva le couvercle de la boîte.

— C'est exact, dit Michael.

— Où est Susan ?

— Dans mon bureau. Elle lit un scénario.

En voyant le contenu du paquet, l'acteur poussa un cri de surprise.

— Dieu du ciel ! Regardez-moi ça, dit-il en brandissant une bouteille de vin.

— Je ne m'y connais guère, dit Michael. C'est un bon cru ?

— Un Château Mouton Rothschild 1961 ! Nombre de connaisseurs vous diraient que c'est le plus grand vin du siècle.

— Je n'ai certes jamais savouré pareil nectar. Vous allez le garder pour une grande occasion, je suppose ?

Hart sortit du paquet-cadeau deux verres et un tire-bouchon.

— Prenez-en tout de suite, dit-il. Goûtez-le et dites-moi ce que vous en pensez.

— Avec plaisir.

Hart déboucha amoureusement la bouteille, essuya le goulot, remplit un verre et fit tournoyer le liquide rouge en inhalant profondément.

— Superbe bouquet.

Il tendit le verre à Michael, qui l'examina à la lumière.

— Belle robe, dit-il en reniflant à son tour. Vous avez raison, il a un merveilleux arôme. (Il porta le verre à ses lèvres et but une gorgée.) Bonté divine... c'est le petit Jésus en culotte de velours !

— Est-il vraiment exceptionnel ? demanda Hart avec une convoitise affichée.

— Vous savez, Bob, dans la scène du salon, le docteur est censé avoir bu deux verres de vin.

— Cela m'est impossible, dit Hart d'un ton de regret. Je suis au régime sec.

— Je comprends, dit Michael en scrutant le visage de l'acteur.

— Remarquez, si la scène peut y gagner, je ne pense pas qu'un demi-verre puisse me faire de mal.

Michael prit la bouteille et remplit le second verre.

— Je ne pense pas, en effet, dit-il en écho.

Hart huma de nouveau le verre avant de boire une gorgée, qu'il savoura lentement.

— Une pure merveille, décréta-t-il enfin. Riche nez de cassis, vous ne trouvez pas ?

— Si, en effet, convint Michael pour qui c'était du chinois.

Hart prit une autre lampée.

— Charpenté, ferme et gras en bouche. Seigneur, que de souvenirs ça évoque ! (Il s'adjugea une nouvelle rasade, plus généreuse.) Ahhhhhh ! soupira-t-il, extasié. Vous savez, Michael, j'étais plus inquiet que je ne voulais bien le dire à propos de cette scène chantée.

— Ah ? Vous avez fort bien caché votre jeu.

Michael le resservit.

— Oui, dit Hart, je crains d'en avoir fait baver à Susan. C'est vrai que la répétition s'est plutôt bien passée, mais j'étais quand même anxieux. Il y a trente ans que je n'ai pas chanté devant un public, fût-ce un public d'acteurs.

— Vous n'avez plus de souci à vous faire, maintenant.

— Je sais, mais j'aurais bien aimé voir cette scène

sur pellicule. Je n'aurais pas voulu que quelqu'un d'autre la voie, mais l'expérience m'aurait intéressé.

— Si vous voulez, un de ces jours, nous la tournerons.

— Oui, pourquoi pas ?

Hart vida son verre.

Michael pénétra sur le plateau, accompagné de Bob Hart, et fit signe à Eliot Rosen d'approcher.

— Faites une prise rapide de la scène de rechange, lui dit-il. Une seule.

— En place, tout le monde ! lança Rosen aux acteurs et aux techniciens. On en fait une ; ce n'est pas une répétition.

Ils exécutèrent la scène : le docteur interrompait Vanessa en plein récital de piano pour lui faire sa déclaration.

— Coupez ! cria Eliot. C'est dans la boîte !

Suivit un brouhaha tandis que les acteurs se levaient de leurs sièges.

Michael s'avança au milieu du plateau.

— Une minute, tous ! (Il se tourna vers Hart.) Bob, est-ce que vous accepteriez, à titre de petit gâterie pour l'équipe, de nous interpréter « *Dein ist mein ganzes Herz* » ?

— Oui, oui, oui ! scanda un chœur de figurants.

Hart, qui avait le visage un peu empourpré sous son maquillage, regarda autour de lui comme pour voir si sa femme était là.

— D'accord, dit-il. Avec plaisir. Accordez-moi juste un instant.

Il sortit de la zone éclairée par les projecteurs. Michael, qui l'attendait, lui offrit un verre de vin avant de lever le sien.

— À la bonne vôtre !

— Merci, Michael, dit Hart en trinquant avec lui.

Il vida son verre, puis retourna sur le plateau, salué au passage par les applaudissements polis de ses camarades comédiens.

Michael lança un coup d'œil à Eliot Rosen, qui acquiesça. Les trois caméras étaient braquées sur Hart.

— On va filmer, dit-il. Juste pour le plaisir.

— Si vous voulez, répondit Hart avec un geste magnanime.

Anton, en costume d'époque, prit sa place au piano.

— Silence, s'il vous plaît ! lança l'assistant-réalisateur.

— Moteur !

Après une pause, Hart récita sa brève tirade. Il adressa un signe de tête à Anton, qui joua une petite introduction, puis la star de cinéma se mit à chanter.

Michael écouta, subjugué ; la musique lui faisait le même effet que la première fois. Regardant alentour, il put constater que le public de figurants était sous le charme, tout comme lui. Hart, dans le rôle du médecin, se donna à fond et chanta de tout son cœur ; on put même voir des larmes couler sur ses joues tandis que la chanson tirait à sa fin. Le petit public applaudit à tout rompre, chose qui n'était pas prévue dans le scénario.

Eliot Rosen attendit une bonne minute avant de crier :

— Coupez ! Sensationnel, Bob ! Au nom de tous, merci infiniment.

Michael prit le metteur en scène à l'écart.

— Tournez maintenant les plans de réaction. Mettez-moi ça en boîte le plus vite possible et donnez le film à développer. Je veux travailler là-dessus dès demain.

Il alla arracher Bob Hart à la petite foule d'acteurs qui se pressait autour de lui, puis il le raccompagna jusqu'à sa loge.

— Bob, dit-il, vous m'avez offert un moment inoubliable. Je regrette seulement que votre public n'ait pas pu voir cette scène.

— Et moi, répondit l'acteur, je regrette seulement

que Susan ne l'ait pas vue. Mais ne lui dites pas que je l'ai faite.

— Comptez sur moi, Bob. Motus et bouche cousue.

Michael quitta Hart devant son bungalow et rebroussa chemin vers sa voiture. En montant dans la Porsche, il jeta un coup d'œil par-dessus son épaule et vit Vanessa frapper à la porte de la loge. Hart ouvrit aussitôt à la jeune femme et la fit entrer.

Michael n'avait pas l'habitude de se faire cocufier. Il regagna son bureau dans un état de rage froide.

40

Michael regarda Bob Hart se pencher sur son épouse et l'embrasser sur les lèvres.

— Allez, belle au bois dormant, réveille-toi !

Susan Hart ouvrit les yeux et fixa son mari.

— Bonjour. Il est l'heure de tourner la scène ?

— C'est déjà fait, répondit le comédien. En une seule prise. Je crois qu'elle sera bonne.

Elle se redressa, se frotta les yeux et regarda Michael.

— Pourquoi ne m'avez-vous pas réveillée ?

— Je n'en ai pas eu le courage. Vous tombiez de sommeil.

— Tu n'as pas bien dormi cette nuit, tu sais, lui dit Hart.

— C'est vrai. J'étais très anxieuse pour cette dernière scène. Quand pourrai-je la voir ? demanda-t-elle à Michael.

— Pas avant lundi. J'ai dit à toute l'équipe de rentrer à la maison et de se reposer. Nous sommes dans les délais, inutile de travailler ce week-end.

Tout à coup, Susan lança à son mari un regard aigu.

— Tu as bu, Bob ?

— Juste un verre de vin, répondit-il. Un admirateur m'a envoyé une fabuleuse bouteille.

— Tu n'aurais pas dû, dit-elle d'un air soucieux.

— Tout va bien. Viens, rentrons.

Michael les raccompagna à leur voiture. Lorsqu'il revint dans son bureau, Rick Rivera l'y attendait.

— Ça a bien marché, paraît-il ?

— Oui. À quel sujet désirez-vous me voir, Rick ? Je suis très occupé.

Rivera posa quelques feuillets sur le bureau de Michael.

— J'ai écrit un canevas à partir d'une enquête que j'ai menée il y a deux ans. Je voudrais avoir votre réaction.

— Je m'en occuperai dès que possible, dit Michael. Maintenant, si vous voulez bien…

— Naturellement.

Rivera sortit de la pièce. Michael jeta un coup d'œil sur le canevas avant de le jeter dans un tiroir.

Le téléphone sonna.

— Michael, dit Margot, c'est James Fallowfield. Voulez-vous le prendre ?

— Oui.

Michael était tout excité : pendant des semaines, il avait examiné des photographies de meubles, donné son accord pour des échantillons de tissus et de peintures, et maintenant la décoration de la maison approchait de son terme.

— James ? Comment allez-vous ?

— Extrêmement bien, Michael. Dites-moi, ça fera bien six semaines demain que vous m'avez confié cette commande, n'est-ce pas ?

— En effet.

— Eh bien ! c'est terminé. Quand désirez-vous voir le travail ?

— J'arrive dans une heure.

Michael raccrocha et sortit du bureau, s'arrêtant au passage pour remettre une clef à sa secrétaire.

— Margot, dit-il, je voudrais que vous me trouviez deux hommes et une estafette, puis que vous alliez chercher mes vêtements à l'appartement pour les emporter dans la nouvelle maison.

— Elle est donc prête ?

— Oui.

— Dois-je également déménager les affaires de Vanessa ?

— Non.

Quoique surprise, Margot se borna à dire :

— Comme vous voudrez.

Elle prit son sac à main et sortit du bungalow, croisant sur le seuil Barry Wimmer.

— Dans mon bureau, Barry, dit Michael.

Lorsqu'ils furent seuls, il ferma la porte et demanda :

— Combien ?

Barry extirpa de sa poche un bout de papier qu'il tendit à Michael.

— Un peu plus d'un million trois. J'ai gardé vingt pour cent, comme convenu, et expédié le reste suivant vos instructions.

— Ça devait faire un million cinq, objecta Michael.

— J'aurais pu y arriver, mais ça risquait d'attirer l'attention. J'ai fait ce qui m'a semblé le plus raisonnable.

— D'accord. Eliot est-il encore en train de tourner les plans de réaction ?

— Oui. Il a déjà fait le public de figurants ; c'est maintenant le tour de Vanessa.

— Allez le voir et dites-lui de retenir Vanessa encore deux heures.

— Elle est plus rapide que ça.

— Faites ce que je vous dis.

— Bien. À propos, on organise tout à l'heure une petite fête pour la fin du tournage. Vous viendrez ?

— Merci, mais je ne peux pas. Faites mes amitiés à tout le monde et envoyez-moi la note.

— D'acc, merci.

Michael prit dans son tiroir le canevas de Rick Rivera.

— Lisez-moi ça pendant le week-end, voulez-vous ? Je voudrais avoir votre opinion.

— Bien sûr, avec plaisir.

— Barry ?

— Oui ?

— Rick a-t-il manifesté un intérêt quelconque pour les budgets ?

— Il m'a demandé combien nous dépensions pour *Printemps Pacifique*.

— Vous le lui avez dit ?

— Ça n'avait rien de secret.

— Si jamais il vous questionne encore sur les budgets, prévenez-moi.

— Bien.

— Ce sera tout.

Le directeur de production sortit du bureau.

Michael prit la route de Malibu, aussi frémissant d'impatience qu'il l'avait été la première fois qu'il était allé à Los Angeles. Il n'avait jamais rien possédé, à part des vêtements et une voiture. Maintenant, il allait devenir propriétaire d'une maison.

Le gardien de Malibu Colony lui ouvrit la barrière avec empressement. Michael continua jusqu'à sa nouvelle demeure, se gara dans l'allée circulaire et ouvrit la porte avec sa clef. S'il avait donné son aval à tous les travaux effectués, il s'était fait un point d'honneur de ne pas visiter la maison pendant que James Fallowfield était à l'œuvre ; c'était donc comme s'il y entrait pour la première fois.

Le décorateur l'accueillit dans le hall et lui fit faire le tour du propriétaire. Michael le suivit en silence, s'imprégnant de l'atmosphère de son nouveau *home*. Il y avait partout des meubles élégants, confortables, des tapis luxueux, des tableaux de prix. La maison lui semblait déjà un prolongement de lui-même.

La visite terminée, Fallowfield se tourna vers lui d'un air inquiet :

— Vous n'avez pas dit un mot ?

— C'est absolument extraordinaire, James, dit Michael. Vous avez fait exactement ce que j'attendais de vous.

Fallowfield exhala un soupir de soulagement.

— Dieu merci ! Vous m'avez fait peur, là. Je n'ai jamais eu de client silencieux.

Michael raccompagna le décorateur à la porte et lui serra la main.

— Merci infiniment.

— Il y a du champagne au frigo, dit Fallowfield avant de prendre congé.

Michael allait fermer la porte lorsqu'une estafette s'arrêta dans l'allée, suivie de la BMW de Margot. Il montra aux déménageurs où ranger ses vêtements, puis redescendit au rez-de-chaussée. Il explora la maison dans les coins, jusqu'au moment où il trouva Margot plantée dans le cabinet de travail, le front plissé.

— C'est très beau, dit-elle, et en même temps étrange. Fallowfield a décoré la maison à votre image.

— C'est-à-dire ?

— Je ne sais pas... Elle est très attrayante – sexy, même – mais elle ne dit pratiquement rien sur vous.

Michael trouva la remarque à son goût.

— Excusez-moi, j'ai un coup de fil à donner. Ne partez pas.

Il décrocha le téléphone, composa le numéro du studio et demanda qu'on lui passe le plateau, où Eliot tournait toujours. Quand il eut le metteur en scène au bout du fil, Michael lui demanda :

— Avez-vous terminé ?

— À l'instant.

— Ça a marché ?

— Formidablement bien. Vanessa a été très bonne.

— Je veux la pellicule demain matin, et je veux un premier montage pour lundi neuf heures.

— C'est faisable, dit Eliot.

— Félicitations. Vous avez fait de la belle ouvrage.

— Merci, Michael. Votre soutien m'a été précieux.

— Je n'assisterai pas à la réception de clôture. Veuillez remercier de ma part toute l'équipe. Dites-leur qu'ils ont fait un superbe boulot.

— Je n'y manquerai pas.

— Et passez-moi Vanessa.

À entendre sa voix, elle était fatiguée mais heureuse.

— Allô, Michael ? Où es-tu ?

— J'ai été obligé de quitter le studio. Tu as fait du bon travail, Vanessa. À la sortie du film, tu recevras beaucoup de propositions.

— Tu ne viens pas à la réception ?

— Non, malheureusement. Je suis pris par ailleurs.

— Tu m'as l'air tout drôle, Michael.

— Il est temps que tu te débrouilles toute seule à Hollywood, ma chère.

— Quoi ?

— J'ai déménagé de l'appartement.

— Je ne comprends pas, Michael.

— Nous n'avons plus besoin l'un de l'autre. Tu t'en sortiras très bien toute seule.

— Michael…

— Le bail de l'appartement court encore six semaines, ce qui te laisse le temps de trouver un autre logement. Je double ton salaire, conformément à notre contrat. Si tu as besoin de quoi que ce soit, appelle Margot.

— Michael…

— Adieu, Vanessa.

Il raccrocha. Quand il se retourna, Margot le fixait bizarrement.

— C'était pour le moins… curieux, dit-elle.

— Venez dans la cuisine.

Il sortit du réfrigérateur la bouteille de champagne et entreprit de la déboucher.

— Il y a plein de provisions dans le congélateur, dit-il. Voulez-vous dîner avec moi ?

— Que signifie exactement cette invitation, Michael ?

Il alla chercher deux coupes, qu'il remplit.

— Rien d'extraordinaire. Juste un bon dîner et une soirée de sexe sans inhibitions entre deux personnes qui se connaissent bien. D'ici lundi matin, tout sera oublié.

Elle sourit.

— Dans ces conditions, j'accepte avec plaisir.

Il lui tendit l'une des coupes. Il avait toujours été attiré par les femmes plus âgées, et il s'était toujours demandé ce que Margot donnerait au lit.

41

Michael se rendit au studio le samedi, laissant Margot allongée près de la piscine. Il visionna les rushes du dernier jour de tournage et fut stupéfait de la puissance de la prestation de Bob Hart dans la scène chantée. La monteuse, Jane Darling, et Eliot Rosen étaient également présents.

— C'est extraordinaire, Michael, dit Eliot. Vous aviez raison.

— Jane, dit Michael, réduisez-moi au minimum les plans de réaction des acteurs de complément. Je veux que rien ne vienne dénaturer la performance que nous venons de voir.

— Et les plans de Vanessa ? interrogea Eliot.

— Ils sont importants, bien sûr, mais c'est la scène de Bob, pas celle de Vanessa. N'utilisez que les plans strictement nécessaires pour montrer que le docteur a réussi à conquérir l'héroïne.

— Conquérir ? répéta Jane Darling. Je ne voyais pas la chose ainsi.

— Il s'agit d'une conquête pure et simple, insista Michael.

— Point de vue masculin, je suppose.

Michael éclata de rire.

— C'est exactement ça. Où en êtes-vous du premier montage, Jane ?

— Il ne reste plus qu'à ajouter cette scène.

— Pourrai-je visionner le tout lundi matin ?

— Oh ! je vous ferai ça pour demain.

— Si vous y arrivez, je vous enverrai une charretée de fleurs.

— Comment résister à pareille offre ? dit-elle d'un ton pince-sans-rire.

Lorsqu'il regagna sa nouvelle maison, Margot était partie.

Le lundi matin, Michael arriva à son bureau à neuf heures pile. Margot et lui se dirent bonjour comme d'habitude, sans que rien ne laissât soupçonner entre eux des rapports autres que professionnels. C'était ainsi qu'il voulait que ce fût.

— Joignez-moi Leo, dit-il.

Lorsque Margot lui passa la communication, Leo bâilla :

— 'Jour, fiston.

— Rude nuit, Leo ?

— Courte. Poker avec les copains.

— Vous êtes partant pour une projection d'une copie de travail de *Printemps Pacifique* ?

— Déjà ? Vous allez voir ça, si je suis prêt ! Onze heures au studio B.

— À tout à l'heure. (Il sonna Margot.) Nous visionnons le premier montage à onze heures, studio B. Je compte sur vous pour me remplir la salle. Ne lésinez pas sur les secrétaires.

— Puis-je venir ?

— Je ne saurais me passer de vous. Et appelez-moi les Hart, voulez-vous ?

Ce fut d'une voix lasse que Susan Hart répondit :
— Allô, Michael ?
— Bonjour, Sue. Pouvez-vous être ici à onze heures, avec Bob, pour la projection du premier montage ?
— Euh... Bob ne se sent pas très bien, mais j'y serai. Comment ça se présente ?
— Nous le découvrirons ensemble. Je suis désolé que Bob soit souffrant.
— Michael, que s'est-il passé vendredi, exactement ?
— Qu'entendez-vous par là ?
— C'est quand même bizarre... je m'endors en plein jour, ce qui ne m'arrive jamais, et Bob se retrouve à boire du vin avec vous.
— Il m'a invité à prendre un verre, dit Michael.
— Comment s'est-il procuré cette bouteille ?
— On l'a déposée à son bungalow. Un cadeau d'un admirateur, m'a-t-il dit.
— C'est ce qu'il dit.
— Qu'est-ce qui se passe, Susan ?
— Vous n'étiez pas au courant du... problème de Bob ?
— Je vous demande pardon ?
— Bob ne tient pas l'alcool. Il était au régime sec depuis des mois.
— Il me l'a dit, en effet, mais je n'en ai pas conclu qu'il avait un problème.
— Bon, je vous verrai à onze heures.
— Studio B, dit-il avant de raccrocher.
Barry Wimmer apparut sur le seuil.
— Vous avez une minute ?
— Guère plus. Entrez.
Barry lui tendit une liasse de feuillets.
— J'ai lu le synopsis de Rick pendant le week-end.
— Et ?
— Il est intéressant, ça vaut la peine que vous le lisiez. À vrai dire, je n'arrivais pas à comprendre ce que Rick faisait ici. Maintenant, je pige mieux.

— Voilà ce qu'il fait, dit Michael en tapotant les feuillets. Il est mon flic conseiller technique.

— Eh bien ! son histoire me plaît. Un bon écrivain pourrait en faire quelque chose de vraiment haletant et passionnant.

— Je le lirai dès que j'aurai un moment.

Après le départ de Barry, Michael se fit la réflexion que Rick Rivera ne serait peut-être pas une perte sèche, en définitive. Son canevas, s'il se révélait aussi bon que l'affirmait Barry, contribuerait à justifier le salaire que percevait l'ancien flic. Leo avait déjà posé des questions à ce sujet.

Michael passa prendre Leo à son bureau et l'accompagna à pied au studio de projection. Margot s'était bien acquittée de sa mission : la salle était comble.

— Serait-ce une avant-première ? demanda Leo en entrant dans la pièce.

Tout le monde rit.

Michael chercha du regard Susan Hart et la repéra au quatrième rang, celui où Leo aimait à s'asseoir.

— Leo... murmura-t-il.

— Ouais ?

— Si Susan essaie de parler avant que ce soit terminé, faites-la taire, voulez-vous ?

— O.K.

Michael suivit Leo dans la rangée et s'assit. Les fauteuils du quatrième rang étaient équipés de petites tablettes pour écrire ; Leo s'installa et prit un stylo. Michael pressa un bouton, sur l'accoudoir de son fauteuil, et dit :

— C'est bon, envoyez.

Au bout de cinq minutes, il se leva et s'adossa au mur afin d'observer les spectateurs. Il n'avait pas besoin de voir le film ; ce qui l'intéressait, c'était les réactions du public. Celui-ci était très silencieux.

Il resta appuyé contre le mur pendant la plus grande partie de la projection. Et il sut, d'après les visages, qu'il avait fait un bon film. En revanche, il ne savait pas encore s'il avait commis une folie en forçant un acteur prestigieux à tourner une scène qui risquait de les exposer, tous, à la risée du public.

Lorsque la scène débuta, Susan Hart regarda Michael avec une expression de haine implacable. Elle chuchota quelques mots à l'oreille de Leo et fit mine de se lever.

Leo la retint par le bras, un doigt sur ses lèvres, et la força à se rasseoir. Sur l'écran, Robert Hart entonna son grand air.

Michael parcourut des yeux les rangées de spectateurs – des femmes, pour la plupart – et scruta leurs visages pendant que Bob chantait. Tous, sans exception, exprimaient un émerveillement sans bornes. Mais la plus grande surprise de Michael, tandis que Hart achevait sa romance, fut de voir que Leo Goldman avait les joues luisantes de larmes.

Pour la dernière scène – celle où Bob et Vanessa s'éloignaient sur la plage en direction du cottage – la monteuse avait eu l'intelligence de greffer, en fond sonore, une version pour piano de la chanson. Lorsque l'écran s'obscurcit, le public se leva et applaudit à tout rompre.

Il fallut à Michael plusieurs minutes pour rejoindre Leo, car ils étaient tous deux assaillis par des spectatrices qui tenaient à les féliciter. Il aperçut dans la foule le visage de Susan Hart, pétrifié de colère.

Finalement, il ne resta plus dans le studio de projection que Michael, Leo, Susan, Eliot et Jane, la monteuse.

— Michael, dit Susan Hart, j'exige de voir la scène de rechange.

— Il n'y a pas de scène de rechange.

— Vous l'avez tournée, je le sais.

— J'ai brûlé le négatif ce matin.

Elle se tourna vers Leo.

— Allez-vous le laisser s'en tirer comme ça ?

— Susan, suis-je fou ou quoi ? dit Leo. N'avez-vous pas vu le film que je viens de voir ?

— Bien sûr que si.

— Et vous ne l'avez pas aimé ?

— Pas la scène chantée.

— N'avez-vous pas entendu les réactions de ces femmes ?

— Michael avait sélectionné son public.

— Et alors ? Ces secrétaires sont des personnes comme les autres. Elles vont au cinéma.

— J'ai été piégée, dit Susan. Je ne sais pas encore comment, mais je ne me laisserai pas ridiculiser.

Leo lui passa un bras autour des épaules.

— Susan, dit-il d'un ton ferme, vous pouvez remercier Michael.

42

Extrait d'un article de *Vanity Fair* :

Tandis qu'approche, une fois de plus, la cérémonie des Oscars avec son habituel cortège de pronostics dans les quotidiens et dans les magazines de cinéma, on s'intéresse de très près à un « petit » film et à son mystérieux producteur, Michael Vincent, un homme relativement nouveau dans la profession. Le film est *Printemps Pacifique,* adapté par Mark Adair d'un obscur roman homonyme des années vingt, écrit par une vieille fille nommée Mildred Parsons.

Le film a reçu quatre nominations : meilleur film, meilleur acteur, meilleure actrice, meilleur scénario adapté d'un roman. Depuis *Miss Daisy et son chauffeur,* c'est la première fois qu'une œuvre à petit budget obtient des critiques aussi dithyrambiques et, par la même occasion, un tel succès public. *Variety* annonçait la semaine dernière que le film avait déjà réalisé, rien qu'aux États-Unis, une recette de soixante-dix millions de dollars. Si jamais il fait un carton aux Oscars, les spécialistes estiment qu'il pourrait finalement rapporter plus de cent cinquante millions de dollars à l'échelle mondiale. Il s'agit là d'une nouvelle particulièrement agréable pour son producteur : en effet, d'après nos sources à la *Centurion Pictures*, son contrat lui donne droit à dix pour cent de la recette si ses budgets ne dépassent pas les vingt millions de dollars. Selon nos informations, le tournage de *Printemps Pacifique* aurait coûté moins de dix millions de dollars, auxquels il faut ajouter l'équivalent pour le tirage des copies et la publicité.

Michael Vincent est arrivé à Hollywood voici deux ans avec un seul film à son actif, le très encensé *Nuits en ville*, qui fut sélectionné au titre du meilleur film – récompense qu'il ne remporta pas – et de la meilleure actrice. La défunte Carol Geraldi, qui mourut d'une overdose peu après la fin du tournage, se vit décerner un Oscar à titre posthume grâce à une prestation qui, de l'avis de tous, aurait relancé sa carrière moribonde si elle avait survécu. *Nuits en ville* était écrit et réalisé par un étudiant de l'école de cinéma de l'Université de New York, un nommé Chuck Parish, mais ce fut le producteur du film qui, inexplicablement, récolta tous les lauriers. Vincent vendit à Leo Goldman le film tout juste terminé et signa dans la foulée, à titre personnel, un contrat de production avec le studio.

Vincent tourne en ce moment *Suite et fin*, un autre scénario de Chuck Parish. Son prochain projet serait, dit-on, un film policier qui lui a été proposé par un ex-sergent de la brigade criminelle, devenu aujourd'hui producteur associé auprès de Vincent. Cette fois, c'est Vincent lui-même qui réalise le film.

Leo Goldman, dont on pourrait dire qu'il a découvert Vincent, ne tarit pas d'éloges sur son producteur de trente et un ans. « C'est un nouveau David Selznick, nous a-t-il déclaré au téléphone. Je n'ai jamais travaillé avec un jeune producteur qui possède un tel sens du cinéma – *et* qui, en plus, casse les prix. Je ne vois personne d'autre qui aurait pu tourner *Printemps Pacifique* avec le budget dont Michael disposait. »

De fait, Vincent est expert dans l'art de filmer à peu de frais. Son secret consiste, semble-t-il, à persuader des artistes de talent de travailler pour une bouchée de pain. Par exemple, Robert Hart, dont le cachet habituel est aujourd'hui de l'ordre de trois millions de dollars, aurait consenti à tourner *Printemps Pacifique* pour moins d'un demi-million, parce que Mark Adair écrivait le scénario et parce que ce rôle lui donnait l'occasion de faire quelque chose de radicalement différent. Adair, lui aussi, aurait travaillé pour le tiers de ses honoraires habituels. Ni l'un ni l'autre n'ont souhaité faire de commentaire sur le cachet qu'ils ont touché.

Autre moyen qui permet à Michael Vincent de réduire les coûts de production : le recours à de nouveaux talents. Il a ainsi choisi Eliot Rosen, le réalisateur de *Printemps Pacifique,* à l'école de cinéma de l'UCLA, sur la foi d'une scène de huit minutes que Rosen avait tournée pour un cours. Quant à Vanessa Parks, la jeune et belle actrice qui a été nommée pour sa prestation dans ce film, elle était un mannequin peu connu lorsque Vincent l'a rencontrée. Il l'a prise personnellement sous contrat, à un salaire de cinq mille dollars par semaine – salaire qu'il a doublé après *Printemps Pacifique*. Il s'est également installé avec elle dans un luxueux appartement de Century City.

On pourrait donc supposer que tout le monde est enchanté de Michael Vincent : la *Centurion* et toutes les personnes qui ont travaillé pour lui. En réalité, ce n'est pas le cas. Il semble que presque tous ceux qui travaillent pour Vincent y gagnent d'un certain côté, mais y perdent d'un autre. Pour preuve, les salaires qu'ont touché Hart et Adair, comparés à l'argent que le film a rapporté à Vincent lui-même. D'autre part, Vincent paraît laisser dans son sillage des épaves humaines. Carol Geraldi, qui était, à l'époque où elle a tourné *Nuits en ville*, une grande consommatrice d'héroïne et de cocaïne, est aujourd'hui décédée. Robert Hart, qui, après des années de problèmes d'alcoolisme, avait cessé de boire depuis quelques mois, a dû retourner suivre une cure au Centre Betty Ford, trois jours seulement après avoir achevé sa remarquable prestation dans *Printemps Pacifique*.

Vanessa Parks est un autre exemple du même genre. Si cinq mille dollars par semaine représentent une grosse somme, cela ne fait jamais que deux cent cinquante mille dollars par an. Certes, Vincent lui a doublé son salaire, mais sa performance dans *Printemps Pacifique* et sa nomination aux Oscars la mettent en position de réclamer deux millions, voire davantage. Ses débuts d'actrice sont les plus fulgurants depuis ceux de Julia Roberts, mais c'est à Vincent que profite le plus son succès, puisqu'il l'a sous contrat exclusif et négocie toutes ses propositions.

Faut-il voir là simplement, de la part de Vincent, un sens des affaires très développé ? Il est permis d'en douter. Quand Vanessa Parks a signé son contrat avec Vincent, celui-ci lui a prélevé toutes ses dépenses courantes – vêtements, une Mercedes neuve, *tout* – sur le salaire hebdomadaire qu'il lui versait. Puis, durant le tournage de *Printemps Pacifique*, il a acheté une fabuleuse maison à Malibu Colony, sans même lui en parler. Enfin, quelques minutes après que Parks eut terminé de jouer son rôle dans le film, il l'a appelée pour lui annoncer qu'il avait déménagé de leur appartement de Century City et qu'elle avait quelques semaines pour se trouver un nouveau logement. Par la suite, il a refusé de la prendre au téléphone, sauf pour discuter de questions strictement professionnelles. Parks est retournée vivre avec Chuck Parish, qui était son fiancé à l'époque où elle a fait la connaissance de Vincent.

Nous avons écrit, au début de cet article, que Michael Vincent était un homme mystérieux. Jugez-en : il accorde volontiers des interviews à la presse, à condition qu'on ne prenne aucune photo de lui, de son bureau ni de sa maison, et qu'on ne l'interroge pas sur sa vie privée. La seule photographie existante de Vincent est celle qui illustre cet article, et elle a été prise à la télévision le jour où il reçut l'Oscar posthume de Carol Geraldi. Le petit mot qu'il prononça à cette occasion – « Je ne connaissais pas Carol Geraldi avant le tournage de *Nuits en ville* et je ne l'ai jamais revue par la suite, mais elle nous a tous émus par son talent » – est ce qu'on peut trouver de plus banal dans ce genre d'exercice obligé. Après la cérémonie, il se déroba aux habituelles interviews et séances de photos, pour se rendre directement à la réception organisée au *Spago*, où il avait le sentiment de devoir se montrer.

Quand on enquête en franc-tireur sur le passé de Michael Vincent, on ne trouve rien : une page blanche. On sait qu'il est né à New York, mais nul ne sait où il est allé à l'école et à l'université – exception faite de ses études à temps partiel à l'école de cinéma de NYU – ni où il travaillait avant d'entrer à la *Centurion*. Ses parents, dont les noms sont mentionnés sur son acte de naissance, sont apparemment décédés, car il est impossible de les localiser.

Donc, le mystérieux Mr Vincent vit en silence dans sa magnifique résidence de Malibu Colony (pratiquement un cadeau de la *Centurion*). La seule personne à laquelle il semble se confier un tant soit peu est son assistante, Margot Gladstone, une belle femme d'une cinquantaine d'années, ancienne actrice, qui a été autrefois la secrétaire de Leo Goldman. Gladstone monte la garde, et elle est efficace.

Leo Goldman et la *Centurion* portent au pinacle leur producteur Michael Vincent, ce qui n'a rien d'étonnant si l'on considère que les recettes de ses deux films terminés dépassent largement, au total, les cent millions de dollars, pour un investissement de moins de trente-cinq millions. Goldman a récemment fait entrer Vincent dans le conseil d'administration de la *Centurion*. « À part moi, explique-t-il, notre conseil était composé exclusivement de financiers et de capitaines d'industrie. J'ai senti qu'il était temps d'avoir parmi nous un autre spécialiste de cinéma. »

Ainsi le mystérieux Vincent est-il en bonne voie de connaître à Hollywood un éclatant succès, voire même l'immortalité, et qui se soucie des épaves qu'il laisse dans son sillage ? Certes, le cinéma est un milieu de requins ; toutefois, même pour Hollywood, Michael Vincent représente un cas vraiment extrême.

43

Michael posa le magazine et contempla la mer. Il avait beau se dire que ce genre d'articles faisait partie des risques du métier, la peur le taraudait. Ces journalistes avaient épluché ses antécédents, ce qui ne laissait pas de l'effrayer. Ils n'avaient pas trouvé grand-chose, parce que Michael s'était prémuni contre une telle enquête ; mais si jamais quelqu'un de malin avait une bonne raison de se renseigner sur lui, la vérité finirait par éclater.

Il tourna son esprit vers le passé et se remémora Vinnie, le collecteur de fonds, lors de ses tournées : un gangster qui cassait des doigts et des nez, qui extorquait de l'argent, qui faisait couler le sang des mauvais payeurs. Tel avait été son job. Vinnie était un autre individu, appartenant à une autre époque ; il ne ressemblait en rien à Michael, qui représentait tout ce que Vinnie avait toujours rêvé d'être.

La sonnerie du téléphone le fit sursauter. Il travaillait désormais beaucoup chez lui, mais Margot pouvait le joindre sur sa ligne directe et lui passer n'importe quel correspondant. Seules quelques personnes connaissaient son numéro personnel.

— Allô ?

— Salut, fiston ! dit Leo. Je sais que vous ne daignez plus venir au bureau, ces temps-ci, mais je compte sur vous pour la réunion du conseil à deux heures.

— J'y serai, Leo.

— Je suis impatient de vous présenter aux autres, et eux aussi sont impatients de rencontrer le producteur qui leur fait empocher tant d'argent.

Michael n'avait jamais assisté à une réunion de conseil d'administration. Il n'avait aucune idée de ce qui s'y passait.

— Que suis-je censé faire, Leo ?

— Rangez-vous à mon opinion, fiston. Votez comme moi.

— Il y aura donc un vote aujourd'hui ?

— Vous saurez tout à deux heures. Salut, dit Leo en raccrochant.

Presque aussitôt, le téléphone se remit à sonner. Cette fois, c'était la sonnerie spéciale annonçant un appel du gardien de la résidence.

— Monsieur Vincent, dit l'homme, il y a là une dame qui désire vous voir.

— Une dame ? répéta Michael, irrité.

Il était sorti avec une demi-douzaine de starlettes, mais il n'aimait pas qu'elles se pointent à son domicile sans prévenir.

— Comment s'appelle-t-elle ? demanda-t-il.

— Elle m'a chargé de vous dire « Amanda ».

D'un seul coup, l'irritation de Michael se dissipa.

— Très bien, laissez-la entrer.

Il fit rapidement le tour des pièces pour s'assurer que tout était en ordre. C'était le cas : la maison était toujours méticuleusement rangée.

On sonna à la porte d'entrée et il alla ouvrir. Amanda Goldman se tenait sur le seuil, vêtue d'une succincte robe en soie, ses cheveux blonds répandus sur les épaules. Elle était très belle.

— Bonjour, monsieur, dit-elle. Est-il trop tôt pour les livraisons ?

Michael sourit et l'embrassa sur les lèvres.

— J'accepte le colis, dit-il. Vous avez mis du temps à venir.

— J'ai pensé que l'attente vous ferait du bien. Montrez-moi votre demeure.

Michael lui fit visiter le rez-de-chaussée, la salle de projection, puis la piscine et le court de tennis.

— Maintenant, dit-elle, voyons l'étage.

Michael lui montra l'étage.

Amanda arpenta les pièces en hochant la tête d'un air approbateur. Quand elle vit la terrasse en planches avec le jacuzzi, ses yeux s'illuminèrent.

— Voilà exactement qui convient à mon humeur !

Elle porta les mains à sa nuque, défit une agrafe, et la minuscule robe en soie glissa à ses pieds. Elle ne portait rien dessous.

Michael se félicita de ce que les femmes, en Californie du Sud, aient l'obsession de la beauté et de la forme physique. Amanda Goldman, âgée d'une petite quarantaine d'années, devait avoir à peu près la même silhouette que quinze ans auparavant.

— Vous me rejoignez ? dit-elle en s'installant dans le jacuzzi.

Michael la rejoignit.

Le conseil d'administration de la *Centurion Pictures* se réunit à deux heures passées, après un échange de propos badins entre les participants. Michael avait salué tout le monde avant d'entrer dans la salle de conférence, mais Leo tint néanmoins à le présenter officiellement.

— J'ai le grand plaisir d'accueillir aujourd'hui Michael Vincent, notre nouvel administrateur. J'attends de lui qu'il nous apporte l'intelligence et la créativité d'un producteur de premier ordre – sans oublier une solide dose de bon sens.

Des applaudissements polis saluèrent cette déclaration. Leo resta debout et enchaîna :

— Messieurs, comme vous le savez, il s'agit là d'une réunion extraordinaire. J'ai convoqué le conseil afin d'examiner une offre d'achat.

Michael fut pris de court, mais il se mit aussitôt à réfléchir aux conséquences que cela pourrait entraîner pour lui. A priori, ça ne lui disait rien de bon. D'après leurs têtes, les autres membres étaient manifestement surpris, eux aussi.

— Je serais très étonné, reprit Leo, qu'aucun de vous n'ait eu vent de cette histoire. Ces nouvelles-là ont une mystérieuse façon de se propager.

Un homme grisonnant, assis à l'autre bout de la longue table, prit la parole :

— Pour ma part, Leo, je suis bougrement certain de n'en avoir pas entendu parler, or je pense être aussi bien renseigné que n'importe qui d'autre ici.

— Si vous n'étiez pas au courant, Harry, alors personne ne l'était. (Un murmure amusé parcourut la table.) L'offre émane de la société *Yamamoto,* de Tokyo.

Et Leo mentionna un très gros chiffre. Michael se prit à regretter de ne pas détenir des actions de la *Centurion.*

— *Yamamoto* ? répéta l'un des administrateurs. J'ai tendance à mélanger toutes ces compagnies japonaises.

— La société *Yamamoto* a des intérêts diversifiés : l'électronique, bien sûr ; l'immobilier, aux États-Unis et en Europe ; une usine automobile en Thaïlande ; le marché du disque et des produits pharmaceutiques en Europe. Ils ont l'air de penser qu'un grand studio de cinéma américain serait compatible avec leurs autres activités.

— S'ils offrent cette somme-là, dit Harry, c'est qu'ils sont prêts à cracher davantage. Je propose qu'on suggère à ces Orientaux roublards de se foutre leur offre au cul.

— Nous avons une motion visant à décliner l'offre, dit Leo. Quelqu'un appuie cette motion ?

— Moi, dit une voix au bout de la table.

— Qui est pour ? demanda Leo.

Un chœur d'approbations lui répondit.

— Qui est contre ?

Silence.

— La motion de Harry est adoptée à l'unanimité.

— Entendons-nous bien, Leo : ce n'est pas parce que leur chiffre ne me séduit pas que je ne pourrais pas me laisser séduire par un chiffre plus important.

— Harry, je veux que vous sachiez – vous et chacun des membres de ce conseil – que jamais je n'accepterai une offre d'une compagnie japonaise. Je ne voudrais pas paraître raciste, mais ces petits salopards possèdent déjà la *Universal* et la *Columbia*. Pour parler net, la *Centurion* n'est pas à vendre, point final.

— Tout est à vendre, Leo. Même la *Centurion*.

— Pas tant que je contrôlerai cinquante-quatre pour cent des parts.

Harry demeura coi.

— À présent, messieurs, puisqu'il n'y a pas d'autre sujet à l'ordre du jour, la séance est levée. Vous avez quartier libre cet après-midi, mais n'oubliez pas que je vous invite à dîner ce soir. Tous chez moi à sept heures.

Les administrateurs se levèrent et sortirent de la pièce en traînant les pieds et en bavardant entre eux.

Dix minutes plus tard, Michael se retrouva seul avec Leo dans son bureau.

— Dites-moi, Leo... Ces gens-là sont venus des quatre coins du pays pour assister à cette réunion, n'est-ce pas ?

— Oui.

— Vous aviez certainement une bonne raison d'agir

comme vous l'avez fait, mais je pense que si on me faisait faire tout ce chemin pour une réunion de cinq minutes, je serais plutôt furax.

— J'avais une bonne raison, admit Leo. Nous n'avons pas fini d'entendre parler de l'offre de *Yamamoto*. Ce groupe de Japs est une bande de fils de putes sans scrupules. Je voulais faire savoir au conseil d'administration que je ne suis pas disposé à envisager un seul instant d'accepter une telle offre. Tant que je contrôlerai cinquante-quatre pour cent des parts, ça ne se produira pas.

— Pourquoi donc, Leo ?

— Parce que ce studio, c'est moi. C'est ma vie. C'est ce que je fais et ce que je suis. Je le vendrai quand je serai sur mon lit de mort, et encore : à condition que l'offre soit faramineuse.

— Je vois.

— Tant mieux, parce que je veux que vous soyez de mon côté, que vous trouviez de bonnes raisons commerciales de garder le studio.

Michael se dirigea vers la porte.

— Je m'en souviendrai.

— On se revoit ce soir chez moi, dit Leo en lui adressant un petit salut avec son cigare.

44

Assis au bord de la piscine, derrière sa maison d'Hollywood Ouest, Rick Rivera contemplait la jeune femme nue qui dormait dans un transat, à côté de lui. Elle était mince, uniformément bronzée et huileuse au toucher. On était samedi, il n'était que cinq heures de l'après-midi, et Rick l'avait déjà sautée deux fois.

Il s'allongea et pensa aux changements qui étaient survenus dans sa vie depuis qu'il avait fait la connaissance de Michael Vincent. Il n'était que locataire de la maison, certes, mais il avait une option d'achat s'il parvenait à réunir un premier versement substantiel. Le cas de Cindy et du gosse était réglé : plus de récriminations au moment de la pension alimentaire, même si son ex avait fait des appels du pied appuyés pour obtenir une nouvelle voiture.

Grâce à sa position dans le monde du cinéma, il avait désormais une vie sexuelle athlétique. La starlette, en tant qu'espèce, survivrait aux cancrelats, pensa-t-il. Tant qu'il y aurait des films, il y aurait des jolies femmes prêtes à tout pour décrocher un rôle. Si une bombe H tombait sur Los Angeles et anéantissait tous les studios, ces filles rappliqueraient dès le lendemain du Nebraska et de l'Alabama, fouillant les ruines à la recherche d'un producteur à baiser pour devenir figurante. Rick poussa un soupir de grande satisfaction.

Le téléphone sans fil sonna.

— Allô ?

— Mr Rivera ?

— Lui-même.

— Ici miss Callahan, de la *Bank of America*.

Un petit nœud se forma au creux de son estomac.

— Oui ?

— Vous avez un mois de retard sur le règlement de votre carte Visa, dit-elle. Quand comptez-vous régulariser ?

— Oh ! je suis navré, ma secrétaire a dû oublier. Je veillerai à ce qu'elle vous envoie un chèque la semaine prochaine.

— À ce moment-là, vous serez déjà dans la prochaine échéance mensuelle, monsieur Rivera. Si vous voulez continuer à utiliser votre carte, il me faudra un règlement d'ici mardi, avant la fermeture des bureaux.

— D'acc, d'acc, pas de problème. Désolé pour le retard.

— Compte tenu des aléas de la poste, il vaudrait

peut-être mieux que votre secrétaire fasse le versement dans une agence.

— Entendu, dit Rivera en raccrochant.

Le jour de paie n'était que vendredi prochain. Il lui faudrait déposer le règlement dans une agence à la dernière minute, en espérant que le chèque ne serait pas présenté avant que son salaire ait été crédité sur son compte.

Son après-midi était maintenant gâchée. Tout un samedi de sexe et de farniente bousillé par une employée de banque ! C'était stupéfiant : du temps où il était dans la police, il vivait au jour le jour, arrivant tout juste à joindre les deux bouts. Aujourd'hui, il se faisait cent cinquante mille par an, et il vivait *encore* au jour le jour. Sur un pied différent, d'accord : il conduisait une BMW au lieu d'une Toyota, et il habitait un quartier plus chic ; n'empêche que, financièrement parlant, il était toujours sur le fil. Ce qu'il lui fallait, c'était augmenter son revenu de... cinquante mille par an, mettons. Ça lui permettrait de mettre de l'argent de côté tous les mois après avoir payé les factures.

Michael passait l'une de ses rares journées au bureau, parcourant la pile de lettres et de messages téléphoniques qui s'était accumulée au fil des semaines. Il avait terminé le montage négatif de *Suite et fin*, et le résultat était bon. Le film ne décrocherait peut-être pas l'Oscar du meilleur long métrage, mais il rapporterait de l'argent – et Michael, grâce à son pourcentage et aux détournements de fonds de Barry Wimmer, serait encore plus riche l'année prochaine.

Le téléphone bourdonna.

— Oui ?

— Rick voudrait vous voir, dit Margot. Il dit que c'est important.

Il soupira. Ce Rivera était vraiment un emmerdeur.

— Bon, d'accord.

Rick entra, l'air très affairé, et posa sur le bureau de Michael un script tout neuf.

— Il vient juste d'être tapé, dit-il. C'est le découpage définitif. On commence quand ?

— Je viens de boucler *Suite et fin*, répondit Michael. Je mettrai celui-ci en préproduction la semaine prochaine, si le script est correct.

— Qui mettra en scène ?

— Moi.

— Parfait, parfait. D'après ce que j'ai vu des rushes de *Suite et fin*, vous allez être un réalisateur de premier plan.

« Pourquoi faut-il que je supporte la flagornerie de ce type exaspérant ? » se demanda Michael. Il l'aurait volontiers sacqué sur-le-champ. D'accord, le synopsis de Rivera avait fini par donner naissance à un scénario filmable, mais c'était le seul travail productif que l'ex-flic eût fourni depuis qu'il s'était introduit de force dans les bureaux de Michael.

— Merci, Rick. Vous aviez autre chose à me dire ?

Rivera se leva pour fermer la porte, puis revint s'asseoir.

— J'ai eu un coup de fil ce week-end... commença-t-il.

— Oui ? grogna Michael.

— D'un agent du FBI de Los Angeles, mentit Rivera.

Pour le coup, Michael se fit du souci, mais il s'efforça de ne pas le montrer.

— Et... ?

— Cet agent affirme avoir épluché tous les dossiers concernant un nommé Callabrese. Il a découvert que j'avais fait de même voici quelque temps.

— Pourquoi ferait-il une chose pareille ? s'enquit Michael, alarmé.

— Il n'a pas voulu me le dire précisément. Il voulait juste savoir si j'avais dégoté autre chose sur ce type – des renseignements qui n'étaient pas dans les dossiers du FBI.

— Allons, Rick, ne me faites pas languir. Qu'est-ce qu'il a sur moi, à votre avis ?

« Il ne peut rien avoir du tout, se rassura Michael. Je n'ai jamais commis de délit fédéral, je n'ai jamais rien fait de nature à attirer sur moi l'attention du FBI – du moins, pas à Los Angeles. »

— Eh bien, dit Rivera, je sais que cet agent particulier dirige le service des écoutes téléphoniques au bureau de Los Angeles. D'après moi, c'est comme ça qu'il est tombé sur le nom de Callabrese.

— Quoi d'autre ?

— C'est tout. Il m'a demandé de l'appeler si j'avais du nouveau.

— Parfait, ne vous tracassez pas. Maintenant, Rick, j'ai des coups de fil à donner.

— Euh, Michael... vous allez très bientôt mettre mon film en chantier. Ça ne mérite pas une petite augmentation ?

— Écoutez-moi bien, Rick. Depuis le temps que vous êtes ici, je vous ai versé beaucoup d'argent, tout ça pour un seul et unique canevas. Votre grande occupation, c'est d'organiser des séances de casting pour des films inexistants et de baiser toutes les filles qui veulent bien tomber dans le panneau. Je vous recommande vivement de réfléchir à ce que vous deviendriez si vous ne travailliez pas pour moi, si je n'étais pas là pour vous entretenir.

— Attendez, Michael, je ne voulais pas...

— Bien sûr que si, Rick. Vous comptiez m'extorquer encore de l'argent. Eh bien ! je vais vous dire une bonne chose : si vous voulez continuer à gagner ce que vous touchez actuellement, vous avez intérêt à me rapporter des idées qui soient filmables. C'est bien compris ?

— D'accord, Michael, je vais m'y mettre.

— Je vous le conseille. D'autre part, je ne veux plus voir de ravissantes idiotes défiler dans votre bureau. Organisez ailleurs vos castings bidons, pigé ?

Rick se dirigeait à reculons vers la porte.

— Bien sûr, Michael, comme vous voudrez. Tenez, je pense à une affaire dont je me suis occupé il y a quelques années…

— Écrivez un synopsis, le coupa Michael. Qu'il soit sur mon bureau d'ici la fin de la semaine.

— Comptez sur moi, Michael.

— Et si cet agent du FBI vous rappelle, je veux entendre la conversation.

— S'il me rappelle, je vous le fais aussitôt savoir.

— Branchez un magnéto sur votre téléphone. Je veux entendre la bande.

— D'accord, Michael. Tout de suite.

Rivera sortit à reculons et ferma la porte.

Michael se mit à réfléchir. Au bout d'un moment, il sut qu'il y avait un seul endroit, à Los Angeles, où il avait utilisé le nom de Callabrese.

Il quitta son bureau, prit sa voiture et roula dans les rues jusqu'à ce qu'il ait trouvé une cabine téléphonique en état de marche. Il sortit son répertoire de poche, chercha un numéro et le composa. Il reçut pour toute réponse un *bip* insistant.

— Message pour Mr T., dit-il. Qu'il appelle V. ce soir d'un téléphone fiable.

Il raccrocha, remonta dans sa Porsche et regagna le studio.

45

Debout sur le pas de sa porte, Michael regarda la limousine extra-longue suivre la route menant du poste de surveillance jusqu'à son allée privée. La voiture s'arrêta et le chauffeur descendit d'un bond pour ouvrir la portière à Tommy Pro, escorté d'une blonde.

Michael se porta à leur rencontre et étreignit Tommy.

— Mais tu as minci, ma parole ! (Il tint Tommy à bout de bras et l'examina de la tête aux pieds.) Et tu as changé de tailleur ! Tu es superbe !

Tommy eut un large sourire.

— Deux mille dollars pièce, *paisan*.

Se tournant vers la blonde, il fit les présentations :

— Voici Sheila.

— Salut, Sheila, dit Michael.

— Bonjour.

La fille était nerveuse et semblait un peu barbouillée.

Michael s'adressa au chauffeur :

— Portez les bagages au pavillon des invités. Suivez le hall jusqu'à la terrasse et c'est à gauche, près de la piscine.

— Ben dis donc ! s'extasia Tommy en regardant autour de lui. Voilà ce que j'appelle une piaule de première bourre. C'est mieux que l'hôtel *Bel-Air* !

— J'ai pensé que ça te ferait plaisir de séjourner chez moi, dit Michael en lui faisant les honneurs de la maison.

— Tommy... murmura Sheila en le tirant par la manche.

— Ah ! ouais. Dis donc, Vinnie, est-ce qu'un coursier a apporté un paquet pour moi ?

— Le voilà, dit Michael en prenant une grosse enveloppe brune sur la console du hall.

Tommy tendit le paquet à la fille. Comme elle allait s'en saisir, il retira brusquement sa main.

— Ne force pas la dose, hein ? On doit assister à la cérémonie des Oscars et je ne veux pas que ta cervelle d'oiseau soit complètement envapée.

— Promis, Tommy, dit-elle d'un ton soumis.

Il lui donna le paquet et elle s'éloigna en trottinant vers le pavillon des invités, à la suite du chauffeur. Tommy secoua la tête en riant.

— Ces camés, faut qu'ils aient leur came !

— Ça ira, tu crois ? demanda Michael.

— Mais oui, mais oui. Elle a fait un long voyage ;

elle ira très bien quand elle aura eu son fix. (Il s'esclaffa en voyant l'expression soucieuse de Michael.) T'inquiète pas, petit, je vais pas te coller sur les bras une autre nana défoncée.

Michael lui fit visiter la maison et, après les louanges de rigueur, Tommy le suivit sur la terrasse donnant sur l'océan. Un homme en veste blanche se matérialisa devant eux.

— Puis-je vous servir quelque chose, messieurs ?

— Un vermouth avec des glaçons. (Tommy se tourna vers Michael.) Faut que j'évite les alcools forts. Mon poids, tu comprends...

— Je prendrai un *Pellegrino*, dit Michael.

— Toi aussi, hein ? dit Tommy en riant.

— Ce n'est pas une ville où on picole, expliqua Michael. Au bout d'un moment, on s'habitue à payer cinq dollars un verre d'eau.

Ils s'installèrent confortablement dans des fauteuils en osier et contemplèrent l'Océan Pacifique.

— C'est vraiment quelque chose, dit Tommy en secouant la tête avec envie. Tout un océan au pas de ta porte... Un océan *bleu*, en plus ! Tu sais combien il faut casquer, aujourd'hui, pour zieuter l'océan à Long Island ? Des millions, et tout ça pour voir l'Atlantique grisâtre !

— Tu m'as l'air en super forme, Tommy. Je ne t'ai jamais vu si maigrichon.

— Ben tu sais, on vit à une époque où faut faire bonne impression. (Il se pencha en avant.) J'ai un entraîneur personnel qui vient à la maison trois fois par semaine. Maria en est baba.

— Comment va-t-elle ? demanda Michael. Et les gosses ?

Tommy eut un geste vague de la main.

— Ah ! Maria reste la même, toujours à râler. Les gosses sont super. Figure-toi que Tommy Junior s'est fait choper par les flics ! dit-il en riant.

— Quoi ?

— Il a volé une Mercedes pour aller se balader.

Tu te rends compte ? Un môme de douze ans qui pique une Mercedes !

— Bon début.

Michael se souvint que c'était sa propre inculpation pour vol de voiture qui était à l'origine de cette rencontre.

— Tu sais, dit Tommy, je les attends avec impatience, ces Oscars. Comment tu t'es débrouillé pour nous avoir des invitations ?

— Je suis membre de l'académie, expliqua Michael. Malheureusement, vous ne serez pas placés juste devant. Les premiers rangs sont réservés aux nominés. Vous serez dans la deuxième moitié de l'orchestre.

— Ça ira au poil. De toute façon, je ne veux pas être trop près de toi. Je ne tiens pas à ce qu'on nous voie ensemble pour le moment, tu piges ?

— Raconte-moi comment ça se passe à New York, dit Michael.

— Le mieux du monde.

Tommy prit son verre sur le plateau d'argent que lui tendait le majordome et attendit que celui-ci se fût retiré.

— Anglais ? s'enquit-il.

— Non, irlandais. Ce sont les meilleurs.

— Tu m'impressionnes, mon garçon.

— Revenons-en à New York.

— Eh bien... tu as dû lire dans les journaux, même ici, qu'il y a eu du grabuge dans la Famille.

— Ouais, j'ai vu que Benny Nickels et Mario B. s'étaient fait descendre.

— En sortant d'un restaurant de Park Avenue, pas moins.

— Et ça t'a profité ?

— Tu parles ! J'ai enrôlé à mon service tous les gars de Benny et une bonne moitié de ceux de Mario. Le Parrain est très, très content de moi en ce moment.

— Comment va-t-il, au fait ?

— Il décline. Son foie... Il a toujours bu plus que de raison.

— Qu'est-ce qui se passera, après lui ?

Tommy eut un fin sourire.

— Moi.

— Génial !

Tommy regarda autour de lui.

— Tu as fait ce que je t'ai dit pour cette maison ?

— Oui, on l'a passée au peigne fin ce matin. Pas de micros, crois-moi. Personne ne me cherche des poux dans la tête, ici.

— Sauf le FBI.

— Même pas. D'après ma source, l'agent qui dirige le service des écoutes à Los Angeles s'intéresse à Callabrese. Comme je te l'ai dit au téléphone, il n'y a qu'un seul endroit dans cette ville où je me suis servi de ce nom.

— La banque, acquiesça Tommy. J'ai envoyé un émissaire à Winfield. Il va prendre ses précautions.

— Je ne sais pas si je dois lui laisser mon argent. Qu'est-ce que tu en penses ?

— Combien as-tu chez lui ?

— Environ trois millions quatre.

— Pas mal, dis donc ! Tu as laissé courir les intérêts ?

— Presque en totalité. De temps à autre, j'ai besoin d'un peu de liquide « discret », tu comprends ?

— Tu parles si je comprends ! dit Tommy en riant.

— En tout cas, ici, tu ne risques rien. Malibu Colony est un endroit très, très privé.

— Bien, bien. Tu sais, petit, je suis drôlement fier de toi. Tu te débrouilles comme un chef. Les journaux parlent de toi sans arrêt.

— Tu as lu l'article de *Vanity Fair* ?

— Ouais. C'était un peu dur.

— Les choses se tassent. J'ai donné un quart de million de dollars à une œuvre contre le sida. Don anonyme, bien sûr. Dès le lendemain, les gazettes professionnelles s'en faisaient l'écho.

Tommy en demeura bouche bée.

— Tu as *donné* un quart de million ?

— Investissement rentable. Maintenant, dans le métier, j'ai la réputation d'un philanthrope. Le seul problème, c'est que toutes les œuvres charitables de la ville ont aussitôt ramené leur fraise. Je distribue dix mille par-ci, vingt mille par-là.

— Tu peux te le permettre, mon gars, avec trois millions et demi investis dans le marché gris.

— Ce n'est que la partie émergée de l'iceberg, Tommy. Je me suis fait près de quinze millions de dollars en pourcentage sur trois films, et ce n'est pas fini.

— Combien il te reste, là-dessus ?

— Déduction faite des impôts, des frais, tout ça... quatre millions, grosso modo, en plus de ce qui est sur le marché gris.

— Les impôts ! gloussa Tommy en secouant la tête. Tu te rends compte ? Dire que toi et moi, on paie des impôts !

— Toi aussi ?

— J'ai une très belle brochette d'activités légales. Je dirige une douzaine de petites affaires qui dépendent d'une holding. Nous avons des locaux dans un immeuble de bureaux – la totale, quoi ! Et nous payons des impôts ! Les Fédés s'en arrachent les cheveux.

— L'avenir est là, dit Michael. Dans la légalité fiscale.

— Je suis toujours à la recherche d'un bon investissement, dit Tommy. À ce propos, des amis à moi ont abordé le sujet de la *Centurion Pictures*.

Michael faillit en lâcher son verre.

— La *Centurion* ?

— Tout juste. J'ai noué certains contacts au Japon. Ils ont leur petite *Cosa Nostra* personnelle, là-bas, sauf qu'ils se font appeler les *yakuzas*.

— Très intéressant.

— En fait, ils nous ont pris de vitesse pour se

reconvertir. Ça fait des années qu'ils infiltrent les grosses, grosses entreprises du pays. De toi à moi, ils ont la haute main sur *Yamamoto*.

— Ah ouais ?

— Et ils pensent qu'il y a beaucoup d'argent à ramasser dans le cinéma.

— Ils ont raison sur ce point, dit Michael. La *Universal* et la *Columbia* sont déjà tombées dans le giron japonais.

— Mes amis estiment qu'ils pourront gagner encore plus d'argent que ces studios-là en utilisant, disons... des méthodes éprouvées.

— Très intéressant.

— D'autant que tu fais partie du conseil d'administration de la *Centurion*.

— J'ai assisté à ma première réunion l'autre jour.

— Et ?

— Leo Goldman a fait savoir aux administrateurs qu'il ne vendrait jamais, et surtout pas aux Japonais. Il possède cinquante-quatre pour cent des actions, tu sais.

Tommy eut l'ombre d'un sourire.

— Il ne possède pas, il *contrôle*. Grosse différence. (Il se leva.) Bon, je vais faire un brin de toilette. On reparlera de tout ça plus tard.

Une fois seul, Michael regarda les vagues déferler sur la plage, en essayant d'imaginer ce que cette nouvelle conjoncture pourrait lui apporter.

46

Une limousine du studio passa prendre Michael dans l'après-midi pour le conduire au Pavillon Dorothy Chandler, théâtre de la remise des Oscars. Leo avait tenté de le convaincre d'escorter une actrice qui tenait la vedette dans l'un des films de la *Centurion*, mais Michael avait insisté pour y aller seul.

Un laissez-passer était scotché sur le pare-brise de la voiture, ce qui permit au chauffeur de déposer ses passagers devant la porte d'entrée, où étaient installées les caméras de télévision. Michael fit son entrée sur les talons de Meryl Streep et de son mari ; le présentateur de la soirée, posté devant les tribunes, ne le reconnut pas. Michael s'en félicita. Depuis l'article de *Vanity Fair*, il jugeait bon de cultiver l'image de « l'homme mystère », tout en faisant de bonnes actions anonymes qui, immanquablement, étaient rendues publiques.

À l'intérieur du Pavillon, il retrouva Leo et Amanda. Le trio se fraya un chemin dans la foule, tandis que Leo présentait Michael à la moitié des stars de cinéma de la ville. Peu après, une voix retentit dans les haut-parleurs :

— Mesdames et messieurs, veuillez gagner vos places. Nous passons à l'antenne dans douze minutes.

Michael s'assit à côté de Leo et Amanda, au dixième rang de l'orchestre. Tandis que s'élevait la musique annonçant le début de la retransmission télévisée, il chaussa ses lunettes à grosse monture noire. Bien que Rick Rivera fût neutralisé, il était terrifié à l'idée d'être reconnu par un témoin du meurtre de Moriarty.

Il repéra, sur sa droite, Vanessa Parks et Chuck Parish qui étaient assis de l'autre côté de l'allée. Il les salua d'un signe de tête, mais ils l'ignorèrent superbement.

Après dix minutes de monologue du maître de cérémonie, et encore dix minutes de danses et de chansons, la remise des prix commença. Il n'y en avait que quatre qui intéressaient tant soit peu Michael, à savoir les nominations obtenues par *Printemps Pacifique* : meilleure actrice, meilleur acteur, meilleur film et meilleur scénario (adaptation). En fait, le seul

Oscar dont il se souciât vraiment, c'était celui du meilleur film. Parce qu'il lui reviendrait directement.

Leo se pencha devant Amanda pour murmurer à Michael :

— Je ne sais pas si vous l'avez remarqué l'année dernière, mais la cérémonie paraît toujours plus longue ici qu'à la télévision.

Michael ne put qu'approuver. Le spectacle qui se déroulait dans l'immense auditorium l'ennuyait prodigieusement. Il laissa vagabonder son esprit, passant d'une idée à une autre : ses relations bancaires avec la *Kensington Trust*, la projection à venir de son nouveau film, Tommy Pro annonçant – surprise ! – qu'il était lié aux Japonais qui faisaient une offre pour la *Centurion*... Il se demanda ce que voulait dire Tommy en affirmant que Leo contrôlait, mais ne possédait pas, la majorité des actions du studio.

Le nom de Vanessa l'arracha à sa rêverie, et il s'aperçut qu'un extrait de *Printemps Pacifique* était projeté sur un écran géant. Suivit le rituel de l'enveloppe, et ce fut le nom d'une autre actrice qui fut proclamé. Il jeta un coup d'œil à Vanessa : pâle et raidie, elle applaudissait sans bruit l'heureuse gagnante. Dès que celle-ci eut prononcé son mot de remerciement, Vanessa et Chuck se levèrent et quittèrent la salle. Manque de classe, pensa Michael. Les journaux rapporteraient l'incident. Restait à espérer que le film n'en souffrirait pas.

Encore des danses et des chansons, encore des rires du maître de cérémonie, et puis on annonça le prix du meilleur acteur. Michael regarda autour de lui et repéra, trois rangs plus loin, la nuque de Bob Hart. Il savait que le comédien resterait de marbre pendant la lecture des noms des nominés et la projection de leurs extraits de films. L'extrait de Bob passa en dernier et fut suivi d'une rafale d'applaudissements. Cela devait bien vouloir dire quelque chose, pensa Michael. Après tout, les gens qui applaudissaient étaient ceux-là mêmes qui avaient voté.

Une actrice longiligne, qui avait remporté l'Oscar l'année précédente, lut son bout de papier :

— Et le vainqueur est... Robert Hart pour *Printemps Pacifique* !

Le titre du film fut noyé dans le tonnerre d'acclamations du public. Hart descendit l'allée centrale et monta sur la scène.

— Je serai aussi bref que me le permettra ma conscience, déclara l'acteur. Tout d'abord, je veux remercier ma femme, Susan, sans laquelle je n'entreprends jamais rien, comme vous le savez tous.

Lorsque Susan eut été dûment applaudie, Hart égrena une longue litanie de noms avant de conclure :

— Pour finir, je tiens à remercier l'homme qui, par sa clairvoyance et ses conseils éclairés, a été le principal artisan de *Printemps Pacifique*.

Il marqua une pause pour reprendre son souffle.

Michael se sentit tout réchauffé intérieurement. Il ne put s'empêcher de sourire.

— Leo Goldman ! s'écria alors Hart.

Et, brandissant son Oscar, il quitta la scène dans un tintamarre triomphal.

Michael en resta assommé. Amanda lui étreignit le bras et Leo se pencha vers lui pour murmurer :

— C'est dégueulasse, ce qu'il a fait.

Michael prit une profonde inspiration et essaya de faire bonne figure. Il aurait voulu s'enfuir à toutes jambes, mais il se calma et attendit.

Enfin, enfin, arriva le prix du meilleur film. Les yeux vitreux, Michael regarda les extraits qui se succédaient sur l'écran. Il venait d'essuyer un affront personnel devant un milliard de témoins, aux quatre coins du monde, et il se demandait avec frénésie comment il parviendrait à quitter l'auditorium sans croiser le regard d'une seule des personnalités présentes.

— *Printemps Pacifique*, produit par Michael Vincent ! proclama une voix.

Michael continua de fixer le dos du siège, devant lui. Soudain, Leo se mit à lui donner de grandes claques dans le dos en criant :

— Debout, fiston, vous avez gagné !

Hébété, Michael se leva. Poussé par Amanda, il s'engagea dans l'allée. Lentement, comme s'il était épuisé, il gravit les marches de la scène et reçut un baiser sur la joue de la part d'une actrice qu'il avait admirée toute sa vie.

Les applaudissements s'apaisèrent lorsqu'il grimpa sur le podium et s'éclaircit la gorge.

— J'ai déjà remercié de nombreuses fois, et avec effusion, toutes les personnes associées à cette merveilleuse aventure que fut *Printemps Pacifique*, y compris le fantastique Leo Goldman. Il ne me reste donc plus qu'à vous remercier, tous, de m'avoir attribué cet Oscar. Bonsoir.

Quelqu'un le prit par le coude et le guida vers les coulisses. Flageolant, en sueur, encore sous le choc de la double surprise – le camouflet de Bob Hart et le gain de l'Oscar – Michael se retrouva soudain dans une pièce remplie, lui sembla-t-il, d'un millier de photographes. Bob Hart terminait juste ses déclarations devant une forêt de micros. Alors, reprenant ses esprits, Michael traversa la pièce à grandes enjambées et serra sur son cœur l'acteur stupéfait, en lui chuchotant à l'oreille : « Pour toi, fils de pute ! » Puis il se recula et secoua vigoureusement la main de Hart, tandis qu'un millier de flashes immortalisaient l'événement.

Médusé, Hart se laissa entraîner à l'écart des micros et Michael prit sa place. Jamais il n'aurait imaginé qu'il pût exister autant de journalistes. Faisant la sourde oreille aux questions qu'on lui criait, il leva les mains – dont l'une serrait la statuette étonnamment lourde – pour réclamer le silence.

— Mesdames et messieurs, je suis trop abasourdi

pour répondre à vos questions. Je me bornerai donc à souligner que je dois cette récompense aux superbes prestations de Vanessa Parks et de Robert Hart, ainsi qu'à l'exceptionnel travail d'un nouveau metteur en scène, Eliot Rosen. Sans leur talent à tous, je ne serais pas en train d'agripper cet Oscar, que je ne suis pas près de lâcher.

Il délaissa les micros et se fraya à grand-peine un chemin dans la cohue, en distribuant des « Merci » à la ronde. Il n'avait pas besoin de regagner sa place, puisque l'Oscar du meilleur film clôturait la cérémonie ; on entendait d'ailleurs l'orchestre jouer la musique de fin. Il chercha l'entrée des artistes, laquelle donnait sur la rue où étaient garées les limousines. Comme il se dirigeait vers un panneau « sortie », quelqu'un le prit par le bras et le fit entrer dans ce qui devait être le bureau du régisseur. Croyant qu'il s'agissait d'un journaliste, Michael s'apprêtait à le rabrouer vertement, mais l'homme lui présenta un portefeuille avec une carte d'identité.

— Monsieur Vincent, je suis l'agent spécial Thomas Carson, du FBI. (D'un signe de tête, il indiqua son compagnon.) Et voici l'agent spécial Warren. Nous voudrions vous parler.

— Qu'est-ce que vous me voulez, bon Dieu ? demanda Michael avec colère.

— Mais peut-être devrais-je vous appeler Vincente Callabrese ?

Quoique terrifié, Michael ne perdit pas son sang-froid.

— Qu'est-ce que vous racontez ?

— C'est bien votre véritable nom, n'est-ce pas ?

— Je m'appelle Michael Vincent et je m'élève contre de tels procédés.

— Refusez-vous de nous parler ? dit l'agent d'une voix un brin menaçante.

— Certainement, je refuse ! répliqua Michael sans se démonter. Si vous désirez me parler, appelez ma secrétaire pendant les heures de bureau. Est-ce clair ?

— Peut-être préférez-vous venir bavarder dans nos locaux ?

— Suis-je en état d'arrestation ? demanda Michael d'un ton sec.

— Pas exactement.

— Dans ce cas, ôtez-vous de mon chemin !

Il passa entre les deux hommes, à les toucher, et sortit dans le couloir. Avisant le panneau « sortie », il se dirigea de nouveau vers cette issue.

Une marée de limousines envahissait la rue. Michael chercha frénétiquement la sienne, mais elles semblaient toutes identiques.

— Monsieur Vincent ? cria une voix.

Michael reconnut son chauffeur.

— Oui, oui, dit-il en se hâtant vers la voiture.

— Félicitations, monsieur, dit le chauffeur avec un sourire radieux.

— Filons d'ici, dit Michael en s'engouffrant à l'arrière de la limousine. Ramenez-moi à la maison.

Le chauffeur tourna la tête et le regarda par-dessus le siège.

— Vous n'allez pas à la réception de Lazar au *Spago* ?

Michael hésita. S'il ne se montrait pas à la réception, les journaux en feraient leurs choux gras le lendemain matin. Il devait faire bonne figure.

— Bon, d'accord, emmenez-moi au *Spago*, mais prenez votre temps. Je ne veux pas arriver le premier.

Il s'enfonça dans la banquette et s'efforça de recouvrer son sang-froid.

47

Michael rentra chez lui avant minuit. Il souhaita une bonne nuit au chauffeur, lui donna cent dollars de pourboire et ouvrit la porte avec sa clef. Les domestiques dormaient dans leurs appartements et le pavillon des invités était plongé dans l'obscurité.

À la réception de Lazar, il s'était montré tout juste courtois envers ses hôtes et les autres convives. Il n'avait pas cessé de se creuser la cervelle pour trouver une parade à la menace que représentait le FBI. Les agents connaissaient son véritable nom, et ils savaient que Rick Rivera le connaissait aussi. Ils devaient également savoir *pourquoi*. Michael n'avait pas beaucoup de temps.

Il sortit sur la terrasse, longea la piscine jusqu'au pavillon des invités, frappa à la porte et entra. Tommy et Sheila n'étaient pas encore rentrés. Il ne lui fallut pas longtemps pour trouver ce qu'il cherchait ; il saisit l'enveloppe marron et la fourra dans sa poche. Il alla ensuite dans la cuisine et fourragea dans les placards, où il finit par trouver des sacs de congélation en plastique. Il en emporta deux sur la plage, les mit l'un dans l'autre et les remplit de sable. De retour dans la maison, il roula le sac en forme de saucisse et le ferma avec du scotch. Sous l'évier, il trouva une paire de gants en caoutchouc qu'il empocha.

Le gardien quittait son poste à minuit, mais la barrière s'ouvrit automatiquement à l'approche de la Porsche. Michael roula lentement dans les rues de Los Angeles, prit l'autoroute et sortit à Sunset. Il arriva bientôt à Hollywood Ouest et, peu après une heure du matin, il trouva l'adresse qu'il cherchait.

En allant se garer au bout de la rue, il put constater que le pâté de maisons tout entier était obscur et silencieux. Il rebroussa chemin à pied jusqu'à la maison qui l'intéressait et grimpa sur la véranda de devant. Aucune fenêtre n'était éclairée. Il sonna à la porte.

Une lumière s'alluma à l'arrière. Un moment plus tard, Rick Rivera, les yeux bouffis de sommeil, vint lui ouvrir.

— Michael ? Que diable... ?

— Il faut que je vous parle, Rick.

— Entrez, entrez donc. Félicitations pour l'Oscar, c'est vraiment chouette. Je vous offre à boire ?

— Êtes-vous seul ?

— Absolument.

— Pas de filles dans la maison ?

— Pas une seule, dit Rick en se tournant vers le bar.

— Rien pour moi, dit Michael. Mais vous, prenez quelque chose.

Rick se servit une généreuse rasade de bourbon.

— Avec ce que j'ai déjà bu, je ne suis plus à un verre près.

— Je ne vous retiendrai pas longtemps, Rick. J'ai quelque chose à vous demander.

— Oui ?

— J'ai eu la visite du FBI ce soir, dans les coulisses, après la cérémonie.

— Sans blague ?

— Qu'est-ce qu'ils ont sur moi, Rick ?

— Je vous l'ai dit : je crois qu'ils vous ont déniché à la suite d'une écoute.

— Et qu'ont-ils déniché, exactement ?

— Je n'en sais rien. Je sais simplement que l'agent qui m'a appelé, Carson, est le responsable du service des écoutes.

— Qu'est-ce qu'ils vous ont demandé, précisément ?

— Ils m'ont demandé pourquoi je m'étais renseigné sur Callabrese.

— Et qu'est-ce que vous leur avez répondu ? Précisément.

— Que j'avais relevé les empreintes de Callabrese sur la voiture qui avait écrasé l'avocat.

— Quoi d'autre ?

— C'est tout.

— Rick, vous avez affirmé avoir emporté avec vous votre fameuse preuve quand vous avez quitté la police. C'est exact ?

— Oui. (Rivera écarta les mains.) Écoutez, Michael,

c'est une simple assurance. Je n'ai pas l'intention de vous dénoncer.

— Quelle est la nature de cette preuve, au juste ?

— La fiche des empreintes relevées sur la voiture, et la fiche avec les empreintes que nous a faxées le FBI.

— Est-ce que la fiche des empreintes relevées sur la voiture est la fiche originale ?

— Oui.

— Il en existe des copies ?

— Non.

— Votre coéquipier n'est pas au courant ?

— Non. Il était en vacances quand ça s'est présenté.

— Et où est-elle, maintenant, cette preuve ?

— Je vous l'ai dit : chez mon avocat.

— Je vois.

Michael alla ouvrir la porte.

— Venez par là, dit-il. J'ai quelque chose à vous montrer.

Rivera s'approcha et jeta un coup d'œil dans la rue enténébrée.

— Quoi donc ?

Michael brandit sa matraque improvisée et, se souvenant de son expérience antérieure, frappa Rick en plein sur la nuque.

Rick ploya les genoux et s'affala par terre. Michael le traîna dans le hall, ferma la porte, puis massa le cou de l'ex-policier pour prévenir toute ecchymose.

Il fit rapidement le tour de la maison, allumant les lumières sur son passage et les éteignant derrière lui. Il retourna dans le hall, hissa Rivera sur son épaule, le transporta dans sa chambre et le balança sur le lit. Il le dépouilla de son peignoir, lui laissant uniquement son caleçon, puis le coucha sous les couvertures.

Il sortit de sa poche la grosse enveloppe marron de Sheila, enfila les gants en caoutchouc et ouvrit le paquet. Celui-ci contenait deux ampoules pharmaceutiques de morphine, ainsi qu'une demi-douzaine de seringues jetables et un fin tuyau de caoutchouc.

Rivera émit un gargouillis et battit des paupières. Pas de temps à perdre. Michael remplit de morphine l'une des seringues, se plaça derrière Rivera et lui entortilla le bout de caoutchouc autour du bras. La veine saillit en beauté. Rivera tressauta et ouvrit les yeux, le regard fixé sur Michael.

D'un geste vif, Michael enfonça l'aiguille dans la veine et vida le contenu du tube. Rivera ouvrit la bouche comme pour parler, puis ses yeux se révulsèrent et sa tête roula sur le côté. Michael laissa l'aiguille dans la veine, prit la main droite de Rivera et la referma sur la seringue afin d'y imprimer les empreintes de l'ancien policier. Il fit de même pour les autres seringues et les ampoules de morphine, puis il rangea le tout dans le tiroir de la table de chevet.

Toujours ganté de caoutchouc, Michael entreprit une fouille systématique de la maison. Au bout de dix minutes, la chance lui sourit : il trouva dans un petit secrétaire, au salon, une enveloppe à l'en-tête du LAPD [1] contenant deux fiches d'empreintes et le calepin personnel de Rivera. Il ferma le tiroir, éteignit la lumière et regagna la chambre pour arranger le corps de Rivera dans une position plus naturelle. En guise de touche finale, il alluma la télévision qui diffusait un film en nocturne. Laissant allumé dans la chambre, il refit le chemin en sens inverse jusqu'à la porte d'entrée, en s'assurant au passage qu'il n'avait laissé aucune trace de sa visite. Enfin, après un bref regard des deux côtés de la rue déserte, il sortit en fermant la porte derrière lui.

Lentement, il remonta le trottoir, s'installa au volant de sa Porsche et démarra. Avant d'allumer ses phares, il jeta un coup d'œil dans les rétroviseurs : pas une

1. Los Angeles Police Department *(N.d.T.)*

lumière ne brillait dans la rue. Prenant soin de rester en deçà de la vitesse limite, il rentra à Malibu.

Il franchit la barrière de sécurité à l'aide de sa carte et rangea la voiture dans le garage. Il nota que toutes les maisons de Malibu Colony étaient plongées dans l'obscurité.

De retour chez lui, il alla dans la cuisine, rangea les gants de caoutchouc sous l'évier et se munit d'une pochette d'allumettes. Il sortit de la maison par derrière, longea la plage au clair de lune et, tout en marchant, vida le sac en plastique rempli de sable. Au bout de cent mètres, il s'approcha du bord de l'eau, vérifia qu'il était seul, gratta une allumette et mit le feu à l'enveloppe du LAPD. Il la tint entre ses doigts pendant qu'elle brûlait. Lorsqu'elle fut complètement consumée, il la laissa tomber dans l'océan. La marée descendante emporta les fragments carbonisés.

Il regagna la maison et s'apprêtait à monter dans sa chambre quand Tommy entra avec sa clef, Sheila sur ses talons. Il fonça sur Michael et le serra contre lui à l'étouffer.

— Tu l'as eu, mon salaud ! s'écria-t-il en le secouant comme une poupée de chiffons.

— Félicitations, Michael, dit Sheila, qui paraissait ravagée. Tommy, je vais me coucher.

— Vas-y, mon cœur, je te rejoins dans une minute.

Les deux hommes regardèrent la blonde sortir de la maison d'un pas saccadé.

— Tommy, dit Michael, j'ai été obligé d'emprunter la came de Sheila. Un ami était en manque.

— Tu as tout pris ? s'étonna Tommy.

— Il était en grand manque. J'espère que tu pourras la remplacer sans trop de difficulté.

— Pas de problème, *paisan*. J'arrangerai ça demain matin.

— Je suis fourbu, Tommy. On discutera au petit déjeuner.

— D'acc.

Tommy planta un gros baiser sur la joue de Michael et se dirigea vers le pavillon des invités.

Michael monta pesamment l'escalier, vidé de toute adrénaline et de toute énergie, mais certain d'avoir couvert sa piste.

48

Michael avait déjà terminé son petit déjeuner, sur la terrasse donnant sur le Pacifique, quand Tommy sortit du pavillon des invités, en pyjama et robe de chambre en soie.

— Bonjour, Vinnie.

— 'Jour, Tommy.

Le majordome irlandais apparut et Tommy commanda son petit déjeuner. Lorsque le domestique se fut retiré, Michael posa une main sur le bras de Tommy.

— J'ai besoin de ton aide, dit-il.

— Tout ce que tu voudras. Qu'est-ce qu'il te faut ?

— Deux choses. Primo, un alibi pour la nuit dernière, entre minuit et environ deux heures et demie du matin. On pourrait dire que Sheila et toi, vous êtes rentrés à... minuit et demi, mettons, et que nous avons bavardé tous les deux jusqu'à deux heures et demie avant d'aller nous coucher.

Tommy secoua la tête.

— Là, je ne peux pas t'être utile. Si les flics entendent mon nom, ils te chercheront des poux dans la tête. (Il réfléchit un moment.) J'ai une idée : tes invités s'appelaient Sheila Smith et Don Tanner, de New York. Pour le reste, ça s'est passé comme tu l'as dit.

— Qui est ce Don Tanner ?

— Un mec réglo, aux yeux des flics. Il travaille pour moi dans une affaire légale. Ne t'inquiète pas, il marchera.

— D'accord.

— Quoi d'autre ?

— Peux-tu faire passer un message à Winfield, à la *Kensington Trust*, sans que les Fédés soient au courant ?

— Bien sûr. Quel est le message ?

— Dis-lui que, officiellement, j'ai déposé plus de sept cent cinquante mille dollars à sa banque, il y a deux ans, et que j'ai retiré mon argent en avril dernier. D'autre part, dis-lui de retirer tout ce que j'ai sur le marché gris et de l'expédier à son agence des îles Caïmans.

— C'est comme si c'était fait... Dis donc, Vinnie, je t'ai un peu parlé hier de notre affaire avec les Japs ?

— Ouais.

— En deux mots, la question est celle-ci : est-ce que ça te plairait de devenir patron d'un grand studio ?

— La *Centurion* ?

— Tout juste.

— C'est une idée très intéressante, Tommy.

— Eh bien ! tu es mon candidat. Avec un Oscar dans ton escarcelle, et ta réputation de producteur qui serre les cordons de la bourse, je peux te vendre aux Japs sans problème.

— Et Leo, là-dedans ? Il contrôle la majorité des parts.

— Voilà ce qu'il en est : à titre personnel, Goldman détient moins de dix pour cent du capital. La clef du système, c'est sa femme. C'est une riche héritière : son paternel avait investi partout et, avant de mourir, il lui a établi un trust. Ce trust détient quarante-cinq pour cent des actions avec droit de vote.

— Peut-être, mais Leo les contrôle.

— En fait, il y a trois managers qui gèrent le trust de Mrs Goldman. Ils commissionnent un représentant, qui siège au conseil d'administration et qui vote. Mrs Goldman a une grosse influence, elle aussi. C'est pour cette raison que Leo Goldman est le représentant du trust.

— Continue, dit Michael.

— Le type qui coiffe les trustees est un certain Norman Geldorf, un banquier qui était un ami du père de Mrs Goldman. Il est aussi en affaires avec nous.

— Quel genre d'affaires ?

— Peu importe, c'est entièrement légal. Geldorf est un type très porté sur la légalité. L'important, c'est que j'ai son oreille parce que la Famille a *beaucoup* d'argent investi chez lui. Et si j'arrive à lui démontrer que le trust de Mrs Goldman peut tirer parti d'une OPA sur la *Centurion*, il marchera.

— Mais il écoutera bien Mrs Goldman, non ? Il tiendra compte de ses désirs ?

— C'est à considérer, évidemment. Il faut donc que quelqu'un ouvre les yeux à cette brave femme, conclut Tommy avec un grand sourire.

Michael battit des paupières :

— Attends… tu me demandes de persuader Amanda de voter contre Leo ?

— Ça nous faciliterait bien les choses.

Michael secoua la tête.

— Là, Tommy, tu entres dans le domaine de l'impossible !

— Impossible ? Toi qui sais si bien t'y prendre avec les femmes ? Allons donc ! Vu ton goût pour les dames, Vinnie, je serais surpris que tu ne la baises pas déjà !

— La question n'est pas là, protesta vivement Michael. As-tu pensé à l'influence qu'exerce Leo sur le conseil ? Si le trust détient seulement quarante-cinq pour cent du capital, ça veut dire que Leo et les autres administrateurs contrôlent à eux tous une majorité des actions, or Leo a trié sur le volet chacun de ces bonshommes.

— Ça, c'est mon problème, dit Tommy d'un petit air énigmatique. Toi, gagne les faveurs d'Amanda

Goldman et donne-lui quelques doutes sur la façon dont Leo dirige sa boutique. Quelques doutes, pas plus. Si tu arrives à gagner sa confiance, et si la situation se dégrade au point que nous devions, euh... destituer Goldman, alors tu seras le seul candidat en lice.

Michael lança à Tommy un regard acéré.

— Attends un peu ! Leo Goldman a été très chic avec moi. Je ne vais certainement pas lui couler les pieds dans un bloc de ciment pour que tu puisses le balancer dans le Pacifique.

— Du calme, petit. Il n'est pas question d'en arriver là. Et puis rappelle-toi une chose : Leo Goldman est un juif, il n'est pas des nôtres. Il agit dans son seul intérêt. S'il te soutient, c'est uniquement parce qu'il sait que tu lui feras gagner du fric. Ces gens-là sont comme nous : ils ne s'intéressent qu'à ceux de leur race. La nature humaine est ainsi faite.

— Je ne veux pas qu'il arrive quoi que ce soit à Leo, dit Michael.

— Dans ce cas, aide-le à y voir clair.

Michael posa sa tasse de café.

— Il faut que j'aille au bureau. Les Fédés vont sûrement venir me voir.

— Ah bon ?

— Pour me poser des questions sur la banque.

— Dis-leur qu'elle t'a été indiquée par Don Tanner et que la compagnie où il travaille est en affaires avec la *Kensington*. Il est en ville pour la cérémonie des Oscars.

— Dis-m'en davantage sur Tanner, pour le cas où ils m'interrogeraient.

— Il est avocat-conseil dans une compagnie de distribution cinématographique – une petite boîte qui ne te dira rien, mais tu n'as qu'à raconter aux Fédés que tu l'as connu par ce biais.

Prenant sur la table un bloc-notes et un stylo, il écrivit l'adresse et le numéro de téléphone de Tanner à Los Angeles.

— Je te verrai ce soir ? demanda Michael.
Tommy secoua la tête.
— Non, c'était un simple aller-retour. Je dois reprendre le collier demain matin. Je décolle à midi avec Sheila.
Les deux hommes se levèrent et s'étreignirent.

49

C'est seulement après le déjeuner que les deux agents du FBI se présentèrent à la *Centurion Pictures*. Michael les fit entrer dans son bureau.
— Alors, que puis-je pour vous ?
— Nous avons besoin de votre aide, dit Carson.
— Si vous aviez besoin de mon aide, il ne fallait pas m'aborder comme vous l'avez fait hier soir. Je n'ai pas du tout apprécié.
— À vrai dire, répliqua Carson, je me fous éperdument que vous ayez apprécié ou pas. Vous êtes dans de sales draps, mon vieux, et vous allez nous aider, que ça vous plaise ou non.
Michael consulta sa montre.
— Je vous accorde une minute pour vous expliquer de façon cohérente, sans quoi vous pourrez vous adresser à mon avocat.
— Je vais vous faire un dessin, Callabrese.
— Je m'appelle Vincent. J'ai changé de nom – légalement – dans l'État de New York, il y a six ans, pour des raisons personnelles. Des tas de gens en font autant.
— Vous êtes Vincent, admettons. En tout cas, je connais un policier qui peut vous faire arrêter pour meurtre au premier degré. Je n'ai qu'un mot à dire.
— Vous êtes complètement fou !
— Vous avez laissé vos empreintes sur le tableau

de bord de la Cadillac quand vous avez écrasé Moriarty.

— Comment ça ? Le sergent Rivera m'a dit que l'avocat avait été tué par un gangster de la Mafia qu'on a retrouvé mort je ne sais où.

— Si Rivera ne vous a pas parlé des empreintes, c'est probablement parce qu'il ignorait que vous étiez Callabrese. Quand je le lui dirai, il saura à quoi s'en tenir – et je le lui dirai si vous refusez de coopérer avec moi.

— Coopérer avec vous ? Dans quel but ?

— Démanteler la *Kensington Trust*.

— Qu'est-ce que j'ai à voir avec la *Kensington Trust* ?

— Vous êtes en affaires avec eux. Ils investissent votre argent dans les prêts usuraires.

— Vous êtes de moins en moins cohérent, Carson, et ma patience est à bout.

— Dans ce cas, dit l'agent en se levant, je m'en vais trouver Rivera. Nous verrons alors où en est votre patience.

— Permettez-moi de vous faciliter la tâche. (Michael appuya sur un bouton de l'interphone.) Margot, veuillez demander à Rick Rivera de venir tout de suite dans mon bureau.

— Bien, monsieur Vincent.

— Minute ! dit Carson. Vous voulez me faire croire que Rivera travaille pour vous ?

— Depuis environ un an et demi.

— À quel titre ?

— Il est producteur associé, spécialisé dans les histoires de flics.

— Conneries ! Vous l'avez acheté, oui !

— Je mets en chantier son premier script le mois prochain, dit Michael. C'est un précieux collaborateur.

Margot le rappela par l'interphone :

— Monsieur Vincent, je crains que Mr Rivera ne soit pas encore arrivé.

— Je crains que ça n'ait rien d'inhabituel, soupira Michael. Il est souvent absent depuis quelque temps.

— Revenons-en à la *Kensington Trust*, dit Carson. Quelles affaires avez-vous faites avec cette banque ?

— Quand je suis arrivé ici, il y a deux ans, j'ai déposé plus de sept cent mille dollars chez eux.

— D'où venait cet argent ?

— Je l'avais gagné. Grâce à un film intitulé *Nuits en ville*.

— Quoi d'autre ?

— Un peu plus tard, j'ai déposé encore cent mille dollars. Puis, en avril dernier, j'ai retiré tous mes fonds et fermé mon compte.

Carson ne put dissimuler sa surprise.

— Pourquoi ?

— Je n'étais pas extrêmement satisfait de leurs services. J'ai transféré mon argent chez deux agents de change. Voulez-vous leurs noms ?

— Oui.

Michael prit dans son tiroir un bloc-notes sur lequel il griffonna les noms. Il se demanda si les agents étaient déjà au courant de la mort de Rivera.

— Autre chose, dit Carson. Où étiez-vous la nuit dernière, entre minuit et deux heures du matin ?

Ils étaient au courant.

— Chez moi. Après la remise des Oscars, je suis allé à la réception d'Irving Lazar au *Spago*, mais j'en suis parti tôt. Je suis rentré avant minuit.

— Avez-vous des témoins ?

— Absolument. J'avais des invités. Ils étaient déjà rentrés quand je suis arrivé, et nous sommes restés à bavarder jusque vers deux heures et demie du matin.

— Qui étaient ces invités ?

— Don Tanner, un avocat qui travaille dans une firme de distribution, et Sheila Smith, sa petite amie. Voulez-vous leur numéro de téléphone ?

— Oui.

Michael écrivit le numéro de Tanner sur le bloc-notes, qu'il poussa vers Carson.

— Terminé, messieurs. Je n'ai plus de temps à vous consacrer.

Carson et Warren se levèrent.

— Nous reviendrons, dit Carson.

— Certainement pas, répliqua Michael en restant assis. À moins que vous n'ayez un mandat d'arrêt. Faute de quoi, nous nous rencontrerons dans le cabinet de mon avocat.

— Vous êtes un petit malin, Callabrese, mais on vous a à l'œil à partir de maintenant.

— Je m'appelle Vincent, dit Michael. Sortez.

Les deux agents se retirèrent. Après leur départ, Michael appuya son front sur la plaque de verre froid qui couvrait son bureau. Il ne risquait rien. Ils n'avaient rien contre lui.

50

Allongés, nus, sur la terrasse en planches du premier étage, derrière la maison, Michael et Amanda Goldman rôtissaient au soleil de l'après-midi. Ils avaient déjà fait l'amour une fois. Michael versa de l'huile solaire sur le dos de sa compagne et entreprit de la masser doucement.

— Hmmmm, soupira-t-elle. Je ne pense pas avoir connu d'homme qui comprenne les femmes aussi bien que toi, Michael. Tu ne rates jamais une occasion de plaire.

— Content de te l'entendre dire.

— Si je n'étais pas mariée, tu serais dangereux.

— Mariée avec Leo en particulier, tu veux dire, ou d'une manière générale ?

— Avec Leo. Si j'étais mariée à quelqu'un d'autre, je serais tentée de le quitter pour toi.

— Je suis heureux que tu ne puisses pas quitter Leo pour moi. J'ai une grande affection pour cet homme ; il a été absolument formidable avec moi.

— Relativise un peu, dit-elle. Ne perds pas de vue que tu lui rapportes beaucoup d'argent.

— C'est drôle... un ami m'a fait la même réflexion il n'y a pas longtemps.

— Qui ça ?

— Un ami d'enfance qui ne connaît pas Leo. Il faisait juste une remarque objective.

— Ton ami est un fin psychologue. Avec les gens comme Leo, c'est donnant-donnant.

— Il m'a toujours paru très généreux.

— La générosité est à double sens. Tu n'es sûrement pas assez naïf pour croire que quelqu'un, dans cette ville, dans ce métier, a en lui la plus petite parcelle de générosité désintéressée. Tu lis dans les journaux professionnels que Untel a fait un don important à une œuvre charitable. Selon toute probabilité, il l'a fait parce qu'il veut conclure un marché avec une personne qui s'occupe de l'œuvre en question.

— Qu'est-ce que vous vous apportez mutuellement, Leo et toi ? Comment chacun y trouve-t-il son compte ?

— Eh bien, voyons... Leo me donne un statut que seuls deux ou trois autres hommes pourraient me procurer. Il n'y a pratiquement personne dans ce pays que je ne puisse recevoir à ma table en prévenant deux jours à l'avance – jusques et y compris le président des États-Unis.

— Et que pourrais-tu offrir au président des États-Unis, à part un bon dîner ?

— Leo est capable de réunir en une semaine un million de dollars pour les caisses électorales du parti, en levant simplement le petit doigt. Tous les hommes politiques du pays le savent.

— Que t'apporte encore Leo ?

— Dans cette ville, le statut social est tout. Je

peux faire la difficile dans le choix de nos invitations : nous sommes invités partout. Je peux déjeuner avec un prix Nobel, je peux faire du battage pour l'œuvre charitable de mon choix. Cela, c'est possible grâce à Leo.

— Et je suppose que son argent ne gâte rien.

— L'argent n'a rien à voir dans nos relations. Je suis plus riche que lui.

— Ah ? Je l'ignorais.

— Leo est le mari idéal pour une femme riche : il s'occupe remarquablement de mon argent. Depuis que nous sommes mariés, il a multiplié ma fortune par je ne sais combien. Si nous divorcions, je devrais lui verser une pension alimentaire.

— Comment a-t-il fait ça ?

— Grâce au studio.

— Ton argent est investi dans le studio ?

— Il le contrôle, pour ainsi dire. Le trust que mon père m'a laissé détient presque la moitié du capital, et la part de Leo nous fait franchir la barre des cinquante pour cent. Peu de gens le savent. Leo aime à faire croire qu'il contrôle la *Centurion* à lui tout seul.

— Ça te permet de le faire marcher droit, je suppose ?

Amanda éclata de rire.

— Et comment ! Je peux t'assurer que, depuis des années que nous sommes mariés, Leo n'a jamais couché avec une autre femme. Si je venais à découvrir qu'il me trompe, il sait que je lui couperais la queue ; or, dans cette ville, ce qui fait un homme, c'est la taille de sa queue. (Elle redoubla d'hilarité.) J'ai connu une femme qui, avant de mourir, était une hôtesse de premier plan à Hollywood. Au moment de passer sur le billard, pendant qu'on la transportait en chariot dans la salle d'opération, elle a dit à son mari, qui marchait à côté d'elle : « Surtout, ne les laisse pas me couper la queue ! »

Michael salua la plaisanterie d'un rire appréciateur.

— Et de ton côté, qu'est-ce que tu apportes à Leo, à part l'argent ?

— Je suis la meilleure hôtesse de cette ville, voire même du pays. Tu es bien placé pour le savoir, tu es venu dîner à la maison assez souvent. Leo se prend pour un roi, et je lui permets de s'en donner l'illusion. Je satisfais la moindre de ses vanités. Je lui commande ses vêtements, je lui choisis sa nourriture et ses vins. Et puis, bien sûr, il y a le sexe.

— Comment ça se passe ?

— Nous sommes mariés depuis longtemps. Leo apprécie une petite pipe de temps à autre et, comme tu le sais, je suis championne dans cette catégorie.

— En effet. Et lui, il ne t'apporte rien sur ce plan-là ?

— Pourquoi est-ce que je baise avec toi, à ton avis ?

— Heureux d'être utile.

Elle roula sur le côté.

— Excuse-moi, je ne voulais pas te blesser. Entre nous deux, il n'y a pas que le sexe. Si je me laissais aller, je pourrais tomber très amoureuse de toi. (Elle haussa les épaules.) Je le suis peut-être déjà, d'ailleurs.

— C'est ce qu'on m'a dit de plus gentil depuis que je suis à Los Angeles.

— Tu m'en vois ravie.

— Qu'est-ce que tu penses de moi ? demanda-t-il. Je voudrais ton opinion sans fard.

Elle le regarda dans les yeux.

— Je pense que tu n'es pas simplement un jeune loup aux dents longues. Je pense que, d'ici quelques années, tu pourrais bien devenir un cinéaste légendaire, une étoile au firmament. Je pense que, si tu joues bien tes cartes, tu pourrais régner sur l'industrie du cinéma.

— Merci. Je ne peux qu'approuver.

Ils éclatèrent de rire.

— Amanda, est-ce que tu m'aimes bien ?

Elle sourit.

— Oui.

— C'est un soulagement, soupira-t-il. Je voudrais croire que je représente davantage pour toi qu'un bon coup.

— Tu peux le croire.

— As-tu confiance en moi ?

— Sans aucun doute.

— Alors, j'ai quelque chose à te dire.

— Quoi donc ?

— Je n'avais pas l'intention d'aborder le sujet, mais j'ignorais tout de ton engagement financier dans le studio.

— De quoi s'agit-il, Michael ?

— Je crois que de gros ennuis guettent la *Centurion*.

— Quel genre d'ennuis ?

— Est-ce que Leo t'a parlé de l'offre des Japonais ?

— Oui. Il m'a dit qu'elle était insuffisante.

— Et si les Japs proposaient un pont d'or ? Que ferait Leo, à ton avis ?

— J'espère qu'il accepterait.

Michael secoua la tête.

— Je pense qu'il n'accepterait en aucun cas.

— En *aucun* cas ?

— Leo aime tellement diriger ce studio qu'il n'a pas le recul nécessaire pour prendre une bonne décision d'affaires.

— C'est vrai qu'il adore diriger le studio.

— Ce n'est pas tout. Leo est engagé dans deux projets très coûteux, le genre de projets qu'il a toujours affirmé détester.

— Le film de science-fiction, tu veux dire ?

— Oui. Je suis alarmé de voir la somme qui a déjà été investie avant même d'avoir un scénario terminé. Et puis il y a le film sur le Vietnam : il doit être tourné aux Philippines, or tu sais combien la situation politique est instable dans ce pays.

— Leo s'est toujours passionné pour le Vietnam, mais ça paraît en effet risqué.

— Je pense que, parmi les membres du conseil, il y a un certain agacement à propos de ces deux films et de l'offre des Japonais.

— Jusqu'à quel point ?

— Difficile à dire. C'est mon instinct qui parle, là.

— Et qu'est-ce qu'il te dit, ton instinct ?

— Qu'il existe un risque de débâcle majeure. Si Leo persiste dans ses deux projets, tout en refusant mordicus d'examiner une offre d'achat qui intéresse le conseil, alors…

— Alors quoi ?

— Alors, il pourrait y avoir une révolution de palais.

— Et puis après ? Leo et moi, nous avons la majorité absolue à nous deux.

— Ce n'est pas la seule considération. La *Centurion*, comme tous les autres studios, emprunte pour financer ses films. En fait, sa dette est l'une des plus importantes. Si plusieurs membres du conseil décidaient de vendre leurs actions à la compagnie japonaise, les banques interpréteraient cela comme un manque de confiance dans la gestion de Leo, et la situation pourrait devenir ingérable.

— Es-tu sérieusement inquiet, Michael ?

Amanda, pour sa part, semblait très soucieuse.

— Excuse-moi, dit-il. Après tout, Leo n'est pas un imbécile. Il est capable de redresser la barre. Je n'aurais pas dû t'en parler.

— Si, si, je suis contente que tu l'aies fait. J'ai le droit de savoir ces choses-là, et Leo ne me dit rien.

— Pour l'amour du ciel, ne va surtout pas lui en parler ! Il devinerait d'où tu tiens tes renseignements.

— Il faut bien que je fasse quelque chose !

— Quoi que tu fasses, pas un mot à Leo. Je te tiendrai au courant des développements. Si jamais la situation s'aggrave pour de bon, tu n'auras qu'à lui dire que tu as été contactée par certains membres du conseil, qui t'ont communiqué l'information.

— C'est très délicat de ta part, Michael, dit-elle en

lui caressant la joue. Je connais ta loyauté envers Leo. Je sais que tu ne voudrais pour rien au monde lui causer du tort.

— Certainement pas. J'aimerais bien lui éviter des ennuis, mais il n'est pas disposé à écouter les conseils de qui que ce soit. J'hésite à le dire, mais il y a un brin de mégalomanie chez Leo, ces temps-ci.

— Ce n'est pas nouveau.

— Changeons de sujet.

— Et quel sujet comptes-tu aborder ?

Il se pencha pour lui mordiller délicatement un mamelon.

— Ooooh… gémit-elle. Ça, c'est un sujet !

51

Dans la salle de projection privée de Leo, attenante à son bureau, Michael visionnait la dernière production personnelle du patron du studio : *Heure de pointe*, une comédie.

— Qu'en pensez-vous ? demanda Leo quand les lumières se rallumèrent.

— J'en pense que ça va marcher, répondit Michael.

— C'est tout ?

— Je ne veux pas vous bourrer le mou, Leo. C'est un film comme *Suite et fin*, en ce sens qu'il ne récoltera pas de nominations mais qu'il rapportera de l'argent. Moi, je le trouve bon. Il me plaît.

— Tant mieux, dit Leo d'un ton soulagé. Depuis quelque temps, Harry Johnson n'arrête pas de critiquer mes projets personnels. Nous n'avons jamais eu la même conception du cinéma, lui et moi. Il espère que je vais me ramasser avec le film de S.-F. (Il fit signe à Michael.) Venez un peu dans mon bureau.

Michael suivit Leo dans son immense domaine.

Les story-boards du film de science-fiction étaient empilés contre un divan. Le film n'avait pas encore de titre.

— Les avez-vous vus, Michael? s'enquit Leo en pointant son cigare sur les story-boards.

— Bien sûr, Leo. J'ai assisté à la présentation, hier, vous vous rappelez?

— Ah! oui, oui. Dites-moi franchement votre opinion. Si je peux tourner ce film pour... quatre-vingts millions, mettons – et ce chiffre est strictement entre vous et moi – combien pensez-vous qu'il rapportera aux USA?

— M'avez-vous déjà vu être trop optimiste dans l'estimation des bénéfices, Leo?

— Non, jamais.

— Bien. Alors, croyez-moi si je vous dis qu'il fera cent soixante-quinze millions sur le plan national. Dieu seul sait ce qu'il rapportera à l'échelon mondial... deux cent cinquante millions, peut-être?

Le visage de Leo s'éclaira.

— C'est aussi mon avis, dit-il. Comme vous le savez, je ne raffole pas des grosses machines hollywoodiennes, mais je suis prêt à parier le studio sur celle-là.

— Vous aurez peut-être à le faire, Leo.

— Vous voulez parler des administrateurs? Ils râleront et se lamenteront jusqu'à ce qu'ils voient les recettes. À ce moment-là, je redeviendrai leur héros.

— Je crois que vous avez raison, Leo. Si j'étais à votre place, je ne lésinerais pas sur la dépense.

— Venant de vous, radin comme vous l'êtes, c'est une déclaration!

— On ne peut pas faire de la S.-F. à petit budget, dit Michael.

— J'envisage de mettre en veilleuse le film sur le Vietnam, dit Leo.

— Pourquoi ça?

— Eh bien… vous connaissez la situation explosive des Philippines, sur le plan politique.

— Les élections ont été un succès, objecta Michael. Le bon candidat l'a emporté ; les communistes semblent en perte de vitesse. C'est peut-être le bon moment, au contraire.

— Vous croyez ?

— Connaissez-vous quelqu'un au Département d'État ?

— Il se trouve que oui.

— Appelez-le pour lui demander de se renseigner auprès de notre consulat aux Philippines. Voyez ce que ça donne.

— Bonne idée. Ça me ferait mal au cœur de renoncer à ce film. Je pense qu'il pourrait être formidable.

— Moi aussi. Ça vaut le coup d'essuyer quelques tracas aux Philippines pour le plaisir de réussir un grand film.

— Johnson, ce connard de Scandinave aux yeux froids, m'a téléphoné ce matin au sujet de ces deux films. Je ne sais pas quelle mouche le pique, ce vieux salopard. D'habitude, il soutient toujours mes projets. On ne perd pourtant pas d'argent, que diable !

— Envoyez-le chier, dit Michael. Faites les films que vous avez envie de faire. Sinon, à quoi ça servirait d'être le patron d'un studio ?

— Très juste, fiston ! dit Leo avec véhémence. C'est bien pour ça que je ne pourrai jamais vendre cette boîte. Avez-vous une idée de ce que ça représente de pouvoir tourner *tous* les films qu'on veut, sans demander l'autorisation de *personne* ?

Il alla s'asseoir derrière son bureau.

— Grâce à vous, dit Michael, j'ai presque ce privilège.

Leo plongea la main dans son tiroir et en sortit un petit revolver plaqué or. Il dégagea le barillet pour montrer à Michael que l'arme était chargée.

— Vous savez ce que je ferais si je devais laisser

un type comme Johnson me dire quels films je dois tourner ou pas ?

Il porta le revolver à sa tempe.

— Leo… commença Michael.

Leo appuya sur la détente.

Michael était déjà à moitié hors de son fauteuil lorsqu'il se rendit compte que le coup n'était pas parti.

— Hé, hé ! gloussa Leo. Je vous ai bien eu, hein ?

Il tendit le revolver à Michael, qui ouvrit le barillet et en retira une cartouche d'apparence authentique, quoiqu'un peu légère.

— Le service des effets spéciaux me les a fabriquées voici des années, expliqua Leo. Ce revolver est l'un des deux spécimens fabriqués spécialement par *Smith & Wesson*. L'autre appartenait à Eisenhower.

Michael prit sa pochette en soie et essuya l'arme avec soin.

— Il est magnifique, Leo, dit-il en le reposant sur le bureau.

— J'ai aussi les véritables munitions, notez bien.

Leo brandit une pleine poignée de cartouches, qu'il laissa retomber dans le tiroir avec fracas.

— Si jamais un fêlé arrive à déjouer la surveillance et à s'introduire jusqu'ici, je préfère avoir un flingue sous la main, vous comprenez ? dit-il en remettant le revolver à sa place.

— Vous avez un permis, j'espère ?

— Naturellement. Je pourrais même le porter sur moi, mais je ne suis pas paranoïaque à ce point-là.

— Vous m'en voyez heureux. C'est dangereux, les armes à feu.

— Vous avez raison, évidemment. Remarquez, je ne suis pas un fanatique de l'autodéfense comme Chuck Heston, par exemple, mais je pense qu'un homme doit avoir le droit de posséder un flingue pour assurer sa protection.

— Un homme responsable, oui. (Michael jeta un coup d'œil sur sa montre.) Je ferais mieux de regagner mon bureau, je dois examiner les premières idées publicitaires pour *Suite et fin*.

— Prévenez-moi quand je pourrai les voir.

— D'accord.

Michael sortit du bureau de Leo en se demandant l'effet que ça ferait de n'avoir à demander l'approbation de personne. Jamais.

Margot lui remit ses messages téléphoniques.

— J'ai fait attendre les gens de la pub dans votre bureau, dit-elle.

— D'acc, dit-il en consultant rapidement les messages.

— Comment s'est passée la projection ?

— J'ai trouvé le film O.K. À la fin, Leo s'est collé un revolver sur la tempe.

— Le revolver plaqué or ? dit Margot en riant.

— Celui-là même.

— Il fait le coup depuis des années, chaque fois qu'il veut avoir le dernier mot.

Michael la regarda.

— Si vous veniez ce week-end nous cuisiner un petit dîner pour deux ?

— Pourquoi pas ? répondit Margot, sourire aux lèvres.

Michael passait beaucoup d'après-midi avec Amanda, ce qui ne l'empêchait pas d'apprécier la compagnie de Margot le samedi soir.

52

Michael entra dans l'hôtel *Beverly Hills*, traversa le grand hall et sortit dans les jardins de derrière. Une femme de chambre lui indiqua le chemin du Bungalow 4. Il sonna à la porte, et un Japonais vint lui ouvrir.

— Je suis Michael Vincent.

L'homme inclina le buste et fit entrer Michael dans un salon. Au bout de la pièce se trouvait une grande table autour de laquelle étaient assis plusieurs hommes, tous japonais sauf trois. Harry Johnson se leva pour se porter à la rencontre de Michael, la main tendue.

— Bonjour, Michael, dit-il avec un sourire radieux. Merci infiniment d'être venu.

Michael hocha la tête sans se compromettre.

— Permettez-moi de vous présenter ces messieurs.

Tous les hommes installés autour de la table se levèrent. Johnson indiqua un Japonais aux cheveux blancs :

— Voici Mr Matsuo Yamamoto, P.-D.G. de la société qui porte son nom.

Le Japonais s'inclina.

— Enchanté, monsieur Vincent, dit-il avec un accent vaguement anglais.

— Enchanté, répondit Michael en s'inclinant légèrement, comme on lui avait conseillé de le faire.

Johnson poursuivit :

— Voici Mr Yasumura, le conseiller de Mr Yamamoto.

L'homme trapu, au front bas, qui se tenait à côté de Yamamoto, fit une courbette mais ne dit rien.

Il y avait trois autres Japonais, dont deux avaient le type cadre supérieur. Le troisième, en revanche, donnait moins l'impression d'appartenir au monde des affaires. Johnson présenta enfin les deux Blancs qui restaient.

— Voici Norman Geldorf, président de *Geldorf & Winter*, une banque d'investissement.

Geldorf serra la main de Michael mais demeura très réservé.

— Et voici Mr Thomas Provensano, un associé de Mr Geldorf.

Tommy Pro tendit la main.

— Très heureux de faire votre connaissance, monsieur Vincent. J'ai beaucoup entendu parler de vous.

— Veuillez vous asseoir, dit Johnson en indiquant une chaise à Michael.

Celui-ci s'exécuta et attendit que Johnson reprenne la parole.

— Je vous ai demandé de venir, Michael, afin de nous aider à dissiper certaines inquiétudes exprimées par plusieurs membres du conseil.

— À part vous, Harry, je ne vois pas d'autres administrateurs autour de cette table, dit enfin Michael.

— C'est exact, mais Mr Geldorf est le principal responsable d'un trust privé qui détient quarante-cinq pour cent du capital de la *Centurion*.

Michael prit un air surpris :

— Je croyais que seuls les membres du conseil d'administration détenaient des parts de la *Centurion* ?

— C'est sans doute ce que Leo Goldman désirait vous faire croire, dit Johnson.

— J'avais cru comprendre que Leo avait une participation majoritaire.

— Pas exactement. Leo possède un *droit de vote* majoritaire mais, en fait, il vote avec les actions détenues par le trust – en plus des siennes propres.

— Je vois, dit Michael en prenant un air dûment étonné.

— J'ai convoqué cette réunion afin de présenter à Mr Geldorf et à Mr Provensano un bilan complet de la situation actuelle de la *Centurion*.

— Je comprends. Mr Yamamoto doit-il avoir connaissance de ces informations, lui aussi ?

— Mr Geldorf et moi-même représentons à nous deux la majorité des votes de la *Centurion*, Michael, et nous estimons parfaitement normal que Mr Yamamoto et ses associés partagent ces informations.

— Leo est-il au courant de cette réunion ? s'enquit Michael.

— Non, il est aujourd'hui à New York. Mr Geldorf et moi-même avons jugé préférable de nous entretenir avec Mr Yamamoto en l'absence de Leo.

— Je suppose que c'est votre droit.

Pour la première fois, Geldorf prit la parole :

— Monsieur Vincent, au nom du trust que j'administre, j'aimerais connaître votre opinion sur le programme de production actuel de la *Centurion*. Exception faite de vos propres productions, naturellement : leur contribution aux bénéfices du studio m'a beaucoup impressionné.

— Mon opinion ?

— S'il vous plaît. Au sein du conseil d'administration, vous êtes le seul producteur en activité – hormis Mr Goldman – et nous souhaiterions avoir votre point de vue.

Michael hésita avec un art consommé.

— Michael, dit Harry Johnson, vous voulez être loyal envers Leo, ce que je comprends fort bien, mais vous voulez certainement aussi être loyal envers le studio en tant que tel.

— Bien entendu, dit Michael. La *Centurion* m'a donné les moyens de travailler dans les meilleures conditions.

— Dans ce cas, croyez-moi, il est dans l'intérêt du studio que vous exprimiez en toute franchise votre opinion sur le programme de production.

Michael regarda Johnson, puis Geldorf.

— Ai-je votre parole que mes propos resteront strictement confidentiels ?

— Vous l'avez, répondirent les deux hommes à l'unisson.

Michael observa un moment son reflet dans la table cirée. Enfin, il dit :

— Eh bien... le studio prend une orientation qui m'inspire certaines inquiétudes.

— Lesquelles ? s'enquit Geldorf.

Michael le regarda droit dans les yeux.

— D'après ce que je sais, la *Centurion* a bâti sa réputation et son succès sur des films au budget raisonnable mais néanmoins de grande qualité, des films qui ont eu plus que leur part de nominations aux Oscars et qui ont rapporté d'excellents bénéfices au studio.

— C'est exact, dit Johnson.

— Je crains que cette ligne ne soit en train de changer.

— De quelle manière ? demanda Geldorf.

— Le programme de production actuel comporte deux projets au budget *très* élevé, qui ne relèvent pas de ce que je considère comme des œuvres de grande qualité.

— Quels sont ces projets ?

— Ils n'ont pas encore de titre. Il s'agit d'un film de science-fiction et d'un autre sur la guerre du Vietnam.

— En avez-vous lu les scénarios ? demanda Johnson.

— Oui.

— Avez-vous vu les budgets et les programmes de production ?

— Oui.

— Et que pensez-vous des chances de succès de ces productions ?

— Ma foi, il n'est pas impossible que ces films rapportent beaucoup d'argent...

— Estimez-vous que ce sera le cas ?

— Je pense que ces deux projets sont, au mieux, extrêmement risqués. En l'occurrence, le risque me paraît supérieur à ce qui est admis d'ordinaire pour la fabrication d'un film.

— Pourquoi ? questionna Geldorf.

— Le film de science-fiction souffre d'un scénario peu original, et les risques de dépassement de budget sont prodigieux. Mr Goldman a prévu, je crois, un budget d'environ quatre-vingts millions de dollars...

— Ce qui représente le double des productions les plus coûteuses de la *Centurion*, n'est-ce pas ? intervint Johnson.

— C'est exact.

— Selon vous, le film a-t-il une chance de tenir son budget ?

— Une chance, peut-être. Pas davantage.

— Si vous produisiez ce film, Michael, quel budget envisageriez-vous, en étant réaliste ?

— Je ne crois pas que je pourrais le tourner pour moins de cent vingt-cinq millions, répondit Michael.

— Et quels bénéfices en attendriez-vous, sur le plan national ? demanda Johnson.

— Il pourrait battre tous les records, bien sûr, mais je pense qu'il serait déraisonnable de tabler sur plus de cent cinquante millions.

— Ce chiffre couvrirait-il les frais de production, de copie et de publicité ?

— Peu probable.

— La *Centurion* risque donc d'essuyer des pertes sur ce film ?

— C'est très possible.

— Michael, à votre avis, quelles sont les chances pour que ce film rapporte au moins cent cinquante millions ?

— Il n'y en a pas beaucoup.

— La *Centurion* pourrait donc, bel et bien, essuyer une très grosse perte sur ce film ?

— Sans aucun doute.

— Et le film sur le Vietnam ? Qu'en pensez-vous ?

— J'en pense que c'est un regard très sérieux porté sur les conséquences politiques de cette guerre.

— Existe-t-il aujourd'hui une demande pour ce genre de film ?

— Peut-être. Je n'en suis pas sûr du tout.

— Y a-t-il d'autres risques liés à ce film ?

— Il doit être réalisé aux Philippines. Malgré les élections récentes, les guérilleros communistes sont encore très actifs. D'autre part, on s'expose à une foule de difficultés quand on tourne aussi loin du studio.

— Je vois. A-t-on des exemples de productions importantes qui aient été tournées aux Philippines ?
— Oui. *Apocalypse Now*, de Francis Ford Coppola.
— Et qu'est-il arrivé au budget de ce film ?
— Il a échappé à tout contrôle. Il y a eu un ouragan, des maladies, toutes sortes de catastrophes.
— Le film a-t-il rapporté de l'argent ?
— Je l'ignore. J'en doute.
— Michael, avez-vous assisté récemment à la projection d'une nouvelle production intitulée *Heure de pointe* ?
— Oui.
— Qu'en avez-vous pensé ?
— Ça m'étonnerait que ce soit un gros succès.
— Pourquoi donc ?
— À mon avis, le scénario n'est pas suffisamment travaillé.
— C'est une production personnelle de Leo Goldman, n'est-ce pas ?
— Oui.
— Monsieur Vincent, demanda Geldorf, quel genre de films, selon vous, la *Centurion* devrait-elle produire aujourd'hui ?
— À mon sens, elle devrait mettre l'accent sur le genre de films que je produis personnellement : budgets très serrés, pas de stars royalement payées, scénarios de haute qualité. Des films peu risqués et d'un excellent rendement.
— Selon vous, la *Centurion* pourrait-elle continuer à faire de tels films si elle changeait de propriétaire ?
Michael regarda Yamamoto, qui esquissa un sourire.
— Je le pense, à condition qu'on laisse les bons éléments faire de bons films en toute liberté.
Harry Johnson se leva.
— Nous vous sommes reconnaissants de votre sincérité, Michael. Soyez assuré que vos réflexions ne quitteront pas cette pièce.

Il lui serra la main. Tous les autres se levèrent à leur tour pour le saluer.

Michael comprit qu'il était congédié.

Une heure plus tard, il était garé dans une petite rue donnant sur Sunset quand une limousine s'arrêta à sa hauteur. La vitre arrière s'abaissa sans bruit et Tommy Pro tourna vers lui un visage rayonnant.

— Champion, *paisan*, dit-il. Maintenant, Norman Geldorf va aller trouver Amanda Goldman.

— Bien, dit Michael.

— Quand est-ce que Goldman rentre de New York ?

— Demain après-midi.

— Organise un rendez-vous dans son bureau, O.K. ?

— D'accord.

La vitre remonta et la limousine démarra.

Michael se rendit à la *Centurion* et gara sa Porsche devant le Bâtiment de la Direction. Il grimpa quatre à quatre l'escalier jusqu'au bureau de Leo. La secrétaire était assise à sa table de travail.

— Bonjour, lui dit-il. À quelle heure Leo sera-t-il là, demain après-midi ?

— Il vient toujours directement de l'aéroport. Il devrait être ici pour quatre heures.

— Bien. Inscrivez-moi à cette heure-là, voulez-vous ? Il est important que je le voie dès son retour. Dites-lui que je ne tolérerai aucun refus.

D'une pichenette, elle ouvrit un grand agenda.

— Quatre heures, soit.

— Tant que j'y suis... dit Michael. J'ai oublié quelque chose dans son bureau, hier. Sur son sous-main.

— Ne vous gênez pas, allez-y.

Michael entra dans le bureau de Leo Goldman et ferma la porte derrière lui.

53

Michael plongea son regard dans les yeux chavirés de Margot Gladstone et donna un petit coup de reins. Margot ferma les paupières et émit une plainte.

— Encore... dit-elle.

Michael s'exécuta.

Elle se mit à jouir sans bruit, comme elle le faisait toujours, laissant seulement échapper une série de petits couinements. Puis elle s'affala sur Michael.

Il la serra contre lui, massant son dos et ses épaules pendant qu'elle continuait à jouir. S'il était tellement bon au lit, se dit-il, c'était peut-être parce que son plus grand plaisir était d'amener les femmes à l'orgasme, encore et encore. Il roula sur le côté, sans se détacher d'elle.

— Merveilleux week-end de détente, soupira-t-elle. Je ne sais plus combien de fois j'ai joui.

— Six ou sept fois, dit Michael.

— Vantard ! dit-elle en riant.

— J'ai faim.

— D'accord, d'accord, je vais terminer le dîner.

Il l'avait interrompue dans ses préparatifs culinaires pour l'entraîner sur un double transat, au bord de la piscine. Margot se leva, lissa ses cheveux en arrière et piqua une tête. Elle fit une longueur de bassin en nageant gracieusement, prit un peignoir en tissu éponge et se dirigea à grandes enjambées vers la cuisine, semant des gouttes d'eau dans son sillage.

Par la baie vitrée qui séparait la cuisine de la piscine, il la regarda préparer leur dîner.

Le repas terminé, Michael se renversa en arrière dans son transat et contempla le ciel étoilé.

— Fameux, dit-il. Qu'est-ce que c'était ?

— Salade César, chateaubriand sauce béarnaise, pommes soufflées, haricots verts et pudding boursier.

— Je parlais du dessert. Comment appelles-tu ça ?

— Pudding boursier. Quand j'étais gamine, je gagnais un peu d'argent en faisant la visite guidée de la Bourse de Londres. Nous étions tout un bataillon de filles et nous préparions nous-mêmes nos déjeuners – des repas très sophistiqués, parfois. C'est là que j'ai appris la recette du pudding.

— Il était superbe.

— Tu as été superbe, toi aussi.

— Que ferais-je sans toi, je me le demande ?

— C'est drôle que tu dises ça.

— Pourquoi ?

— Michael, quand je suis devenue ta secrétaire, je t'ai dit que je continuerais à travailler jusqu'à ce que ma retraite tombe. Tu t'en souviens sûrement ?

— Vaguement, oui.

— Eh bien ! le mois prochain, je m'en vais.

Michael se redressa, alarmé.

— Tu ne peux pas me faire ce coup-là ! Je suis incapable de me débrouiller sans toi.

Elle haussa les épaules.

— Je pense m'installer au Mexique, m'acheter une petite maison aux environs de Puerto Vallarta.

— Je ne te laisserai pas partir.

— Je me suis bien amusée, Michael, mais je ne peux pas continuer à faire ce travail jusqu'à la fin de mes jours. J'aurai soixante ans dans moins d'années que je n'ose y songer.

Michael était sincèrement paniqué à l'idée de perdre Margot. Grâce à elle, sa vie tournait rond ; il la considérait presque comme une confidente.

— Et si tu faisais un travail différent ? dit-il.

— Comment ça ?

— Quelque chose de mieux.

Elle secoua la tête.

— Je ne prendrais pas autant de plaisir que toi à produire, dit-elle. Vraiment pas.

— Quelque chose de beaucoup plus important.

Elle le scruta, sourcils froncés.

— Si tu me disais ce qui se trame ? Je sais qu'il se passe des choses.

Michael s'adossa à son siège et but une gorgée de vin. Il était un peu éméché – ce qui lui arrivait rarement – et il se sentait bien en compagnie de Margot. Il n'appréciait pas du tout l'idée d'avoir à la remplacer. Il prit une décision.

— D'accord, je vais te le dire.

Elle se pelotonna dans son fauteuil et attendit.

— Dans un jour ou deux, dit-il, Leo sera viré.

Elle écarquilla les yeux.

— Et je dirigerai le studio, conclut-il.

— Tu ne devrais pas sous-estimer l'influence de Leo au sein du conseil d'administration, Michael.

— Ce sont les administrateurs eux-mêmes qui sont venus me trouver. Le comportement de Leo les inquiète, surtout le fait qu'il refuse d'examiner une offre des Japonais.

— Ça, j'en ai entendu parler, mais sais-tu que le trust d'Amanda détient le plus gros morceau du capital ?

— Oui. Le gérant du trust, Norman Geldorf, est en ville actuellement. J'ai eu cet après-midi une réunion avec lui, avec Harry Johnson... et certaines autres personnes.

— Les Japonais ?

Michael opina du chef.

— Et un ami à moi, dit-il.

— Tommy ?

— Rien ne t'échappe, hein ?

— Je lis les journaux. Et, au bureau, j'en entends plus que tu ne le crois.

— Qu'est-ce que tu entends, au juste ? demanda-t-il avec un peu d'appréhension.

— Allons, Michael, tu n'as pas de secrets pour moi. Nous sommes trop proches l'un de l'autre.

— J'ai des secrets pour tout le monde.

— Pas pour moi.
— Et lequel de mes secrets connais-tu ?
— Tous, répondit-elle. Je sais combien d'argent tu as, où il est placé et comment tu l'as gagné.
— Où est-il ?
— Tu l'as retiré de la *Kensington Trust*, mais je sais comment il était investi là-bas. À quel taux, déjà ? Trois pour cent par semaine ?
Michael fut saisi.
— Que sais-tu encore ?
— Oh ! j'ai assemblé les pièces du puzzle. Je connais la vérité sur Callabrese et Moriarty. Je suis persuadée que tu t'es débarrassé de Rick Rivera, mais je ne sais pas trop comment.
Michael ne laissa rien paraître de sa stupéfaction.
— Allons, Michael, ce visage impassible ne prend pas avec moi. Tu sais très bien que je sais.
— Voilà un coup de théâtre inattendu, dit-il.
Elle leva les mains en un geste rassurant.
— Tu n'as rien à craindre de moi, Michael. Inutile de te mettre en tête de me liquider. Je t'ai regardé opérer avec une totale admiration. J'ai déjà vu des manipulateurs, dans cette ville, mais je dois dire que tu les dépasses de cent coudées. Tu possèdes la qualité la plus importante pour un producteur qui veut réussir à Hollywood : tu es un individu totalement asocial.
Michael la considéra en silence.
— Je t'en prie, enchaîna-t-elle, ne prends pas cela en mauvaise part. J'entends simplement par là que tu n'as pas une once de conscience et que tu es prêt à faire n'importe quoi pour arriver à tes fins. (Elle lui sourit.) Est-ce que je me trompe ?
Il lui rendit son sourire.
— Tu me connais mieux que je ne le pensais.
— Je t'ai observé avec jubilation, dit-elle. Si je t'avais rencontré à l'âge de vingt-cinq ans, nous aurions pu régner sur cette ville, toi et moi.

— Nous le pouvons peut-être encore. Que dirais-tu de devenir directrice générale de la *Centurion* ?

Elle haussa les sourcils :

— C'est une grosse promotion, pour une secrétaire de direction.

— Franchement, Margot, penses-tu qu'il y ait au studio un seul responsable que tu ne puisses pas remplacer avantageusement ?

Elle éclata de rire.

— Tu *me* connais mieux que je ne le pensais, Michael.

— Exact.

— Mais là, il y a un problème.

— Rien d'insurmontable, j'en suis sûr.

— Admettons que ton plan se réalise : tu prends la place de Leo et tu diriges le studio. Là-dessus, Geldorf et Johnson vendent aux Japonais. Du jour au lendemain, tu n'es plus le patron. Tu travaillerais pour les Japs, tout comme tu travailles aujourd'hui pour Leo. Et je ne pense pas que ça te plairait.

— Tu as raison, ça ne me plairait pas. Je comprends que Leo aime tant diriger le studio : comme il le dit lui-même, il a la possibilité de faire tous les films qu'il veut sans rien demander à personne.

— Les Japonais ne te laisseraient pas cette liberté-là. Du moins, pas longtemps.

— Très juste.

— Alors, que comptes-tu faire ?

Michael sourit. C'était formidable de pouvoir se confier ainsi à quelqu'un.

— Je vais prendre la place de Leo, et ensuite je couillonnerai les Japonais.

— Et Tommy ?

— Tommy est mon meilleur ami. On pourra toujours s'arranger, lui et moi.

— Si tu y arrives, dit Margot, je suis avec toi.

— Alors, tu es avec moi.

54

Michael attendit avec impatience l'appel de la secrétaire de Leo. Après avoir raccroché avec elle, il donna lui-même un coup de fil.

— Leo est prêt, dit-il.

— Nous arrivons sur vos talons, répondit Johnson de son téléphone de voiture. Nous avons déjà franchi la grille.

Michael quitta son bureau et se rendit à pied au Bâtiment de la Direction, en laissant le temps à Johnson de le rattraper. Alors qu'il gravissait les marches du perron, la limousine déboucha au coin de la rue. Il entra dans le hall et monta l'escalier jusqu'au sanctuaire de Leo. Il salua la secrétaire, qui lui dit :

— Il vous attend.

Michael frappa, puis ouvrit la porte. Assis à son bureau, Leo fourrageait dans une liasse de papiers. Il leva la tête à l'entrée de Michael.

— Salut, fiston !

— Comment s'est passé votre voyage ?

— Sacrément bien. J'ai trouvé de nouveaux distributeurs : soixante écrans pour des exclusivités.

— Félicitations !

— À quel sujet vouliez-vous me voir ?

Avant que Michael ait pu répondre, le téléphone sonna. Au même instant, la porte du bureau s'ouvrit et Harry Johnson entra, suivi de près par Norman Geldorf.

Leo les regarda, déconcerté.

— J'ignorais que vous étiez en ville, les amis. Pourquoi n'avez-vous pas appelé ?

— Le temps pressait, Leo, dit Johnson. Il faut que nous parlions.

— D'accord.

Leo leur indiqua des fauteuils, face à lui. Michael s'assit à proximité de la main droite de Leo.

— J'irai droit au but, dit Johnson.

— Parfait, répondit Leo sans appréhension apparente.

— Les administrateurs sont mécontents, Leo. Nous nous sommes réunis en votre absence, et nous avons décidé qu'il était temps que vous passiez la main.

Leo regarda Johnson avec des yeux ronds.

— *Quoi* ?

— Les membres du conseil, à une large majorité, ont voté cette décision.

Leo regarda Geldorf.

— Vous avez marché là-dedans ?

— Oui.

— Et Amanda ? Qu'est-ce qu'elle en dit ?

Geldorf détourna les yeux.

— La décision ne lui appartient pas. En tant que manager du trust, je suis seul responsable.

— Vous déconnez, tous ! (Il se tourna vers Michael.) Vous entendez ça ? Ces salopards n'ont pas cessé de s'enrichir grâce à ma gestion du studio, et voilà qu'ils me poignardent dans le dos, bordel !

Michael baissa les yeux.

— Pas un seul homme de cinéma parmi eux ! rugit Leo, dont le visage s'empourprait. Comment espèrent-ils mener la barque sans moi ? (Il fixa Johnson.) Vous pensez vendre la boutique aux Japs, c'est ça ?

— Peut-être. Ils nous ont fait une nouvelle offre.

— Dans ce cas, pourquoi ne m'avez-vous pas consulté ?

— Parce que vous aviez clairement indiqué que vous n'accepteriez en aucun cas.

Leo le dévisagea un moment, puis plongea la main dans le tiroir de droite de son bureau. Il en sortit son revolver plaqué or, qu'il porta à sa tempe.

— Vous voulez que je vous dise ? Si je pensais être incapable de diriger ce studio bien mieux que les

Japonais et votre clique réunis, je me ferais sauter la cervelle sur-le-champ !

— Allons, Leo, ne recommencez pas votre numéro, soupira Johnson d'un air excédé. Vous me l'avez déjà fait une demi-douzaine de fois.

Leo écarta le revolver de sa tête et le pointa sur Johnson.

— O.K. Alors, c'est *vous* que je vais liquider !

Johnson secoua la tête avec commisération.

— Je vous en prie, Leo, cessez vos enfantillages.

Leo pressa la détente. Le coup partit et Johnson fut projeté hors de son fauteuil.

— Nom de Dieu ! s'écria Geldorf en repoussant son siège pour s'agenouiller auprès de Johnson.

Leo s'était levé et regardait tour à tour Johnson et le revolver, d'un air complètement ahuri.

Michael vit sa chance. Il bondit sur Leo, lui saisit le poignet d'une main et glissa l'index de son autre main dans le pontet de l'arme.

— Non ! cria-t-il. Pas ça, Leo !

D'un mouvement brusque, il ramena la main de Leo vers sa tempe et appuya sur le doigt encore crispé sur la détente.

De nouveau, le revolver rugit. La balle pénétra dans la tête de Leo, juste sous la tempe, et ressortit au-dessus de l'œil droit, projetant Leo dans son fauteuil et éclaboussant Michael de cervelle et de sang. Geldorf, qui s'occupait de Johnson, leva brusquement la tête :

— Michael ! Vous êtes blessé ?

La secrétaire de Leo fit irruption dans la pièce. Voyant Johnson allongé face contre terre et son patron affalé dans son fauteuil, le crâne à moitié arraché, elle s'évanouit.

Après une brève hésitation, Michael décrocha le téléphone et composa le 911.

— Une ambulance, dit-il à l'opératrice en lui donnant l'adresse. Il y a eu une fusillade.

Il raccrocha et appela le service juridique.

— Ici Michael Vincent, dit-il. Leo Goldman vient de tirer sur un homme et de retourner l'arme contre lui. Envoyez immédiatement à son bureau le meilleur avocat que vous pourrez trouver.

Michael et Geldorf étaient assis face à face sur les divans qui flanquaient la cheminée. Le va-et-vient des ambulanciers, des policiers et des techniciens du labo commençait à se ralentir. Il ne resta bientôt plus dans le bureau de Leo que deux inspecteurs, Michael, Geldorf et l'avocat de la *Centurion*.

— Bon, répétez-nous votre histoire, dit l'un des policiers.

— Non, répondit Michael. Vous l'avez déjà entendue je ne sais combien de fois. Avez-vous le moindre doute sur ce qui s'est passé ?

— Nous vous avons dit la stricte vérité, intervint Geldorf. Vous ne pensez tout de même pas que Mr Vincent et moi-même ayons assassiné deux hommes dans ce bureau ?

L'autre policier, qui était au téléphone, raccrocha.

— Il n'y a pas eu assassinat, dit-il. Ils sont tous les deux en vie.

— C'est merveilleux ! parvint à articuler Michael. Comment vont-ils ?

— Johnson n'est que légèrement blessé. La balle a manqué le poumon et traversé l'épaule ; il a la clavicule cassée. Il sera sorti de l'hôpital dans deux jours.

— Et Mr Goldman ? s'enquit Geldorf.

— Il est vivant, c'est tout ce qu'on peut en dire. Vous pourrez parler à son médecin quand nous en aurons terminé ici.

— Nous en avons terminé, dit Michael en se levant. Je vais à l'hôpital. (Il s'arrêta net.) Seigneur Dieu, quelqu'un a-t-il prévenu Amanda ?

— Mrs Goldman ? dit l'un des flics. La secrétaire l'a appelée. Elle est à l'hôpital.

— Vous venez, Norman ? demanda Michael.

— Bien sûr. Amanda aura besoin de nous.

Ils se dirigèrent vers la porte, mais l'un des policiers retint Michael au passage :

— Vous vous souvenez de moi, monsieur Vincent ?

— Non, je regrette.

— Je m'appelle Hall. Rick Rivera était mon coéquipier. Nous étions allés vous voir au sujet du meurtre de Moriarty.

— Ah ! oui, en effet.

— Il y a beaucoup d'accidents autour de vous, dit Hall.

— Je vous demande pardon ?

— Moriarty est mort juste après vous avoir reçu à son cabinet. Rick est mort après être venu travailler pour vous... et il ne s'est jamais drogué de sa vie. Et maintenant, voilà deux nouvelles victimes.

— Où voulez-vous en venir, inspecteur ?

— Le malheur, c'est que je n'arrive à rien. Mais je tiens à vous faire savoir que je n'ai pas fini d'éplucher votre passé. Rick était mon ami, et...

— J'en ai assez entendu, le coupa Michael. Vous insinuez que j'ai trempé dans tous ces accidents, ce qui est faux. Faites votre boulot, et vous constaterez que je ne suis rien de plus qu'un témoin innocent. Allez trop loin, et vous constaterez que ce studio a une influence non négligeable auprès de la municipalité de cette ville.

Sur ce, Michael tourna les talons et sortit.

Michael et Amanda étaient assis dans un coin de la grande chambre d'hôpital baignée de soleil. Geldorf attendait dans le couloir. Leo Goldman était allongé sur le dos, la tête bandée, l'œil gauche ouvert et fixe.

— Je n'arrive pas à y croire, répéta Amanda.

Elle s'était ressaisie et commençait à accepter la situation.

— Que s'est-il passé dans ce bureau, exactement ? demanda-t-elle.

— Leo se disputait avec Johnson. Soudain, il a sorti

de son tiroir un revolver qu'il a pointé sur sa tempe. Johnson semblait avoir déjà vu ce revolver ; il a dit à Leo de le poser et d'arrêter ses enfantillages. Leo a alors tiré sur Johnson, puis il a retourné l'arme contre lui. Je lui ai agrippé le bras pour l'empêcher de tirer, mais le coup est parti.

— Johnson et Geldorf lui avaient-ils dit qu'il était fini au studio ?

— Oui.

— Savais-tu ce qui se préparait ?

— Ils m'ont convoqué hier à une réunion, et j'ai défendu Leo du mieux que j'ai pu. J'avais pris rendez-vous avec lui dès son retour pour le prévenir de ce qui l'attendait, mais Johnson et Geldorf sont arrivés sur ces entrefaites.

— Le pire, dit Amanda, c'est qu'il va survivre à l'état de légume. Il préférerait être mort, crois-moi.

— Amanda, vu les circonstances, tu n'es pas obligée de le maintenir en vie artificiellement.

— Ne t'inquiète pas, c'est hors de question.

Elle fondit en larmes.

— Là, là... ne pleure pas, dit-il d'un ton compatissant. Au moins, Leo ne souffre pas.

— Ce n'est pas pour ça que je pleure, sanglota-t-elle. Je pleure parce qu'en ce moment même, je ne peux pas m'empêcher de te désirer.

55

Michael embrassa du regard la chambre d'hôpital. Le conseil d'administration de la *Centurion* était rassemblé au grand complet autour du lit de Harry Johnson, lequel avait le bras et l'épaule dans le plâtre.

— Bon, dit-il avec une grimace de douleur. Norman, Michael et moi-même, nous vous avons raconté ce qui s'est passé hier dans le bureau de Leo. Nous avons maintenant une question à régler, et je veux en terminer au plus vite pour qu'on me donne un analgésique. Norman, avez-vous une motion à proposer ?

Geldorf inclina la tête.

— Je propose que le conseil nomme Michael Vincent président-directeur général de la *Centurion Pictures*, avec les pleins pouvoirs, moyennant un salaire et un pourcentage à négocier entre les représentants du conseil et Mr Vincent.

— Qui est pour ?

Un brouhaha d'approbations s'éleva du groupe.

— Contre ?

Silence.

— Félicitations, Michael, dit Johnson. À présent, s'il n'y a pas d'autre question à l'ordre du jour, je lève la séance. *Infirmière !*

Une jeune femme en uniforme entra dans la chambre, apportant une seringue hypodermique sur un plateau. Les membres du conseil sortirent à la queue leu leu.

Dans le couloir, Michael reçut les congratulations de ses collègues administrateurs. Lorsque les autres se furent dispersés, il s'éloigna en direction de la chambre de Leo Goldman.

Il entra et s'approcha du lit. Leo semblait dans le même état que la veille mais, cette fois, son œil gauche était fermé. Il l'ouvrit.

— Bonjour, Leo, dit Michael d'une voix douce.

Leo battit rapidement des cils.

— Je sors d'une réunion du conseil d'administration. On m'a désigné pour vous succéder.

De nouveau, Leo battit des cils.

Michael se pencha sur le lit et scruta l'œil valide de Leo. Une lueur d'intelligence y brillait.

— Leo, dit-il, si vous me comprenez, clignez de l'œil une fois.

Leo cligna une fois. Il était bien vivant, finalement.

— Je voudrais vous poser certaines questions. Clignez une fois pour « oui », deux fois pour « non ».

Un clignement.
— Est-ce que vous souffrez ?
Un clignement.
— Voulez-vous que j'appelle l'infirmière ?
Deux clignements.
— Pouvez-vous bouger ?
Deux clignements.
— Pouvez-vous parler ?
Deux clignements.
— Voulez-vous voir Amanda ?
Deux clignements.
— Voulez-vous que je vous laisse seul ?
Deux clignements.
— J'aimerais pouvoir vous demander ce que vous voulez, dit Michael, mais ne vous inquiétez pas : vous finirez par vous rétablir.
Deux clignements.
Michael regarda fixement l'œil valide.
— Vous ne pensez pas vous rétablir un jour ?
Deux clignements.
— Leo, voulez-vous continuer à vivre dans cet état ?
Deux clignements.
— Voulez-vous que je fasse quelque chose pour vous ?
Un clignement.
Michael alla ouvrir la porte et jeta un coup d'œil des deux côtés du couloir. Personne en vue. Il retourna au chevet de Leo et regarda autour de lui. Leo avait un tube d'oxygène dans le nez et un goutte-à-goutte. Si Michael y touchait, le personnel médical s'en apercevrait aussitôt. Délicatement, il souleva la tête de Leo pour prendre l'oreiller. Puis il se pencha sur le malade.
— C'est bien ça que vous voulez, Leo ?
Un clignement.
— Leo, je tiens à vous remercier de tout ce que vous avez fait pour moi.
Un clignement.
— Sachez que je veillerai sur Amanda.

Un clignement.

— Adieu, mon vieil ami.

Leo cligna une fois, et son œil se mouilla. Une larme dégoulina vers son oreille.

Michael posa l'oreiller sur le visage de Leo et appuya sans forcer. Il attendit trois minutes, montre en main, avant de le retirer. Il tâta le cou de Leo mais ne put trouver le pouls. Après avoir remis l'oreiller sous la tête du mort, il sortit de la chambre. Personne ne le vit partir.

Pour la première fois depuis son enfance, Michael dut refouler ses larmes.

56

Michael monta sur l'estrade et s'adressa à la foule qui assistait au service funèbre. L'auditorium était comble.

— Je ne connaissais pas Leo Goldman depuis aussi longtemps que nombre d'entre vous, mais je le considérais comme mon meilleur ami. À ce titre, on m'a demandé de vous parler de lui sous l'angle professionnel : Leo, l'homme de cinéma.

« Leo Goldman incarnait ce qu'il y a de plus noble dans le titre de "producteur". Il avait du goût, du jugement, de la classe, l'art de repérer les talents de toutes sortes, et un sens aigu des affaires. Les films que produisait Leo comptaient toujours parmi les meilleurs de la *Centurion Pictures*.

« Mais Leo était davantage qu'un producteur : il était un patron de studio qui exerçait son métier d'une manière peu courante de nos jours. Il était un patron de studio de la même trempe que Louis B. Mayer et Jack Warner. *C'était un chef*. Leo analysait et approuvait personnellement chacun des projets de la *Centurion*, et tous les films qui ont été réalisés par ce studio reflétaient le goût et le jugement sûrs de son patron. Si on a eu l'occasion, comme moi, de voir tous les films tournés par la *Centurion* sous le règne de Leo, on pourra constater que Leo Goldman n'a jamais fait de mauvais film. Pas un seul. Et ça, c'est une chose dont ne pouvaient se prévaloir ni Louis B. Mayer ni Jack Warner.

« Leo Goldman nous a offert dans sa vie des centaines de bons films, et je sais qu'il serait heureux aujourd'hui d'être jugé uniquement sur la qualité de sa production. *C'était un chef*.

« J'ai été choisi pour remplacer Leo, mais nous savons qu'il s'agit là d'une mission impossible. Lorsqu'on m'a proposé son poste à la *Centurion*, j'ai d'abord été saisi de crainte, puis d'humilité en mesurant l'ampleur de la tâche. Peut-être est-il préférable de succéder à un mauvais patron de studio, car il est alors plus facile de paraître compétent. Succéder à Leo sera très difficile, car il excellait dans tout ce qu'il entreprenait.

« Mais à la réflexion, je m'aperçois que mon travail s'en trouvera facilité. Parce que, justement, il a fait son travail à la perfection. Parce qu'il a su prendre des décisions, taper du poing sur la table et établir – non sans opposition, j'imagine – des critères cinématographiques qui font l'envie de toute la profession. *C'était un chef*.

« Ma reconnaissance envers Leo est totale. Grâce à lui, j'ai pu, dans un premier temps, faire ce que j'ai fait, et ensuite faire ce qu'il faisait. Si je ne réussis pas aussi bien que lui, ce ne sera pas de sa faute.

« Croyez bien que je préférerais travailler pour Leo plutôt que de diriger le studio. Je préférerais me tenir dans son ombre plutôt que d'affronter la lumière crue de la gloire solitaire, comme il l'a fait.

« Et si, en examinant ma vie personnelle et professionnelle, je m'aperçois que j'ai contribué, si peu que ce soit, à pousser Leo à commettre son geste de désespoir, je demanderai à Dieu de me punir.

« J'aimais sincèrement Leo Goldman, et il me manque. Dans les jours à venir, si je me trouve dans l'embarras, si j'ai des dissensions avec mes pairs ou des difficultés avec mon studio, je me demanderai : "À ma place, que ferait Leo Goldman ?" Et alors je saurai que faire. »

Après la cérémonie, Amanda Goldman reçut les amis et les admirateurs de son mari dans sa maison de Stone Canyon. Quelque quatre cents personnes mangèrent et burent tout en parlant de Leo Goldman et du Bizness.

Michael fut assailli par de nouveaux fans qui tenaient à le féliciter pour son éloge funèbre.

Margot Gladstone, qui se tenait à proximité, lui glissa à l'oreille :

— Tous ces gens-là te mangent dans la main. Faisons en sorte que ça continue.

Quand la foule commença à se disperser, Michael prit dans un coin Norman Geldorf et Harry Johnson, lequel avait encore le bras dans le plâtre.

— Je voulais vous parler le plus tôt possible, leur dit-il. Selon moi, il ne faut pas vendre aux Japonais. En tout cas, pas tout de suite.

— Je partage votre opinion, dit Geldorf. Maintenant que Leo n'est plus là, ils vont essayer de faire baisser le prix.

— Laissez-moi le temps de m'installer, de mettre quelques films en chantier, dit Michael. À ce moment-là, si la meilleure solution est de vendre, vous tirerez beaucoup plus d'argent du studio.

Les deux hommes acquiescèrent.

— Votre éloge funèbre était remarquable, Michael, déclara Johnson. Juste le ton qu'il fallait.

Michael fut le dernier à prendre congé.

— Ne pars pas, dit Amanda en se cramponnant à lui. Reste coucher ici.

— Il vaut mieux que je m'en aille, dit-il. Nous

reprendrons contact dans quelques jours. Vois tes amis, ne t'occupe pas de moi. C'est préférable pour l'instant.

— Dans une semaine, je serai en feu.

— Dans une semaine, tu pourras m'allumer.

Pendant le week-end, Michael resta cloîtré avec Margot dans sa maison de Malibu. Il marcha de long en large devant la piscine, dictant à Margot des notes sur la façon de diriger la *Centurion*. Elle fit la cuisine. Ils firent l'amour. En réalité, il y avait bien peu d'amour dans leur relation, et ils le savaient tous les deux : ils tiraient le maximum l'un de l'autre, point final.

Néanmoins, Michael avait trouvé en Margot ce qu'il n'avait jamais eu jusqu'à présent : une personne à qui se confier.

57

Vers la fin de sa première semaine à la tête de la *Centurion Pictures*, Michael préparait une réunion du conseil d'administration, dans ce qui avait été naguère le sanctuaire de Leo Goldman, lorsque Margot Gladstone entra par la porte de communication entre leurs deux bureaux.

— As-tu lu les journaux ou écouté les nouvelles, ce matin ? demanda-t-elle.

— Non. J'ai consacré tout mon temps à cette réunion.

Elle posa le *New York Times* sur son buvard. Dans le coin inférieur droit de la première page, Michael repéra l'article :

UN PARRAIN DE LA MAFIA
MEURT À SOIXANTE-DOUZE ANS

Benito Carlucci, chef depuis de nombreuses années de la plus importante famille de la Mafia new-yorkaise, est décédé hier à l'âge de soixante-douze ans, au Columbia Presbyterian Hospital, des suites d'une grave maladie du foie…

Dans sa jeunesse, Carlucci purgea une peine de deux ans de prison à Sing-Sing pour avoir formé un gang de voleurs de voitures : ce fut son unique condamnation. Une fois libéré, il gravit rapidement les échelons de la hiérarchie au sein de son organisation criminelle. C'est ainsi que, à seulement quarante ans, il accéda à la tête de cette Famille de la Mafia. Sous son règne, celle-ci se lança timidement dans les investissements légaux : selon des sources proches du FBI, plus de la moitié des revenus de la Famille proviendraient aujourd'hui d'affaires légales, bien que lesdites affaires soient souvent gérées avec des méthodes qui flirtent avec l'illégalité…

Souvent, la mort d'un responsable de la Mafia donne lieu à une sanglante guerre de succession. Néanmoins, en l'occurrence, les observateurs bien informés pensent que Carlucci, voyant venir sa fin, avait pris des mesures pour que la Famille soit dirigée par un conseil composé des chefs des quatre différents clans. Aucun des quatre membres ne semble, pour l'instant, prendre l'avantage sur les autres.

L'enterrement aura lieu demain à la cathédrale Saint-Patrick. L'office sera célébré par l'archevêque de New York.

Michael posa le journal, décrocha son téléphone et composa le numéro d'un téléphone cellulaire.

— Oui ?

La voix de Tommy était tendue.

— Ici Vinnie. Je viens d'apprendre la nouvelle.

— Ne quitte pas.

Michael l'entendit aboyer des ordres étouffés, puis Tommy reprit la communication :

— Désolé, Vinnie. C'est la grosse agitation par ici, tu t'en doutes.

— Je suis navré, Tommy. Je sais que tu aimais le vieux.

— Oui, mais maintenant il n'est plus là et on a du pain sur la planche.

— Tout se présente bien ?

— Ne crois pas ce que disent les journaux.

— Quand peut-on se voir ?

— Je tâcherai de venir le mois prochain.

— D'accord. Transmets mes condoléances à sa famille.

— Bien sûr.

Michael raccrocha.

— Alors ? s'enquit Margot. Qu'est-ce qui se passe ?

— Il ne pouvait pas parler librement. Quand il viendra, nous en saurons davantage.

Michael ouvrit la séance du conseil d'administration.

— Bonjour, messieurs. Cette réunion sera brève. Je veux vous présenter un compte rendu de la situation, après quoi j'aurai deux questions à soumettre à votre approbation.

« Depuis que j'ai pris la direction du studio, j'ai annulé le film de science-fiction et celui sur la guerre du Vietnam. Les dépenses ont été passées par profits et pertes.

Un murmure approbateur accueillit cette déclaration.

— J'ai également mis en chantier trois films, dont le budget le plus élevé est de quatorze millions de dollars. Ces projets devraient se révéler extrêmement rentables.

« Bien entendu, il y aura des changements de personnel au studio. Certains de ceux qui étaient responsables de département sous Leo n'apprécieront pas de travailler avec moi, et il y en a d'autres que je risque de ne pas apprécier.

Harry Johnson prit la parole :

— Vous demanderez, naturellement, l'accord du conseil pour tout changement important ?

Michael regarda Johnson.

— Fin de mon compte rendu, dit-il. À présent, je voudrais faire voter le conseil sur mon contrat d'embauche et sur celui de Margot Gladstone. Pour répondre à votre question, Harry, mon projet de contrat me donne toute latitude pour engager où renvoyer qui me plaît. Y a-t-il une motion ?

— Je propose que les contrats soient ratifiés, déclara l'un des administrateurs.

— Des objections ? demanda Michael. Harry ?

Johnson se leva.

— Pour commencer, Michael, je tiens à vous dire ma satisfaction – et je suis sûr d'exprimer la pensée de tous – pour la manière dont vous avez pris la direction du studio. Vos initiatives en matière de production sont à la fois prudentes et créatives, ce dont nous vous savons gré. (Il s'éclaircit la gorge.) Toutefois, il y a des problèmes qui risquent de se poser sur le plan administratif. Certains responsables de département occupent leur poste depuis de nombreuses années et ont fait leurs preuves du temps de Leo. Tous ces gens-là ont une expérience beaucoup plus importante que la vôtre – et, pour ma part, je répugne à vous donner le pouvoir de les remplacer à volonté.

— Je vous remercie, Harry, déclara Michael. Ce que vous dites est, bien sûr, tout à fait juste. Certains de ces responsables sont là depuis longtemps, et ils sont tous compétents. Pour autant, ils ne sont pas tous enchantés de travailler avec moi. Par conséquent, à moins qu'on ne puisse remédier rapidement à ce mécontentement, je considérerai que leur attitude les disqualifie de la fonction qui est actuellement la leur.

— Autre chose, dit Johnson. Promouvoir Margot

Gladstone au rang de directrice générale risque d'être perçu comme un acte irréfléchi. Miss Gladstone a été la secrétaire d'un certain nombre de hauts responsables de la *Centurion*, mais cette expérience ne saurait la qualifier pour administrer la gestion de ce studio.

— Je comprends votre inquiétude, dit Michael, mais Margot connaît le fonctionnement de ce studio mieux que n'importe qui – y compris moi. Elle est d'une grande intelligence et possède un jugement extrêmement sûr. De toute manière, elle dépendra directement de moi ; je pourrai donc toujours annuler ses décisions si nous sommes en désaccord.

— Un salaire d'un million de dollars par an – plus les bénéfices – pour une femme qui était, récemment encore, une simple secrétaire ? objecta Johnson.

— Si elle est qualifiée pour être directrice générale – et, je le répète, je crois qu'elle l'est – sa rémunération est modeste par rapport à ce qui se pratique dans la profession.

Johnson ouvrit de nouveau la bouche pour parler, mais Michael l'interrompit d'un geste :

— Loin de moi l'idée de refuser le débat, Harry, mais la décision à prendre par le conseil est simple : vais-je, oui ou non, diriger ce studio ? Permettez-moi d'être tout à fait clair : je n'accepterai ce poste que si je jouis de la même autorité que Leo avant moi. Vous avez mon contrat sous les yeux ; il me donne les pleins pouvoirs. C'est uniquement par courtoisie que je vous ai soumis le contrat de Margot Gladstone. Si le conseil approuve mon contrat, sachez que mon premier geste de président sera de signer le contrat de Margot. Si le conseil choisit de le rejeter, j'aurai débarrassé mon bureau d'ici une demi-heure. Maintenant, je vais me retirer pour vous laisser délibérer entre vous. Messieurs, la décision vous appartient.

Il pivota sur ses talons.

— Michael… dit Johnson.

Michael se retourna.

— Oui ?

— Je ne pense pas qu'il soit nécessaire que vous sortiez. Mettons la motion aux voix.

Du regard, Michael fit le tour de la table.

— Qui est pour ?

Tous acquiescèrent comme un seul homme.

— Contre ?

Silence.

— La motion est adoptée à l'unanimité, dit Michael. L'ordre du jour étant épuisé, messieurs, je lève la séance jusqu'à la réunion ordinaire du mois prochain.

Michael regagna son bureau, où Margot l'attendait. Il s'assit dans son vaste fauteuil, signa le contrat de Margot en quatre exemplaires et lui en remit un.

— Te voilà directrice générale de la *Centurion Pictures*, dit-il.

Margot l'embrassa, radieuse.

— Et maintenant, dit Michael, vire-moi le directeur financier.

— À vos ordres, patron !

58

Confortablement installé dans la Mercedes avec chauffeur qu'il avait héritée de Leo Goldman, Michael regarda le jet Gulf-stream IV atterrir sur l'aéroport de Santa Monica. La piste semblait bien trop courte pour un si gros avion, mais celui-ci se posa sans encombres et roula lentement vers l'endroit où Michael attendait.

Michael accueillit Tommy Pro au pied de la passerelle. Il l'étreignit, l'embrassa sur la joue, puis le poussa dans la Mercedes tandis que le chauffeur s'occupait des bagages.

— C'est un moyen de transport très agréable, dit Michael. On ne risque pas trop d'ennuis.

— Des ennuis ? dit Tommy en riant. J'en redemande, des ennuis comme ça !

Ayant trouvé le bon bouton, il releva la vitre de séparation tandis que le chauffeur prenait la direction de Malibu.

— Est-ce qu'il peut nous entendre ? s'enquit Tommy.

— Rien à craindre. Leo avait acheté une berline 600 standard, la douze-cylindres, qu'il a fait rallonger. Il a également fait insonoriser ce compartiment.

Tommy tripota les touches de la télévision.

— Est-ce qu'on peut capter CNN ?

— Non, Tommy. Il faut avoir le câble ou le satellite pour recevoir CNN.

— On peut avoir les infos ?

Michael se pencha pour changer de chaîne.

— Ici, nous avons les nouvelles à cinq heures.

Le présentateur, Tom Brokaw, apparut sur l'écran :

— Bonsoir. Au menu de ce journal : le nouveau bras de fer avec Saddam Hussein concernant les inspections de ses installations militaires ; les ennuis politiques du Président à cause du scandale des ventes d'armes à l'Iran... (L'image changea, montrant le cadavre d'un homme dans une rue de New York)... et un changement de génération dans une Famille de la Mafia.

Tommy exhala un profond soupir.

— Qu'est-ce qui se passe ? demanda Michael. Les journaux ne disent quasiment rien.

— Avec un petit peu de chance, dit Tommy, ce macchabée était Benny le Tarin.

— Benny ? Quel est le type suffisamment culotté pour zigouiller Benny le Tarin ?

— Tu l'as devant toi.

— Ça, par exemple... ! Mets-moi un peu au parfum.

— Chut ! dit Tommy en indiquant l'écran de télévision.

Brokaw annonça :

— Cet après-midi, à New York City, deux *capos* de

la Mafia ont été abattus en pleine rue alors qu'ils sortaient d'un restaurant de Manhattan. Ces meurtres sonnent le glas de la théorie du FBI selon laquelle, à la mort de Benito Carlucci, un comité de ses lieutenants lui avait succédé sans coup férir. Selon la police, deux des membres de ce comité auraient fait liquider les deux autres afin de consolider leur pouvoir.

— C'est pour ça que je viens te voir, dit Tommy. Le moment est bien choisi pour prendre le large.

— Et maintenant, qui reste-t-il ? Qui contrôle la situation ?

— Il reste Eddie et Joe Funaro, et c'est moi qui contrôle la situation.

— Sacrebleu, Tommy ! Comment as-tu réussi ce coup-là ?

— Grâce au vieux. On a mijoté ça ensemble. Il a convoqué ses quatre lieutenants pour leur annoncer qu'il y avait un changement de programme, et puis il a dit à Joe et Eddie de prendre leurs ordres auprès de moi. Maintenant, ils s'occupent des trafics de rues, et moi je m'occupe de tout le reste. Ils me font passer les recettes, que j'investis dans des affaires légales.

— Tu diriges tout ?

— Tout, confirma Tommy d'un petit air satisfait.

Sidéré, Michael s'adossa à la banquette.

— Ainsi, tu es le Parrain.

Tommy eut un sourire épanoui.

— Je suis le Parrain.

Au coucher du soleil, Michael et Tommy se promenèrent sur la plage de Malibu Colony : Michael en tenue californienne décontractée, Tommy en costume de peau de requin et chemise de soie, pantalon retroussé aux genoux et cravate desserrée. Pendant le dîner, ils avaient parlé des nouvelles responsabilités de Tommy, de son nouveau pouvoir.

— Tu as une sacrée chance, Vinnie, déclara Tommy.

— Comme si je ne le savais pas !
— Encore plus que tu ne le penses.
— Comment ça ?
— Si le Parrain avait vécu un jour de plus, tu serais mort à l'heure qu'il est.
Michael s'arrêta net.
— *Quoi ?*
— Je l'ai retenu aussi longtemps que j'ai pu, et puis il a claqué.
— Le vieux voulait ma mort ?
— Tu l'as doublé, Vinnie.
— Holà ! minute...
— Certains diraient que tu *m'as* doublé.
— Tommy...
— Tu as dissuadé Geldorf et Johnson de vendre le studio aux Japs, c'est-à-dire *à nous* et aux Japs.
— Ce n'était pas le bon moment, Tommy.
— Et pourquoi donc ? J'avais tout organisé : Geldorf et Johnson étaient mûrs, Goldman était mort, tu étais – tu *es* – le patron.
— Écoute-moi, Tommy. J'ai un studio de cinéma dans la paume de ma main : la *Centurion Pictures* ! Imagines-tu ce que ça représente ?
— Ça représente un sacré foutu paquet de fric à manipuler.
— Beaucoup plus que ça, Tommy. Je peux faire tous les films – je dis bien : *tous* les films – que je veux. Je peux engager n'importe quelle star, n'importe quel réalisateur, n'importe quel scénariste. J'ai le bouton rouge dans ma main. Le bouton *m'appartient*.
— Mon cul, oui ! Tu es un salarié comme un autre.
— Mon contrat me donne le droit d'acheter deux pour cent du capital actions par an, tant que le studio est bénéficiaire.
— *Deux pour cent par an ?* Tu es en train de me dire que tu as entubé le Parrain, la Famille et moi pour *deux pour cent par an ?*

— Je n'ai entubé personne, Tommy. Vous n'avez rien perdu dans l'histoire.

— Ce n'était pas l'avis du vieux. Sans mon intervention, Vinnie, tu servirais de pâture en ce moment même aux poissons du Pacifique.

Pour donner plus de poids à ses paroles, il pointa l'index sur l'océan.

— Tommy, je te suis reconnaissant...

— Tu ignores ce qu'est la reconnaissance, Vinnie. Sais-tu qu'il m'avait bel et bien donné la consigne ? Il m'avait *ordonné* de te liquider, et je ne l'ai pas fait. Pour la première fois de ma vie, j'ai désobéi à un ordre du Parrain ! Tu ignores ce qu'est la reconnaissance, Vinnie : tu suces le téton et tu casses les dents à tous ceux qui te font de l'ombre.

— C'était ma chance, Tommy, tu ne comprends donc pas ?

— Ta chance d'entuber tes amis ?

— Ma chance de diriger ma propre entreprise, ma propre vie, sans être sous la férule de qui que ce soit.

— Ce n'est pas comme ça que tu as été élevé, Vinnie. Merde, on est tous sous la férule les uns des autres ! C'est pour ça qu'on a du travail : on a tous des dettes les uns envers les autres. Et toi, tu pensais pouvoir chausser les godasses de Leo Goldman sans rien devoir à personne ?

— J'ai une dette envers toi, Tommy, je le sais bien. Je ferai n'importe quoi pour te dédommager. Tu n'as qu'un mot à dire, tu auras tout ce que tu voudras.

— Tu considères ce studio de cinéma comme une sorte de jouet, hein ? Un gigantesque Meccano avec lequel tu peux t'amuser mais que personne d'autre n'a le droit de toucher, c'est ça ? Tu ne le vois pas pour ce qu'il est réellement : une machine à faire de l'argent.

— Dis-moi simplement ce que tu veux, Tommy.

— Je veux soixante pour cent du capital de la

Centurion Pictures, ce qui représente les parts de Harry Johnson et d'Amanda Goldman. Le reste, je l'obtiendrai par mes propres moyens.

— Si je les persuade de vendre, Tommy, ça reviendra à me trancher la gorge. Je ne serai plus le patron. Je travaillerai de nouveau pour quelqu'un d'autre, tu ne comprends donc pas ?

— Laisse-moi te raconter une histoire, Vinnie. Tu te souviens de Rase-Mottes ?

— Le type aux jambes bousillées qui faisait des commissions pour le Parrain ?

— Celui-là même. Il n'avait plus l'usage de ses jambes, alors il se trimbalait dans le quartier sur sa petite planche à roulettes, au service du Parrain.

— Il filait à toute allure sur sa planche, l'animal ! dit Vinnie en riant.

— Oui, et tu sais quoi ? Le Parrain lui faisait confiance.

— Le Parrain faisait donc confiance à quelqu'un ? Ça, c'est un scoop !

— À très peu de gens, mais il faisait confiance à Rase-Mottes. Tu veux savoir pourquoi ?

— Raconte.

— Savais-tu que, dans le temps – on n'était même pas nés, toi et moi – Rase-Mottes était propriétaire du salon funéraire le plus prospère de Little Italy ?

— Non, je l'ignorais. Comment s'est-il retrouvé sur cette planche, alors ?

— Ce salon funéraire, le Parrain le lui avait quasiment offert. Il lui avait prêté l'argent – sans intérêt – et il lui envoyait des clients. *Beaucoup* de clients, si tu vois ce que je veux dire. Tout ce que le Parrain demandait à Rase-Mottes, en échange, c'était qu'il lui enterre quelqu'un de temps à autre. Le Parrain lui expédiait un macchabée, que Rase-Mottes enterrait avec un autre macchabée, réglo celui-là : deux pour le prix d'un.

— Et qu'est-il arrivé ?

— Rase-Mottes a eu peur des flics et des Fédés.

Ils lui tournicotaient autour, alors il a pris peur. Un jour, le Parrain lui a envoyé un macchabée et Rase-Mottes a refusé de l'enterrer, affirmant qu'il ne pouvait pas courir le risque, avec les flics qui fouinaient dans ses affaires.

Tommy s'arrêta et se tourna vers Michael avant de poursuivre :

— Et puis, une nuit, un incendie a détruit le funérarium. Et quelques jours plus tard, deux types sont venus trouver le croque-mort et lui ont cassé les jambes. Et voilà comment Eduardo Minnelli, le croque-mort riche et extrêmement respecté, est devenu Rase-Mottes, le coursier.

Michael plongea son regard dans les yeux de Tommy. Ce qu'il y vit lui donna le frisson.

— Mais après ça, enchaîna Tommy, le Parrain a toujours fait confiance à Rase-Mottes. Il lui a même confié des tâches importantes, des trucs qui auraient pu l'envoyer en taule, lui, le Parrain. Parce qu'il savait que Rase-Mottes ne s'aviserait pas de le trahir une deuxième fois. (Tommy dévisagea Michael.) C'est une histoire que tu devrais méditer, Vinnie.

Sur ce, Tommy tourna les talons et rebroussa chemin vers la maison, en pataugeant dans l'eau écumeuse. Tel un petit chien, Michael le suivit.

59

Michael et Amanda Goldman se savonnaient mutuellement sous une douche brûlante, dans une forte odeur de beurre de cacao. Amanda se mit à genoux et le prit dans sa bouche, mais il la fit se relever.

— Non, non, ça suffit comme ça. Je suis à vif.

— Je ne me lasse pas de toi.

Elle entreprit de lui masser le dos avec le savon.

Ils restèrent sous le jet à s'embrasser jusqu'à ce que l'eau ait chassé la mousse, puis Michael ferma le robinet de la douche. Il sortit du bassin, tendit à Amanda un peignoir en tissu éponge et en enfila un lui-même.

— J'ai une envie d'œufs, dit-il. Je t'en prépare aussi ?

— Bonne idée. Vas-y pendant que je me sèche les cheveux.

Michael descendit dans la cuisine et se mit à l'ouvrage. Il fit griller du bacon, mit deux *muffins* anglais dans le grille-pain et battit une demi-douzaine d'œufs avec un peu de crème en attendant que le beurre fonde dans la poêle. Il ajouta une pincée de sel, puis brouilla lentement les œufs, à feu doux, jusqu'à ce qu'ils soient mousseux et encore humides. À l'instant où il servait le bacon, les œufs et les toasts dans de grandes assiettes blanches, Amanda fit son entrée.

— Ça sent délicieusement bon, dit-elle. J'ignorais que tu savais cuisiner.

— C'est pratiquement mon unique recette, dit-il en débouchant une bouteille de blanc de noirs *Schramsberg*.

— Mon champagne favori, dit-elle en trempant les lèvres dans sa coupe. Comment as-tu deviné ?

— J'en ai goûté assez souvent à ta table. C'est toi qui me l'as fait découvrir.

Elle secoua la tête, répandant sur ses épaules sa chevelure dorée.

— Tu sais… dit-elle en attaquant ses œufs.

— Oui ?

— Je croyais que je mettrais un moment à me remettre de la mort de Leo, mais ça fait seulement deux semaines et je me sens… libérée.

— Je pense que beaucoup de gens ressentent la même chose quand ils perdent leur conjoint, seulement ils refusent de l'admettre.

— J'aimais Leo, à ma manière, mais d'un autre côté je suis heureuse d'être libre.

— Pas complètement libre, la prévint-il. Nous sommes dans une petite ville, ne l'oublie pas. Il te faudra porter le deuil pendant quelque temps.

— Ça ne me gêne pas, du moment que je peux te voir.

— Tu pourras me voir tant que tu voudras, promit-il. Mais nous devrons attendre au moins un an avant de nous montrer ensemble dans des dîners.

— Je m'en accommoderai si tu me fais l'amour suffisamment souvent.

— Ça veut dire quoi, « suffisamment souvent » ?

— Mieux vaut que tu ne le saches pas, dit-elle en riant.

— Attendons que j'aie récupéré avant de nous y remettre.

Elle lui posa une main sur la joue.

— Désolée, mon cœur. Je ne voulais pas t'épuiser.

Michael prit une profonde inspiration.

— Dis-moi, il faut que nous parlions affaires.

— O.K., je t'écoute.

— Je voudrais que tu dises à Geldorf de vendre toutes les actions de la *Centurion* qui sont dans ton trust.

Elle le regarda, bouche bée.

— Tu es fou ? Je croyais que tu voulais mon soutien pour te permettre de diriger le studio.

— C'est le moment idéal pour vendre, crois-moi. Les Japonais recommencent à frapper à notre porte, et nous sommes en position d'exiger un bon prix.

— Et les actions de Leo ?

— Dis à Geldorf de les vendre aussi, pour ton compte.

— Et les autres administrateurs ?

— Quand ils verront que la majorité du capital a été vendue, ils s'empresseront de prendre le train en marche.

Elle contempla son assiette en silence. Au bout d'un moment, elle dit :

— Michael, tu te souviens du jour où je t'ai expliqué ce que Leo m'apportait dans notre couple ?

— Je crois, oui.

— Je t'ai dit que je pouvais recevoir à dîner qui je voulais, tu te souviens ?

— Oui.

— Eh bien... si j'étais en mesure de faire ça, c'était parce que mon mari dirigeait un grand studio de cinéma.

— Oui, d'accord, mais Leo est mort.

— Mais quand nous serons mariés, toi et moi, je veux que tu sois encore à la tête du studio.

C'était la première fois que le mariage était évoqué entre eux. Michael s'efforça de ne pas montrer son agacement.

— Ne t'inquiète pas : malgré le changement de propriétaire, je dirigerai toujours le studio.

— Le seul moyen d'en être sûre, c'est de me cramponner à mes actions.

— Mais... à un certain moment, avant la mort de Leo, tu te disais prête à vendre. (Il prit le visage d'Amanda entre ses mains.) Je te demande de me faire confiance, ma chérie. C'est la meilleure chose à faire, crois-moi. Les Japonais m'ont proposé un contrat en béton.

— Peut-être, mais un contrat, ça se rachète. C'est une pratique courante dans cette ville. S'ils en ont assez de toi, s'ils veulent une nouvelle tête, ils te donnent un gros chèque et te débarquent. Leo me le répétait toujours.

Michael commençait à s'énerver.

— Nom de Dieu, Amanda, fais ce que je te dis, c'est tout !

— Tu m'as l'air d'oublier à qui tu parles, dit-elle en se levant.

Elle sortit de la maison avec raideur. Michael, qui était encore en peignoir, ne put lui courir après.

Ce même jour, en fin d'après-midi, il reçut la visite de Margot dans son bureau.

— Michael, dit-elle en s'asseyant, j'ai relu mon contrat et je me suis aperçue que je pouvais être licenciée à tout moment, pour n'importe quel motif, avec un préavis de trois mois.

Michael leva les yeux du scénario qu'il lisait.

— Margot, je t'ai nommée directrice générale de ce studio. Pourquoi irais-je te licencier ?

— Je sais que tu ne le feras pas, parce que j'en sais trop sur toi, mais supposons qu'il t'arrive quelque chose ? Le conseil d'administration pourrait me flanquer à la porte dans l'heure, avec trois mois de salaire pour tout viatique.

— Margot, dit-il avec irritation, tu as déjà ta retraite. Au cas – fort improbable – où il m'arriverait quelque chose, tu te retrouverais avec ce que tu aurais eu si je ne t'avais pas promue à ce poste. Ça devrait être suffisant.

— Non, dit-elle, ce n'est pas suffisant. Financièrement parlant, je joue maintenant dans la cour des grands et ça me plaît. Je ne veux pas me trouver en situation d'être bazardée comme une vieille chaussette. Tu ne peux pas comprendre ça ?

— En réalité, tu ne veux pas avoir à te fier à ma parole.

— Puisque tu présentes la chose ainsi, oui, dit Margot.

Michael était bien près de perdre son sang-froid. Les femmes le houspillaient un peu trop, en ce moment. Il n'aimait pas ça.

— Ton contrat restera en l'état, dit-il. Si tu n'as pas confiance en moi, alors va te faire foutre !

Margot pâlit, puis se leva.

— Au moins, je sais maintenant à quoi m'en tenir, dit-elle d'un ton glacial.

Elle sortit en claquant la porte derrière elle.

Michael se replongea dans son scénario, mais il

avait du mal à se concentrer. Au bout d'un moment, il alla ouvrir la porte de communication entre leurs deux bureaux.

— Margot, dit-il, je regrette. Je...

Il regarda autour de lui. Elle n'était plus là.

60

Michael nouait d'une main experte son nœud papillon en soie noire, debout devant la glace, quand le téléphone sonna. Seuls quelques rares privilégiés connaissaient son numéro personnel.

— Allô ?

— Ici Tommy.

« Il n'a pas l'air heureux », pensa Michael.

— Alors, Tommy, comment ça va ?

— Pas trop bien. Je viens de prendre un verre avec Norman Geldorf.

— Et ?

— Il refuse de vendre les actions du trust.

— Comment ça ? J'ai dit à Amanda Goldman de lui faire tout vendre, y compris les actions de Leo.

— Elle n'a pas saisi le message.

— Écoute, Tommy, je peux arranger ça.

— J'ai l'impression que tu ne saisis pas le message, toi non plus, Vinnie.

— Écoute, elle fera ce que je lui dirai de faire. Je la mène par le bout du nez ; elle est persuadée qu'on va se marier.

— D'après Geldorf, elle souhaite expressément conserver ses actions pour te permettre de rester à la tête du studio.

— Tommy...

— En fait, Geldorf a eu la nette impression que tu la manœuvrais dans ce sens-là.

— Ce n'est pas vrai, Tommy ! Je...

— Au revoir, Vinnie. Ou peut-être devrais-je dire : « Au revoir, Michael » ? Tu es un autre homme, à présent, n'est-ce pas ?

Il raccrocha.

— Tommy…

Michael reposa violemment le récepteur sur son socle. « Nom de Dieu ! » hurla-t-il, sans s'adresser à personne en particulier. Il empoigna sa veste de smoking. Il était déjà en retard pour son dîner de gala à l'hôtel *Beverly Hills*.

Il dévala l'escalier du garage, où il trouva le chauffeur penché sous le capot de la voiture.

— Qu'est-ce qui se passe encore ? gronda-t-il.

— Je suis désolé, monsieur Vincent. La batterie ne fonctionne pas. Je crois qu'il y a un fil coupé.

— Tant pis, je conduirai moi-même, dit Michael en s'installant au volant de sa Porsche.

Il sortit du garage dans un rugissement de moteur et fit un appel de phares au gardien, qui ouvrit la barrière juste à temps. Il prit la route côtière en se forçant à ne pas dépasser le cent vingt, de crainte de se faire arrêter. On devait lui remettre ce soir une récompense pour son soutien à la campagne contre le sida dans la communauté d'Hollywood, et il ne voulait pas arriver en retard à une réception organisée en son honneur.

Au cocktail qui précéda le dîner, il fit la queue pour se faire servir un gin-tonic et bavarda avec chacun de ceux qui l'abordaient. Tout le monde était là ce soir, dans la catégorie grosses légumes : patrons de studios, directeurs d'agences de casting, acteurs, agents et producteurs célèbres. Il n'y avait pas plus de cinquante femmes sur une assemblée de cinq cents personnes, estima-t-il.

Margot Gladstone était l'une d'elles. Tandis que Michael discutait avec un agent, elle s'approcha et attendit discrètement à proximité, le temps qu'il remarque sa présence.

— Comment vas-tu, Margot ? Je voulais justement te parler…

— C'est terminé, dit-elle.

Il jeta un coup d'œil autour de lui et grimaça un sourire, ne voulant pas que d'éventuels témoins perçoivent l'hostilité de leur échange. Il la prit par le bras.

— Écoute, on se verra après la cérémonie. Viens à la maison et…

— *C'est terminé,* répéta-t-elle d'un ton cassant. Si je suis venue, c'est uniquement pour te le dire en face. Ma démission est sur ton bureau. (Elle se dégagea de son étreinte.) *Rien ne va plus*, ajouta-t-elle avec un sourire. Adieu, Michael.

Elle tourna les talons et se perdit dans la foule. Michael voulut la rattraper, mais une voix annonça dans les haut-parleurs :

— Mesdames et messieurs, veuillez prendre vos places pour le dîner.

Un patron de studio qu'il connaissait le prit par le bras et le guida vers la table d'honneur.

Tard dans la nuit, après les discours et la remise du prix, Michael put enfin se libérer de ses admirateurs et quitter la salle de bal. Il sortit de l'hôtel et attendit cinq minutes, le temps que le portier aille lui chercher sa voiture. Il donna à l'employé un pourboire de vingt dollars, grimpa dans sa Porsche et remonta l'allée vers Sunset Boulevard.

Il était un peu ivre, il le savait. Un serveur lui avait apporté des gin-tonic à un rythme soutenu, car il faisait très chaud dans la salle à manger. Il respira bien à fond, plusieurs fois, pour tâcher de dissiper les brumes de son cerveau.

Conduisant avec précaution, pas trop vite, Michael tourna dans Sunset et prit la direction de l'autoroute qui le mènerait à Malibu. Il dégagea les fixations qui maintenaient la capote fermée et appuya sur le bouton servant à l'abaisser. La fraîcheur de l'air nocturne lui fit du bien. Il huma le parfum des luxuriants jardins qui bordaient Sunset, tout heureux d'être à Beverly Hills.

Il était exactement là où il avait envie d'être. Il tenait entre ses mains les rênes d'un grand studio, et il pouvait faire tous les films qui lui plaisaient. Demain, il réglerait son différend avec Tommy ; c'était une simple petite friction entre deux amis de toujours, rien de bien grave. Il parlerait aussi à Margot, la persuaderait de revenir sur sa décision. Il lui donnerait même le contrat qu'elle souhaitait : il était prêt à tout pour la satisfaire. N'avait-il pas besoin d'elle ?

Une Corvette rouge le doublait sur sa gauche et semblait le coller d'un peu trop près. N'étant pas d'humeur agressive, il se rangea pour lui céder le passage. Mais soudain, inexplicablement, la Corvette vira sèchement à droite, comme pour lui rentrer dedans.

Michael braqua à fond. Il était décidé à grimper sur le trottoir, si nécessaire, pour éviter ce déséquilibré. Heureusement, il y avait une rue sur sa droite ; il rétrograda et prit le virage sur les chapeaux de roues, en poussant un juron sonore. Mais il n'était pas au bout de ses peines : juste devant lui, deux voitures garées côte à côte bloquaient sur toute sa largeur la rue ténébreuse. Il freina à mort, prêt à incendier ces imbéciles, quand la Corvette s'immobilisa à sa hauteur. Deux hommes en descendirent et se postèrent de chaque côté de la Porsche décapotée. Affolé, à présent, Michael passa brutalement la marche arrière. Un coup d'œil dans son rétroviseur lui montra alors qu'une autre voiture était arrêtée juste derrière lui.

— Mains sur la tête, ordonna une voix juvénile.

Un pistolet automatique apparut dans son champ de vision. L'arme était munie d'un silencieux.

Michael obéit et leva les yeux vers un visage qui aurait pu être le sien quelques années plus tôt. Regardant sur sa droite, il vit un autre visage du même type : jeune, dur, dépourvu de tout scrupule.

Comment une chose pareille pouvait-elle lui arriver ?

— C'est un hold-up, dit la voix. File ton portefeuille.

Michael s'affaissa de soulagement. Il ne s'agissait pas d'un contrat, sans quoi il serait déjà mort. Il sortit son portefeuille et le tendit au jeune homme.

— Trop aimable, dit le porte-flingue. Merci, Vinnie.

Michael le regarda, médusé.

— Comment savez... ?

Alors, le jeune homme qui pointait le pistolet sur la tête de Michael abaissa le canon et lui tira deux balles dans l'entrejambe.

Michael hurla. Il porta les mains à son bas-ventre en feu, mais les retira aussitôt avec horreur : elles étaient rouges de sang.

Il se mit à hurler de plus belle. Il n'eut que vaguement conscience d'entendre les voitures démarrer en vrombissant, et il eut encore moins conscience de tendre la main vers son téléphone pour appeler le 911.

61

Assis à son bureau, Michael étudiait le budget prévisionnel d'un film qu'il devait bientôt mettre en chantier. Il parcourut les chiffres, les compara mentalement avec les chiffres d'autres productions passées, nota une observation ici ou là, indiqua que le montant devrait faire l'objet d'une discussion ultérieure avec le directeur de production.

On frappa un coup discret à la porte de communication et Margot entra.

— C'est l'heure de la projection, dit-elle. Les autres attendent.

Michael la regarda, pimpante, élégante comme jamais. Elle portait des toilettes plus coûteuses à présent, grâce à son nouveau salaire. Elle vint se poster derrière lui.

— Puis-je... ?

Il l'arrêta d'un geste.

— Non ! glapit-il. Je préfère me débrouiller seul.

Il était de plus en plus irritable ces temps-ci, d'autant qu'il n'avait plus le dérivatif du sexe pour se détendre, pour oublier son travail. Il empoigna la manette et la tira en arrière. Le fauteuil roulant s'écarta du bureau. Michael poussa la manette en avant, et le fauteuil roula vers la porte, que Margot lui ouvrit. D'une main experte, il manœuvra le fauteuil le long de la petite rampe aménagée spécialement à son intention, qui menait directement dans la salle de projection.

Tommy Pro et Mr Yamamoto tournèrent la tête à son entrée. Michael s'avança dans la salle, où on avait retiré un siège pour lui faire de la place.

— Salut, Vinnie, dit Tommy.

— Bonjour, Tommy. Bonjour, monsieur Yamamoto.

Il inclina légèrement le buste en direction de Yamamoto. Qu'il le haïssait, ce petit bonhomme aux manières onctueuses !

— Prêt ? s'enquit Tommy.

Michael décrocha le téléphone.

— Envoyez, Max.

L'esprit engourdi, il regarda le film, un navet affligeant et violent, bourré de poursuites en voitures et de fusillades, interprété par un expert en kung-fu qui, récemment encore, était l'entraîneur personnel de Tommy Pro. Tommy avait l'air dans une forme éblouissante depuis qu'il avait transféré ses activités à Los Angeles.

La projection terminée, les lumières se rallumèrent. Yamamoto fut le premier à exprimer son sentiment.

— Tlès bien, tlès bien, dit-il avec son accent oxfordien.

— Heureux que ça vous ait plu, monsieur Yamamoto, dit Michael.

Tommy se pencha vers lui :

— Vinnie, j'ai vu aux rushes une scène d'accident... tu sais, celle où le héros emboutit un car scolaire ?

— Je ne l'ai pas retenue, dit Michael. Il m'a semblé que ça faisait un peu trop.

— Elle me plaît, dit Tommy. Garde-la.

Michael mourut encore un peu plus.

— Entendu, Tommy.

62

Michael rangea son bureau, empila soigneusement les dossiers, rassembla les stylos et les mit dans le petit pot d'*Acoma* qui lui servait de porte-crayons. Après s'être assuré que tout était en ordre, il recula son fauteuil roulant, hissa sur ses genoux le lourd attaché-case, puis se véhicula jusqu'à la salle de conférence pour assister à ce qui serait sa dernière réunion du conseil d'administration de la *Centurion*.

En prenant sa place au centre de la longue table (il ne siégeait plus à la place d'honneur ; celle-ci était maintenant réservée à Tommy Provensano), il éprouva une certaine paix à l'idée que son travail à la *Centurion* touchait à son terme.

Certes, il ne puisait aucune joie dans le fait d'avoir présidé, aux yeux du public, au rapide déclin du studio sur le plan de la qualité des productions et de l'accroissement de la dette. Il n'appréciait pas que son nom fût aujourd'hui synonyme de ringardise. Il n'éprouvait aucune affection pour les hommes – et la femme – qui avaient vidé de sa sève ce célèbre studio, le plus grand fabricant de films hollywoodiens de qualité, pour en faire la risée de toute la profession du cinéma. Il ressentait néanmoins une certaine paix, car il savait que c'était presque terminé. Il posa son attaché-case sur la table de conférence.

— Messieurs, dit Tommy, veuillez vous asseoir.

Les douze hommes et l'unique femme s'installèrent à leurs places : Tommy Pro au haut bout de la table, Margot Gladstone à sa droite.

— Cette réunion ordinaire du conseil d'administration de la *Centurion Pictures* est ouverte, déclara Tommy. La vice-présidente de la compagnie, miss Gladstone, fera office de secrétaire de séance.

Margot dédia, d'abord à Tommy, puis aux autres administrateurs, son sourire le plus chaleureux.

— Cette réunion sera brève, poursuivit Tommy, car il y a peu de questions à examiner. Nous...

— Monsieur le président ? intervint Michael.

Tommy lui lança un regard irrité.

— J'aimerais qu'on s'en tienne à l'ordre du jour, dit-il d'un ton qui ne souffrait aucune discussion.

Sans se laisser démonter, Michael poursuivit :

— Monsieur le président, si je puis me permettre... Les membres du conseil n'oublient pas que c'est aujourd'hui l'anniversaire de notre président. À cette occasion, j'ai été chargé de prononcer quelques mots et de présenter un modeste cadeau.

Tommy eut un sourire surpris.

— C'est très gentil, Michael. Permettez-moi de vous remercier, tous.

— Je ne m'étendrai pas sur l'âge du président, reprit Michael au milieu des rires badins, mais chacun de nous sait le vif intérêt qu'il porte aux armes utilisées dans les films de la *Centurion*. J'ai donc demandé au service des effets spéciaux de nous fournir un accessoire qui sera utilisé dans notre prochaine production, *Force armée*, un film que notre président suit avec une attention toute particulière.

Tommy se carra dans son fauteuil et sourit de toutes ses dents.

— Qu'est-ce que ça peut bien être, Michael ?

Michael ouvrit les serrures de son attaché-case et souleva le couvercle. À l'intérieur se trouvaient deux automatiques luisants et un certain nombre d'accessoires. Michael prit l'un des pistolets et se mit en devoir de visser un silencieux au bout du canon.

— Ceci, Tommy, est un prototype du modèle de production d'une nouvelle arme automatique créée par la CIA, conjointement avec la DEA. J'ai réussi à persuader le directeur de l'Intelligence de nous autoriser à l'utiliser dans *Force armée*.

Il fit passer le pistolet à Tommy, qui le prit avec circonspection.

— Il est chargé ?

Michael entreprit de visser un silencieux sur le second automatique.

— Naturellement, Tommy... mais avec des munitions mises au point par les effets spéciaux. Je puis t'assurer que tu ne ferais pas la moindre victime si tu mitraillais toute la table de conférence.

Il fit glisser en arrière le percuteur de son automatique et le relâcha.

— Voici comment on arme.

Tommy se leva et arma son pistolet.

— J'espère que tu ne m'en voudras pas, Michael, si, compte tenu des événements qui se sont déroulés dans ce studio, je préfère ne viser personne.

— Bien sûr, Tommy. Tu n'as qu'à arroser ce superbe mur lambrissé. Il s'en sortira indemne, je te le garantis.

Lorsque Tommy braqua son arme, tout le monde se leva et s'écarta de la table.

— D'accord, dit-il. Imaginons que tous les critiques de cinéma new-yorkais sont alignés contre ce mur.

Il pointa le pistolet-mitrailleur et pressa la détente. L'arme lui explosa au visage. Aussitôt, ce fut le sauve-qui-peut dans la salle de conférence : certains membres du conseil plongèrent sous la table, d'autres se précipitèrent au secours de Tommy. Margot Gladstone le traîna à l'écart de la table et l'adossa au mur.

— Tommy ! sanglota-t-elle. Tu es vivant ?

Tommy était bel et bien vivant, malgré son visage en bouillie, mais il ne parvenait à émettre que des sons inarticulés.

— Merci pour tes tendres efforts en faveur de Tommy, Margot, dit Michael.

Et il tira une brève rafale dans sa direction. Margot tournoya sur elle-même, rebondit contre le mur et s'affala en tas aux pieds de Tommy, lequel s'efforçait toujours – en vain – de parler.

Michael fit pivoter son arme vers un groupe d'administrateurs apeurés, blottis dans un coin de la pièce.

— À votre tour, monsieur Yamamoto. Allez donc rejoindre vos ancêtres !

Il tira une longue rafale sur le groupe, arrosant de droite à gauche l'angle du mur. Soudain, le pistolet-mitrailleur cessa de tirer, et la culasse se bloqua. Michael prit un autre chargeur dans son attaché-case, rechargea et arma. Puis il fit pivoter son fauteuil roulant vers Tommy.

— Ne va surtout pas croire que l'explosion était destinée à te tuer, Tommy…

Des coups répétés ébranlèrent la porte – qui, Michael le savait, était toujours fermée à clef.

— … je me suis réservé ce plaisir particulier, conclut-il.

Tommy se mit à rugir, mais ses paroles étaient inintelligibles. À présent, plusieurs personnes s'employaient à enfoncer la robuste porte en acajou.

Michael pointa son pistolet sur Tommy.

— Au nom de tous les amoureux du septième art, prends ça ! dit-il en appuyant sur la détente.

Le corps de Tommy exécuta une petite danse sous la cinglante pluie de balles de gros calibre. Au bout de quelques secondes, Michael se trouva de nouveau à court de munitions.

Il rechargeait son arme pour la dernière tournée lorsque la porte céda enfin sous les coups de boutoir. Il eut beau se dépêcher, il ne fut pas assez rapide. Deux agents de sécurité en uniforme vidèrent leurs pistolets sur lui.

Michael se sentit violemment éjecté de son fauteuil roulant.

[illegible]

[illegible]

[illegible]

[illegible]

ÉPILOGUE

Lentement, Michael ouvrit les yeux. Il avait eu conscience, ces derniers jours, qu'on faisait des efforts héroïques pour lui sauver la vie. Il s'était retrouvé dans une salle de réanimation bruyante, au milieu d'un va-et-vient permanent. Tandis que maintenant, il était au calme. Il essaya de lever la tête, mais ses muscles ne fonctionnaient pas. Il essaya d'agripper les côtés du lit, mais ses mains refusaient de bouger. Il essaya de remuer ses orteils, sans succès. Gagné par la panique, il essaya de hurler, mais aucun son ne sortit de sa gorge.

Au bout de quelques minutes, lorsqu'il eut recouvré son calme, il fit pivoter ses yeux pour voir, autant que faire se pouvait, ce qu'il y avait autour de lui. À côté du lit se dressait un support auquel était accroché un sac en plastique contenant un liquide quelconque ; à part ça, il ne voyait que le plafond. Il ferma les paupières et ne tarda pas à s'assoupir.

Un bruit le réveilla. Une porte venait de s'ouvrir. Elle se referma, puis des pas s'approchèrent du lit. Michael riboula des yeux pour tenter de voir qui c'était. Le visage d'Amanda Goldman apparut dans son champ de vision.

— Oh ! mon chéri, dit-elle. Tu es réveillé ?

Elle agita un index devant Michael, qui suivit du regard le mouvement de son doigt.

— Tu es bien réveillé, n'est-ce pas ? Ça fait des semaines que je viens te voir, mais les médecins me disaient de ne pas espérer la moindre réaction. Une histoire de lésions cérébrales irréversibles.

Michael écarquilla les yeux.

— Peux-tu m'entendre ? demanda-t-elle. Cligne des yeux une fois pour « oui » et deux fois pour « non ».

Michael cligna une fois. Il pouvait communiquer ! Dès lors, il y avait un moyen de s'en sortir !

— Peux-tu bouger ?

Michael cligna deux fois.

— Seigneur ! Tu me *reconnais*, au moins ?

Michael cligna une fois.

— Je veux que tu saches ce qui s'est passé en ton absence, dit-elle. Des tas de Japonais ont débarqué au studio et ont pris la direction des opérations.

Michael ferma les yeux.

— Je me suis occupée de tes affaires personnelles.

Michael rouvrit les yeux.

— Mes avocats ont organisé un trust pour diriger tes affaires, et j'en suis la gérante. On a retrouvé ton testament me désignant comme légataire universelle, alors le tribunal m'a confié cette tâche.

Michael la regarda fixement.

Amanda s'assit sur le lit, dans une position permettant à Michael de la voir facilement.

— J'ai quelque chose à te dire, Michael. Je sens que je peux me confier à toi plus qu'à n'importe qui d'autre.

Michael cligna une fois. Tout ce bla-bla l'impatientait. Il devait trouver un moyen de faire comprendre à Amanda ce qu'il voulait faire.

— J'ai rencontré un homme, et je le vois beaucoup ces temps-ci. Il est plus jeune que moi, mais ça n'a jamais été un handicap entre toi et moi, n'est-ce pas ?

Michael cligna deux fois. Mieux valait la ménager jusqu'à ce qu'il puisse trouver une solution.

— C'est quelqu'un que tu connais, dit-elle. Tu as travaillé avec lui. Il s'appelle Chuck Parish.

Michael ouvrit tout grand les yeux.

— Vous avez fait deux films ensemble, tu te souviens ? C'est quasiment incestueux, tout ca, parce qu'il vivait encore récemment avec Vanessa, ton ancien béguin. Quant à *elle*, mon chéri, elle vit avec Bob Hart ! Incroyable, non ? Il faut qu'elle soit drôlement futée pour avoir réussi à l'arracher aux griffes de Susan, mais elle y est parvenue. Toute la ville ne parle que de leur divorce !

Michael battit rapidement des paupières. Cette situation était absurde.

— Chuck est adorable, reprit-elle. Pas aussi performant que toi au lit, d'accord, mais tout à fait correct. Il n'aime pas parler de toi, semble-t-il, mais j'ai pensé que tu serais heureux de me savoir avec un de tes amis. Grâce à l'argent que j'ai touché pour mes parts de la *Centurion*, j'ai fondé une nouvelle compagnie de production pour produire les films de Chuck. C'est un remarquable réalisateur et un excellent scénariste. Tu es bien placé pour le savoir, puisque c'est toi qui l'as découvert !

Michael ferma étroitement les paupières. Comment diable la faire taire ?

Amanda demeura silencieuse un moment, puis essuya une larme au coin de son œil.

— Tu sais pourquoi je suis ici, n'est-ce pas ?

Michael la regarda sans ciller.

— Je me souviens de la conversation que nous avons eue, toi et moi, quand Leo était à l'hôpital. Tu avais raison, et sache que je comprends ce que tu dois ressentir en ce moment. J'ai demandé l'avis de plusieurs spécialistes, mais on ne te laisse aucun espoir d'amélioration. Le mieux que tu puisses espérer, j'en ai peur, c'est de rester alité jusqu'à la fin de tes jours devant un écran de télévision.

Michael battit rapidement des paupières. Il devait absolument trouver un moyen de lui communiquer ce qu'il voulait.

— Je sais ce que tu souhaites, mon chéri, parce que tu me l'as pratiquement dit au chevet de Leo.

Michael vit la main d'Amanda passer à côté de lui, il la sentit qui lui soulevait la tête – ce qui lui permit d'apercevoir un peu plus sa chambre – avant de la reposer.

— Tu as transformé ma vie, dit Amanda en pleurant. Je te dois tout, mais il n'y a qu'une seule chose que je puisse faire pour toi aujourd'hui.

Michael vit quelque chose de blanc s'approcher de son visage.

— Adieu, mon chéri, murmura Amanda. Je t'aime.

L'oreiller envahit son champ de vision, puis ce fut le noir.

Michael ne put même pas cligner des paupières. Il se débattit mentalement contre l'oreiller, mais ce fut sans effet.

Soudain, l'obscurité se dissipa. Il y avait de la lumière quelque part... et, miracle des miracles, il pouvait bouger ! Il leva une main pour s'abriter les yeux, mais ce n'était pas nécessaire : la lumière était douce. Elle semblait provenir de l'extrémité d'un couloir ou d'un tunnel. Michael se mit en marche vers elle.

Apparut alors, dans la lumière, la silhouette floue d'une autre personne, et il eut vaguement l'impression de savoir qui c'était ! Il accéléra le pas. L'homme se porta à la rencontre de Michael, les mains tendues. Derrière lui venaient d'autres ombres.

Michael ouvrit les bras, et soudain il reconnut Onofrio Callabrese. Celui-ci prit les mains de son fils dans les siennes et les emprisonna solidement. Il arborait un sourire effroyable.

Michael tenta frénétiquement de se libérer, mais voilà que d'autres gens l'entouraient et le tiraient vers la lumière. Ils semblaient contents de le voir, bizarrement, et il les connaissait tous. Il y avait une femme, et c'était Carol Geraldi. Elle se cramponna à lui avec une ardeur toute particulière. Rick Rivera était là aussi, et... mon Dieu ! Leo Goldman ! Leo prit Michael par les épaules et le poussa rapidement en avant. Benedetto et Cheech l'encadraient de chaque côté, et voilà maintenant qu'émergeait de la lumière Moriarty, l'avocat !

Une peur affreuse s'empara de Michael. Il essaya de planter ses talons dans le sol, mais rien ne pouvait freiner sa progression. Inexorablement, il se trouva entraîné dans la lumière.

Michael s'aperçut alors qu'il pouvait faire plus que marcher. Il pouvait aussi hurler.

FIN

Santa Fe, Nouveau-Mexique, 9 septembre 1992

REMERCIEMENTS

Je suis reconnaissant à mon ancien éditeur, Ed Breslin, qui écrit maintenant son propre roman, du soin avec lequel il a édité ce livre ; à Gladys Justin Carr, ma nouvelle éditrice, du mal qu'elle s'est donné pour assurer le succès de ce livre ; à tous les autres collaborateurs de HarperCollins, pour leur aide précieuse ; à mon agent, Mort Janklow, à sa principale associée, Anne Sibbald, et à leurs collègues de Janklow & Nesbit, qui ont joué un rôle si important dans ma carrière au cours des douze dernières années ; et à Chris Connor, pour m'avoir aidé à comprendre Hollywood.

Du même auteur
chez le même éditeur

ÉCHANGE MORTEL, 1997, Grand Prix de littérature policière.

LA VEUVE NOIRE, 1997.

PIÈGE À FLIC, 1998.

LA MORT ENTRE DEUX EAUX, 1998.

ANONYMEMENT VÔTRE, 1999.

Composition réalisée par INTERLIGNE

IMPRIMÉ EN FRANCE PAR BRODARD ET TAUPIN
La Flèche (Sarthe).
N° d'imprimeur : 4703D – Dépôt légal Édit. 153-02/2000
LIBRAIRIE GÉNÉRALE FRANÇAISE - 43, quai de Grenelle - 75015 Paris.

ISBN : 2 - 253 - 17112 - 3 31/7112/1

– El Testamento de Pizarro. Texto inédito, prólogo y notas por Porras Barrenechea, in: Cuadernos de Historia del Perú
– Los cronistas del Perú (1528–1650). Lima 1962
– siehe Las Relaciones primitivas
Ramos Gavilán, Alonso: Historia del célebre santuario de Nvestra Señora de Copacabana y sus Milagros, e inuención de la Cruz de Carabuco. Gerónimo de Contreras, Lima 1621, in: Valcárcel II
Relación de la religión y ritos del Perú, hecha por los primeros religiosos agustinos que alli pasaron para la conservación de los naturales (sie treffen Ostern 1551 in Lima ein), in: D. I. A. I 3, 5–58
Relaciones Geográficas de Indias. Vier Bände. Herausgeber Marcos Jiménez de la Espada. Tip. de M. G. Hernández, Madrid 1881–1897
Relaciones primitivas: siehe Las relaciones primitivas
Ríos, Sebastián de: Relación de Sebastián de los Ríos de la investidura que Gonzalo Pizarro procuraba que el Papa le hiciese de los reinos de el Perú, in: D. H. E. Bd. 49, 320–326
Rosenblat, Angel: La población indígena y el mestizaje en América 1492–1950, Buenos Aires 1954
Rowe, John Howland: Colonial portraits of Inca nobles, in: The Civilizations of Ancient America. Selected Papers of the XXIXth International Congress of Americanists. Chicago 1951
– The kingdom of Chimor, in: Acta Americana vol. 6., Washington 1948
Ruiz de Naharro, Pedro: Relación sumaria de la entrada de los españoles en el Perú hasta que llegó el licenciado Vaca de Castro, in: D.H.E. Bd. 26
Sámano-Xerez: siehe Las relaciones primitivas
Sánchez, Tristán: contador de la Real Hacienda bajo los Virreyes D. Francisco Toledo y D. García Hurtado de Mendoza. Libro manuscrito de la Biblioteca Nacional in: D. I. A. I 8, 212ff.
Sancho de la Hoz, Pedro: Relación de la conquista del Perú (1534), in: B. E. M., Bd. Cronistas coloniales (primera parte) S. 136
Santa Clara: siehe Gutiérrez de Santa Clara
Santa Cruz, Alonso de: ›De los papeles del arca de Sta. Cruz‹. (Dokumentensammlung des 1572 verstorbenen Kosmographen Santa Cruz). Auszüge in B. E. M. und bei Levillier
Santa Cruz Pachacuti, Joan: siehe Tres relaciones de antigüedades peruanas
Santillán, Fernando de: siehe Tres relaciones de antigüedades peruanas
Sarmiento de Gamboa, Pedro: Geschichte des Inkareiches (Cuzco 1572). Herausgegeben von Richard Pietschmann, Berlin 1906
Schäfer, Ernesto: Indice de la Colección de Documentos Inéditos de Indias, Bd. 1 und 2, Madrid 1946. 1947
Schmidl von Straubing, Ulrich: Reise in der Neuen Welt. Wahrhaftige Historie einer wunderbaren Schiffahrt, welche Ulrich Schmidl von Straubing von 1534 bis 1554 in America oder Neuwelt bei Brasilia oder Rio della Plata getan. Anjetzt an Tag geben durch Engelbert Hegaur, 1567. Herausgegeben von Josef Keim, in: Straubinger Hefte, Bd. 12, 1962
S. C. Pachacuti: siehe Tres Relaciones
Sitio del Cuzco: siehe Colección de Libros españoles raros ...
Titu Cusi Yupanqui Inca, D. Diego de Castro: Relación de la Conquista del Perú y Hechos del Inca Manco II (San Salvador de Vilcabamba a 6 de febrero de 1570), in: D.H.P. I
Toledo, Francisco: Memorial que dió al Rey nuestro Señor del estado en que dejó las

cosas del Perú después de haber sido en el virrey y capitán general trece años, que comenzaron en 1569, in: D.H.E. 26, 122–161

Tres relaciones de antigüedades peruanas, Asunción del Paraguay 1950, enthält die Berichte von Fernando de Santillán (1553), einem anonymen Jesuiten, und Joan de Santacruz Pachacuti Yamqui Salcamaygua (Indio). Einleitung von Marcos Jiménez de la Espada 1879

Trimborn, Hermann: Das Alte Amerika. Große Kulturen der Frühzeit, Stuttgart 1963

Trujillo, Diego de: Relación del descubrimiento del Reyno del Perú. Edición, prólogo y notas de Raúl Porras Barrenechea, Sevilla 1948

Valcárcel, Luis E.: Historia del Peru Antiguo, Lima 1970

Valverde, Fray Vicente, Obispo del Cuzco, al Emperador Carlos V: Su viaje al Perú, derrota y muerte de Almagro. Llega al Cuzco, que está muy arruinada. Iglesias en el Perú, diezmos, productos del país. Constitución de su iglesia. Conviene que vengan frailes. La protección de los indios. Discordia de Almagro y Pizarro y levantamiento del Inca. Naturaleza del país. Cuestiones de hacienda. F. V. episcopus Cosconensis. Cuzco, 20. 3. 1539, in: D.I.A. I 3, 92–137

Vázquez de Espinosa, Antonio: Compendio de descripción de las Indias Occidentales; transcrito del Manuscrito original por Charles Upson Clark, Washington 1948, in: Smithsonian Miscellaneous Collections, Bd. 108

Varones ilustres del Nuevo Mundo, Madrid 1639

Villagómez, Pedro de: Exhortación e instrucción acerca de las idolatrías de los indios del Arzobispado de Lima. (D.H.P. I, 12). Auszüge in Valcárcel II

Visita de la provincia de Chucuito: siehe Expediente nº 479

Xerez, Francisco de: Relación de la conquista del Perú (1534), in: B. A. E. Bd. 26

Zárate, Agustín de: Historia del descubrimiento y conquista del Perú (Antwerpen 1555), in: B.A.E. Bd. 26

Quellennachweis

(Hinweis: bei D. I. A. [Documentos Inéditos del Archivo de Indias] bedeutet die voranstehende römische Ziffer die Reihe, die darauffolgende arabische den Band, die arabische nach dem Komma die Seite)

EINLEITUNG

18 Trimborn, S. 107
Konetzke, Süd- und Mittelamerika, S. 21
19 Engl, Inkareich, S. 31 ff.
20 ebenda
21 Arciniegas, S. 23
22 Morus, Utopia, S. 22
Konetzke, Süd- und Mittelamerika, S. 275 f.
23 Las Casas, Tratados Bd. 1, S. 169
Konetzke, Süd- und Mittelamerika, S. 40
26 Pizarro, Pedro, in: D.H.E. B. 5, S. 260 u. 447
27 Oviedo, in: Rosenblat Bd. 2, S. 22 f.

DIE VORSTUFEN DER ENTDECKUNG PERUS

See- und Küstenfahrten der Spanier

31 Garcilaso, S. 11
32 Cieza 1. Teil, S. 5
Porras, Cronistas, S. 66
Andagoya, in: Porras, Cronistas, S. 70
33 ebenda S. 70 f.
34 Porras, Fuentes, S. 376
D. I. U. Bd. 9, S. 51
35 D. I. A. I 42, 35 f.
D. I. A. I 42, 136
D. I. A. I 42, 481 f. u. D. I. A. I 42, 483 f.
36 Oviedo, Sumario, S. 473, 513
37 Garcilaso, S. 15
38 Porras, Fuente, S. 376
Samano-Xerez, S. 63 f.
39 ebenda S. 65 f.
40 ebenda
41 ebenda
Oviedo, Historia General, S. 12 f.
Samano-Xerez, S. 67
42 Oviedo, Historia General, S. 13
Sámano-Xerez, S. 67
43 ebenda S. 68
Relaciones primitivas, S. 18
44 ebenda S. 61
Oviedo, Historia General, S. 13
45 D. H. E. Bd. 26, S. 256 ff.
47 D. I. Ch. Bd. 6, S. 3 ff.
48 ebenda S. 8
49 ebenda S. 10, 13, 16, 21
Oviedo, in: Cronistas S. 148
50 ebenda S. 148
51 ebenda S. 2, 149
D. H. E. Bd. 26, S. 261
52 ebenda S. 261 ff.
53 ebenda S. 264
Ruiz de Naharro, in: D. H. E. Bd. 26, S. 235
54 Cobo, S. 92 f.
55 Pizarro, Pedro, S. 235 f.
S. C. Pachacuti, S. 265
56 Pizarro, Pedro, S. 236

Der spanische König und seine indianischen Untertanen

58 Herrera, Bd. 8, S. 140
D.I.A. I 22, 245
59 D.I.U. Bd. 9, S. 409ff.
60 ebenda
61 ebenda S. 419ff.
Capitulación con Francisco de Montejo, vecino de Méjico: Sobre conquista y población de Yucatán. (Insertadas las Ordenanzas de 17/11/1526.) Yo el Rey. Granada 8/12/1526, in: D. I. A. I 22, 209
62 ebenda 210ff. Erklärung nach Konetzke, Mittel- u. Südamerika, S. 167
63 ebenda S. 217ff.
Konetzke, S. 167
64 Herrera, Bd. III, S. 162
65 Las Casas, in: D.I.A. I 37, 156f.
Las Casas, in: B.A.E. Bd. 96, S. 527 u. 175
66 ebenda S. 176
67 ebenda S. 177f.
Konetzke, Mittel- und Südamerika, S. 175
68 Engl, Inkareich, S. 166
D.I.A. I 42, 38, 40, 41
69 Herrera, Bd. 8, S. 120
70 ebenda S. 121ff.
71 D.I.A. I 22, 279
Lizárraga in Valcárcel Bd. 1, S. 220

Pizarros dritte und letzte Ausfahrt nach Peru 1531

72 Herrera, Bd. 9, S. 63
Huber, S. 114f.
Oviedo, in: Cronistas, S. 151f.
73 Zárate, S. 464
Engl, Inkareich, S. 109
Trujillo, S. 50
74 ebenda S. 87, Anm. 47
ebenda S. 46f.
75 ebenda S. 48
ebenda S. 76, Anm. 22
ebenda S. 48
76 ebenda S. 48, 50
77 Pizarro, Pedro, in: D.H.E. Bd. 5, S. 216
Pizarro, Pedro, Übersetzung aus Huber, Pizarro und seine Brüder, S. 123
Herrera, S. 177; Huber, S. 123
78 Cieza 1. Teil, S. 187ff.

Die Konquista 1532–1535

Der Marsch nach Cajamarca

84 Xerez, S. 327
Trujillo, S. 53
85 Mena, S. 80
86 ebenda S. 81
Xerez, S. 326
87 Mena, S. 81
Xerez, S. 328
88 ebenda S. 329
S. C. Pachacuti, S. 273ff.
89 ebenda
90 Sarmiento, S. 119

Gefangennahme des Inca Atahualpa

91 Xerez, S. 330
92 Mena, S. 83f.
93 Xerez, S. 331
94 Pizarro, P., S. 224f.

Mena, S. 84
95 Pizarro, P., S. 225
Xerez, S. 331
96 Pizarro, P., S. 227
Trujillo, S. 57
97 Nouvelles certaines, S. 72
Estete, in: Arca, in: B.E.M. S. 365
98 Xerez, S. 332
Estete, Arca, S. 365
Pizarro, P., S. 228
99 Estete, in: Arca, S. 366
Pizarro, P., S. 228f.
100 ebenda S. 229f.
Xerez, S. 333
101 Estete, in: Arca, S. 367
Xerez, S. 333f.
Mena, S. 88
102 Estete, in: Arca, S. 368

Atahualpas Goldlieferung und Tod

103 Pizarro, P., S. 230
Xerez, S. 335
Pizarro, P., S. 231
104 Zárate, in: B.E.M. Bd. Cronistas 2, S. 280
Mena, in: Engl, Inkareich, S. 122f.
105 Xerez, S. 343
106 Sancho, S. 136
Estete, in: Xerez, S. 338f.
107 Estete, in: Arca, S. 372f.
108 Estete, in: Xerez, S. 339f.
109 ebenda S. 340
Estete, in: Arca, S. 373
110 Estete, in: Xerez, S. 340f.
111 ebenda S. 341f.
Hernando Pizarros Brief, übersetzt von Huber, in: Pizarro und seine Brüder, S. 194f.
112 Xerez, S. 336
D.I.A. I 42, 70
Oviedo, in: B.A.E. Bd. 117, S. 191
113 Relaciones primitivas, S. 90, Anm. 49
Pizarro, P., 247f.
114 ebenda
115 Relaciones primitivas, S. 39, 97
D.I.A. I 42, 74
116 Nouvelles certaines, S. 75f.
Xerez, S. 433
Pizarro, P., S. 243
117 Relaciones primitivas, S. 75, 97f.
118 ebenda S. 98
Xerez, S. 344
Nouvelles certaines, S. 78
119 Xerez, S. 344f.
Sancho, S. 137
Mena, S. 98
120 Xerez, S. 344
Mena, S. 99
Sancho, S. 139f.
121 Estete, in: Arca, S. 376
Pizarro, P., S. 251
122 Mena, S. 100
Estete, in: Arca, S. 368
Pizarro, P., S. 247
D.I.A. I 42, 72ff.
123 ebenda S. 73ff.
Erläuterung nach Las relaciones primitivas S. 41 und Engl, Inkareich 1967, S. 100
124 D.I.A. I 42, 75, 76, 92

Einzug der Spanier in Cuzco

125 Sancho, S. 140ff.
126 ebenda S. 143
127 ebenda S. 143f.
Mena, S. 100
Estete, in: Arca, S. 376
128 Sancho, S. 145
Erläuterung nach Estete, in: Arca, S. 377
129 Sancho, S. 148
Pizarro, P., S. 252
130 ebenda S. 252, 254
Sancho, S. 154ff.
131 Trujillo, S. 60f.
Sancho, S. 157
132 ebenda S. 158
Estete, in: Arca, S. 371
133 Sancho, S. 159
Erläuterung nach Squier, S. 683

134 Pizarro, P., S. 259ff.
135 ebenda S. 256f.
Trujillo, S. 61f.
136 ebenda
Pizarro, P., S. 256
137 Sancho, S. 173f.
Pizarro, P., S. 261
Trujillo, S. 63
138 Sancho, S. 174f.
Pizarro, P., S. 261
139 Pizarro, P., S. 263
Trujillo, S. 63
Sancho, S. 176f.
140 Pizarro, P., S. 264
Sancho, S. 177, 179
141 ebenda, S. 179f.
Trujillo, S. 63f.
142 Pizarro, P., S. 271f.
143 ebenda
Estete, in: Arca, S. 379
144 Pizarro, P., S. 238f.
145 Estete, in: Arca, S. 385f.
146 ebenda
147 Garcilaso, S. 223
Pizarro, P., S. 264
148 ebenda S. 265f.
149 D.H.E. Bd. 26, S. 221ff.
150 ebenda
151 ebenda
152 ebenda
Erläuterung ebenda
153 ebenda
Pizarro, P., S. 279
154 Estete, in: Arca, S. 387
Erläuterung nach Trujillo, S. 114, Anm. 115
Garcilaso, Bd. 2, S. 200
155 ebenda S. 200f.
Xerez, S. 335
156 Santillán, S. 76f.
Garcilaso, S. 201
157 ebenda S. 202

Pedro de Alvarado und die Eroberung Ecuadors 1534

158 Información de testigos, hecha ante el Gobernador de Castilla del Oro, Francisco de Barrionuevo: Sobre los últimos sucesos en el Peru. Tres testigos del navío »La Concepción«: Bartolomé García, maestre. – Juan Díaz, marinero. – Martín de Garay, contramaestre. – Francisco de Barrionuevo. Escrib.: Hernando de Castillo. Panamá, 7/4/1534, in: D. I. A. I 10, 145
159 Relaciones primitivas, S. 39
160 Carta de Diego de Almagro al Emperador Carlos V: Pizarro ha conquistado la provincia de Cuzco y fundado varios pueblos. El fue enviado a San Miguel para reformar la ciudad. Gran excitación por la llegada de Diego de Alvarado, que alborota la provincia. San Miguel de Piura, 8/5/1534, in: D.I.A. I 42, 104ff.
161 D.I.A. I 10, 148
162 D.I.A. I 42, 109ff.
163 ebenda
Erläuterung nach Konetzke, Mittel- und Südamerika, S. 136f.
164 Carta (Brief) del Lic. Castañeda, Juez de Residencia en Nicaragua, al Consejo de Indias: Muerte del Gobernador Pedrarias de Avila y situación del país. Nicaragua, 30/5/1531, in: D.I.A. I 24, 186
165 Erläuterung nach D. I. A. 22, 307
Información de testigos (Zeugenaussagen), hecha a instancia del mariscal D. Diego de Almagro, ante el Ten. Gobernador Juan de Soto: Sobre la invasión de Pedro de Alvarado en el Peru. 30 preguntas (Fragen). 14 Testigos (Zeugen). San Miguel de Piura, 12–15/10/1534, in: D.I.A. I 10, 152–236 zitiert S. 226, 189f.
166 ebenda S. 206, 226, 214f.
167 ebenda S. 191, 125, 227
168 Carta (Brief) del Adelantado Pedro de Alvarado, al Consejo de Indias: Sobre lo que ha pasado en su expedición al Peru y planes que tiene ahora, pensando ir a España. Santiago de Guatemala, 12/5/1536, in: D.I.A. I 24, 211–236 zitiert S. 212ff.
169 ebenda
Zárate, S. 482

170 D. I. A. I 24, 215f.
D. I. A. I 10, 177
171 Zárate, S. 482f.
172 D. I. A. I 24, 216f.
ebenda S. 218, 222f.
173 ebenda S. 218
Pizarro, P., S. 284
D. I. A. I 24, 224f.
174 Erläuterung nach Herrera Bd. 11, S. 62 D. I. A. I 24, 224, 228

FRÜHE KOLONISATION UND WEITERE ENTDECKUNGEN

Gründung von Lima

179 Carrera Andrade, S. 47f.
180 Cobo, S. 287ff.
181 ebenda
182 Erläuterung aus Konetzke, Mittel- und Südamerika, S. 47
Cobo, S. 291ff.
183 ebenda
184 ebenda
186 ebenda
187 ebenda

Machtkampf um Cuzco. Chile-Expedition 1535–1537

188 D. I. Ch. Bd. 6, S. 61
Pizarro, P., S. 285f.
189 Molina (el chileno), in: Porras, Cronistas, S. 254ff.
190 ebenda
191 ebenda

Untersuchung gegen Pizarros Verwaltungspraxis

192 Herrera, Bd. 11, S. 148
193 Requerimiento del Cabildo de la Ciudad de Jauja al Gobernador D. Francisco Pizarro (Anfrage des Stadtrats): Para que haga repartimiento de los indios del Peru. Escrib.: Jerónimo de Aliaga. Y contestación del Gobernador, en la misma fecha. Escrib.: Jerónimo de Aliaga. Entregado al Obispo Fr. Tomás de Berlanga por J. de Aliaga en 26/10/1535. Jauja 27/6/1534, in: D. I. A. I 10, 293–302, zitiert 293f.
194 ebenda S. 297ff.
Requerimiento de Fr. Tomás de Berlanga, Obispo de Tierra Firme, juez comisario, al Gobernador D. Francisco Pizarro y a los oficiales Rles. del Peru, Alonso Riquelme, Contador, y García de Saucedo, Veedor: Avisándoles las faltas que ha habido en la hacienda Rl. y requiriéndolos que lo enmienden. Fr. Tomás, Episcopus Castellae Aureae, Los Reyes (Lima), 6/11/1535, in: D. I. A. I 10, 307–318; zitiert S. 309
195 ebenda S. 309f.
Respuesta del Gobernador D. Francisco Pizarro, y Oficiales Rles. del Perú, Alonso Riquelme y García de Saucedo: Al requerimiento del juez comisario Fr. Tomás de Berlanga, de 6/11/1535, sobre las faltas en la administración de la hacienda Rl. Francisco Pizarro. – Alonso Riquelme. – García de Saucedo. Escrib.: Pedro de Salinas y Domingo de Pérez, Los Reyes (Lima), 13/11/1535, in: D. I. A. I 10, 318–332; zitiert 321f.
Erläuterung nach Konetzke, Mittel- und Südamerika, S. 174

196 D.I.A. I 10, 311
D.I.A. I 10, 323
D.I.A. I 10, 315f.
197 D.I.A. I 10, 328
D.I.A. I 10, 317f.
198 D.I.A. I 10, 330
Erläuterung nach Konetzke, Mittel- und Südamerika, S. 55f.

Der Türkenkrieg verschlingt peruanisches Gold

199 Rl. Provisión del Emperador Carlos V para los Oficiales de la Casa de Contratación y el Lic. Antonio de Frías, Oidor de Grados de Sevilla: Mandando que embarguen 800000 ducs. del oro venido del Peru, para hacer la armada contra Barbaroja y otros enemigos. Yo el Rey. – etc. Guadalajara, 4/3/1535, in: D.I.A. I 42, 492

Rl. Provisión del Emperador Carlos V para los Contadores Mayores: Que libren privilegios de juro perpetuos a los que demuestren haber servido en el empréstito de 800000 ducs. para la armada contra el Turco. Yo el Rey. etc., Guadalajara, 4/3/1535, in: D.I.A. I 42, 492

DER GROSSE AUFSTAND DES INCA MANCO

Belagerung Cuzcos durch Incaheere

204 Murúa, Bd. 1, S. 195
Engl, Inkareich, S. 144
205 Erläuterung nach D.I.A.I 42, 376f.
Sitio del Cuzco, S. 11, 19ff.
Erläuterung nach D.I.A.I 42, 376f.
206 ebenda S. 32
Pizarro, P., S. 296f.
207 Sitio, S. 36f.
208 Pizarro, P., S. 308
Sitio, S. 37
209 D.I.A. I 42, 378
Pizarro, P., S. 297ff.
210 Sitio, S. 43f.

Ollantaytambo

211 Erläuterung nach D. I. A. I 42, 387
Pizarro, P., S. 304ff.
212 ebenda
213 ebenda
D.I.A. 42, 388
214 Sitio, S. 51ff.
215 ebenda

Straßenkämpfe in Lima

216 Erläuterungen aus Sitio, S. 56 u. Zárate, S. 487f.
D.I.A. I 42, 387
Sitio, S. 76
217 ebenda S. 79f.
Erläuterung nach Murúa Bd. 1, S. 206

Almagros Rückkehr aus Chile 1537. Der Inca Manco gibt auf

219 Erläuterung nach D.I.A. I 42, 389 u.
Sitio, S. 105, 109, 125
Sitio, S. 124f.
220 ebenda S. 131ff.
221 ebenda

Der Tod der Incaköniginnen

222 Erläuterung nach Carta (Brief) de Illán Suarez de Carvajal al Emperador Carlos V: Refiriéndose a su carta de agosto, relata la campaña de Gonzalo Pizarro contra el Inca, la prisión del Villaoma y descubrimiento de minas, Cuzco 3/11/1539, in: D.I.A. I 3, 200f.
Pizarro, P., S. 344ff.
223 ebenda
224 Cieza, in: D.H.E. Bd. 76, S. 4

BÜRGERKRIEG. ERMORDUNG VON ALMAGRO UND PIZARRO

Die unsaubere Schlacht von Salinas am 8. April 1538

227 Erläuterung nach Cieza, in: D.H.E. Bd. 68, S. 308, 325
ebenda S. 320ff.
228 Erläuterung nach Herrera, Bd. 12, S. 336, 346
Cieza, in: D.H.E. Bd. 68, S. 326
Sitio, S. 168
El Tesorero Manuel de Espinal al Emperador Carlos V: Relación detallada de las disidencias entre Pizarro y Almagro, y la muerte de éste después de haberle procesado injustamente Hernando Pizarro. Codicia de los Pizarros. Los Reyes (Lima), 15/6/1539, in: D.I.A. I 3, 152–199
zitiert S. 188
229 ebenda S. 189ff.
Sitio, S. 175

Der Brief des Bischofs Valverde vom 20. März 1539

230 El Cabildo municipal al Emperador Carlos V (Bericht des Stadtrats von Jauja): Refiere la conquista del Cuzco y la fatal llegada de Pedro de Alvarado a Puerto Viejo. Juan Morgovejo. – Sebastián Pérez. – Juan Barrios. – García de Salazar. – Gregorio de Sotelo etc. Jauja 20/7/1534 in: D.I.A. I 42, 114–131
zitiert S. 130f.
Valverde, in: D.I.A. I 3, 94
231 ebenda S. 94ff.
232 ebenda S. 105–108, 115f.
233 ebenda S. 109
234 ebenda S. 108, 111f.
235 ebenda S. 112f.
236 ebenda S. 114f.
237 ebenda S. 120ff.
238 ebenda S. 124f.
239 ebenda S. 133ff.
240 ebenda S. 136

Ermordung von Francisco Pizarro. Das Regime der Chileleute

241 Cieza, in: D.H.E. Bd. 68, S. 380
Pizarro, P., S. 351f.
242 Erläuterung nach Cieza, in: D.H.E. Bd. 76, S. 86 u. Levillier Bd. 1, S. 29
El Cabildo Municipal de los Reyes al Emperador Carlos V (Bericht des Stadtrats): Da cuenta de los sucesos del Peru desde la muerte de Francisco Pizarro hasta poco antes de la derrota de D. Diego Almagro, el joven. Francisco Barrionuevo. – Juan Cáceres. – Hernando de Montenegro. – Juan Riquelme. – Gaspar de Alcedo. – Illán Suarez de Carvajal. – Lic. Carvajal.: Escrib.: Pedro de Salinas. Los Reyes 25/6/1542, in: D.I.A. I 42, 186–196
243 ebenda
244 Maestro Martín de Arauco al Dr. Villalobos, Oidor de Panama: Escribe pormenores de la muerte de Francisco Pizarro y elogia el gobierno de D. Diego de Almagro. Los Reyes, 15/7/1541, in: D.I.A. I 3, 212–215 zitiert S. 212f.
Erläuterung nach dem Bericht des »D. Diego de Almagro a la Audiencia de Panama: Refiere la muerte de Francisco Pizarro, pide le reconozcan como Gobernador del Peru. Los Reyes 14/7/41,« in: D. I. A. I 3, 215–221
D. Diego de Almagro a la Audiencia de Panama: Comunica la rebelión de Gómez de Tordoya en Cuzco, como resultado de no haberle nombrado Gobernador, como pidió en carta anterior. Se queja del Obispo Fr. Vicente Valverde que se ha ausentado en un navío. Los Reyes 8/11/1541, in: D.I.A. I 3, 215–221
El Cabildo de la Ciudad de los Reyes a la Audiencia de Panama (Bericht des Stadtrats von Lima an das Appellationsgericht): Comunica la muerte de Francisco Pizarro y solicita provisión del gobierno en D. Diego de Almagro. Cristóbal de Sotejo. – Francisco Peces. – Martín Carrillo. – Alonso Riquelme. – Lic. Carvajal. – García de Saucedo. – Diego de Agüero. – Nicolás de Rivera. Escrib.: Pedro de Salinas. Los Reyes 15/7/1541, in: D. I. A. I 3, 209–212
245 Información del estado del Perú después de la muerte de Francisco Pizarro. Declaración de Juan Bautista Pastene. Panama 12/12/1541, in: D.I.Ch. Bd. 6, S. 202ff.
246 D.I.A. I 3, 223ff.
247 ebenda S. 227
D.I.Ch. Bd. 6, S. 204
Erläuterung nach D. I. A. I 3, 215
D.I.Ch. Bd. 6, S. 205
248 ebenda
249 ebenda S. 206
Levillier Bd. 1, S. 64
ebenda S. 62
250 ebenda S. 60, 63f.

DIE AMAZONASEXPEDITION

Die Suche nach dem Zimtland und dem »El Dorado«

254 B.E.M. Bd. Historiadores y Misiones S. 483ff.
255 ebenda
Cieza, in: D.H.E. Bd. 76, S. 62
256 ebenda S. 66, 71
B.E.M. Bd. Historiadores y Misiones S. 486
257 ebenda S. 488ff.
258 ebenda
259 ebenda

Die Fahrt des Hauptmanns Orellana zur Amazonasmündung

260 Carvajal, in: B.E.M. Bd. Historiadores y Misiones S. 450ff.
261 ebenda
262 ebenda
263 ebenda
264 ebenda
265 ebenda
266 Carvajal in: Harrer/Pleticha, Entdeckungsgeschichte aus erster Hand. Mit freundlicher Genehmigung des Arena-Verlags.
267 ebenda
268 ebenda
269 ebenda
270 Carvajal, in: B.E.M., S. 473ff.
271 ebenda

DIE INDIANERSCHUTZGESETZE KARLS V. VOM 20. NOVEMBER 1542

Bartolomé de las Casas

275 Cieza, in: D.H.E. Bd. 76, S. 339
276 ebenda
Las Casas, Brevísima, herausgegeben von Enzensberger, Magnus, S. 119

Die Nuevas Leyes vom 20. November 1542

277 Cieza, in: D.H.E. Bd. 76, S. 340
278 Konetzke, Colección de Documentos Bd. 1, S. 216f.
279 Cieza, in: D.H.E. Bd. 76, S. 344
Konetzke, Colección, S. 217ff.
280 ebenda
281 ebenda
282 ebenda
283 Cieza, in: D.H.E. Bd. 76, S. 340

PERUS KONQUISTADOREN STEHEN GEGEN DIE KRONE AUF

Der Vizekönig Blasco Núñez Vela

287 Erläuterung nach Zárate, S. 506f. u. Garcilaso, S. 134
288 Albenino, S. 385f.
Zárate, S. 508
289 D.H.E. Bd. 76, S. 368f.
290 ebenda
Zárate, S. 508f.
Arca, in: Levillier Bd. 2, S. 268f.
291 ebenda
292 Zárate, S. 511
293 ebenda S. 509
Arca, in: Levillier Bd. 2, S. 269
ebenda S. 258
294 Zárate, S. 509
Erläuterung nach Porras, Cronistas, S. 171
295 Acta de la recepción del sello Rl. por el Virrey. Blasco Núñez Vela, Audiencia y demás autoridades. Escrib.: Gerónimo de Aliaga, in: D. I. A. I 8, 383ff.
296 Zárate, S. 511
Erläuterung nach Garcilaso, S. 235
297 Albenino, S. 388
Garcilaso, S. 233f.
298 Erläuterung nach Albenino, S. 390, 393
299 Sta. Clara, in: Cronistas, S. 199ff.
300 ebenda
301 ebenda
302 Erläuterung nach Arca, in: Levillier Bd. 2, S. 262

Gonzalo Pizarros Machtübernahme 1544

303 Albenino, S. 395
Garcilaso, S. 241
304 Zárate, S. 520
Erläuterung nach Testimonio de varios acuerdos del Virrey y Audiencia de Lima sobre elegir por Gobernador a Gonzalo Pizarro. – Los Reyes, 20/10/1544 bis 23/11/1546, in: D. I. A. I 42, 223–240 u. Levillier Bd. 2, S. 263
Zárate, S. 521
305 ebenda
D. I. A. I 42, 228
306 ebenda S. 231 f.
307 ebenda S. 227 f., 245 f.
308 Zárate, S. 521
309 Albenino, S. 401
Garcilaso, S. 242
310 ebenda
Albenino, S. 404 f.
311 Arca, in: Levillier Bd. 2, S. 266
Albenino, S. 406
312 Relación de lo que sucedió en el Reino del Perú después de la prisión del Virrey Blasco Núñez Vela, in: Levillier Bd. 2
zitiert S. 285, 289 ff.
313 ebenda S. 267
Sta. Clara, S. 242
314 Erläuterung nach dem Brief des La Gasca vom 12. 7. 1546, in: Levillier Bd. 1, S. 93
Zárate, S. 539
Calvete de Estrella, S. 352 f.
315 Zárate, S. 539
ebenda S. 545
Calvete, S. 355 f.
316 ebenda
317 Sta. Clara, S. 255

Der Prälat Pedro de la Gasca rettet für Karl V. die Kolonie

318 Levillier Bd. 1, S. 92 f.
319 Zárate, S. 547
320 Rl. Provisión del Emperador Carlos V al Lic. de la Gasca, presidente de la Audiencia de Lima: Le da poder para un perdón general, si parece convenir para la pacificación del Peru. Yo el Rey ... Venlo, 16/2/1546, in: D. I. A. I 19, 201–204
Zárate, S. 550
D. H. E. Bd. 49, S. 8 ff.
321 Zárate, S. 550
322 D. H. E. Bd. 49, S. 113 ff.
323 ebenda
324 ebenda
325 ebenda
326 ebenda
327 ebenda
328 ebenda
329 D. I. A. I 42, 426 ff.
330 ebenda
331 ebenda
332 ebenda
333 Zárate, S. 553
334 D. H. E. Bd. 49, S. 95
Garcilaso, S. 326
335 D. H. E. Bd. 49, S. 96 ff.
336 D. H. E. Bd. 49, S. 239
Zárate, S. 556
337 D. H. E. Bd. 49, S. 299 ff.
338 ebenda S. 355
Garcilaso, S. 356 ff.
339 ebenda
340 ebenda
341 ebenda S. 366
Sta. Clara, in: Porras, Cronistas, S. 204
343 Albenino, S. 452 f., 457
344 Garcilaso, S. 376
Albenino, in: Porras, Cronistas, S. 460 f.
D. H. E. Bd. 49, S. 379
345 Garcilaso, S. 385
D. H. E. Bd. 49, S. 380 f.
346 Albenino, S. 463 f.
D. H. E. Bd. 49, S. 382, 389, 391
347 Schmidl, S. 125 ff.
348 ebenda
349 ebenda
350 ebenda

INDIANERELEND UND VERARMTE SPANIER IM REICHSTEN KRONLAND AMERIKAS

Friedenssehnsucht und Kondottieretum in Peru

353 Erläuterung nach Porras, Cronistas, S. 233 ff.
Cieza 1. Teil, S. 237f.
354 Engl, Inkareich, S. 180f.
355 ebenda
356 Vázquez de Espinosa, S. 543f.
357 Poma (Bustíos), Bd. II, S. 126f., 129
358 ebenda

Indianertribute und Bergwerke

359 Levillier Bd. 1, S. 153
360 ebenda S. 152
Vázquez de Espinosa, S. 108, 503f.
361 ebenda
Lizárraga, S. 58
362 ebenda
Parecer de D. Fr. Matías de San Martín, Obispo de Charcas, sobre si son bien ganados los bienes adquiridos por los conquistadores, poblados y encomenderos de Indias, in: D.I.A. I 7, 348–362
zitiert S. 356f.
363 Erläuterung nach Porras, Cronistas, S. 257ff.
Santillán, S. 77
364 ebenda S. 57, 69, 72f., 106
365 ebenda S. 107
366 Valcárcel Bd. 3, S. 477
367 Pizarro, P., S. 378ff.
368 ebenda

DAS INCARESERVAT VON VILCABAMBA

Sayri Tupac und Titu Cusi

371 Titu Cusi, S. 91ff.
372 ebenda
Poma (Bustíos), Bd. 2, S. 307f.
373 Levillier Bd. 3, S. 81ff.
374 Schilderung des licenciado Matienzo, Oidor der Audiencia von Charcas, in: Porras, Cronistas, S. 437f.
Asiento que el licenciado Castro tomó con Titu Cusi Yupanqui (Inca) para que se redujese de paz. Los Reyes – Vilcabamba 1566, 1567. Confirmose en capitulación por Su Majestad, Madrid 1569, in: D.I.A. II 15, 271ff.
375 ebenda
376 Erläuterung nach Porras, Cronistas, S. 438, D. I. A. I 8, 268 u. Murúa Bd. 1, S. 254
Murúa Bd. 1, S. 233ff.
377 ebenda
378 ebenda
379 ebenda
380 ebenda u. S. 266

Tupac Amaru und das Ende von Vilcabamba 1572

381 D. I. A. I 8, 213, 263, 269, 271
382 Erläuterung ebenda S. 213, 276
Murúa Bd. 1, S. 264f.
383 D.I.A. I 8, 276ff.
384 ebenda S. 281

DAS WEITERLEBEN ALTINDIANISCHER TRADITIONEN INMITTEN CHRISTLICHER UMGEBUNG

Restauration der lokalen Kulte um 1565

387 Erklärung nach Porras, Fuentes, S. 53
388 D.I.A. I 3, 22f.
389 Garcilaso, S. 125
390 Murúa Bd. 2, S. 112f.
391 ebenda S. 106
Gavilán, in: Valcárcel Bd. 2, S. 234
Hernández Príncipe, ebenda S. 256ff.
392 ebenda
393 ebenda
394 Engl, Inkareich, S. 36f.
Oré, in: Valcárcel Bd. 2, S. 259
Pérez Bocanegra, ebenda
395 ebenda S. 259f.
396 D.I.A. I 3, 13, 16f.
397 ebenda S. 18f., 21
398 ebenda S. 44f.
399 ebenda

Die Ausrottung des Götzendienstes

400 D.I.A. I 3, 25f.
401 ebenda
402 Acosta, Historia Natural y Moral, S. 201
403 Valcárcel Bd. 3, S. 29
Avendaño, in: Valcárcel Bd. 2, S. 225
404 D.H.E. Bd. 26, S. 139ff.
405 ebenda
Lizárraga, S. 136f.
406 ebenda

Verzeichnis der Abbildungen

Personen- und Sachregister mit Worterklärungen

Gelegentliche Uneinheitlichkeit der Orthographie von Namen und Begriffen ist historisch bedingt durch die unterschiedlichen Schreibweisen der spanischen Quellen und durch den häufigen Wechsel der Transkription von Quechua- und Aymara-Wörtern.

Augenzeugenberichte

dtv

Die Kreuzzüge
Hrsg.: Régine Pernoud
763

Burgund und seine Herzöge
Hrsg.: Christa Dericum
1233

Die Eroberung Perus
Hrsg.: Lieselotte und Theodor Engl
Originalausgabe
1100

Der Dreißigjährige Krieg
Hrsg.: Hans Jessen
781

Die Amerikanische Revolution
Hrsg.: Willi Paul Adams und Angela Meurer Adams
Originalausgabe
1054

Die Französische Revolution
Hrsg.: Georges Pernoud/Sabine Flaissier
1190

Deutschland unter Napoleon
Hrsg.: Eckart Kleßmann
1131